KB076410

책벌레의 하극상

사서가 되기 위해서라면 뭐든지 할 수 있어

제 4 부 귀족원의
자칭 도서위원 VIII

카즈키 미야
miya kazuki

길찾기

등장인물

3부 줄거리

귀족이 된 로제마인은 영주의 양녀이자 신전장으로서 바쁜 나날을 보낸다. 인쇄기가 만들어지고, 성의 판매회에서 카루타나 트럼프가 큰 인기를 끈다. 그러나 게오르기네의 방문으로 불안한 분위기가 감돈다. 죄를 범한 빌프리트, 납치 당할 위기에 놓인 샤를로테를 구하기 위해 동분서주하는 로제마인은 정체를 알 수 없는 적이 먹인 약 때문에 죽음의 위기를 맞게 된다. 치료를 위해 들어간 유레베에서 로제마인이 깨어난 것은 2년이 지난 후였다.

로제마인

주인공. 조금은 성장해서 8세 정도로 보이지만 내용물은 변하지 않았다. 귀족원에서 책을 읽기 위해서 수단과 방법을 가리지 않는다. 귀족원 2학년생

에렌페스트 영주 후보생

빌프리트

질베스타의 장남. 로제마인의 오빠로 귀족원 2학년생

샤를로테

질베스타의 장녀. 로제마인의 여동생으로 귀족원 1학년생

로제마인의 보호자들

페르디난드

질베스타의 이복동생. 로제마인의 보호자 역할을 하고 있다

질베스타

에렌페스트의 아우브(영주). 로제마인을 양녀로 맞아들인 양아버지

플로렌치아

질베스타의 아내. 후보생 세 명의 어머니. 로제마인에게는 양어머니가 된다

칼스테드

에렌페스트의 기사단장. '귀족' 로제마인의 호적상 아버지

엘비라

칼스테드의 제1 부인. '귀족' 로제마인의 호적상 어머니

보니파티우스

질베스타의 숙부이자 칼스테드의 아버지. 로제마인에게는 할아버지가 된다

리카르다
수석 시종. 세 보호자의 어린 시절을 꿰고 있는 상급귀족

리젤레타
견습 시종으로 중급 귀족. 귀족원 5학년생. 안게리카의 여동생

브륀힐데
견습 시종으로 상급 귀족. 귀족원 4학년생

로데리히
견습 문관으로 중급 귀족. 귀족원 2학년생. 이름을 바쳤다.

필린느
견습 문관으로 하급 귀족. 귀족원 2학년생

레오노레
견습 호위 기사로 상급 귀족. 귀족원 5학년생

유디트
견습 호위 기사로 중급 귀족. 귀족원 3학년생

하르트무트
문관으로 상급 귀족. 오틸리에의 막내 아들

코르넬리우스
호위 기사로 상급 귀족. 칼스테드의 삼남

다무엘
호위 기사로 하급 귀족

안게리카
호위 기사로 중급 귀족. 리젤레타의 언니

로제마인의 측근

오틸리에
시종. 상급 귀족으로 하르트무트의 어머니

귀족원
휠쉬르 …… 에렌페스트의 사감. 페르디난드의 스승.
솔랑쥬 …… 귀족원 도서관의 사서
슈바르츠 …… 도서관의 마술구
바이스 …… 도서관의 마술구

로제마인의 전속
후고 …… 전속 요리사　　　**엘라** …… 전속 요리사

신전의 시종들
프랑 …… 신전장실 담당
잠 …… 신전장실 담당
니콜라 …… 신전장실과 요리 조수

모니카 …… 신전장실과 요리 조수
길 …… 공방 담당
프리츠 …… 공방 담당
빌마 …… 고아원 담당

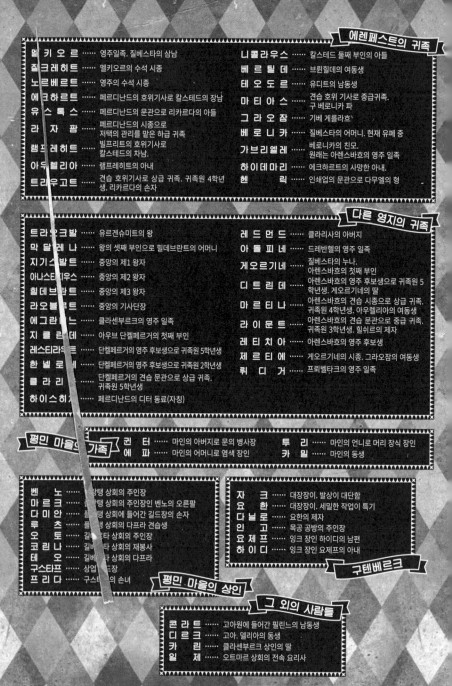

에렌페스트의 귀족

밀 키 오 르 ···· 영주일족. 질베스타의 삼남
질크레히트 ···· 멜키오르의 수석 시종
노르베르트 ···· 영주의 수석 시종
에크하르트 ···· 페르디난드의 호위기사로 칼스테드의 장남
유 스 톡 스 ···· 페르디난드의 문관으로 리카르다의 아들
라 자 팡 ···· 페르디난드의 시종으로 저택의 관리를 맡은 하급 귀족
람프레히트 ···· 빌프리트의 호위기사로 칼스테드의 차남
아우렐리아 ···· 람프레히트의 아내
트라우고트 ···· 견습 호위기사로 상급 귀족. 귀족원 4학년생. 리카르다의 손자

니콜라우스 ···· 칼스테드 둘째 부인의 아들
베 르 틸 데 ···· 브륀힐데의 여동생
테 오 도 르 ···· 유디트의 남동생
마 티 아 스 ···· 견습 호위 기사로 중급귀족. 구 베로니카 파
그 라 오 잠 ···· 기베 게를라흐
베 로 니 카 ···· 질베스타의 어머니. 현재 유폐 중
가브리엘레 ···· 베로니카의 친모. 원래는 아렌스바흐의 영주 일족
하이데마리 ···· 에크하르트의 사망한 아내.
헨 릭 ···· 인쇄업의 문관으로 다무엘의 형

다른 영지의 귀족

트라오크발 ···· 유르겐슈미트의 왕
막 달 레 나 ···· 왕의 셋째 부인으로 힐데브란트의 어머니
지기스발트 ···· 중앙의 제1 왕자
아나스타지우스 ···· 중앙의 제2 왕자
힐데브란트 ···· 중앙의 제3 왕자
라오블루트 ···· 중앙의 기사단장
에그란티느 ···· 클라센부르크의 영주 일족
지 클 라 데 ···· 아우브 단켈페르거의 첫째 부인
레스티라우트 ···· 단켈페르거의 영주 후보생으로 귀족원 5학년생
한 넬 로 레 ···· 단켈페르거의 영주 후보생으로 귀족원 2학년생
클 라 리 사 ···· 단켈페르거의 견습 문관으로 상급 귀족. 귀족원 5학년생
하이스히체 ···· 페르디난드의 디터 동료(자칭)

레 드 먼 드 ···· 클라리사의 아버지
아 돌 피 네 ···· 드레반헬의 영주 일족
게오르기네 ···· 질베스타의 누나. 아렌스바흐의 첫째 부인
디 트 린 데 ···· 아렌스바흐의 영주 후보생으로 귀족원 5학년생. 게오르기네의 딸
마 르 티 나 ···· 아렌스바흐의 견습 시종으로 상급 귀족. 귀족원 4학년생. 아우렐리아의 여동생
라 이 문 트 ···· 아렌스바흐의 견습 문관으로 중급 귀족. 귀족원 3학년생. 힐쉬르의 제자
레 티 치 아 ···· 아렌스바흐의 영주 후보생
제 르 티 에 ···· 게오르기네의 시종. 그라오잠의 여동생
뤼 디 거 ···· 프뢰벨타크의 영주 일족

평민 마을의 가족

퀜 터 ···· 마인의 아버지로 문의 병사장
에 파 ···· 마인의 어머니로 염색 장인
투 리 ···· 마인의 언니로 머리 장식 장인
카 밀 ···· 마인의 동생

평민 마을의 상인

벤 노 ···· 플랑탱 상회의 주인장
마 르 크 ···· 플랑탱 상회의 주인장인 벤노의 오른팔
다 미 안 ···· 플랑탱 상회에 들어간 길드장의 손자
루 츠 ···· 플랑탱 상회의 다프라 견습생
오 토 ···· 길베르타 상회의 주인장
코 리 나 ···· 길베르타 상회의 재봉사
테 오 ···· 길베르타 상회의 다프라
구스타프 ···· 상업 길드장
프 리 다 ···· 구스타프의 손녀

구텐베르크

자 크 ···· 대장장이. 발상이 대단함
요 한 ···· 대장장이. 세밀한 작업이 특기
다 날 로 ···· 요한의 제자
인 고 ···· 목공 공방의 주인장
요 제 프 ···· 잉크 장인 하이디의 남편
하 이 디 ···· 잉크 장인 요제프의 아내

그 외의 사람들

콘 라 트 ···· 고아원에 들어간 필린느의 남동생
디 르 크 ···· 고아. 델리아의 동생
카 린 ···· 클라센부르크 상인의 딸
일 제 ···· 오트마르 상회의 전속 요리사

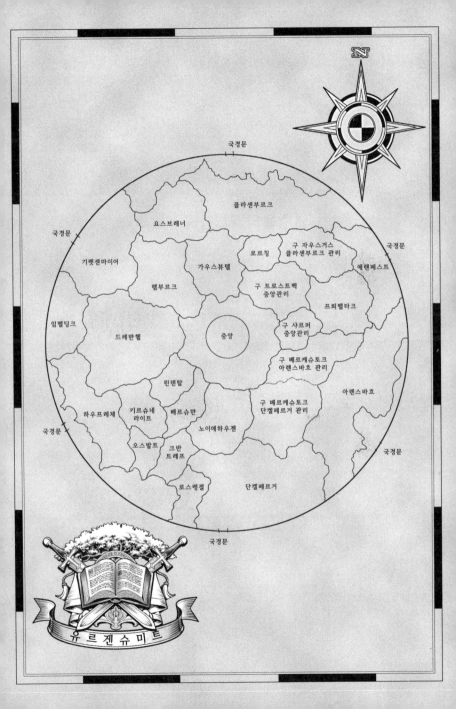

제4부 **귀족원의 자칭 도서위원 VIII**

프롤로그 ──────────────────── 14

귀환 후의 만찬 ──────────────── 25

어린이 방과 유디트의 남동생───────── 35

플랑탱 상회와 회의──────────── 47

멜키오르의 세례식 ──────────── 57

아렌스바흐의 생선 요리 ─────────── 71

신전 귀환과 구텐베르크와의 회동────── 84

생선 해체 ───────────────── 100

기원식과 라이제강으로 출발 ──────── 115

기베 라이제강 ──────────────── 130

증조부님을 병문안하다 ──────────── 147

영주 회의 동안 성에서 ──────────── 156

영주 회의의 보고회(2년)──────────── 184

사적인 보고회(2년)───────────── 197

선택 ─────────────────── 209

인수인계 ─────────────────── 225

회의와 회복약 제조법 ──────────────── 237

유레베와 하르트무트의 성인식 ───────────── 252

방문자와 대책 ─────────────── 266

환영 잔치 ──────────────── 280

페르디난트의 저택 ──────────────── 293

에필로그 ───────────── 309

십 년 전의 한을 풀어라 ──────────── 321

십 년간의 변화 ──────────────── 333

후기 ─────────────────── 348

일러스트 시이나 유우   **지도제작** 후지시로 요   **번역** 김 봄

디자인 백진화   **편집** 김일철   **교정** 이열치매 오세찬   **주간** 정성학   **마케팅** 정다움 이수빈

귀족원의 자칭 도서위원 VIII

프롤로그

"노르베르트입니다. 조금 전 귀환했습니다. 곧 영주 부부께서 도착하십니다."

질베스타의 수석 시종인 노르베르트의 연락을 받고, 멜키오르는 모친을 닮은 파란 눈동자를 반짝였다. 겨울 동안 형님과 누님은 귀족원에 가셨고, 부모님은 사교로 바빠 멜키오르의 방에 놀러 와 주는 사람이 아무도 없었다. 측근이 아닌 사람과 접촉할 기회가 거의 없어 외롭게 지냈다.

"멜키오르 님, 시종들이 귀족원에서 가져온 짐들을 정리하는 동안 두 분께선 이곳에서 지내실 겁니다. 지난번에 배우신 것을 잘 떠올리셔서 부모님을 손님처럼 대접해 보십시오."

시종인 잘크레히트가 싱긋 웃었다. 잘크레히트는 플로렌치아의 측근이지만, 세례 후에는 멜키오르의 수석 시종이 될 교육 담당이다. 보아하니 앞으로는 사교 연습을 해야 하나 보다. 멜키오르는 지금까지 배운 내용을 되새기며 "열심히 할게요." 하고 고개를 끄덕였다.

"멜키오르, 잘 있었느냐."

"아버님, 어머님. 다녀오셨습니까. 자리로 안내해 드리겠습니다."

며칠 만에 보는 부모의 얼굴이다. 멜키오르는 기쁨과 긴장이 섞인 미소로 부모를 맞이하며 잘크레히트가 따뜻한 차를 준비한 자리로 안내했다.

"귀족원 얘기를 들려주세요. 누님과 형님은 뭘 하고 계시던가요?"

자리에 앉으면 손님에게 화제를 던진다. 측근들에게 배운 대로 사교의 흐름을 고대로 따라했다. 그 모습에 부모는 멜키오르의 성장을 느낀 모양이다. 인자함이 넘치는 온화한 미소를 지었다.

"흠, 그렇게 물으면 뭐부터 말해야 할지……."

"출발하시기 전에 아우브께서 영지 대항전에서 다른 영지와 어떻게 교류할지 걱정하시는 것을 멜키오르 님께서 들으시고는 매우 걱정하고 계셨습니다."

잘크레히트가 차를 따르며 멜키오르의 질문을 알기 쉽게 풀어 설명해 주었다. 자신의 질문이 애매모호했다는 것을 멜키오르는 깨달았다. 지금까지 '질문은 대답하기 쉽게 구체적으로'라는 지적을 들어 왔었는데, 그 모범 답안이 머릿속에 쏙 들어온 느낌이었다.

"그랬군. 그럼 영지 대항전의 교류가 어땠는지 얘기해 줄까."

부모님은 올해 영지 대항전과 졸업식에서 일어난 일을 얘기하기 시작했다. 손님이 몰릴 것을 예측하여 조를 나눠 대응한 일, 상위 영지가 줄줄이 인사하러 와서 부모님이 고생한 일, 로제마인의 원고를 걸고 단켈페르거의 기사와 페르디난드가 디터를 겨룬 일, 견습 기사들이 처음 보는 마물을 상대로 협동을 이뤄 처치한 일……. 멜키오르는 아직가 보지 못한 귀족원을 상상하며 부모님의 얘기에 가만히 귀를 기울였다.

"빌프리트와 샤를로테는 하위 영지 손님을 대응했지. 프뢰벨타크 영주 부부도 방문했다더군."

"프뢰벨타크는 에렌페스트의 이웃 영지이고, 어머님과 잘크레히트의 출신지이지요?"

멜키오르가 머릿속에 지도를 떠올리면서 플로렌치아와 잘크레히트에게로 시선을 주자, 두 사람이 싱긋 웃었다.

"맞아요. 어미의 오라버니와 질베스타 님의 누님이 오셨답니다. 올해는 멜키오르에겐 사촌 형이 되는 뤼디거 님의 졸업식이어서 감회가 깊으셨대요."

"사촌 형……이요?"

"다른 영지의 친족에 관해서는 세례 후에 배우게 되겠지만, 말이 나왔으니 알려줄게요."

플로렌치아가 다른 영지의 친족에 관해 얘기하기 시작했다. 프뢰벨타크에도 아렌스바흐에도 친족이 있다고 한다. 형님과 누님, 양녀로 들어온 로제마인 외에는 자신과 관계가 있는 사람의 이름을 지금까지 들어 본 적이 거의 없었다. 그러나 혈육이 있다는 설명을 듣고 나니, 세례식을 대비해 이름을 외운 귀족들보다 훨씬 친밀감이 느껴졌다.

"왜 다른 영지의 친족은 세례식 후에 알려주나요?"

"세례를 받지 않으면 인사할 기회가 없으니까요."

멜키오르는 자신의 세계가 정말 좁았음을 실감했다. 자신의 방문을 힐끔 보았다. 저 너머에 멜키오르가 모르는 것, 자신의 눈으로 봐야 할 것들이 넘쳐날 터였다.

"플로렌치아 님, 프뢰벨타크의 상황은 어떻던가요? 조금은 안정되었습니까?"

잘크레히트가 조심스럽게 물었다. 잘크레히트는 정변의 패색이 짙어질 무렵에 에렌페스트로 도망쳐 온 귀족이다. 그래도 고향이 걱정되는지 '영주 후보생이 의식을 치르고, 땅에 마력을 채워서 수확량을 늘리고 있다는 말을 전하고 싶다'고 말했던 것을 멜키오르는 기억했다.

"영지 대항전에서는 빌프리트와 샤를로테가 대응했는데, 보고를 들어 보니 뤼디거 님이 영지를 돌며 의식을 치른 덕분에 수확량이 늘었다더군. 올해도 영주 일족이 솔선해서 의식을 치르기로 했다더구나."

"그 어렸던 뤼디거 님께서……. 아이는 놀랄 정도로 빠르게 자라는군요."

잘크레히트가 그리움이 가득한 눈을 가늘게 뜨며 안도의 숨을 내쉬었다. 질베스타가 멜키오르에게로 시선을 돌렸다.

"그래, 정말 아이들은 성장이 빠르군. 멜키오르는 얼마나 성장했는지 들어 볼까?"

"어떻게 지내고 있었어요? 세례식 준비는 잘 하고 있고요?"

플로렌치아의 질문에 순간 말문이 막혔다. 세례 전까지 해야 할 과제는 전부 끝냈다. 멜키오르가 확인하듯 잘크레히트를 흘끗 보자, 그가 웃으며 고개를 끄덕였다.

"네. 어제는 입장할 때의 걸음걸이와 의식의 흐름을 연습하셨고, 세례식 때 인사할 주요 귀족의 성함도 외우셨습니다. 얼마 전부터는 의식을 도울 수 있게 지리 공부도 시작하셨습니다."

"그럼 열심히 하는 멜키오르에게 이걸 주마. 세례식 전까지 축복을 건네는 법을 연습해 봐라."

질베스타가 작은 상자를 열었다. 그 속에는 녹색 마석이 박힌 반지가 있었다.

"이건……."

"미리 연습해 둬야 마력을 방출할 때 당황하지 않지. 의식 당일에 써야 하니 일단은 돌려줘야 하지만, 네 반지다. 손을 내밀어 보렴."

세례식 때 부모에게 받는 이 반지는 귀족이라는 증거. 태어난 계절의 귀색으로 된 마석이 박혀 있다. 멜키오르는 의자에서 내려와 질베스타의 앞에 섰다. 손을 내밀자, 질베스타가 반지를 손에 끼워 주었다. 반지가 슉 하고 줄어들더니 손가락에 딱 맞추어졌다. 한 사람의 귀족으로 인정받은 기쁨을 곱씹으면서 멜키오르는 반지를 어루만졌다.

"멜키오르, 축복 연습을 해 보지 그래요? 처음 만난 윗사람에게 인사할 때 보내는 축복과 같답니다. 귀족이라면 할 줄 알아야 해요. 이렇게 왼손에 마력이 모이도록 힘을 싣는 겁니다."

어머니인 플로렌치아의 반지에서 붉은빛이 뭉실 떠올랐다. 그것을 본 멜키오르도 왼손에 힘을 주었다. 그러나 생각처럼 몸속의 마력이 움직이지 않았다. 반지의 마석이 약하게 빛날 뿐이었다. 마력량 측정용 마술구는 가만히 있어도 잠재 마력을 끌어내 줘서 아무 문제가 없었는데, 축복을 내보내는 건 생각만큼 간단하지 않았다.

"……세례식까지 못 해내면 어떡하죠?"

저도 모르게 입에서 불안이 튀어나왔다. 그러자 플로렌치아가 조그맣게 웃으면서 멜키오르의 왼손을 잡았다.

"연습하면 금방 해낼 거예요. 마력을 다루는 방법은 혈육이 아니면 가르치기 어려우니 나와 같이 연습해요."

잡은 손에서 점차 이질적인 힘이 들어왔다. 불쾌감보다는 위화감이 느껴졌다. 멜키오르는 무심코 그것을 밀어내려고 했다. 그 순간, 반지에서 작은 녹색 빛이 뭉실 떠올랐다.

"아."

"마력이 움직이는 감각을 느꼈나요?"

"조금은……."

멜키오르는 자신의 손을 바라보았다. 몸속의 무언가를 자신의 의지

대로 움직인다는 건 묘한 감각이었다. 방금 그 움직임은 손바닥만 한 마력이 아주 약간 반지로 이동했을 뿐이다. 그것도 어머니의 마력에 밀려나간 만큼 돌아온 정도의 감각이었다. 스스로 움직일 자신은 아직 없었다.

"……형님은 로제마인 누님이 세례식 때 홀을 가득 채울 정도로 축복을 내보냈다고 했어요. 얼마나 마력을 움직여야 그렇게 할 수 있나요? 샤를로테 누님은 로제마인 누님을 목표로 삼으라고 했어요."

형님과 누님의 말을 전하자, 질베스타가 씁쓸하게 웃으며 손을 휘휘 저었다.

"로제마인을 목표로 삼지 마. 녀석은 특별해. 세례 전부터 신전 견습 무녀로 제사도 하고, 축복도 할 수 있었으니까."

'로제마인 누님을 목표로 삼지 말라고? 하지만 샤를로테 누님은……'

부친과 누님의 말이 정반대였다. 설마 자신의 실력으론 못할 거라는 뜻일까? 혼란에 빠진 멜키오르의 손을 플로렌치아가 부드럽게 쓰다듬었다.

"아버지 말은 로제마인을 목표로 삼는 게 나쁘다는 뜻이 아니에요. 처음 마력을 다루는 멜키오르가 무리하지 않게 주의하라는 말이랍니다. 익숙지 않은 마력을 움직이면 몸에 부담이 크거든요."

플로렌치아는 습격을 당해 유레베에서 잠든 로제마인의 빈자리를 메꾸려고 무리하게 마력을 다루는 연습을 했던 샤를로테와 빌프리트 얘기를 해 주었다. 로제마인의 천재적인 재능, 그녀를 따라잡기 위해 피땀 흘려 노력했다는 이야기는 형님과 누님에게 듣긴 했지만, 두 사람의 실패담은 처음 들었다. 놀라우면서도 신선했다.

'형님과 누님도 실패했구나.'

"실현 가능한 과제를 달성하면서 조금씩 늘리면 돼요."

"알겠습니다, 어머님."

"그나저나 로제마인을 꽤 존경하는 것 같네? 아직 만나 본 적도 없지 않나?"

질베스타가 의아해하며 말했다. 멜키오르도 의아한 기분이 들어 고개를 갸웃거렸다.

"제일 많이 놀러 오는 누님은 항상 로제마인 누님이 얼마나 훌륭한지 얘기하고, 형님은 로제마인 누님이 만든 그림책과 완구를 가져와 줘요. 아버님과 어머님도 디저트나 요리 얘기를 해 주시잖아요. 그리고 로제마인 님은 잘크레히트가 걱정하는 프뢰벨타크에도 도움을 줬고요."

모두가 로제마인을 칭찬한다. 그런 사람을 어찌 존경하고 동경하지 않을 수 있냐고 멜키오르는 생각했다.

"그리고 저는 차기 영주가 될 형님과 첫째 부인이 될 로제마인 누님을 보좌하고 지켜야 하잖아요. 그러니 형님과 로제마인 님을 지켜낼 만큼 강해지고 싶습니다."

멜키오르는 커서 영주 부부의 보좌역으로 그들이 외교를 위해 자리를 비울 때 영주 대리를 소화하고, 영지 내를 두루 살피며 귀족을 통솔하는 역할을 맡게 될 거라고 배웠다. 지금의 보니파티우스와 같은 입장이다.

"그 의지는 훌륭하지만, 로제마인을 지키는 건 호위 기사가 하는 일이에요."

"영주 부부에겐 호위 기사가 있지만, 다른 귀족에겐 없지. 이왕이면 많은 사람을 지키는 쪽이 더 멋지지 않겠어?"

"많은 사람……이요?"

'아버님이 또 뭔가 어려운 말을 꺼내셨어.'

의도를 짐작하지 못해 곤혹스러운 멜키오르였지만, 그 뒤를 잇는 질베스타의 말에 눈이 휘둥그레졌다.

"그래, 이번 표창식 때 습격이 있었는데, 에렌페스트의 학생들을 지킨 건 로제마인이 소환한 슈첼리아의 방패였다."

질베스타가 말하길 영지 대항전 후에 열린 표창식 때 잘 알려지지 않고, 검은 무기로만 쓰러뜨릴 수 있는 마수가 습격했다고 한다. 아비규환이 된 행사장에서 에렌페스트 학생들을 지킨 건 로제마인이 만들어 낸 슈첼리아의 방패였다. 책 속에서나 존재하는 줄 알았던 신구가 실존한 것도 놀라운데, 그것을 자유자재로 다루며 학생들을 지켜 냈다고 한다. 마치 신화에 나오는 이야기 같다며 멜키오르는 흥분했다.

"아버님, 그 방패가 이것과 똑같이 생겼나요?"

자신의 성전 그림책을 꺼내 와 바람의 여신이 등장하는 페이지를 펼쳤다. 바람의 방패 그림을 가리키자, 질베스타가 "더 크게 만들 수 있지. 모든 학생이 다 들어갈 정도로." 라고 했다. 호박색의 반투명한 반구형 방패였는데, 마법진이 보였다고 했다. 악의가 있는 자가 공격하면 바람의 반격이 날아간다고 한다. 신화와 같은 현실에 감격한 멜키오르는 로제마인을 더욱더 동경하게 되었다.

"아버님, 슈첼리아의 방패는 누구나 만들 수 있어요?"

"아니. 지금은 아마도 로제마인과 페르디난드뿐일걸? 페르디난드는 신전에 들어가기 전에 귀족원 수업에서 배운 게티르트가 손에 익어 더 편하다고 했다만, 마음먹으면 할 수 있다더군."

신전장인 로제마인과 신관장인 페르디난드뿐. 그 말은 즉, 신전 관계자라면 그 방패를 만들 수 있다는 말이 아닐까? 멜키오르의 뇌리에는 신전에서 신들에게 신구를 부여받는 그림이 떠올랐다.

'신전, 멋있어.'

"아버님, 저도 신전에 가고 싶습니다! 신구를 만들고 싶어요!"

"갑자기 무슨 말씀입니까, 멜키오르 님?! 진정하셔요."

측근들이 깜짝 놀란 얼굴로 지적하자, 멜키오르는 귀족답지 못한 언행을 반성했다. 조금 공손히 부탁하면 될까? 부모님을 보니, 플로렌치아는 곤란한 듯한 표정으로 미소를 짓고 있고, 질베스타는 재미있다는 듯이 한쪽 눈썹을 끌어올리고 있었다.

"아버님, 어머님. 신전에 가는 것을 허가해 주세요."

"그래라. 좋은 공부가 되겠지."

쉽게 허락한 부친과 달리 측근들은 날카로운 목소리로 이의를 제기했다.

"잠시만 기다려 주십시오, 아우브 에렌페스트!"

아이의 행동 범위에 의견이 갈릴 때, 가장 중요해지는 건 어머니인 플로렌치아의 방침이다. 모두의 시선이 플로렌치아에게 집중되었다.

"질베스타 님, 너무 쉽게 허가하면 안 되죠."

플로렌치아가 싱긋 웃으며 불허했다. 이럴 때는 아버지보다 어머니의 의견이 더 강하다는 것을 멜키오르는 잘 알고 있었다. 실망이었다.

"어머님과 측근 여러분은 제가 신전에 가는 것이 싫습니까? 형님과 누나도 가는데요."

철들 무렵부터 가장 가까운 가족인 샤를로테와 빌프리트는 제사에 참여하고, 영주 일족인 로제마인과 페르디난드는 신전을 관리한다. 다들 그들은 칭찬하면서 왜 자신이 하려고 하면 반대할까.

"하르덴첼의 기적을 계기로 귀족들에게도 제사의 중요성이 알려졌다. 그리고 프뢰벨타크의 수확량이 늘어났다는 정보도 다른 영지에 퍼졌겠지. 무엇보다 멜키오르도 빌프리트와 샤를로테처럼 마력을 다루게 되면 제사를 지내야 해."

"맞습니다. 저도 형님과 누님처럼 제사에 참여해야 해요."

질베스타의 의견에 동조하여 멜키오르도 성전 그림책을 꼭 쥐며 모친을 바라보았다. 그러나 플로렌치아는 말귀를 못 알아듣는 아이를 바라보는 눈빛 그대로였다.

"미리 신전에 익숙해지는 게 좋아. 허가한다고 해서 무슨 문제가 있겠어. 조금 이르냐 늦느냐의 차이야."

"그 차이가 중요하죠. 지금 멜키오르가 가벼운 마음으로 신전에 드나들면 로제마인과 아이들을 곤란케 할 뿐이에요. 적어도 마력을 다루거나 제사의 축문을 외우기 전까지는 허가할 수 없습니다."

그것은 멜키오르에게도, 질베스타에게도 납득이 가는 이유였다. 멜키오르도 방해하고 싶진 않았다. 세례를 받으면 형님과 누님 사이에 끼고 싶을 뿐이다. 샤를로테가 얘기해 줬듯이 영주의 자식으로서 도움이 되고 싶었다.

"그럼 축문을 외울게요."

"그래, 그것이 좋겠다. 샤를로테나 빌프리트가 제사를 익히려고 페르디난드에게 잔뜩 받은 목패가 있을 거야. 그걸 빌려 써."

"네!"

"……플로렌치아 님, 정말 괜찮으시겠습니까?"

조건이 붙었지만, 신전 출입 허가를 받아 기쁜 멜키오르와 달리, 측근들의 목소리에는 비난의 어조가 강했다. 멜키오르는 측근들이 왜 그런 반응을 하는지 이해되지 않았다.

측근들을 둘러본 플로렌치아가 느긋한 어조로 말하기 시작했다.

"로제마인이 신전장이 되고, 페르디난드 님이 환속하신 이후에도 신관장직을 계속 맡으시면서 두 사람의 측근들도 일상처럼 신전에 드나들게 되었습니다. 제사에 대한 의식 변화도 일어나고 있어요. 이미 옛날과 다릅니다. 당장 인식을 바꾸긴 어렵겠지만 최대한 받아들이려고 하세요."

"알겠습니다."

옛날 신전이 어떤 곳이었는지, 멜키오르는 모른다. 하지만 그 변화의 원인이 로제마인이라는 것은 플로렌치아의 말로 알 수 있었다.

'로제마인 누님을 빨리 만나고 싶어. 샤를로테 누님께 다과회를 열어 달라고 부탁하면 만날 수 있을까?'

샤를로테는 세례 전에도 로제마인과 다과회를 했었다고 했다. 누님에게 부탁하면 로제마인을 소개해 줄지도 모른다. 동경심이 커진 멜키오르는 형님과 누님이 귀족원에서 귀환하는 날을 기다리기로 했다.

귀환 후의 만찬

귀족원에서 영지로 돌아가려면 반드시 전이 마법진으로 이동해야 한다. 전이의 어지러움에 멀미를 느끼며 나는 눈을 질끈 감았다.

"어서 와라, 로제마인!"

보니파티우스의 목소리로 에렌페스트에 도착했음을 깨달았다.

"아버님, 여기까지만 입니다."

"멈추십시오, 스승님."

내가 눈을 뜨자, 웃는 얼굴로 맞이해 주는 보니파티우스의 옆에서 안게리카와 칼스테드가 엄중하게 말리고 있었다. 흥분한 보니파티우스가 내던지는 바람에 천장과 격돌할 뻔했던 작년 일을 떠올리고, 순간 나도 몸을 움츠렸다.

"비켜! 2년 연속 최우수를 딴 내 손녀딸을 칭찬하겠다는데, 왜 말리느냐?!"

"아버님이 자제하지 않으시면 로제마인은 죽습니다."

나의 호위 기사들은 칼스테드의 말에 동의했다. 주변의 만류로 보니파티우스가 힘없이 어깨를 떨궜다. 격하게 칭찬해 줘서 기쁘지만, 나도 내 몸의 안전이 중요했다.

"할아버님, 손을 이렇게 펴 보세요. 절대 쥐시면 안 돼요."

나는 보니파티우스에게 손을 펴게 하고, 그의 집게손가락과 중지를 손에 쥐었다. 사실은 손을 잡고 싶었지만, 보니파티우스의 손이 큼지막해서 무리였다.

"이렇게 방에 가요. 북쪽 별채까지 함께 가죠."

"흐, 흠."

"스승님, 절대 손에 힘을 주셔선 안 됩니다."

"보니파티우스 님이 쥐시면 로제마인 님의 손가락은 가루처럼 바스러집니다."

호위 기사들이 안절부절못하며 지켜보는 가운데, 나는 북쪽 별채까지 보니파티우스의 손가락을 잡고 걸어가는 위업을 이루었다.

"그럼 저녁 식사 때 또 얘기 나누어요."

보니파티우스와 헤어지고 방에 들어온 나는 성을 지켰던 측근들에게 새로이 측근이 된 로데리히를 소개했다.

"내게 이름을 바친 견습 문관 로데리히예요. 앞으로 측근으로서 기사 기숙사에서 지낼 거예요. 다무엘, 나중에 기숙사를 안내해 주세요. 양아버님께 말씀드려 뒀으니 방은 준비되어 있을 거예요."

"알겠습니다."

"로데리히, 문관 업무는 하르트무트와 필린느에게 들으세요."

모두 기숙사에서 돌아온 오늘은 각자 짐 정리를 하느라 바쁘다. 그래서 미성년자인 측근들이 실제로 업무를 시작하는 건 내일부터다.

"로제마인 님, 차를 준비했으니 다과회 방으로 이동하시면 어떻겠습니까? 빌프리트 님과 샤를로테 님도 함께하실 거예요."

오틸리에가 빌프리트와 샤를로테의 시종과 함께 자리를 준비해 준 모양이다. 측근들이 짐을 정리하는 동안 우리는 시간을 때워야 해서다. 안게리카와 오틸리에를 데리고 본관 다과회실로 이동하자, 이미 빌프리트와 샤를로테가 차를 마시고 있었다.

"우리가 귀족원에 가 있는 동안, 멜키오르의 방이 준비되었대."

영주의 자제는 세례를 받은 후부터 성인이 되기 전까지 북쪽 별채에서 지낸다. 이곳은 귀족원의 기숙사와 마찬가지로 위층에 여성, 아래층에 남성의 방이 마련되어 있다. 여태껏 아래층을 혼자 썼던 빌프리트는 멜키오르가 들어와서 기쁜 모양이었다. 샤를로테도 웃으면서 고개를 끄덕였다.

"멜키오르가 자기도 빨리 우리가 지내는 북쪽 별채에 들어오고 싶다고 했거든요."

일찍부터 준비했던 모양이다. 양녀인 나는 친누나가 아니라서 멜키오르가 지내는 본관 어린이 방에 들어가지 못했다. 저녁 식사가 끝난 후에 취침 인사를 하러 오는 멜키오르를 보는 것 외에는 교류다운 교류가 없었다. 하지만 용모나 분위기는 플로렌치아와 판박이였다. 머리카락 색깔이 질베스타와 비슷한 파란기 강한 보라색이라서 빌프리트보다도 질베스타를 닮아 보일 것 같지만, 처음 빌프리트를 봤을 때의 '미니 질베스타'라는 느낌은 들지 않았다.

"그러고 보니 멜키오르의 세례식은 봄을 축하하는 연회 때 열린다고 양아버님한테 들었어요."

"아, 멜키오르가 봄 출생이었구나. 나랑 똑같네. 나도 봄을 축하하는 연회와 동시에 세례를 받았어. 나 때는 할머님이……."

빌프리트가 그리움 가득한 목소리로 그렇게 말하다가 나를 보더니, 어색하게 입을 다물었다. 순간 찾아온 침묵을 털어내려고 나는 멜키오르의 세례식으로 화제를 돌렸다.

"샤를로테의 세례식 때처럼 내가 신전장으로 나가서 축복을 주게됐어요."

"멜키오르도 좋아하겠네요. 그날 단상에 있던 언니의 미소에 정말 마음이 든든했거든요."

방 정리가 끝났다고 측근이 부르러 올 때까지 샤를로테는 멜키오르가 방을 어떻게 꾸몄는지 알려주었다. 만날 날이 기대되었다.

에렌페스트로 돌아온 날 저녁 식사는 영주 대행으로 성을 지킨 보니파티우스와 페르디난드도 함께하는 것이 통례가 되었다. 오늘도 나는 보니파티우스의 옆자리에 앉아, 영지 대항전의 상황과 단켈페르거와 했던 디터, 표창식 습격, 코르넬리우스의 검무 모습을 얘기했다. 돌이켜 보면 겨우 며칠 사이에 대단히 많은 일이 일어났다 싶었다.

"검은 무기는 금지되어 있는데, 견습 기사들이 로제마인에게 축복을 부탁했다고? 우리 영주 후보생에게 죄를 덮어씌울 셈인가?! 자기들이 누굴 지켜야 하는지 몰라? 디터 활약은 둘째치고, 기사로서 정신머리가 글러 먹었군!"

표창식에서 보였던 견습 기사들의 이야기에 분개하던 보니파티우스의 표정이 갑자기 진지해졌다.

"……내년엔 페르디난드를 남겨 두고 내가 영지 대항전에 가야 하지 않을까?"

내년에는 성에 남으라는 말을 들은 페르디난드가 훗 하고 웃었다.

"그렇게 해 주신다면 더할 나위 없지요. 거친 일은 저와 잘 맞지 않는지라."

'거짓말쟁이! 엄청 잘 맞으면서!'

그런 핀잔은 속으로만 삼키고, 내년에도 와 줬으면 하는 것이 내 진심이다.

"좋아좋아. 내년엔 이 할아비가 갈 테니 무슨 일이 생겨도 안심해라, 로제마인."

"숙부님이 안 계시면 누가 로제마인의 몸 상태를 진단합니까?"

빌프리트가 서둘러 보니파티우스를 말리려고 했다. 질베스타도 깊이 고개를 끄덕였다. 나도 동감이다. 페르디난드만큼 내 몸 상태를 잘 아는 사람은 없을뿐더러, 안 바쁜 사람이 없는 영지 대항전에서 상식에 벗어난 짓을 저지를지도 모르는 내 뒷바라지를 못 할 터였다. 보니파티우스로는 어림도 없다.

"그대가 영지 대항전에 나가지만 않으면 보니파티우스 님도 기숙사에 모실 수 있다. 내년엔 기숙사에서 대기해."

"페르디난드. 영지 대항전에 못 나가게 하면 불쌍하다고 한 건 너야."

"불쌍하지만 부득이한 경우가 있는 법이다."

도서관에서 중앙의 기사단장과 얘기한 이후로 페르디난드의 태도가 조금 이상해졌다. 지금까지와 달리 귀족원을 회피하려는 느낌이 강하게 들었다. 지금 이 대화도 결국, 본인이 귀족원에 가기 싫다는 의미였다.

'아달지자가 정말 무슨 의미일까?'

의문스럽긴 했지만, 페르디난드가 날카롭게 곤두서 있는 한, 부주의하게 입 밖에 꺼내서는 안 될 터였다. 지금은 가볍게 흘려 넘기고 상황을 지켜봐야 했다.

"내년 일은 내년에 생각하면 되죠. 우선 곧 있을 기원식부터 고민해요. 저도 어서 성장해서 내년엔 페르디난드 님 없이 스스로 몸을 잘 관리할지도 모를 일이잖아요."

"그럴 일은 죽어도 없다."

'신관장님, 내 배려를 헛되게 하지 말아 줘!'

크악! 하고 소리치고 싶은 충동을 억누르며 나는 기원식 얘기를 꺼냈다. 기원식은 긴 여행을 준비해야 해서 빌프리트와 샤를로테와도 상의해야 한다. 페르디난드도 있는 지금이 얘기를 꺼내기 상당히 좋은 타이밍이었다. 인쇄업을 시작할 지역이 어디로 잡혔는지 질베스타에게 묻고, 구텐베르크의 이동을 고려하여 누구를 어디로 보낼지 하나씩 정했다.

"아버님, 영주의 자식이 기원식을 치르는 것이라면 세례를 받은 멜키오르는 어찌합니까?"

"멜키오르는 아직 마력을 다룰 줄 몰라. 내년부터 맡기면 되지 않나?"

습격을 당해 내가 유레베에서 잠들어 버렸던 탓에 겨울 사교계 기간에 마력 다루는 법을 익혀 기원식에 나가야 했던 샤를로테와 달리, 멜키오르에겐 연습 기간이 없었다. 기원식 참가는 다음 해부터 하기로 의견이 모였다.

"아 참. 기원식 무대 설치에 관련된 내용은 찾으셨어요?"

"아쉽게도 못 찾았어. 계속 찾아보겠지만, 어려울 듯해."

올해 기원식은 페르디난드와 문관 몇 명을 하르덴첼로 보내서 마법진과 제사 무대를 연구하기로 했다고 한다.

"전 일단 세례식 의상과 준비물을 가져와야 해서 신전에 돌아가야 해요."

"시종을 시켜 가져오게 하면 되지. 이럴 거면 네 측근에게 신전 출입 허가를 뭘 하러 내줬느냐?"

"그렇지 않아도 유스톡스를 신전에 보낼 예정이었으니 그때 그대의 시종도 함께 보내거라. 짐을 꾸려 두라고 프랑에게 편지 마술구로 연락해 두마."

"부탁드릴게요."

신전 일을 생각하다 보니 문득 평민촌 생각이 머리에 떠올랐다.

"양아버님, 플랑탱 상회의 책은 언제쯤 판매할까요?"

"어린이 방을 담당하는 시종이나 모리츠에게 연락해서 정해."

"알겠어요. 그럼 제 마력 압축 수업은 언제 하면 돼요? 올해는 샤를로테도 참가하고, 새로 측근이 된 로데리히도 있어요. 수강자는 정해졌나요?"

"그래. 이미 초대장도 전달했을 거다."

나는 수강자 목록에 로데리히와 필린느도 넣어 달라고 했다. 필린느는 계약을 영지에서 전국으로 바꿔야 했다.

"귀족원에서 모은 정보는 언제 각 부서에 팔 예정이냐? 우리로서는 네가 준비되는 대로 최대한 빨리 움직이고 싶은데……."

"일단 문관들과 종합해 봐야 하니까 이틀 후부터면 좋겠어요."

"알겠다. 각 부서와 연락을 취해서 일정을 정하고 연락하마."

나와 질베스타 둘이서 귀족들이 귀족가에 있는 동안 해야 할 일의 대체적인 일정을 후다닥 정했다. 이것을 문서로 주고받으면 시간이 하도 걸려서 봄을 축하하는 연회에 맞출 수가 없어서다.

"로제마인."

페르디난드가 이름을 부르기에 뒤돌아보니 관자놀이를 톡톡 두드리며 나를 보고 있었다.

"귀족원의 정보를 파는 업무에 빌프리트와 샤를로테도 참여하게 해라.”

“왜 그러시나요?”

내년부터면 몰라도 지금까지 관여하지 않았던 두 사람이 갑자기 참여한다고 해서 뭘 할 수 있을까? 내가 고개를 갸웃거리자, 페르디난드는 천천히 숨을 내뱉었다.

“시작할 때만 해도 그대는 취미로 각지의 이야기를 모은다고 했었지. 오히려 다른 정보까지 모으게 된 건 오산이었을 거다. 하지만 이젠 각종 정보를 각 부서가 원하는데다가 은근히 기다리기까지 하게 되었지. 정보 매매는 차기 영주가 될 빌프리트를 빼놓고 해선 안 된다.”

깜짝 놀라 고개를 든 사람은 빌프리트였다. 각 부서의 상층부가 모여 정보를 검토하는 자리에 매년 나만 참여한다면 상층부에 깊은 인상을 남기는 영주 후보생은 내가 되어 버린다.

“게다가 계약을 변경해서 인쇄업을 영주 주도로 진행하게 되면서 각지의 이야기를 책으로 엮는 것 자체가 영지 사업이 되었다. 그대의 예산만으로 추진해선 안 되지.”

나는 지금도 개인 취미로 인쇄업을 하는 기분인데, 듣고 보니 계약을 변경한 이상, 이 사업은 에렌페스트의 예산으로 추진해야 마땅하다.

“그리고 네 업무를 줄이는 대신 빌프리트와 샤를로테의 측근에게도 업무를 분배하는 것이 좋다. 무슨 일이든 크게 벌리는 그대를 좇아가느라 그대의 측근이 눈부시게 성장하는 것이야 기쁜 일이다만, 형제의 측근들과 차이가 눈에 띄게 벌어지고 있거든.”

문관들이 눈에 띄게 성장한 건 신전에서 페르디난드한테 시달려서 그런 거지, 하고 속으로 반박하는데, “그대는 영주가 아니라 영주 부인이 될 사람이니 너무 눈에 띄지 말아라."라고 페르디난드가 조그맣게 중얼거렸다. 빌프리트의 체면을 세워 주라는 말인 듯했다.

"이야기 수집도 그렇고 인쇄도 그렇고, 제가 하고 싶어서 하는 일인데 부하도 아닌 빌프리트 오라버니나 샤를로테와 나눠서 하라니요. ……아, 제 측근은 페르디난드 님이 키워 주신 셈이니 이번엔 두 사람의 측근에게 제가 과제를 줘서 교육하라는 뜻인가요?"

'그게 더 내가 할 일이 아닌 것 같은데…….'

"업무를 과하게 혼자 떠안지 말라고 내가 몇 번을 말했는가. 둘의 측근은 둘에게 맡겨. 다만, 인쇄는 그대 혼자만의 일이 아니고, 유용한 정보는 공유하도록 하란 말이다."

혼자 일을 떠안는 비밀주의 페르디난드가 차가운 눈빛으로 그렇게 주의를 주니 어리둥절하지만, 그는 철저히 영주의 체면을 세우는 사람이다. 나는 일단 수긍했다.

다음 날, 나는 지적받은 대로 빌프리트와 샤를로테의 문관들도 불러 귀족원에서 모은 정보를 나누기로 했다.

"샤를로테는 이쪽을 계산하고, 빌프리트 오라버니는 이걸 표로 정리해 주세요."

어차피 신입인 로데리히에게 방법을 가르쳐 줘야 했던지라 내 일이 늘어난 건 아니었다. 모두에게 방법을 가르친 후 각 부서에 팔 수 있게 정보를 분류하기 시작했다. 동시에 필린느에겐 종이와 잉크의 사용 상황 정리와 금액까지 계산하게 했다.

업무 진척을 지켜보니 빌프리트와 샤를로테는 자신의 문관들에게 확인을 받으면서 함께 업무를 처리했다. 하르트무트라면 혼자 끝내 버릴 양을 세 사람이 머리를 맞대고 확인하면서 처리하니, 처음 예정보다 속도가 느렸다.

'신관장님 말대로 측근의 역량 차이가 명확하긴 한데, 이걸 어떻게 좁히지?'

나의 관여 없이 측근의 역량 차이를 좁힐 방법이 떠오르지 않았다.

분류가 끝난 후에는 빌프리트와 샤를로테를 각 부서의 상층부 회의에도 데리고 갔다. 정보의 가치를 높여서 금액을 크게 따낸 다음 정보제공자에게 분배했다.

"넌 병석에서 일어난 작년부터 이런 일을 했었던 거야?"

빌프리트가 질린다는 표정으로 나를 보았다.

"숙부님이 언니에게 일거리를 뺏으려는 심정도 이해되어요. 언니는 조금 더 우리를 믿고 맡기세요."

"고맙게 생각합니다, 샤를로테."

내가 샤를로테에게 고마움을 전하자, 빌프리트도 고개를 크게 끄덕였다.

"난 네 약혼자인데 아무것도 몰랐네. 아버님과 업무 얘기를 할 땐 나한테도 얘기 좀 해 줘."

"알겠어요, 빌프리트 오라버니. 앞으로는 그리할게요."

마력 압축 수업 이후 로데리히가 마력 멀미로 힘들어하면서도 압축하려고 안간힘을 쓰는 모습을 볼 수 있었다. 그 무렵, 집에 돌아오지 않는 로데리히가 나의 측근이 되었다는 소문이 사교계에 일파만파 퍼지게 되었고, 로데리히의 부친이 내게 면담을 요청해 왔다. 그러나 그 의뢰는 거절당했고, 질베스타가 로데리히의 부친과 이야기를 매듭지어 주었다.

어린이 방과 유디트의 남동생

"오늘은 어린이 방에 가려고요. 플랑탱 상회도 알려야 하고, 리카르다가 하급생 중에서도 측근 후보를 찾으라고 했거든요."

"……측근 후보를 찾으신다면 제 여동생을 소개해 드려도 될까요? 물론 거두실지 말지는 로제마인 님께 달렸지만, 제가 졸업한 후에 남을 상급 견습 시종 후보로 고려해 보셔도 나쁘지 않을 거예요."

브륀힐데가 나를 보았다. 사실은 작년에 소개하고 싶었지만, 내가 당시의 측근에게도 정을 주지 않는 모습을 보고 보류했다고 한다. 귀족원에서는 왕족을 비롯해 대영지와의 교류를 빼놓을 수가 없기에 견습 시종 중 상급 귀족이 반드시 한 사람은 있어야 한다.

"부디 소개해 주세요."

"로제마인 님, 제 남동생도 소개해 드려도 될까요?"

유디트가 그렇게 말하며 보라색 눈을 반짝거렸다. 그러고 보니 유디트는 장녀라서 동생들을 위해서라도 분발해야 한다고 했었다. 나는 웃으며 고개를 끄덕였다.

어린이 방에 도착하자, 두 사람이 각자의 동생을 불러 모았다. "누님." 하고 웃으며 다가오는 모습이 정말 사랑스러웠다.

"로제마인 님, 소개해드리겠습니다. 제 여동생, 베르틸데입니다."

베르틸데는 브륀힐데와 분위기가 아주 비슷한 소녀였다. 어린이 방에 있었던 아이들과는 모두 인사를 했지만, 웬만한 접점이 없으면 모두를 기억하기가 쉽지 않았다.

"언니에게 로제마인 님의 이야기를 자주 들었습니다. 이렇게 말씀 나눌 수 있어 영광입니다."

어릴 때부터 브륀힐데의 유행에 관한 수다를 들어 왔고, 나를 모시게 된 후부터 열성적으로 유행을 선도하는 브륀힐데가 부러웠다고 한다.

"저도 귀족원에 들어가면 로제마인 님을 모시고 싶습니다."

"엘비라 님께 합격을 받지 못하면 로제마인 님을 모실 수 없어요."

베르틸데가 귀족원에 들어오는 건 2년 후이고, 지금은 아직 친척인 엘비라를 모시는 훈련 중이라고 한다. 엘비라 밑에 있다면 내 측근으로 삼기 위한 교육 중이라고 봐도 무방하리라.

'베르틸데, 똑똑히 기억해야지.'

"로제마인 님, 제 남동생 테오도르입니다. 내년에 귀족원에 들어와요."

"누님, 좀 놔주세요. 스스로 인사할래요."

유디트가 끌고 온 아이는 얼굴은 닮았지만, 야무져 보이는 남자아이였다. 천방지축인 유디트를 말리는 역할을 평소에 해 왔을 듯한 느낌이다.

'성별이 달라서 분위기도 다르지만 꼭 안게리카와 리젤레타 같아.'

"테오도르라고 합니다. 잘 부탁드립니다."

"로제마인 님, 측근으로 고려해 봐도 좋은 아이입니다."

코르넬리우스의 제안에 옆에 서 있는 안게리카도 고개를 끄덕이며 동의했다.

"저도 테오도르가 훈련하는 모습을 본 적이 있는데, 꽤 소질이 있습니다."

"두 분께서 그렇게 말씀해 주시니 영광입니다."

테오도르가 수줍듯 뺨을 붉히며 유디트를 쏙 닮은 보라색 눈동자로 코르넬리우스와 안게리카를 올려다보았다. 보니파티우스의 애제자로 알려진 두 사람은 견습 기사를 꿈꾸는 아이들에겐 동경의 대상이다.

"테오도르, 나를 대하는 태도와 너무 다른 거 아니니?"

유디트가 불만스럽게 남동생을 노려본다. 동생을 빼앗겼다고 느낀 걸까. 내가 샤를로테의 멋진 언니가 되고 싶은데 그 자리를 누군가에게 빼앗긴 것과 비슷한 기분일지도 모른다. 그렇게 생각하니 유디트의 심정도 이해는 되었다.

"내년에 귀족원에 들어오면 테오도르도 측근 후보로 생각해 볼까요?"

내 말에 테오도르가 매우 곤란한 표정을 지었다. 코르넬리우스와 안게리카와 나를 쭈뼛쭈뼛 번갈아 보더니 결국 고개를 숙였다.

"저…… 저, 저는…… 로제마인 님의 측근이 될 수 없습니다."

"테오도르, 무슨 말이야? 로제마인 님의 제안을 거절하겠다고?"

생각지도 못한 발언이었는지, 유디트의 눈이 휘둥그레졌다. 나는 가볍게 손을 들어 유디트를 제지하고는 싱긋 웃었다.

"이미 멜키오르와 약속했을지도 모르는데 그렇게 몰아세우면 안 돼요, 유디트. 누구를 모실지는 본인이 정해야죠."

"아니요, 아닙니다. 멜키오르 님이 아니라 저는 언젠가 아버님처럼 기베를 모시고 싶어서 그렇습니다. 그러니 영주 일족의 호위 기사가 될 수 없어요."

송구스러운 듯이 테오도르가 몸을 옹송그리며 그렇게 말했다. 영주 일족의 호위 기사 자리를 거절하다니 가당치 않다고 생각하는 것이다. 하지만 '아버님 같은 기사가 되어 아버님과 함께 기베를 모시고 싶다'는 테오도르의 꿈이 '아버님처럼 이 마을을 통틀어 모두를 지키겠다'고 약속한 내 가슴에 꽂혔다. 테오도르의 호감도가 쑥 올라갔다.

"너무 멋진 꿈이네요. 테오도르를 응원할게요. 그럼 귀족원에서만 내 측근이 되지 않을래요?"

"……예?"

내 제안에 얼떨떨해진 사람은 테오도르뿐만이 아니었다. 주변 측근들까지 덩달아 눈을 동그랗게 떴다.

"귀족원에 있는 기간에만 내 밑에 있어 주면 돼요. 언젠가 기베를 모시기 위한 공부와 훈련을 위해 귀족원에서 지내는 동안은 내 호위 기사가 되는 건 어떨까요?"

완전 고용이 아닌 기간 한정 호위 기사를 권유하자, 테오도르의 마음이 흔들리는 것이 보였다. "로제마인 님, 잠깐만요." 하고 말리는 리카르다를 제지하고, 나는 이어서 말했다.

"에렌페스트에 있을 땐 지금 있는 호위 기사로도 충분해요. 하지만 귀족원에서는 곁에 있어 줄 호위 기사가 부족하니까 그동안에만 날 호위해 보지 않겠어요?"

"……고민해 보겠습니다."

테오도르가 그렇게 말하며 조그맣게 웃었다.

"설교를 좀 해야겠습니다."

방에 돌아오자마자 리카르다가 무서운 기색으로 서서 우리를 쭉 둘러보았다.

"먼저 유디트. 공주님께 친족을 소개하기 전에 미리 협상했어야죠!

그러지 않으면 쌍방이 곤란해집니다."

측근 후보로 소개하기 전에 그 사람에게 모실 마음이 있는지, 지금까지의 업무 태도는 어떤지, 일을 맡길 만한 상대인지, 미성년자라면 부모의 의견은 어떤지 등 사전에 알아야 할 것들이 수두룩하다고 한다.

브륀힐데는 주인인 나를 1년에 걸쳐 지켜보면서 엘비라 밑에서 훈련 중인 베르틸데의 진도와 본인의 희망을 확인했고, 그레첼에서 인쇄업을 보급하는 상황도 고려한 끝에 측근 후보로 내게 베르틸데를 소개했다.

"그런데 유디트는 브륀힐데가 여동생을 소개해서 공주님께 인정받는 모습을 보고 따라 한 것뿐이죠. 그건 사전 조사 부족이며 주변에 민폐를 끼치는 행위입니다. 조금 전만 봐도 테오도르는 측근이 될 생각이 없었잖아요."

리카르다의 말에 유디트가 몸을 움츠렸다.

"공주님께서 테오도르의 바람을 존중하겠다고 명언하셨으니 억지로 측근에 들이진 않을 겁니다. 하지만 만약 본인의 바람이 중요하다며 측근이 되라고 명령하셨다면 테오도르는 누나 때문에 자신의 희망을 이루지 못할 뻔했습니다. 특히나 지금은 영주 후보생들의 나이가 비슷해 귀족원 측근으로 삼을 아이의 수가 한정적이긴 합니다. 신분이 아래인 테오도르의 의견이 묵살되는 건 드문 일도 아니지요."

"제 생각이 짧았어요. 정말 죄송합니다."

유디트가 어깨를 떨구며 사과하자, "다음부터는 충분히 생각하고 행동하세요."라며 리카르다는 엄격한 표정을 살짝 누그러뜨리고 미소를 지었다. 이것으로 유디트의 설교는 끝나나 했더니 갑자기 나를 확 돌아보았다. 그때는 다시 무서운 얼굴이 되어 있었다.

"충동적으로 발언하시면 안 된다고 제가 공주님께 몇 번이나 주의하지 않았습니까! 테오도르를 귀족원 한정 측근으로 삼겠다고 다른 아이들 앞에서 명언하신 이상, 무르실 수 없습니다. 질베스타 님과 페르디난드 도련님과 앞으로 어떻게 대응할지 자세히 상의하세요!"

잔뜩 골을 낸 리카르다가 올도난츠로 보호자들에게 이를 보고했고, 나는 영주 집무실에 불려갔다. 제일 먼저 입을 연 사람은 가장 표정이 살벌한 페르디난드였다.

"자, 리카르다에게 보고를 받았는데, 귀족원 한정 측근이라? 대체 무슨 생각으로 그랬지?"

"무슨 생각이냐고 물으셔도······. 일단 페르디난드 님을 참고한 거예요."

"나를 참고했다?"

무슨 뚱딴지같은 소리냐는 듯 페르디난드가 미간을 좁혔다.

"페르디난드 님은 심복인 에크하르트와 유스톡스만 신전까지 데리고 다니시면서 성에서는 양아버님의 문관이나 측근도 아닌 문관을 마음대로 데려다 쓰시잖아요. 영지 대항전 때도 명목상 기사단에서 몇 명을 호위 기사로 데리고 오셨지만, 그들도 페르디난드 님의 측근은 아니지 않나요?"

영지 대항전에서 앉아서 차를 마실 때 기사 몇 명이 우리 뒤에서 호위를 서고 있었는데, 나도 얼굴만 몇 번 봤을 뿐 페르디난드가 항시 데리고 다니는 측근은 아니었다. 실제로 표창식에서 타니스베팔렌을 토벌할 때 그들은 영주 부부의 보호를 우선시했고, 페르디난드 옆에는 에크하르트만 남아 있었다.

"페르디난드 님도 영주 일족이니까 귀족원에 다닐 땐 측근이 수두룩했을 거잖아요. 그 사람들은 다 어디 갔어요? 필요할 때만 쓸 거라면 제가 귀족원에서만 데리고 다니는 측근이 있는 것과 무엇이 다른가요? 양아버님이 멜키오르와 측근을 공유하는 건 안 된다고 해서 보호자인 페르디난드 님을 따라했을 뿐이에요."

"……난 그대와 다르다."

"뭐가 다르단 건가요? 솔직히 저도 귀족원에서 형식만 갖추면 그만이에요. 심복 문관은 몇 명 더 교육할 예정이지만, 나머진 지금으로 충분하거든요."

인상을 찌푸리는 페르디난드 옆에서 칼스테드가 "넌 보호자의 나쁜 점만 쏙쏙 따라가는구나." 하며 고개를 숙였고, 리카르다는 이마를 짚었으며 질베스타는 나와 페르디난드를 번갈아 보곤 웃음을 터트렸다.

"하하하. 형식만 맞추면 된다니. 페르디난드가 했던 말과 토씨 하나 안 틀리고 똑같네. 페르디난드. 너야말로 로제마인의 본보기가 되게 본인 측근을 키워."

"내가 귀족원에 다닐 때 두었던 측근은 대부분 구 베로니카 파라서 현재는 경계 대상이다. 자유롭게 선택하는 그대와 같다고 생각 마라. 그리고 신전에 드나드는 나의 측근이 되고 싶어 하는 별난 놈은 없어."

약혼으로 영주 부인 자리가 약속되고, 성인이 되면 신전을 나올 나와, 비록 환속했으나 앞으로도 신관장 자리에 있을 페르디난드는 입장이 다르다고 했지만, 측근으로 뽑을 인물이 적다는 점에서는 별반 다르지 않다.

"제가 자유롭게 고를 수 있다고 하시는데, 빌프리트 오라버니와 샤를로테와 멜키오르와 겹치지 않고, 파벌 문제도 없고, 같은 시기에 귀족원에 다니는 상급이나 중급 귀족은 거의 없어요. 누구를 키우란 말이죠? 후보가 있으면 말씀해 보세요."

내가 유레베에서 잠드는 동안, 빌프리트와 샤를로테가 어린이 방을 통솔했다. 그래서 지금 어린이 방에 있는 주요 상급 귀족의 아이는 성별에 따라 둘 중 하나의 측근 후보로 올라가 있었다. 나머지는 플로렌치아가 지켜보며 멜키오르의 측근으로 점찍어 둔 아이, 리카르다가 대상에서 제외한 구 베로니카 파 아이, 애초에 영주 일족의 측근 후보로 들어가지도 못하는 하급 귀족 아이, 개인 사정으로 타진 시점에서 사퇴한 아이 정도다.

언제 깰지 모르는 나의 측근이 되고 싶어 하는 별난 아이는 거의 없다고 들었다. 깨어난 직후에 어린이 방에 있던 아이들은 내 존재 자체를 몰랐을 정도다. 그런데도 하르트무트와 브륀힐데가 남아 있었던 건 라이제강 계열의 귀족이면서 나의 데뷔 무대와 어린이 방의 활동을 직접 보았기 때문이었다.

나와 접촉이 없는 하급생에겐 타진 단계에서 거절당했고, 상급생 후보를 준비해 두면 실제로 필요해졌을 때 내가 스스로 고를 거라 생각했다고 한다. 하지만 본심을 말하자면 상급생뿐만 아니라 하급생도 나의 측근 후보로 몇은 남겨 뒀으면 했다.

"남동생의 측근이니까 구 베로니카 파가 아닌 건 확실하군. 그럼 테오도르를 계속 데리고 있으면 되지. 하지만 귀족원 한정으로 선을 그어 버리면 나중에 일이 복잡해진다."

"그치만 테오도르는 자기 아버지처럼 기베 퀼른베르거의 기사가 되어 기베의 힘이 되고 싶댔어요. 저는 그 꿈을 응원하고 싶어요. 영주 일족의 측근으로 계속 잡아 둬야 한다면 테오도르를 측근으로 삼지 않을래요."

그 말대로 일을 복잡하게 만든 건 나일지도 모른다. 하지만 테오도르의 꿈을 지켜 주고 싶었다. 적어도 내 발로 뭉개고 싶지 않았다.

"개인적인 목적이나 동기는 차치한다고 하더라도 절 모실 마음가짐이 되어 있고, 일을 잘 할 수 있으면 된다고 트라우고트를 들일 때 리카르다가 말했어요. 테오도르가 귀족원에서 저를 주인으로 대해 주면 문제없잖아요. 일단 귀족원 한정으로 약속해 두면, 측근으로 넣은 뒤에 맞지 않아서 해임하는 것보다 문제가 적을 것 같은데요."

혈연이란 이유로 들인 트라우고트와 같은 결과를 또 겪는 건 싫었다. 적어도 귀족원에 다닐 때만이라도 제대로 일해 줄 아이가 좋다. 내가 그렇게 주장하면서 페르디난드를 째려보자, 질베스타가 턱을 천천히 쓸었다.

"둘 다 너무 노려보지 마. 어느 쪽 주장도 일리는 있어. 페르디난드가 걱정하는 것처럼 장래를 생각한다면 로제마인도 측근을 키워 두긴 해야 해. 하지만 로제마인의 주장대로 지금은 영주 일족의 측근으로 삼을 만한 아이가 부족하지. 어른이나 다 큰 아이들은 2년이나 잠든 로제마인의 업적을 피부로 느끼며 이해하지만, 어린아이의 눈에는 안 보이니 말이야."

그렇게 말하면서도 "그래도 귀족원 한정은……." 하며 팔짱을 낀 채 진지한 얼굴로 생각에 잠겼다. 그러자 페르디난드가 잔뜩 이골이 난 표정을 지었다.

"아우브 에렌페스트. 설마 허가하려는 건 아니겠지?"

"멜키오르와 측근을 공유하는 것보단 낫잖아. 안 그래?"

동시에 두 주인을 모시게 되면 본의 아니게 비교하게 된다. 그래서 측근을 공유하는 건 멜키오르에게 매우 위험하다고 한다.

"하지만 영주 후보생과 기베는 달라서 비교 대상이 안 돼. 귀족원에서 로제마인에게 훈련받은 견습 호위 기사를 얻게 되는 건데 기베 퀼른베르거에게도 썩 나쁜 얘기는 아니지. 특히나 그는 그레첼이나 하르덴첼보다 로제마인과 유대가 약한 걸 걱정하고 있거든."

설령 다른 기베가 영주 일족과 유대 관계를 맺고 싶어서 자기 자식을 기간 한정 측근으로 보낸다고 해도 그를 받아들일지 말지는 영주일족의 권한이다. 그러니 기간 한정 측근으로 삼아도 큰 문제가 없을 거라고 질베스타가 말했다.

"단, 기간 한정 측근과 일반 측근을 똑같이 대우하면 어딘가에서 불만이 나올 수 있어. 로제마인이 측근들을 잘 다루지 않으면 나중에 문제가 커질 거다."

질베스타의 말에 나는 고개를 끄덕였다.

"그럼 기베 퀼른베르거와 얘기해 보지."

질베스타가 협상해 보겠다고 해도 페르디난드는 여전히 불만이 가득한 표정이었다.

"그것 말고도 걱정거리가 있다. 여성 측근은 결혼하면 사직하지. 그 점도 염두에 두고 오틸리에처럼 자식이 귀족원에 들어갈 나이가 되어 업무에 복귀할 연령대의 여성도 시야에 넣어 고르지 않으면 나중에 힘들어질 거다. 그대는 영주 부인으로 에렌페스트에 남아야 하니까."

여성 영주 후보생은 일반적으로 다른 영지의 영주 후보생이나 같은 영지의 상급 귀족과 결혼한다. 영주 일족의 숫자가 적은 경우에는 데릴사위를 들이기도 하지만, 분쟁의 씨앗이 되기도 해서 흔하지는 않다. 여성 영주 후보생이 다른 영지로 시집가게 되면 동행하지 않는 측근은 해임되고, 상급 귀족과 결혼하게 되면 더 이상 영주 일족이 아닌 셈이므로 그런 경우에도 모조리 해임된다. 하지만 나는 영주 부인이 될 예정이라 측근을 해임할 일은 없다.

"……귀족원 졸업 전까지 찾을 생각이긴 한데, 복귀할 나이대 여성은 귀족원에서 측근 일을 못 하잖아요. 지금 저한테 절실한 건 인재가 아니에요."

"하긴 그렇군."

페르디난드가 납득해 주자 나는 속으로 몰래 덧붙였다.

'그리고 내가 아는 그 나이대 여성은 어머님이 이끄는「로맨스 이야기 만들기 부대」가 대부분이란 말이야. 새로운 책을 만들 인재들을 빼내 올 순 없지. 측근보다 책이 더 중요하니까.'

테오도르를 귀족원에 다니는 동안에만 내 측근으로 삼는 건에 관해서는, 질베스타와 기베 퀼른베르거가 논의한 끝에 내년에 구텐베르크를 퀼른베르거에 파견하는 것을 조건으로 승낙을 받았다.

플랑탱 상회와 회의

성에서 상품을 판매하는 날을 앞두고, 나는 어린이 방에서 홍보에 힘썼다. 로제마인 공방에서 만든 올해의 주목 상품은 아우렐리아의 이야기를 모은 아렌스바흐 기사 소설이다. 올해는 귀족원에서 모은 다른 영지의 이야기가 꽤 늘어서 상당히 기대되었다.

"다른 영지의 이야기요? 너무 기대돼요."

"저, 귀족원 이야기를 읽었는데, 빨리 귀족원에 가고 싶어졌어요."

귀족원 입학 전인 어린아이들이라도 내 키를 훌쩍 넘긴 아이들이 많았지만, 왁자지껄 즐겁게 웃는 모습들이 귀엽다.

"귀족원에서도 에렌페스트의 책이 유행할 조짐이 보여요. 입학 전에 읽어 두세요. 친구와 책을 교환하면 더 많은 책을 읽을 수 있답니다."

귀족에게도 책은 비싸다. 여러 권 살 수 있는 집안은 많지 않아서 꼼꼼히 따져 구매하거나 빌려야 했다. 앞으로 플랑탱 상회가 책 매출을 늘리려면 다른 영지로 판로를 넓혀야만 한다.

"하르트무트, 양아버님의 문관이 플랑탱 상회에 마술구 편지로 일정을 전달하기로 했죠? 오전에 회의했으면 한다는 내용도 추가로 넣어 달라고 하세요."

"성에서 판매하는 건 매년 치르는 행사인데 의논할 사항이 있습니까? 그들은 기베와도 의논해야 해서 바쁠 텐데요……."

이번에 플랑탱 상회는 하르덴첼과 그레첼에서 인쇄한 책을 위탁 판매하기로 해서 그와 관련한 회의가 있다. 나도 그 자리에 동석해서 플랑탱 상회가 불이익을 당하지 않게, 기베가 벤노에게 바가지를 씌우지 못하게 감시해야 한다.

"영주 회의에서 단켈페르거와 인쇄 협상을 하게 되었다고 보고하고 싶어서요."

디터 승리로 얻은 권리는 물론, 앞으로의 지침을 만들려면 플랑탱 상회와 꼭 의논해 둬야 했다. 영주 회의 전에 의견을 내놓으려면 사전 정보 없이는 어렵다.

"알겠습니다. 영주님 집무실에 다녀오겠습니다."

"공주님, 플랑탱 상회와 약속하신 시간입니다."

리카르다의 말에 나는 문관들을 데리고 방을 나왔다. 그러자 샤를 로테가 보였고, 계단 아래에는 빌프리트가 기다리고 있었다.

"책을 판매하려면 플랑탱 상회와 회의도 해야 하는군요. 언니의 기사가 연락을 부탁한 적은 있는데 나머지는 언니의 호위 기사와 어린이 방을 담당하는 시종에게 맡겨 뒀던지라 회의에는 처음 참여해 보네요."

내가 유레베에서 잠드는 동안에 다무엘이 수고했다고 페르디난드 한테도 들은 바 있다. 하지만 실제로 어린이 방의 운영에 힘썼던 샤를 로테에게 듣자니, 나의 호위 기사들이 일을 나눠서 진행했다고 한다.

샤를로테가 다무엘을 돌아보며 "그땐 고마웠어요." 하고 웃었다. 고맙다는 말에 송구스러워하는 다무엘을 레서 버스에서 올려다보니 나까지 우쭐해졌다.

"다무엘은 문관 업무도 잘하는 호위 기사라서 신전에서도 자주 도와준답니다. 페르디난드 님이 일거리를 자주 맡기는 사람도 다무엘이에요."

"그렇군요. 어쩐지 업무를 분배하고 지시까지 명확하게 해서 감탄했었어요."

당초에 어린이 방에서 뭘 해야 할지 눈앞이 깜깜했던 샤를로테는 자신의 측근에게도 지시를 잘 내리지 못했다. 그것을 나의 호위 기사들이 도와주었다고 설명했다.

"언니의 호위 기사들은 전부 문관 업무까지 완벽하게 해내네요. 정말 놀라워요."

존경의 눈으로 나를 보는 샤를로테에게 뭐라고 대답해야 할지 몰라 나는 안게리카에게 시선을 보냈다. '전부는 아니다'라는 진실을 전하지 못한 채 웃으며 대충 넘겼다.

우리가 도착했을 땐 이미 기베들과 플랑탱 상회가 회의를 진행 중이었다. 벤노와 마르크와 다미안의 모습이 보였다. 귀족의 장황한 인사를 나누고, 판매회는 작년과 마찬가지로 문제가 없음을 확인하자, 다미안이 준비를 위해 어린이 방의 시종들과 함께 퇴실했다.

"로제마인 공방 이외의 공방에서 만든 책 판매 건으로 말씀을 드리자면……."

벤노는 처음 동석하는 빌프리트와 샤를로테의 문관도 이해하기 쉽게 설명하기 시작했다. 이번 의제는 하르덴첼과 그레첼에서 만든 책을 팔 때의 위탁료 협상이다. 여태까지는 대부분 로제마인 공방에서 만든 책이었지만, 앞으로는 각지에 인쇄 공방이 늘어날 예정이다. 머지않아 서점도 늘어나겠지만, 지금은 플랑탱 상회가 모든 책의 판매를 맡고 있으며 앞으로 다른 영지에 팔 때의 창구가 된다. 그래서 첫 약정이 중요하다.

상품인 책을 보내는 경우, 플랑탱 상회가 받으러 갈 경우, 성에서 팔 경우, 상점에서 상품을 보관할 경우 등 온갖 상황을 상정하여 세세하게 정해 나간다.

"우리 쪽에서 상품을 보내기만 해도 금액 차이가 확 달라지는군."

기베 그레첼이 의심하는 시선으로 탐색하듯이 벤노를 보았다. 나는 기베들을 마주 보고 싱긋 웃으면서 입을 열었다.

"수송비가 크거든요. 기베라면 전이 마법진으로 책을 성까지 옮기면 되지만, 평민의 주 수송 수단은 배나 마차예요. 사람을 고용하면 그만큼 수송비가 더 들죠. 거리는 물론이고, 길이 얼마나 잘 닦여 있는가에 따라 소요 시간도 달라지죠. 거기에 따라서 금액도 달라집니다. 그레첼보다 하르덴첼이 비싼 건 그 때문이에요."

징세할 때 사용하는 전이 마법진으로 책도 함께 보내면 마력은 더 들겠지만, 비용은 들지 않는다. 평민을 써서 마차로 옮기면 상품이 손상될 가능성이 있고, 수송비만큼 금액을 올리지 않으면 이익이 안 남는다. 나의 설명에 기베들은 납득했는지 고개를 끄덕였다.

"지금이야 양이 많지 않으니 징세할 때 같이 보내면 되는데, 앞으로는 어찌해야 할지⋯⋯."

엘비라가 이끄는 '로맨스 이야기 만들기 부대'의 책을 인쇄해서 아주 잘 팔고 있는 기베 하르덴첼이 얼굴을 찌푸렸다. 책 수량을 늘린다고 해서 그만큼 이익이 커지는 건 아니다.

"지금 최대한 적은 마력으로도 수송할 수 있게 개량 전이 마법진을 연구하는 중이에요. 인쇄 공방이 늘어나고 각지에 인쇄 협회가 생길 때쯤이면 부담되지 않는 마력으로 수송할 수 있을 거예요."

"로제마인 님은 먼 앞일까지 내다보고 계시는군요."

"언제부터 그런 연구까지 시키고 있었어?"

깜짝 놀라며 눈을 크게 뜬 기베들과 빌프리트는 페르디난드와 달리 이 연구 목적이 나의 납본을 위해서임을 눈치채지 못한 모양이다. 별말 없이 나는 더 깊이 웃었다.

"페르디난드 님도 인정하신 제자가 연구하고 있으니 안심하고 기다려 주세요."

수송비 건을 기베들에게 납득시키자, 위탁료 계약도 무사히 체결했다. 나는 긴장감이 풀린 방을 둘러보고, 기베들과 빌프리트와 샤를로테에게로 시선을 보냈다.

"이걸로 기베와 플랑탱 상회의 회의는 끝났으니 기베와 빌프리트 오라버니, 샤를로테는 퇴실하셔도 돼요."

"넌 어쩔 건데?"

빌프리트가 나와 플랑탱 상회를 번갈아 보며 녹색 눈을 반짝였다.

"난 아직 플랑탱 상회와 할 얘기가 남았거든요. 앞으로의 일정을 전달해 줘야 하고, 개인적인 질문도 있어서요."

클라센부르크 상인의 딸을 다루아로 삼은 일도 물어야 하고, 시간이 남으면 구텐베르크의 상황도 듣고 싶었다.

"그 앞으로의 일정이란 건 내가 들으면 안 되는 얘기야?"

"아니요. 관심이 있고 시간이 있으면 남으셔도 돼요."

"인쇄와 관련된 얘기라면 저 역시 들어 두고 싶습니다."

빌프리트와 기베 하르덴첼이 그렇게 말했다. 이렇게 되면 아주 개인적인 대화는 못 나누겠지만, 거절할 이유도 없었다. 나는 모두의 동석을 허가하고, 벤노를 마주 보았다.

"귀족원에서 빌린 책으로 사본을 만들고 다른 영지의 이야기를 견습 문관들이 모으고 있는데, 그것을 인쇄한 책을 내년부터 귀족원에서 퍼트리게 될 것 같아요."

"내년부터지요?"

벤노가 머릿속으로 여러 계산을 굴리는 것이 보인다. 나는 고개를 한 번 끄덕였다.

"실제 판매는 내년 여름쯤일 거예요. 성전 그림책은 귀족원의 성적과 직결되니까 아직 퍼트릴 예정은 없어요. 기사 소설이나 로맨스 소설을 중심으로 준비해 주세요. 올해 학생들의 반응을 보아하니 조짐이 좋거든요."

벤노의 적갈색 눈동자가 먹잇감을 노리는 육식동물처럼 번뜩였다. 공기가 단숨에 팽팽해졌다. 이익을 내다보는 상인의 눈빛에 나도 모르게 내 입꼬리도 끌려 올라갔다.

"영지 대항전에서 2위를 차지한 단켈페르거의 책을 인쇄할 권리를 얻었어요. 자세한 사항은 영주 회의에서 정할 거고요. 그 결정이 다른 영지와도 계약할 때 기준이 될 거예요. 어떤 사항을 넣으면 좋을지 영지 회의 전에 한 번 얘기를 나눠 봐요."

인쇄에 문외한인 질베스타의 문관에게 이 건을 통째로 맡길 수는 없었다. 단켈페르거에 제안할 조건과 사항은 우리가 정해서 시안을 만들어 둬야 했다.

"로제마인 님께선 다른 영지에서 모은 이야기를 책으로 만드시는 겁니까?"

기베 하르덴첼의 질문에 나는 고개를 크게 끄덕였다.

"네. 에렌페스트의 기사 이야기 대부분은 제가 어린이 방에서 아이들에게 들은 이야기를 토대로 만든 거예요. 자기 이야기가 실리니까 아이들도 매우 기뻐하더라고요. 다른 영지용으로 팔리려면 그 영지와 관련 있는 이야기를 넣어서 관심을 끌어야 한다고 생각해요."

"오호라. 그럼 다른 영지의 로맨스도 있어야……."

기베 하르덴첼이 중얼거렸다. 위엄 넘치는 얼굴과 로맨스라는 단어가 영 안 어울리지만, 그는 로맨스 소설을 이익 상품으로 보고 있는 듯했다. 평민들과도 교류한다는 기베 하르덴첼은 즉시 자신들이 어떤 방향으로 인쇄할지 머리를 굴리기 시작했다. 하지만 기베 그레첼은 아직 완전히 이해하지 못한 듯했다. 복잡한 표정으로 앉아 있을 뿐이었다.

"하르덴첼에서는 엘비라와 친구들이 쓴 책을 찍어 내고 있으니 인쇄할 원고가 쌓여 있겠네요. 그런데 그레첼에는 아직 그럴싸한 상품을 써낼 작가가 없는 것으로 아는데, 괜찮다면 제가 모은 이야기를 인쇄할 의향이 있나요?"

다른 영지에서 모은 유르겐슈미트의 기사 이야기책도 만들어 보고 싶지만, 로데리히가 쓴 디터 이야기도 인쇄하고 싶었다. 지금은 이야기는 넘쳐나는데 그것을 찍어 낼 인쇄 공방이 적을 정도다. 그레첼이 몇 점을 맡아 준다면 손을 덜 터였다. 내가 제안하자, 기베 그레첼이 화들짝 놀라 고개를 확 들고, "부디 맡겨 주십시오." 하고 달려들었다.

"그리고 로제마인 님. 구텐베르크로부터 보고가 있습니다. 요한이 말하길 그레첼 대장장이들의 실력이 만족할 만큼 늘었다고 합니다. 봄에는 돌려보내겠다고 합니다. 그리고 자크가 말하길 로제마인 님께서 주문하신 물건을 완성했다고 합니다. 신전에 있는 방에 넣을지, 아니면 성에 있는 방에 넣을지 물었습니다."

자크가 만들어 준 건 매트리스다. 잠자기 편안한 침대가 완성되었다는 보고에 나는 조그맣게 웃었다.

"신전에 넣어 달라고 전달해 주세요. 자세한 얘기는 회계 보고 때 할게요."

"마지막으로 저희가 1년간 맡기로 한 클라센부르크 상인의 건은……."

내가 묻기도 전에 벤노가 먼저 카린의 얘기를 꺼냈다.

"다루아로서 일 처리 능력은 훌륭합니다. 역시 대영지의 상인이라고 감탄할 만한 점이 몇 가지나 있어서 저희 상점에서 거둘지 검토하고 있습니다. 또 클라센부르크에서 에렌페스트로 오는 길목에서 들은 이야기로 다른 영지의 정보도 손에 넣었습니다. 로제마인 님께 도움이 되었으면 합니다."

벤노의 말에 맞춰 마르크가 종이 더미를 슥 내밀었다. 그 문건을 하르트무트가 건네받아 내게 넘겼다. 나는 자료를 파라락 넘겨 읽어 보았다. 플랑탱 상회뿐만 아니라 길드장과 거상들에게 얻은 정보까지 깔끔하게 정리되어 있었다.

"고마워요, 벤노. 아우브 에렌페스트도 기뻐하실 겁니다."

다른 눈들이 많아서 이보다 더 개인적인 이야기를 꺼낼 수는 없었다.

"로제마인 님은 평민한테서도 정보를 얻고 계십니까?"

나와 벤노의 대화를 지켜보던 기베 그레첼이 눈을 끔뻑거렸다. 그레첼은 귀족가와 평민촌이 완벽하게 구분되어 있다. 인쇄에 관해서는 의견을 수용하려고 노력하고 있지만, 평민에게 정보를 얻는 것까지는 생각하지도 않았던 듯했다.

"상인은 다양한 곳과 연결 고리가 있어 유익한 정보를 얻을 수 있어요. 귀족가에서는 손에 넣지 못하는 정보를 얻을 때도 많죠. 빌프리트 오라버니와 샤를로테도 기원식과 수확제에서 새로 알게 된 것들이 있지요?"

제사를 치르러 귀족가를 나갈 기회가 많은 두 사람에게 질문을 던지자, 둘은 동시에 고개를 끄덕였다.

"그럼요. 두 눈으로 직접 보지 않으면 모르는 것들이 많다는 걸 느꼈어요."

"마력을 주셔서 고맙다는 소리를 영지민에게 들으면 더 열심히 해서 좋은 영주가 되어야겠다고 정신을 바짝 차릴 수 있게 되지."

빌프리트의 말에 기베 하르덴첼이 조금 놀라더니, 다시 표정이 부드러워졌다.

"저희의 마력이 없으면 평민은 먹고살지 못합니다. 하지만 평민이 없으면 저희 귀족도 생활이 곤란해지지요. 그 점을 염두에 두시면서 끊임없이 노력하신다면 현명한 영주가 되실 겁니다."

오점이 있는 영주 후보생이다, 나와 약혼해서 자리를 꿰찬 무능한 차기 영주다. 귀족들에게서 그런 험담을 듣는 빌프리트는 기베 하르덴첼에게 인정받자 더없이 기쁜 모양이다. 자랑스럽게 웃으며 고개를 끄덕였다.

"음. 최선을 다하겠다."

그 모습을 샤를로테가 지그시 바라보고 있었다.

오후에 열린 책 판매회에서는 엘비라 부대가 만든 로맨스 소설이 압도적인 인기를 보이며 폭발적으로 팔렸다. 그다음으로 잘 팔린 책은 로제마인 공방에서 인쇄한 아렌스바흐의 기사 이야기였다. 구 베로니카 파들이 부리나케 사 갔다. 나도 한 권 구매했지만, 내가 가지려는 건 아니었다.

"램프레히트, 이걸 아우렐리아에게 선물하세요. 이야기를 들려준 답례에요."

빌프리트에게 붙어 호위하던 램프레히트에게 나는 구매한 책을 건네주었다. 염색물 대회 때 아우렐리아가 이야기해 주었던 내용의 책이다. 이왕이면 아우렐리아도 재미있게 읽어 줬으면 했다. 램프레히트는 책을 받아들고 기쁜 듯이 웃었다.

"송구합니다. 아내가 로제마인 님의 책을 재미있게 읽고 있는데, 정말 좋아할 겁니다."

시야 끄트머리에서 '아내'라는 단어에 시선을 피하는 다무엘이 보였다.

멜키오르의 세례식

책 판매가 끝난 며칠 뒤에는 봄을 축하하는 연회가 열린다. 그때 멜키오르의 세례식도 있어서 의상과 도구를 가져오라고 리젤레타와 브륀힐데를 신전에 보냈다.

"프랑과 모니카가 빠짐없이 준비해 두고 기다리고 있었습니다, 로제마인 님."

리젤레타가 신전장의 예복과 필요한 도구를 전부 확인하며 활짝 웃었다. 신전에 도착했을 때 나의 시종과 페르디난드의 시종들이 바로 가져갈 수 있게끔 짐을 세분화해서 현관 앞에까지 옮겨놨었다고 한다.

"이건 고아원 아이들이 로제마인 님께 드리는 선물이라고 합니다. 파루 과즙이래요."

"겨울의 진미네요. 엘라에게 전달해 주세요."

브륀힐데가 파루 과즙이 든 작은 항아리를 들고 주방으로 갔다.

"프랑이 로제마인 님께서 아프시진 않은지, 체력을 늘리는 운동을 꾸준히 하고 계신지 걱정하기에 기사 훈련장에서 가벼운 운동은 하고 계신다고 말해 뒀습니다."

호위 기사로 동행했던 다무엘이 알려주었다. 프랑뿐만 아니라 모니카와 다른 사람들의 상황도 물었지만, 신전에 있는 모두가 변함이 없다고 해서 한시름 놓았다.

그때 오틸리에가 돌아왔다. 손에 초대장이 쥐여져 있었다.

"로제마인 님, 샤를로테 님과 빌프리트 님께서 다과회에 초대하셨습니다. 갑작스러운 초대지만, 세례식 전에 멜키오르 님을 소개하고 싶으시답니다."

샤를로테의 초대장에는 '저도 세례 전에 언니와 다과회를 하고 기뻤기 때문에 이 자리를 마련했다'는 글이 쓰여 있었다. 샤를로테와 처음 만난 다과회는 도중에 빌프리트가 난입하는 바람에 심문회로 변했었다. 사실 내게는 썩 좋은 기억은 아니다. 하지만 샤를로테에겐 좋았던 기억인 모양이다.

'하긴 그 다과회에서 샤를로테가 얼마나 사랑스러운 여동생인지 깨달았지.'

여태껏 얘기를 나눈 적이 없는 멜키오르와는 세례식 전에 얘기를 나눠 보고 싶었다. 알겠다는 답장을 보낸 나는 문관들과 부지런히 사본을 만들면서 다과회를 기다리기로 했다.

'좋은 누나가 되도록 열심히 노력해야지!'

"어서 와요, 언니."

"초대해 줘서 고마워요, 샤를로테."

주최자인 샤를로테와 인사를 나눈 뒤, 빌프리트의 옆에서 소개해 주기를 기다리는 멜키오르에게로 시선을 옮겼다. 부친을 닮은 남보라색 머리카락에, 눈동자는 모친을 닮아 푸른색이다. 생김새도 모친을 닮아 얌전하고 온순한 느낌이었다. 그리고 가장 중요한 것을 확인했다.

'이겼어!'

아주 조금이지만 키는 내가 이겼다.

'아주 쪼끔이지만, 내가 더 커. 보기엔 연년생 같지만 그래도 내가 누나로 보여. 야호! 아, 뒤꿈치도 안 들었거든?'

멜키오르와 만날 때 가장 걱정했던 키 문제를 통과하고, 누나처럼 보인다는 것을 알게 된 순간 기분이 점점 좋아졌다.

"우리 남동생 멜키오르야. 잘 돌봐 줘. ……멜키오르, 네 누나이고, 세례식 때 축복을 줄 신전장이기도 한 로제마인이다."

"로제마인 누님, 제가 아직 세례를 받기 전이라 진짜 축복을 빌지는 못하지만, 인사를 받아주세요."

멜키오르가 살짝 긴장한 얼굴로 앞으로 나와, 그 자리에 무릎을 꿇고 머리를 숙였다.

"아우브 에렌페스트의 아들, 멜키오르라고 합니다. 생명의 신 에이비리베의 엄격한 선별을 받은 유례없는 만남에 축복을 기도함을 허가해 주십시오."

"허가합니다."

"로제마인 누님께 생명의 신 에이비리베의 축복을. ……앞으로 잘 부탁드립니다."

배운 대로 해냈다는 만족스러운 표정으로 멜키오르가 고개를 들었다. 잘했는지 묻듯이 빌프리트와 샤를로테를 번갈아 힐끔거렸다. 둘 다 상냥한 미소를 지으며 동생을 보았다.

"잘했다, 멜키오르."

"나도 처음 인사할 땐 긴장했어요. 연습 많이 했네요."

형님과 누님에게 칭찬받아 들뜬 천진난만한 모습이 막둥이다워서 귀엽다. 플로렌치아의 밑에서 무럭무럭 잘 자랐음이 느껴진다. 멜키오르의 미소만 봐도 나까지 입이 헤벌쭉 벌어진다.

"누님이 북쪽 별채로 옮긴 후부터 어린이 방이 텅 빈 것 같아서 저도 빨리 옮기고 싶었어요. 이렇게 다과회를 함께하게 되어서 기쁩니다."

"나도 오랜만에 멜키오르와 함께 시간을 보내게 되어서 기뻐요."

샤를로테가 남동생의 머리를 상냥하게 쓰다듬었다. 멜키오르의 머리카락이 찰랑거렸다.

"어? 멜키오르와 로제마인은 머리카락 색깔이 비슷해서 진짜 남매로 보이네."

빌프리트가 멜키오르의 머리카락을 살짝 건드리면서 내 머리카락과 비교하며 말했다. 그 말대로 질베스타에게 물려받은 남보라색 머리카락은 빌프리트나 샤를로테의 옅은 금발보다는 나와 색조가 더 비슷했다.

'카밀도 이렇게 자랐을까? 이제 슬슬 다섯 살이 됐겠지? 아빠랑 엄마의 사랑을 듬뿍 받았을 테니 분명 이런 느낌으로 컸을 거야.'

마지막으로 신전에서 카밀을 본 것이 언제였더라. 기억을 더듬으니, 나와 닮았던 카밀의 머리카락 색과 질베스타를 닮은 남보라색 머리카락이 겹쳐 보였다.

'나도 카밀에게 누나라고 불리고 싶었어. 절대 이루지 못할 소원이지만……'

"멜키오르가 아직 못 먹어 본 디저트를 언니가 가져와 주셨어요."

샤를로테의 권유로 자리에 앉자, 다과회가 시작되었다. 각자 가져온 디저트를 한입씩 먹어 보여주고 차를 마셨다. 내가 가져온 디저트는 파루 바바루아다. 오토마르 상회가 영지 대항전에 카트르 카르를 납품할 때 겨울에 완성된 젤라틴을 내게 선물로 주었다. 엘라에게 바

바루아를 만들도록 했는데, 남들 앞에 내놓는 건 이번이 처음이다. 세 사람의 평가를 브륀힐데가 가만히 기다리는 모습이 보였다.

"목 넘김이 부드럽고 맛도 달콤해서 맛있어요. 이것도 여러 가지 맛이 있나요?"

"그럼요. 여러 가지 맛을 즐길 수 있을 거예요. 이건 파루라고 하는 겨울 과일을 쓴 거예요."

나도 바바루아를 한입 먹었다. 파루 맛은 내겐 그리운 평민촌의 맛이다. 입속에 가득 퍼지는 달콤함에 얼굴이 저절로 풀어진다.

"……달긴 한데, 로제마인 누님이 만든 새로운 디저트는 전부 식감이 독특하네요."

"난 이것보다 쿠키가 더 좋아."

샤를로테에겐 호평을 받았지만, 남자아이들의 입맛엔 애매했던 모양이다. 이 평가를 토대로 개량하지 않으면 귀족원에서 낼 수 없다.

'푸딩도 처음엔 평가가 나빴는데, 바바루아도 입맛엔 안 맞나 봐.'

"멜키오르는 세례식 내일이지? 긴장 안 돼?"

화제는 내일로 다가온 멜키오르의 세례식 얘기가 중심이었다. 빌프리트의 물음에 멜키오르는 "혼자 입장해야 한대요."라고 조그맣게 대답했다.

"나도 세례식에서 입장할 때 주변 귀족들이 모두 주목해서 긴장했었어요. 그래도 단상 위에서 날 기다리는 언니를 보니 진정되더라구요. 멜키오르도 언니를 보면서 걸어가면 돼요."

싱긋 웃는 샤를로테가 멜키오르의 긴장을 풀어 주었다.

"넌 겨울 세례식이었으니까 데뷔하는 아이들과 함께였잖아. 나도 멜키오르처럼 거길 혼자서 걸어야 했다고. 긴장감의 크기가 아예 달라."

귀족의 겨울 세례식은 데뷔 무대와 함께 치르지만, 봄부터 가을에 열리는 세례식은 집으로 신관을 불러서 치른다. 봄 세례식에는 그 대강당을 혼자 걸어가야 한다고 했다. 내가 세례를 받을 땐 칼스테드와 엘비라가 앞장서서 함께 걸어가 주었던 기억이 떠올랐다. 그때도 초대객이 많았지만, 거의 모든 귀족이 모이는 성에서의 세례식보단 훨씬 나았다.

나는 잔뜩 긴장한 멜키오르와 세례식 순서를 쭉 복습하고, 빌프리트와 샤를로테가 '이건 이렇게 하는 편이 낫다' '아니 이쪽이 낫다'고 논쟁하는 모습을 웃으면서 지켜보았다.

"멜키오르는 어떤 물건을 좋아해요?"

"로제마인 누님이 만들어 주신 완구를 좋아해요. 전부 누님이 만드신 거죠? 형님과 샤를로테 누님한테 들었어요. 로제마인 누님은 정말 대단하다고."

내가 만든 책을 가져와 낭독해 준 플로렌치아와 샤를로테, 카루타와 트럼프로 노는 방법을 알려준 빌프리트 덕분에 멜키오르에겐 내가 대단한 누님으로 인식되어 있었다.

'나, 누나로서 아주 산뜻한 출발이야. 빌프리트 오라버니, 샤를로테, 땡큐!'

감동으로 기분이 고양되었다. 테이블 위에서 주먹을 불끈 쥐며 멜키오르에게 좋은 누나가 되겠다고 결심한 순간, 멜키오르가 매우 사랑스럽게 웃었다.

"로제마인 누님이 만든 책도 너무 재밌던데, 다른 것도 읽어 보고 싶어요. 전 책이 너무 좋아요."

'맙소사! 미쳤어! 웃으면서 너무 좋다니! 책벌레 남동생, 이 얼마나 멋진 존재인가! 이렇게 귀여운 남동생을 주신 신께 당장 감사하고 싶어!'

갑자기 넘쳐흐르려는 마력을 억누르려고 내가 바들바들 떨자, 리카르다가 걱정스러운 표정으로 다가왔다. 오늘은 남매간의 다과회라서 페르디난드에게 받은 마력을 담는 목걸이가 없었다.

"공주님, 진정하세요."

"괜찮아요, 리카르다. 나 아직……."

귀족원에서 책벌레 친구의 다과회에 몇 차례 출석한 덕분에 약간 내성이 생겼다. 멜키오르에게 더 많은 책을 추천해서 더더욱 책을 사랑하는 남동생으로 만들기 전까지는 절대 눈을 감을 생각이 없다.

"멜키오르는 어떤 이야기가 좋아요? 역시 기사 이야기인가요? 요즘 다른 영지 이야기도 많이 나오고 있답니다. 아직 책으로 만들진 않았지만, 얘기해 줄 순 있어요."

남동생이 원한다면 발 벗고 대답해 줘야지. 좋아, 와라, 하고 내가 웃으며 대답을 재촉하자, 멜키오르가 고개를 살짝 갸우뚱하며 웃었다.

"전 신화 이야기가 제일 재미있어요. 카루타도 할 수 있게 되니까 시종들이 성전 그림책을 자주 읽어 줬어요. 로제마인 누님처럼 되려면 신에 대해서 잘 알아야 한다고 형님도 말씀하셨잖아요."

'성전 그림책이 재미있다고?'

에렌페스트에서 성전 그림책은 참고서에 속한다. 카루타에서 이기기 위해 신의 이름과 신구를 외워야 하는 이유로 자주 읽히지만, 순수하게 신화가 재미있다는 사람은 거의 없었다.

"알겠어요. 멜키오르가 신화를 좋아한다면 온 힘을 다해 응해야죠.

리카르다, 당장 신전에서 신전장의 성전을……."

말을 끝내기도 전에 리카르다가 내 어깨를 살포시 토닥였다.

"공주님, 멜키오르 님이 귀여워서 어쩔 줄 모르는 마음은 이해합니다만, 이제 그만 진정하셔야죠. 신전장의 성전은 남들에게 쉽게 보이면 안 되는 물건이라고 페르디난드 도련님께서 말씀하셨잖아요."

이상한 마법진과 문구가 떠오르는 성전은 타인에게 섣불리 보여선안 되는 물건이다.

"사본이면 괜찮을까?"

"어려워서 이해하지 못하실 거예요. 아직 그림책으로 엮지 않은 이야기를 공주님이 직접 얘기해 주시면 그걸로 충분할 겁니다."

'이왕이면 책을 보여주고 싶었는데.'

리카르다가 하는 말도 일리가 있었다. 나는 멜키오르에게 아직 그림책으로 만들지 않은 신화를 얘기해 주기로 했다. 멜키오르는 플로렌치아를 쏙 닮은 푸른 눈동자를 반짝이며 내 이야기에 귀를 기울였다. 이 정도면 새로 생긴 남동생을 위해 새 책을 시급히 만들어야 하지 않을까?

새로 생긴 남동생과 만족스럽게 교류한 뒤, 본관으로 돌아가는 멜키오르와 측근들을 배웅했다.

"멜키오르가 정말 귀엽네요. 마음껏 사랑해 줄 거예요."

다과회를 열어 준 두 사람에게 결심을 보여주자, 샤를로테가 가볍게 툴툴거렸다.

"왠지 멜키오르에게 언니를 빼앗긴 것 같아요."

"샤를로테, 로제마인은 연하에게 약하고, 같은 여성에겐 더 약해.

너랑 나랑 처음 만났을 때 태도부터 달랐다니까. 나한텐 저런 약한 태도를 보인 적이 한 번도 없어."

빌프리트가 삐친 표정으로 나를 보았다.

"나한테도 좀 상냥하게 대해 봐. 넌 내 약혼녀잖아."

"어머, 난 빌프리트 오라버니한테 무르다고 여태껏 페르디난드 님에게 꾸중을 듣고 있는데요?"

"뭐? 네가 나한테 봐준 적이 있었어?"

빌프리트가 고개를 갸웃거리며 의아한 표정을 지었다.

"데뷔 무대 전에, 그리고 하얀 탑 사건. 두 사건 모두 빌프리트 오라버니한테 너무 관대하게 대했다고 하던데 더 엄격하게 해 주길 바라셨나요?"

빌프리트가 깜짝 놀라며 눈을 크게 떴다.

"플류트레네와 룽슈멜의 치유가 다르듯이 차기 영주가 될 빌프리트 오라버니와 동생들에게 취하는 태도가 다른 게 당연하죠. 약혼자니까 더 성장해 주셔야 해요. 동생들처럼 봐줄 필요가 없을 것 같은데요."

내가 딱 잘라 말하자, 빌프리트가 입을 꾹 닫았다.

멜키오르의 세례식 당일. 신전장인 나는 작년과 달리 빌프리트와 샤를로테가 아닌, 신관장인 페르디난드와 함께 입장한다.

"로제마인, 신체 강화를 써도 되니 똑바로 걸어라."

파란 예복을 차려입고 내 뒤에서 걸어오는 페르디난드가 작은 소리로 주의를 주었다. 나는 전신에 마력을 퍼트렸다. 나의 세 걸음이 페르디난드의 한 걸음인 다리 길이만 눈감아 준다면 이걸로 평범하게, 그리고 우아하게 걸을 수 있을 터이다.

귀족이 운집한 대강당의 한가운데를 걸었다. 내게 쏠린 시선에 여전히 긴장되어 자세가 뻣뻣해지지만, 이젠 이것도 제법 익숙해졌다. 나도 조금은 성장했나?

단상 중앙에는 제단이 설치되어 있었다. 그 왼쪽에 영주 부부와 호위 기사, 시종이 나란히 서 있다. 우리가 단상에 올라 왼쪽으로 향하자, 질베스타가 일어나 가운데로 걸어 나왔다.

"물의 여신 플류트레네의 청아한 강물에 생명의 신 에이비리베가 떠내려가고, 흙의 여신 게두르리히가 구출되었도다. 해설에 축복을!"

봄을 축하하는 연회에서는 우수자를 발표하고, 질베스타가 기념품을 나눠준다.

"먼저 올해 우수자를 발표하겠다. 열세 명이나 되는 학생이 우수한 성적을 거두었다."

믿을 수 없다는 놀라움과 칭찬의 목소리가 터져 나오고 박수가 일었다.

최우수자는 나뿐이었지만, 나의 측근에서 레오노레와 코르넬리우스, 하르트무트가, 빌프리트와 그의 측근 세 명, 샤를로테와 측근 두 명, 구 베로니카 파에서는 마티아스와 또 한 사람이 우수자로 호명되었다.

"잘했다, 로제마인. 이건 기념품이다. 앞으로 잘 활용하길 바란다."

나는 질베스타에게 기념품을 건네받았다. 작년보다 기념품의 마석이 작았다. 예상외로 우수자가 많아서 예산이 부족해진 걸까? 나는 마석을 손에 쥐고 조그맣게 웃었다.

우수자를 발표한 다음은 에렌페스트의 귀족원 성적 발표가 있다.

영지 대항전의 디터에서는 10위였다고 한다. 모의전에서 6위였던 것을 고려하면 나쁜 결과로 들릴지도 모른다. 하지만 처리하기 깐깐하고 잘 알려지지 않은 마수, 훈더트타이렌을 훌륭히 퇴치한 점을 들며 견습 기사들의 연계도 좋아졌다고 칭찬했다.

"올해 귀족원에서 일어난 여러 사건으로 보니파티우스가 견습 기사와 신인 기사의 교육을 이어서 맡기로 했다. 모두 힘쓰도록."

견습 문관들과 견습 시종들의 성과도 발표되었다. 중앙과 클라센부르크와 상업적인 교류를 시작하면서 영향력을 키운 에렌페스트가 영지 대항전에서 주목의 대상이었다는 얘기도 나왔다.

"올해는 다른 영지로부터 혼인 신청도 늘었다. 이것은 심사숙고한 후에 결론을 내겠다. ……그리고 귀족원의 사교 기간에 에렌페스트의 책을 공개한 결과, 꽤 좋은 반응을 얻었다. 내년엔 책 판매를 시작하려고 하니 각자 철저히 준비하도록."

영주가 주의를 준 순간, 인쇄와 제지업을 맡은 각 기베와 주변 영주들의 분위기가 순식간에 바뀌었다. 판매를 시작하기 전에 얼마나 철저히 준비했는가가 성공을 좌우한다.

마지막으로 귀족원을 졸업하여 성인이 된 이들의 데뷔 무대와 그들의 배속 발표가 있었다. 졸업생이 단상에 섰다. 코르넬리우스와 하르트무트는 나의 측근이어서 소속은 그대로다. 그러나 앞으로는 두 사람 모두 견습생이 아닌 한 사람의 성인으로 대우받게 된다.

"그럼 지금부터 나의 아들, 멜키오르의 세례식을 거행하겠다. 신전장, 이쪽으로."

봄을 축하하는 연회가 끝나면 세례식이다. 질베스타와 교대하듯이 나는 무대 중앙에 준비된 받침대 위로 옷을 밟지 않게 조심해서 올라갔다. 페르디난드가 내 옆에 서서 입을 열었다.

"새로운 에렌페스트의 자식을 맞이하라."

대강당에 울리는 페르디난드의 목소리에 맞춰 악사가 일제히 곡을 연주하자 문이 서서히 열렸다. 멜키오르는 머리카락 색과 충돌하지 않게 푸른 기운이 도는 녹색 의상을 입고, 아이다운 미소를 지으며 문이 완전히 열리기를 기다리고 있었다. 긴장한 기색은 보이지 않았지만 '언니를 보고 있으면 된다'는 샤를로테의 조언을 참고했는지 파란 눈으로 나를 빤히 바라보며 똑바로 걸어와 단상에 올랐다.

"멜키오르, 이것을……."

나는 나의 마력이 스며들지 않게 얇은 가죽으로 감싼 마력 검사 마술구를 내밀었다. 멜키오르는 그것을 집어 들고 빛을 냈다. 귀족들이 손뼉을 치고, 승인이 끝나면 다음은 마력 등록이다. 하얀 메달에 멜키오르가 마력을 등록한다.

"멜키오르에게는 어둠, 물, 불, 바람, 흙의 다섯 신의 가호가 있습니다. 신들의 가호에 걸맞은 행동을 하도록 주의를 기울이면 더 많은 축복을 받으실 겁니다."

마력 등록이 끝나면 메달은 곧바로 페르디난드가 관리하는 상자에 들어간다. 그와 동시에 마술구 반지를 든 질베스타가 무대 중앙으로 걸어 나와, 녹색 마석이 박힌 반지를 멜키오르에게 선물했다.

"나의 아들로서 신과 이곳에 있는 모두에게 인정받은 멜키오르에게 반지를 선물한다. 축하한다."

"감사하게 생각합니다, 아버님."

멜키오르가 활짝 웃는 모습을 본 질베스타가 고개를 들어서 내게 시선을 보냈다. 나는 가볍게 고개를 끄덕이고, 내 손에 낀 반지에 마력을 담았다.

"멜키오르에게 물의 여신 플류트레네의 축복을."

'아, 좀 많았나?'

책을 좋아하는 사랑스러운 남동생에게 보내는 축복이어서인지, 예상보다 많은 녹색 빛이 날아갔다.

'이 정도면 허용 범위 내겠지? 괜찮죠, 신관장님?'

힐끗 눈치를 보자, '이 어리석은 녀석'하고 말하는 듯한 차가운 시선이 날아왔다.

'아흐, 허용치를 좀 넘었나 보네.'

하지만 이미 기차는 떠났다. 한 번 보낸 축복은 회수하지 못한다. 내가 반성하는 사이에 축복을 받은 멜키오르가 자신의 반지에 마력을 담기 시작했다.

"감사합니다."

녹색 빛이 뭉실, 하고 내게로 날아왔다. 이 축복 답례로 멜키오르의 세례식이 끝났다. 이렇게 해서 북쪽 별채에 주민이 한 사람 더 늘었고, 성에서의 생활은 한층 더 시끌벅적하고 재미있어졌다.

'책벌레 남동생이 생긴 걸 축하하며 신에게 기도와 감사를 바칩시다!'

아렌스바흐의 생선 요리

봄을 축하하는 연회가 끝나면 겨울 사교계도 끝이다. 귀족들은 각자의 영지로 돌아가고, 귀족가에서 사는 이들은 평소의 업무를 시작한다.

"예년처럼 로제마인은 조만간 신전으로 돌아가나?"

멜키오르도 함께 식사하게 되면서 저녁 식사 자리가 전보다 활기가 넘쳤다. 앞으로의 일정을 묻는 질베스타를 나는 가볍게 쏘아보았다. 예년대로라는 말이 틀린 말이 아니다. 하지만 올해는 안 된다. 가장 중요한 약속을 받아 내지 못했기 때문이다.

"아직 못 돌아가요."

"왜? 무슨 일 있어?"

무슨 일이 있냐니. 그는 아주 중요한 걸 잊고 있다. 나는 입술을 삐죽였다.

"양아버님은 대체 언제쯤 제 요리사에게 생선 요리 조리법을 알려주실 거예요? 귀족원에서 돌아오면 알려 준다고 하셔서 계속 기다리고 있다고요."

성에 돌아오면 해 주겠다고 약속해 놓고, 벌써 신전에 돌아갈 날이 다가오고 있다. 중대한 사태다. 내가 불만을 제기하자, 질베스타는 이제야 생각난 듯 손뼉을 쳤다.

"아, 그랬었지. 그럼 페르디난드에게 식재료를 가져오라고 해. 식재료가 도착하는 즉시 아렌스바흐의 전통 요리를 만들라고 요리사에게 전해 두마.”

“고맙습니다.”

나는 귀족다운 미소를 생긋 지으며 대답하고, 테이블 아래에서 주먹을 불끈 쥐었다.

‘왔다! 왔다, 왔어! 야호! 생선이다! 드디어 먹게 됐어!’

에렌페스트의 지저분한 강에서 잡은 냄새 나는 생선이 아닌, 아렌스바흐의 바닷물고기를 먹을 수 있다. 몇 년 만에 먹는 생선 요리인가. 기분이 저절로 좋아졌다. 아렌스바흐에서 가져와 준 아우렐리아에게 고맙다고 해야겠다고 생각한 순간, 어떤 생각이 스쳤다.

“양아버님, 페르디난드 님이 관리해 주고 있는 식재료는 아우렐리아가 시집올 때 고향의 맛을 떠올리려고 가져온 거예요. 고향의 맛을 그리워하는 아우렐리아에게도 맛보여 주고 싶은데, 생선 요리가 나오는 날 그녀를 초대해도 될까요?

내 질문에 질베스타가 잠시 생각하더니 뒤에 서 있는 칼스테드에게 시선을 던졌다.

“……흠. 아우렐리아가 온다면 호위 수도 늘려야 하고, 램프레히트와 함께 칼스테드 일가를 초대할지도 정해야 하는데, 초대는 해도 돼.”

허가를 받아 기뻐하는 나를 보며 플로렌치아가 상냥한 목소리로 나를 불렀다.

“로제마인, 아우렐리아가 아무리 고향의 맛을 그리워하더라도 이곳에 올 수 있는 상태일지 아닌지 몰라요. 초대장을 보내기 전에 램프레히트와 엘비라에게 꼭 확인을 받으세요.”

플로렌치아가 ‘임신’이라는 말을 숨기며 걱정스럽게 말했다. 아우렐리아가 임신한 몸인 데다 입덧으로 고생하는 상태라면 아무리 먹고 싶어도 성에 오기가 어려우리라. 불편한 몸으로 주변을 신경 쓰느라 그토록 먹고 싶었던 요리도 맛있게 느껴지지 않을지도 모른다. 가뜩이나 사람이 모이는 곳을 싫어하는 사람이다. 그런데 내가 정식 초대장을 보내 버리면 반강제로 출석해야 하는 셈이다.

'어떻게든 아우렐리아에게도 아렌스바흐의 전통 요리를 먹이고 싶은데.'

"빌프리트 오라버니, 잠깐 램프레히트를 빌려도 될까요? 아우렐리아의 일로 상담할 게 있어서요."

"어, 그래."

저녁을 먹고 방으로 돌아오는 도중에 빌프리트의 허가를 얻어 램프레히트와 얘기할 시간을 얻었다. 북쪽 별채에서 가장 가까운 본관 방에서 나는 가족으로서 램프레히트와 마주했다. 호위로 따라온 코르넬리우스도 조금 표정이 풀어졌다.

"램프레히트 오라버니, 아우렐리아의 몸 상태는 어때요? 아렌스바흐의 전통 요리를 먹으러 성에 초대해도 될까요?"

내 질문에 램프레히트가 팔짱을 끼고 "음." 하고 신음했다.

"성에 오는 건 어려울 거야. 지금 식사도 제대로 못 먹을 때가 많거든. 영주의 양녀가 초대하면 우리로선 거절하지 못하니 초대장은 사양해 주면 고맙겠어."

램프레히트에게 잠깐 들었을 뿐이지만, 아우렐리아는 임신으로 고생하는 듯했다. 속이 울렁거려서 잘 움직이지도 못하고, 토하거나 자는 생활의 반복이라고 한다. 카밀을 임신 중이던 엄마도 움직일 수는 있었지만 자주 컨디션이 나빠졌고, 항상 속이 안 좋아 보였다.

"그리고 성에서 식사할 때도 베일을 벗으려고 하지 않을 거야."

'아, 그건 어렵겠네.'

항상 베일을 쓰는 아우렐리아를 떠올린 나는 램프레히트를 힐끗 보았다.

"난 아직 한 번도 본 적 없는데, 램프레히트 오라버니는 베일을 벗은 아우렐리아를 본 적 있지요?"

내 질문에 램프레히트는 눈을 휘둥그레 뜨더니 조그맣게 웃기 시작했다.

"당연하지. 방에서는 거의 벗고 있어. 괜히 벗었다가 오해를 사서 에렌페스트와 아렌스바흐의 관계를 악화시키고 싶어 하지 않아서 그래. 귀족원에 다닐 땐 베일을 쓰지도 않았고."

아우렐리아는 견습 기사였다. 베일을 쓴 상태로는 기사 수업을 들을 수 없다는 말에 나는 납득했다. 안 그래도 램프레히트가 베일을 쓴 아우렐리아와 어떻게 친해졌는지 궁금했는데, 그 궁금증이 풀렸다.

"아마 아우렐리아는 아렌스바흐와의 관계가 호전되기 전까지는 베일을 쓰고 지낼 거야. 겁이 많은 심성이라."

"사교계에서 어머님 뒤에 서 있는 모습을 보고 그럴 것 같다고 생각했어요."

이래저래 고민한 끝에 시간을 멈추는 마술구를 써서 따끈한 상태로 요리를 보내기로 했다. 본래 아우렐리아도 본인이 먹고 싶을 때 먹으려고 마술구를 써서 요리를 가져오려고 했었다. 그 사용법을 활용하자.

"그럼 아렌스바흐의 전통 요리를 먹는 날에 램프레히트 오라버니는 시간을 멈추는 마술구를 가지고 와 주세요."

내가 제안하자, 램프레히트가 기쁜 듯 웃으면서 머리를 쓰다듬어 주었다.

"이것저것 고민해 줘서 고맙다, 로제마인. 아우렐리아도 분명 좋아 할 거야."

"하지만 이렇게 되면 내 초대도 포기해야겠구나……."

요리를 옮긴다면 식사 모임에 굳이 칼스테드 일가를 초대할 필요가 없다. 아렌스바흐의 요리를 기대했던 코르넬리우스는 살짝 불만스러운 표정을 지으며 내 볼을 쿡 찔렀다.

방으로 돌아온 나는 얼른 페르디난드에게 올도난츠를 보냈다. '아렌스바흐의 전통 요리를 배우기로 했으니 생선을 가지고 와 주세요'라고. 페르디난드에게서 '알겠다'라는 답장이 왔기에 안심하고 잠들었는데, 일어났을 땐 이미 생선이 성에 도착해 있었다.

아침을 먹을 때 리카르다에게 그 말을 들은 나는 올도난츠로 감사 인사를 전한 뒤 '예상외로 행동이 빠르셔서 놀랐어요. 페르디난드 님도 생선을 먹고 싶으셨구나'라고 보냈다. 페르디난드에게선 '딱히 먹고 싶었던 건 아니다. 마력 소비량이 많아서 하루빨리 보내 버리고 싶었고, 그대를 최대한 빨리 신전에 데려오기 위해서다'라는 답장이 왔다. 하지만 오늘은 하루 종일 성에 머물며 업무를 본다고 하니, 은근히 생선 요리를 기대하는 게 분명하다.

나는 기사 훈련장에서 가볍게 운동할 때, 마찬가지로 훈련하러 온 페르디난드에게 생선을 보여 달라고 졸랐다.

"어떻게 생긴 생선이에요? 보여 주세요, 페르디난드 님."

"노르베르트의 지시로 벌써 주방에 보냈다. 오늘 저녁에 나올 테니 포기해라."

고귀한 아가씨는 주방에 들어갈 수 없다. 나는 생선의 실물을 보지도 못하고 방에서 저녁 식사를 기다려야 했다. 솔직히 재미없었다. 하지만 오늘은 푸고와 엘라가 궁중 요리사에게 생선 손질 방법을 배우고, 아우렐리아를 위해 아렌스바흐의 전통 요리를 만드는 날이다. 내 입맛에 맞춰 만들게 할 수는 없었다.

'오늘만 참자, 참자.'

"그나저나 페르디난드 님께서 양아버님의 업무도 안 돕고 기사들과 함께 훈련을 하시다니, 웬일이래요?"

"……그냥 기분 전환이다."

그런 것치고는 상당히 진지하게 훈련하는 것 같았다. 보니파티우스와 에크하르트가 신이 나서 상대해 주고, 안게리카는 자기도 끼고 싶어 안달이 난 표정을 짓고 있다.

"난 다무엘과 여기서 평소대로 체조할 테니까 안게리카는 저쪽에 끼어도 돼요. 흔치 않은 기회잖아요."

"로제마인 님, 감사하게 생각합니다!"

안게리카는 아주 멋진 미소로 그런 말을 남기더니, 바람처럼 달려갔다. 나는 기초 체조를 하고 휴식. 가볍게 움직이고 휴식. 그렇게 평소처럼 시간을 보냈다.

훈련을 끝내고 돌아온 뒤, 신전에 가져갈 테니 재료를 조금만 남겨 달라고 주방에 연락을 넣고, 머릿속에 기억하는 레시피를 메모해 보았다. 이곳에서 만들 수 있는 건 양식이라고 생각하는 편이 좋다. 마리네, 카르파초, 오일 조림, 허브를 이용한 구이, 뫼니에르, 아쿠아파짜,

부야베스와 같은 수프, 프리터, 흰살생선 튀김, 그라탱에 넣는 것도 좋아한다. 날로 먹어도 되는지는 정확하지 않으니까 생각난 요리 중 무엇을 만들 수 있는지 모르지만, 상상만으로 가슴이 뛰었다.

'하지만 내가 가장 먹고 싶은 건 간단한 소금구이란 말이지. 껍질에 십자로 칼집을 넣고, 소금을 뿌려 구운 거.'

생선을 구우면 껍질에 소금기가 하얗게 떠오르고, 그릴 자국과 함께 바삭바삭해진다. 젓가락으로 껍질을 슬쩍 벗기면 김이 모락모락 올라온다. 김과 함께 올라오는 생선 냄새를 만끽하면서 시큼한 레몬즙을 쭉 짜 입에 넣는다. 갓 지은 따끈따끈한 흰밥이나 도수 높은 전통주가 있으면 완벽하다.

'지금은 술을 마실 수 있는 나이가 아니지만.'

생선 요리를 생각하며 우라노 시절에 먹었던 수많은 요리를 떠올렸더니 슬슬 배가 고팠다. 간장이 있었다면 생선찜도 고려했겠지만, 아무리 그래도 내가 만족할 만한 간장은 없으리라. 어쩌면 아렌스바흐에 간장과 비슷한 것이 있을지도 모르지만, 난 그것을 간장으로 인정하고 싶지 않다. 룽슈멜과 플류트레네의 치유는 다르니까.

생선 요리를 상상하는 사이에 저녁 시간이 되었다. 들뜬 마음으로 방을 나가서 남매들과 함께 식당으로 향했다.

"오늘 저녁은 아우렐리아가 에렌페스트로 가져온 식재료로 만든 아렌스바흐 전통 요리예요. 처음으로 먹어 보는 거라 너무 기대되어요."

"아렌스바흐의 요리라. 난 가끔 먹었어. 할머님이 좋아하셨거든."

빌프리트가 그리움을 담은 표정으로 말했다. 베로니카의 품에서 자란 빌프리트는 어릴 적에 아렌스바흐의 전통 요리를 자주 먹었다고 한다. "어떤 요리예요?" 하고 내가 레서 버스에서 몸을 내밀며 묻자, 옆을 걷고 있던 멜키오르가 눈을 동그랗게 떴다.

"로제마인 누님은 새로운 요리와 디저트를 좋아하세요?"

그 질문에 샤를로테가 키득키득 웃었다.

"멜키오르, 언니는 자신이 맛있는 요리와 디저트가 먹고 싶어서 유행을 만들어 낸 거예요. 오늘 나오는 음식을 먹으면 또 새로운 유행이 태어날지도 몰라요."

"저도 먹어 본 적이 없어서 기대되어요."

아렌스바흐의 귀족과 교류를 제한하게 되면서 식재료 무역도 끊겼다. 베로니카가 유폐된 후로 아렌스바흐의 전통 요리를 주문하는 사람이 없어진 탓일 수도 있다. 멜키오르는 아렌스바흐의 전통 요리를 먹은 기억이 없다고 하고, 샤를로테도 먹은 기억이 희미하다고 했다.

"이 요리는 잔베르즈페입니다. 생선을 포메와 약초와 함께 끓인 수프지요."

전채 다음에 나온 요리는 생선만 넣은 부야베스와 비슷한 수프였다. 부야베스는 색깔이 불그스름한 음식인데, 노란 포메로 끓여서인지 아예 다른 음식 같다. 하지만 생선 포메 수프라고 생각하면 그럭저럭 부야베스와 비슷한 맛은 나리라.

나는 들뜬 가슴으로 한 스푼 떠서 입에 넣었다. 한 입 먹고 숟가락을 손에서 놓았다. 온몸에 힘이 쭉 빠졌다.

'오랜만에 먹네. 유르겐슈미트의 전통 수프. 실망이야!'

재료가 흐물흐물해질 때까지 끓여 맛이 응축된 국물을 전부 버리고 새로 끓이는 유르겐슈미트의 전통 조리법으로 만든 탓에 생선 맛이다 날아가 버렸다. 생선 맛도 포메 맛도 아예 나지 않고 뭉크러진 생선 살만 둥둥 떠다니는 수프. 그것이 잔베르즈페였다. 기대치가 높았던 만큼 가슴이 아팠다.

'귀한 생선인데 가장 중요한 맛이 날아가 버렸어. 생선 맛아, 돌아와!'

아우렐리아가 가져와 준 생선밖에 없어서 얼마나 귀한 것인데 그것을 이런 식으로 망치다니. '아이고 아이고'를 연발하다가 상여꾼이 될 지경이었다.

"음. 이런 맛이었나?"

"평소에 먹는 수프가 더 맛있네."

함께 먹은 다른 이들의 표정도 미묘해졌다. 감칠맛이 꽉꽉 응축된 평범한 수프에 익숙해져 버린 모두의 혀에는 감칠맛을 놓친 잔베르즈페의 맛은 그저 그랬던 모양이다.

"이 요리는 핏큰입니다."

언뜻 보기엔 버터 냄새가 구미를 돋우는 흰살생선 뫼니에르다. 설마 이것도 한 번 우린 물을 버려서 맛을 날린 건 아니겠지? 나는 긴장하면서 핏큰을 잘라 입에 넣었다.

"……생선 맛이, 나요."

바삭바삭하게 굽힌 생선 껍질에는 버터가 두루 녹아 있었다. 입속에서 퍼지는 버터 맛에 마늘과 비슷한 리가의 맛도 느껴졌다. 생선은 바싹 굽지 않았는지, 입속에서 부드럽게 뭉개졌다. 씹으면 농후한 버터 맛 사이로 생선 맛이 똑똑히 났다. 그토록 그리웠던 바닷물고기의 맛에 눈물이 나올 정도로 기뻤다.

'정말 생선이야. 이상한 식재료도, 흙내도 안 나는, 내가 먹고 싶었

던 생선이야.'

한 입씩 천천히 맛보며 귀하디 귀한 생선의 맛을 음미했다. 흰살생선 토막에 밑간을 하고, 밀가루를 묻혀 버터로 노릇하게 구운 지극히 평범한 뫼니에르다. 리가가 들어가 맛이 조금 달라졌지만, 내가 알고 있는 뫼니에르에서 크게 벗어나지 않은, 우라노 시절에 흔했던 뫼니에르다. 그 무렵이었다면 '엄청 맛있지도, 엄청 맛없지도 않은 평범한 맛'이라는 감상을 말했을 터이다. 하지만 지금은 '평범함'이 무엇보다 가장 중요했다. 감칠맛을 버린 수프와 달리 맛있었다. 제대로 된 생선 맛이 난다.

'생선! 너무 오랜만에 먹는 생선!'

흙내도 없고, 먹는 방법이 이상하지도 않고, 평범하고, 맛있게 먹을 수 있는 바닷물고기. 감격 그 자체다.

'아우렐리아, 고마워요! 당신은 나의 바다의 여신 페어퓌레메어예요!'

감사하면서 핏큰을 남김없이 긁어 먹었다. 다만, 뫼니에르는 뫼니에르대로 맛있었지만, 여전히 생선구이가 먹고 싶었다.

"작은 토막이라도 괜찮아요. 이 생선을 소금구이로 구워서 감귤류 과즙과 함께 내올 수 없나요?"

"알겠습니다."

들뜬 마음으로 기다리는 내 앞에 나온 것은 레몬을 곁들인 뫼니에르였다. 주문대로 소금을 치고, 감귤류의 과즙으로 버터의 진한 맛을 죽여서 맛이 상큼했다. 아까 먹은 뫼니에르보다 더 맛있었다. 하지만 내가 먹고 싶었던 건 아니었다. 정말 소금으로만 구운 심플한 소금구이가 먹고 싶었다.

하지만 이 자리에서 궁중 요리사에게 불만을 제기할 순 없었다. 자 칫하면 요리사가 잘린다. 내가 지시를 잘못 내린 탓이다. 여러 명의 입을 통해서 요리사에게 지시가 전해졌을 테니 더 세세하고 정확하게 설명해야 했다.

'하아, 소금구이가 먹고 싶었는데.'

그래도 오랜만에 생선 요리를 먹어서 만족했다. 웃음이 나오는 나와 달리 재료를 가져온 페르디난드는 아주 완벽한 가짜 미소를 짓고 있었다. 저건 아주 불만스러웠거나 불쾌했을 때 나오는 얼굴이다. 자신의 수고와 시간을 멈추는 마술구에 소비한 마력과는 맛이 상응하지 않다고 생각하는 게 분명하다.

"재료는 남겨 놨죠? 남은 재료는 다시 시간을 멈추는 마술구에 넣어 달라고 요리사에게 전달해 줘요."

"로제마인, 남은 재료를 마술구에 넣어서 어쩔 셈이지?"

내가 리젤레타에게 전언을 부탁하려 하자, 마력 담당인 페르디난드의 가짜 미소가 더욱더 짙어졌다. 미소 뒤에서 괜한 힘을 쓰게 하지 말라고 화내고 있었다. 페르디난드의 미소가 무시무시해진 것을 눈치챈 빌프리트와 샤를로테는 안절부절못하며 우리를 번갈아 보았다.

"신전에서 생선 요리를 좀 더 연구하고 싶어서요."

성보다는 신전이 그나마 자유롭다. 그리고 요리사에게 지시를 내리기도 쉽다. 새로운 맛을 개발하는 장소로 성은 별로다. 그러나 페르디난드의 불만 가득한 얼굴에는 변함이 없었다.

"생선도 잘만 우리면 맛있는 수프로 먹을 수 있어요. 전 진심으로 잔베르즈베를 더 맛있게 먹고 싶어요."

수프 드 포아송처럼 남프랑스식으로 먹고 싶다는 배부른 소리는 하지 않겠다. 아쿠아파짜든 부야베스든 좋다. 맛있게 먹을 수 있는 재료를 평범하고 맛있게 먹고 싶을 뿐이다.

"그대는 책도 그렇고, 요리나 디저트도 그렇고, 본인이 원하는 것엔 놀랄 만큼 욕심을 부리는군."

페르디난드가 질린다는 표정을 지었다. 아름다운 콩소메며 마술구 연구에는 놀랄 정도로 탐욕을 보이는 페르디난드에게는 저런 말을 듣고 싶지 않았다. 하지만 가짜 미소가 사라진 것으로 보아 조금은 요리 연구에 흥미가 생긴 모양이다.

신전에 가져가지 말라는 말은 없었으니, 나는 리젤레타에게 손질한 생선 토막과 함께 가져가고 싶은 물건을 전달했다.

"생선 '뼈'도 잊지 말고 꼭 넣으라고 전해 주세요."

"로제마인 님, 뼈 말씀입니까?"

나의 지시를 가만히 듣고 있던 리젤레타가 의아하다는 듯이 고개를 갸웃거렸다. 나는 가짜 미소를 짓는 페르디난드를 흘끔 본 뒤 싱긋 웃었다.

"생선을 요리하고 남은 뼈 찌꺼기요. 국물을 우릴 때 필요하거든요. 그렇게 말하면 내 요리사는 어느 부분인지 알 거예요."

"알겠습니다."

리젤레타가 발소리도 없이 조용히 주방으로 향했다. 그 뒷모습을 바라보면서 나는 맛있는 생선 요리를 먹고야 말겠노라고 굳게 결심했다.

참고로 우리에겐 영 별로였던 잔베르즈페였지만, 고향 맛에 굶주려 있던 아우렐리아는 뛸 듯이 좋아했다고 한다. 다만, 버터로 구운 핏큰

은 아무리 맛있어도 먹기 힘들어 했다고 한다. 감칠맛을 싹 날린 밍밍
한 맛을 보낼 걸 그랬나 보다.

신전 귀환과 구텐베르크와의 회동

신전에 돌아갈 때 생선이 든 시간을 멈추는 마술구를 레서 버스로 옮기라고 페르디난드에게 지시를 받았다. 신이 난 나는 레서 버스를 준비했다. 평소 신전에 갈 때처럼 패밀리 사이즈로 키웠더니, 페르디난드가 "그거론 안 돼."라고 말했다.

"그거로는 너무 작아서 마술구를 실을 수가 없다. 기수를 더 크게 키우거라. 구텐베르크를 태울 때 정도로."

페르디난드의 말에 고개를 갸우뚱하면서도 나는 버스 사이즈로 레서 버스를 키웠다.

"시간을 멈추는 마술구가 대체 얼마나 큰데요?"

"저거다."

노르베르트의 지시를 받으며 하인이 몇이나 붙어서 옮긴 건, 어른이 다리를 쭉 뻗어도 여유롭게 들어갈 만한 거대한 상자였다.

"저 안에 생선이 꽉 차 있는 거죠?"

"이미 요리해 먹은 게 있으니 가득 있진 않다."

조수석에 유디트를 태우고, 나는 신전을 향해 레서 버스를 운전했다. 문관들도 함께했다. 처음 신전에 가는 로데리히는 긴장한 얼굴로 타고 있었다.

"어서 오십시오."

"기다리고 있었습니다, 로제마인 님."

신전에서는 평소처럼 나와 페르디난드의 시종들이 마중을 나와 주었다.

"프랑, 잠, 길, 프리츠. 네 사람으로 부족하면 다른 사람의 힘을 빌려서 이걸 주방으로 옮겨 주세요. 푸고와 엘라에겐 새로운 식재료에 관해서 묻고 싶은 게 있어요. 방으로 오세요."

시종들을 시켜서 곧바로 커다란 마술구를 주방으로 옮기게 했다. 프랑에게 불려온 회색 신관들이 마술구를 옮겼다. 시종들이 짐을 옮기는 동안, 측근들은 기수를 정리하고 대기한다. 신전에 익숙한 측근들과 달리, 로데리히가 영문을 모르겠다는 얼굴로 고개를 갸웃거렸다.

"로제마인 님은 요리사를 방으로 부르십니까?"

"시종들은 그러지 말라고 하지만, 직접 들어야 알 수 있는 것들이 많거든요."

이탈리안 레스토랑에 관련된 얘기나 궁중 요리사로 이직할지 말지 등 직접 대화하지 않으면 모르는 일들이 많이 있었다. 처음엔 내 방에 요리사를 들이면 싫은 표정을 짓던 프랑도 최근에는 '요리사 본인이 아니면 모르는 일은 어쩔 수 없지요' 하고 완전히 포기했다.

"로데리히도 포기가 관건이에요. 최대한 빨리 내 방식에 익숙해지세요. 이름을 받은 이상, 나와 가장 깊이 교류하는 측근이 되어야 하니까."

"노력하겠습니다."

고개를 끄덕이는 로데리히를 보며 필린느가 조그맣게 웃었다.

"로제마인 님은 인쇄나 제지업 사안을 의논하는 자리에도 평민 상인을 초대해서 의견을 들으려고 하시는데 이 정도로 놀라면 나중에 어떡하려고요."

시종들의 짐 옮기기가 끝나자, 나는 레서 버스를 정리하고 신전으로 들어갔다. 신전장실에서는 니콜라가 이미 따뜻한 차를 준비해 놓고 있었다. "어서 오십시오, 로제마인 님." 하는 밝은 미소와 디저트 냄새에 집에 돌아온 듯한 기분이 들었다.

"필린느, 로데리히에게 신전 업무를 설명해 줘요. 다무엘, 호위 기사끼리 의논해서 신전에 올 순서를 정하세요. 신전 호위 기사는 둘이면 충분해요. 이 방에 다섯이나 있을 필요는 없으니까."

"알겠습니다."

니콜라가 따라 준 차를 곁들여 올해 마지막 파루 케이크를 먹으면서 측근들에게 지시를 내리자, 푸고와 엘라가 긴장한 기색으로 측근들을 둘러보며 방에 들어왔다.

"푸고, 엘라. 새로운 식재료를 다뤄 보고 어땠는지 말해 줘요."

내 질문에 푸고의 눈빛이 아련해졌다.

"고전했습니다. 정말 만만치 않은 재료였습니다. 해체 방법을 모르고서는 아렌스바흐의 식재료는 아주 위험합니다."

시간을 멈추는 마술구에서 꺼낸 즉시 물을 채운 냄비에 넣어 뚜껑을 닫고, 그 위에 무거운 것을 올려놓고 끓이지 않으면 하늘을 날며 공격해 오는 작은 물고기. 냄비 뚜껑을 방패로 쓰면서 나무 봉으로 찔러 돌을 뱉어 내게 해야 하는 생선, 궁중 요리사마저 손질 방법을 모르는 기묘한 물체 등, 마술구 안에는 이상한 생물로 득시글거렸다고 한다. 손질하는 사이 주방이 전쟁터가 되었다고 한다. 버섯이 춤추고 흉포한 채소가 존재하는 세계인데 생선이라고 평범할 리 없었다.

'맛은 평범했는데, 역시 보통 생선이 아니었구나.'

"로제마인 님께서 필요하실지 어떠실지 몰라 일단 남겨 둔 재료는 전부 마술구에 넣어서 신전에 가져왔어요. 하지만 평민 요리사가 손질하기 어려우니 차라리 버리라고 궁중 요리사가 충고한 식재료도 있습니다. 아무리 흉포한 마물이라도 물이 없으면 금방 죽으니 흙 위에 버리면 된답니다."

엘라의 말에 나는 고개를 세차게 저었다.

"버리다니 말도 안 돼요. 신관장님에게 해체 방법을 물어서 내가 해체할게요."

"……로제마인 님의 가는 팔로는 해체가 불가능합니다."

어렵게 꺼내는 푸고의 말에 엘라가 동의하며 고개를 끄덕였지만, 생선 해체라면 자신 있었다. 슈타프를 변형한 칼이라면 나라도 생선을 썰 수 있지 않을까.

"어쨌든 신관장님한테 처리 방법을 묻기 전까지 버리지 마세요."

"알겠습니다."

두 요리사에게 주방에서 일어난 전투 보고를 받은 뒤, 남은 식재료로 조리하는 방법을 쓴 종이를 니콜라에게 건넸다.

"오늘 당장 하지 않아도 되지만, 니콜라는 이 레시피를 이해하는 것부터 시작해 줘요. '잔베르즈페에 사용한 생선'이라고 해도 잘 모르겠죠? 레시피를 이해한 뒤에 이 방법으로 만들어 보세요."

"해 보겠습니다."

요리사들이 퇴실하자, 나는 생선 해체 방법을 가르쳐 달라고 페르디난드 앞으로 편지를 썼다. 마물에 관해 빠삭하고 아렌스바흐에서만 사는 마이너한 마수를 쓰러뜨리는 법을 아는 페르디난드라면 분명 해체 방법도 알고 있을 터였다.

"잠, 이 편지를 신관장님한테 보내요. 프랑, 그동안의 보고를 들어

볼까요."

"알겠습니다."

시종들의 보고를 들었지만 특별한 변화는 없었다. 고아원 아이들도 건강하게 잘 지내고, 콘라트는 이번 겨울에 글자와 간단한 계산을 익혔다고 한다. 빌마의 보고를 들으면서 힐끗 보니 필린느가 귀를 쫑긋 세우며 듣고 있었다.

"가을에 루츠가 숲에 데려갔을 때 평민촌 아이와 놀았던 것이 좋은 자극이 되었나 봅니다. 봄이 되면 또 숲에서 놀기로 약속해서 그전까지 카루타를 전부 외우겠다고 의욕을 불태우고 있어요."

고아원 아이들과 평민촌 아이들의 교류도 조금씩 깊어지고 있다니 다행이다.

"지금 구텐베르크의 회동일을 정해 두고 싶은데, 언제쯤이 좋을까요? 곧 겨울 성인식과 봄 세례식도 있잖아요."

"그러네요. 세례식 후에는 기원식이 있습니다. 구텐베르크를 장기간 이동시킨다면 성인식 전에 최대한 빨리 만나 보시는 편이 좋을 것 같습니다."

"공방에서도 사전 준비를 해야 하니 최대한 빨리 출발 날짜를 정해 주셨으면 합니다."

프랑과 길의 대답을 듣고 내가 후보일을 추려서 구텐베르크들에게 일정을 물어볼 생각이다. 느긋한 분위기로 후보 날짜를 정하는데, 잠이 발 빠르게 신관장실에서 돌아왔다

"로제마인 님, 큰일 났습니다. 평민들에게 질문이 있다고 신관장님도 구텐베르크의 회동에 동석하겠다고 하십니다. 신관장님께서 빈 일정은 여기 적혀 있습니다."

신전장실에 있는 모두의 안색이 싹 바뀌었다. 페르디난드가 동석한다면 지금까지의 방식이 통하지 않게 된다. 일정은 우리가 정한 날로 소환장을 보내게 될 것이고, 방 준비도 적당히 넘길 수 없게 된다. 구텐베르크는 옷도 어느 정도 갖춰 입어야 한다.

"신관장님의 빈 일정 중에 성인식 전이면 이날밖에 없잖아요!"

"그럼 그날로 결정이군요. 플랑탱 상회와 구텐베르크에 소환장을 써 주십시오."

잠의 말에 나는 당장 책상으로 향했다.

"길, 이것을 플랑탱 상회에! 사정도 설명해 줘요."

"알겠습니다. 당장 출발하겠습니다!"

길이 서둘러 신전장실을 달려 나갔다. 프랑과 잠은 찻잎과 디저트를 의논하기 시작했고, 당일 동행할 호위 기사들과도 의견을 나눴다.

"로제마인 님, 이번에는 참석하는 귀족이 늘었으니 귀족 구역의 회의실을 사용하셔야 할 듯합니다."

나의 측근도 늘었고, 페르디난드의 측근도 있다. 고아원 원장실로는 좁고 가구의 격도 떨어진다고 또 여러 사람에게 잔소리를 들을지도 모른다. 프랑의 의견에 동의한 나는 회의실을 잡도록 했다. 잠은 결정된 일정을 알리러 신관장실로 갔다.

꽤 서둘러 준 모양이다. 잠이 돌아왔을 때 길도 숨을 헐떡이며 돌아왔다.

"플랑탱 상회에는 양해를 구했습니다. 그리고 완성한 매트리스를 언제 가져오면 좋겠냐는 상담이 있었습니다. 회동일이 좋은지, 아니면 다른 날이 좋은지 답장을 보내 주셨으면 한다고 합니다."

돌아온 길의 말에 나는 프랑과 얼굴을 마주 보았다.

"봄에는 제사가 많고, 구텐베르크도 출발 준비로 바쁘겠죠? 회동일이 좋을 것 같긴 한데…… 너무 급박하지 않을까요? 신전장실에 넣을 준비는 끝났나요?"

"급박해도 되도록 하는 것이 시종의 일입니다. 로제마인 님은 염려치 마십시오."

프랑이 믿음직스럽게 맡아 주자, 호위 기사들도 고개를 끄덕였다.

"평민 상인이 방을 드나들어야 할 테니, 호위의 관점으로 보면 로제마인 님께서 회의실에 가 계시는 동안에 작업을 끝내는 편이 가장 좋다고 봅니다."

다무엘과 코르넬리우스의 의견으로 회동일에 매트리스를 넣기로 결정되었다.

'그나저나 신관장님이 평민들에게 묻고 싶다는 게 뭐지?'

구텐베르크와의 회동일이 되었다. 신전 시종들부터 나와 페르디난드의 측근들까지 있어 방 안은 사람들로 북적였다. 벤노, 마르크, 다미안, 루츠가 참가한 플랑탱 상회는 성에도 출입할 수 있게 교육을 받아 문제가 없지만, 그 외의 구텐베르크는 긴장으로 딱딱하게 굳어 있는 것이 보였다. 잉크 공방에서 온 요제프의 긴장한 얼굴은, 고아원 원장실도 긴장되는데 귀족 구역 같은 곳엔 들어오고 싶지 않았다, 라고 주장하는 듯했다.

"로제마인 님, 회의를 시작하기 전에 이것을 소개하도록 허가해 주십시오. 좌면에 매트리스를 사용한 의자입니다. 침대 매트리스와 함께 이것도 어떠하십니까?"

벤노의 소개와 함께 자크와 인고가 회의실에 의자를 하나 옮겨 왔다. 팔걸이와 다리에 세밀한 장식이 들어간 아름답고 우아함이 넘치는 화려한 여성용 의자다. 좌면에는 염색한 천이 사용되어 있었다.

"이것은 매트리스 시험 단계에서 만든 의자입니다. 이 나무 부분은 인고의 목공방이, 매트리스는 자크의 대장간이, 천은 로제마인 님의 르네상스인 에파의 염색물, 이 염색 염료는 인고 공방의 하이디가 준비한 물건을 사용하였습니다."

나는 얼른 그 의자에 앉아 보았다. 촘촘히 깐 코일 위에 천을 덮은 게 전부라서 우라노 시절의 소파보다야 딱딱했지만, 쿠션을 깔면 문제없다. 나무 판때기가 아니라서 엉덩이가 아프지 않았다. 이 매트리스 위에 지금까지 썼던 이불을 깔면 상당히 푹신푹신할 듯했다. 무엇보다 구텐베르크가 함께 협력해서 만들어 준 것이 기뻤다.

"마음에 들어요. 침대 매트리스와 함께 구매할게요."

벤노와 길드 카드를 맞춰 정산하자, 지금까지 이 과정을 묵묵히 지켜보던 페르디난드가 나를 노려보았다.

"그건 뭐지? 그런 게 있다는 보고를 받은 기억이 없다만?"

나는 구텐베르크가 인쇄업에 집중하기를 바랐기에 장기 출장을 가지 않아도 될 때까지 매트리스를 알릴 생각이 없었다. 어떻게 숨길 수 없을까?

"이건, 그, 아주 개인적인 구매이고요. 아직 시작품이라서 개량을 거쳐 완성되면 그때 살짝 소개할 생각이었는데……."

"내 말은 매트리스가 뭐냐는 것이다. 그대의 개인적인 사정을 묻는 게 아니다."

째려보는 페르디난드의 눈빛에 나는 하는 수 없이 매트리스를 간단히 설명했다.

"제가 주문한 매트리스는 잠을 편하게 잘 수 있게 침대에 넣는 물건 이에요. 자크도 알아냈듯이 이렇게 의자에도 쓸 수 있고요. 레서 버스 에는 불필요하지만, 이걸 쓰면 마차의 승차감도 더 좋아질 거예요."

뒷말을 덧붙이자, 벤노와 자크가 확 고개를 들었다. 두 사람 모두 괜찮은 판로를 발견한 얼굴이었다. 분명 길드장에게 비싸게 팔아넘길 요량이다.

"로제마인, 줘 봐라. 앉아 보고 마음에 들면 내가 주문하겠다."

"그럼 저한테 생선 해체 방법을 알려주세요."

생선 해체 방법을 알려 달라는 편지를 보냈더니 잠은 페르디난드가 이 회동에 동석한다는 답만 듣고 돌아왔다. 정작 가장 중요한 생선 해 체에 관한 대답은 빠져 있었다. 내가 모르고 그냥 넘어갈 줄 알고? 가 르쳐 줄 때까지 움직이지 말아야지. 그렇게 굳게 다짐하며 고개를 들 었다. 페르디난드가 싫은 기색으로 미간에 힘을 넣더니, 포기한 듯 한 숨을 내뱉었다.

"……그러마."

나는 씨익 웃으며 의자에서 내려와 페르디난드에게 넘겼다. 의자에 앉은 페르디난드가 여러 번 손으로 좌면을 눌러 보고 쿠션을 놓고 빼 며 확인하더니 일어났다.

"회동 후에 이것을 사용한 장의자를 주문하겠다. 귀도, 주문 준비를 해라."

호명된 페르디난드의 시종이 "알겠습니다." 하고 회의실을 나갔다. 매트리스가 꽤 마음에 들었는지, 일인용 의자가 아닌 장의자로 주문하 려는 모양이다.

'설마 공방에 들여서 침대 대신 쓰려는 거 아냐?'

나는 그런 생각을 하며 구텐베르크 쪽으로 돌아섰다.

"그럼 구텐베르크의 겨울 보고를 들어 볼까요."

벤노는 성에서 발생한 매출을 보고하였고, 그레첼과 하르덴첼과 로제마인 공방을 비교하여 발표했다. 식물지를 써서 값을 내렸지만 여전히 책은 비싼 물건이다. 구매자가 한정적인 에렌페스트에서는 전체 매출이 떨어지는 추세라고 한다.

"내년에 인쇄한 책을 귀족원에서 공개한다고 들어서 판로 확대를 기대하고 있습니다. 그리고 로제마인 님께서 알려 주셨던 문구도 조금씩 갖춰 가는 중입니다. 식물지로 만든 서류 정리에 매우 큰 도움이 되고 있습니다."

끈으로 엮는 옛날 버전 파일이나 그것을 정리하는 상자 등, 우라노 시절에 천원 마트에 팔던 문구다. 그것을 벤노와 상회 사람들이 열심히 재현해 주고 있었다.

"로제마인 공방의 문양을 넣어서 각각 열두 개씩 신전장실에 납품해 주세요. 문구가 이만큼 갖춰졌으니 이젠 종이를 엮기 쉽게 구멍 뚫는 기계와 종이를 똑같은 크기로 재단하는 기계가 필요하겠네요."

구멍 뚫는 펀치와 재단기도 주문하고 싶었다. 가능하면 스테이플러도 갖고 싶다는 생각을 하는데, 요한이 몸을 움찔했다. 아주 당연한 반응이다. 왜냐면 이건 요한의 일이 될 테니까.

그런 요한에게서는 펌프 보급 상황과 겨울 동안 위탁받았던 그레첼의 장인들에 대한 성과 보고를 들었다.

"평민촌의 북쪽 지역부터 중앙에 있는 우물까지는 펌프 설치가 끝났습니다. 로제마인 님께서 말씀하신 것처럼 다른 영지의 상인을 맞아들이는 점을 우선시하여 설치했습니다. 앞으로는 상인 거리에 보급해가면서 최종적으로 남쪽 거주 구역에도 설치할 예정입니다."

제자인 다닐로가 순조롭게 성장하고 있어서 요한이 세세한 부품을 만들 때 조금 편해진 듯하다. 자크의 공방에서도 함께 매트리스의 코일을 죽도록 만든 덕분에 자크가 자리를 비워도 페르디난드의 매트리스 주문을 받을 수 있는 상태가 되었다고 한다.

"잉크 쪽은 어때요?"

내가 말을 걸자, 요제프가 그레첼의 소재를 사용한 잉크 제작 보고를 시작했다. 오늘은 많은 귀족이 동석하는 자리라서 하이디는 불참했지만, 연구 성과는 훌륭했다. 예상을 뛰어넘어 여러 색깔 잉크를 완성했다고 한다.

"그래서 하이디는 장기 출장을 나가서 새로운 소재를 손에 넣게 되기를 무척 기대하고 있습니다."

"알겠어요. 이 연구 결과는 성에 보내서 기베 그레첼에게 전달할게요. 그리고 하이디에게 이번 봄은 라이제강에 가게 될 거라고 전해 줘요. 이번에도 문관과 영주 후보생이 동행할 거라 고생하겠지만, 잘 부탁해요."

내가 목적지를 발표하자 요제프가 슬그머니 손을 들어 발언권을 청했다.

"뭐죠, 요제프?"

"매우 염치없는 부탁이지만, 체류 장소를 귀족의 저택이 아니라, 작년 그레첼에서처럼 평민촌에서 지낼 수 있게 허가해 주십시오."

제대로 잉크를 연구하려면 하이디를 데려가야 하는데, 귀족의 저택 부지 내에 있는 별채에서는 요제프의 정신적 피로가 크다고 한다. 하긴 하이디의 언행을 고려하면 매우 공감되는 고민이었다.

"그쪽이 더 편하다면 평민촌에 지낼 곳을 마련해 달라고 기베 라이 제강과 협상해 볼게요."

"감사합니다."

요제프뿐만 아니라 자크와 요한도 안도한 표정을 지었다.

라이제강으로 출발할 날짜는 작년과 마찬가지로 직영지의 기원식이 끝난 후다. 기원식이 끝나면 곧바로 출발할 수 있게 준비해 달라고 했더니, 이미 장기 출장에 익숙해졌는지, 모두가 표정 변화 없이 고개만 끄덕였다.

겨울 보고와 라이제강 출장 회의가 끝나자, 나는 페르디난드에게로 시선을 돌렸다.

"신관장님, 평민들에게 묻고 싶은 게 있다고 하셨죠?"

내 말에 페르디난드가 "그랬지." 하고 고개를 들었다. 반대로 구텐 베르크 사이에선 형용할 수 없는 긴장감이 감돌았다.

"평민촌에 마석을 취급하는 상점이 있는가?"

벤노와 마르크는 고개를 갸웃거렸고, 짐작 가는 데가 있는 듯한 상인들은 어떻게 대답해야 무례하지 않을까 고민되는지 눈치만 보며 서로 발언권을 미루기 시작했다.

"종자의 몸으로 송구하오나 발언할 기회를 주십시오."

아무도 대답하지 않자 페르디난드가 짜증을 내려 할 때, 손을 들어 발언 허가를 구한 사람은 벤노의 뒤에 서 있던 루츠였다. 상인들과 같은 환경에서 자라, 플랑탱 상회에서 귀족 대응 예절을 공부하는 루츠는 이 발표의 적임자였다.

페르디난드가 한쪽 눈썹을 치켜세운 뒤, 루츠에게 발언을 허가했다.

"평민촌에는 숲에서 해체에 실패한 마수의 마석을 매입하는 상점이 있습니다."

루츠가 말하길 장이 서는 서문 근처에 마석을 사들이는 상점이 있다고 한다. 나는 사냥을 한 적이 없어 몰랐는데, 마수 해체에 실패하면 마석을 얻을 수 있고, 그것을 중동화 한 닢에서 대동화 한 닢 정도의 금액으로 팔 수 있다고 한다.

"어떤 마수의 마석이지?"

"스밀이 대부분입니다. 드물게는 아이핀테, 잔체는 비교적 비싸게 팔 수 있습니다."

'스밀이라면 슈바르츠와 바이스 모양의 자그마한 마수 맞지? 사냥감이었구나.'

처음 알게 된 충격적인 사실이다. 하지만 그 무렵의 생활을 직접 겪었던지라 이해는 되었다. 보고 싶진 않지만.

"흠. 하찮은 마석이군. 그럼 상점이 그렇게 매입해서 어디에 팔아넘기는지 아는가?"

"그건 그 상점 관계자나 상업 길드 쪽 사람이 아니면 모를 거라 생각합니다."

"그렇군."

페르디난드가 뭔가 고민하기 시작하기에 나는 벤노에게로 몸을 돌렸다.

"벤노, 클라센부르크의 상인은 어때요? 지난번에 성에서 봤을 땐 다른 기베들도 있어서 못 물어봤어요."

내 딴에는 배려한다고 한 거였는데, 벤노는 웃으며 나를 째려보았다. '페르디난드와 귀족 측근이 있는 데서도 묻지 마, 멍청아.'라고 화

내는 것 같았다. 하지만 페르디난드는 둘째치고, 지금보다 참석 귀족이 적어질 날은 앞으로도 없지 않을까?

"다루아로서는 우수합니다. 그 외의 보고는 문서로 전달해 드린 것과 같습니다."

"클라센부르크와 다른 영지의 상황은 아주 흥미롭게 잘 읽었어요. 하지만 그 정보원인 카린의 됨됨이나, 정보가 얼마나 흘러나갔는지는 파악하기 어려웠어요. 책임자인 벤노에게 직접 듣고 싶은데요."

내가 빤히 응시하며 다시 질문하자, 벤노는 내가 졌다, 라는 듯이 시선을 깔았다.

"본인도 아버지가 에렌페스트에 두고 갈 줄은 몰랐다고 합니다. 평소엔 다부지게 보이지만, 가끔 불안해 보일 때가 있습니다. 정탐꾼에게 정보를 넘기나 안 넘기나 경계했습니다만, 늦가을부터 지금까지 외부인과의 접촉은 없었습니다."

"벤노는 카린을 어쩔 생각이에요?"

내 질문에 벤노는 천천히 턱을 쓰다듬었다.

"지금은 딱히 어쩔 생각은……. 일반 다루아와 계약을 끊을 때와 똑같이 해도 문제는 없으리라 생각합니다."

'뭐야. 결혼할 생각은 없나.'

코린나가 늦겨울엔 관계가 변할 거라고 해서 내심 기대했는데, 특별히 변하진 않았나 보다. 벤노의 성결식을 기대하고 있었는데 아쉬웠다.

"그렇군요. 오토와 코린나한테 얘기를 들었을 땐 다음 성결식에서 벤노에게 축복을 줄 수 있을까 기대했었거든요……."

"그럴 일은 절대 없습니다."

벤노의 적갈색 눈이 '허튼소리 하지 마!' 하고 화내고 있다. 순간 움찔했다. 호위 기사가 옆에 있어 다행이라고 속으로 안심했다. 그 화는 오토와 코린나, 카린과 벤노를 엮으려고 한 길드장에게 내야 하지 않나? 그 말이 내 입에서 나온 것도 아닌데.

"카린을 가장 경계해야 할 때는 늦봄부터 여름. 카린의 아버지가 방문하는 시기가 될 겁니다. 상인의 일은 저희 선에서 해결하겠습니다. 영주님과 신전장님께는 폐를 끼치진 않을 겁니다."

자기 선에서 해결을 보겠다. 그런 벤노의 결심이 똑똑히 전해져 왔다. 나는 천천히 고개를 끄덕였다.

"난 벤노의 결단과 각오를 믿어요. ……그래도 내 힘이 필요하다면 언제든 말해요."

벤노는 "황송합니다." 하고 사의를 표하면서도 도발적으로 피식 웃었다. 왠지 '잘난 척하지 말고 나한테 맡겨, 멍청아'라고 말하는 것 같았다.

생선 해체

겨울 막바지에 열리는 평민의 성인식이 끝났다. 다음 세례식이 열리는 초봄이 오기 전에 대망의 생선 해체를 할 예정이다. 나의 예정으로는.

"신관장님, 생선 해체는 언제 할 거예요? 어디서 할 거예요?"

업무를 도운 뒤 매일같이 닦달한 지 사흘째에 페르디난드가 귀찮기 짝이 없는 것을 보는 듯한 시선으로 나를 싸늘하게 내려다보았다. 하지만 고작 그 정도 시선에 내가 꺾일까 보냐.

"신관장님, 생선 해체는 언제 할 거예요? 어디서 할 거예요?"

"……모레 오후다. 그대의 공방에서 하지."

"가능하면 오전 중에 해체해서 저녁에 먹고 싶어요. 해체하는 날 저녁 식사에 초대할게요. 이 기회에 해체한 생선을 요리해서 함께 먹어요. 고아원에 남겨 줄 만큼 많이 만들게 해야겠어요."

내가 생선 해체 일정과 희망을 잇달아 내뱉자, 페르디난드가 피로한 기색이 역력한 얼굴로 "오전, 알겠다."라고 대강 타협해 주었다.

"준비해 둘 건 없나요?"

"호위 기사를 전부 모으고, 기수복을 입되 머리는 뒤에서 하나로 묶도록 해라. 방심은 금물이다."

도무지 요리 준비로 생각되지 않는 말이라고 생각했지만, 개의치 않고 성에 올도난츠를 날려 보냈다. 시종에게 기수복을 가져오라고 전해야 해서다.

레오노레와 유디트의 호위를 받으며 리젤레타가 기수복을 가져와 주었다.

"레오노레, 머리를 묶는 방법을 알려 줄 수 있어요? 모니카가 귀족답게 묶는 법을 알고 싶대요."

"알겠습니다. ……연습하려면 시간이 걸리는데, 그동안 로제마인 님께선 책을 읽으시면 어떨까요?"

리젤레타가 키득키득 웃으며 훌륭한 제안을 해 주었다. 내가 책에 푹 빠져 있는 동안, 모니카에게 머리 묶는 법을 가르쳐 주려는 모양이다. 얼른 프랑이 준비해 준 책을 읽기 시작했다.

"로제마인 님의 머리카락은 윤기가 흘러 부드럽지만, 이렇게 스르륵 빠져나와서 깔끔하게 정리하기가 어려워요."

리젤레타가 상냥한 손길로 내 머리카락을 빗으며 조금씩 잡아 올렸다. 하지만 책에 빠져 있느라 첫마디 말고는 내 귀에 들어오지 않았다.

생선을 해체하기로 한 날이 왔다. 나는 의욕적으로 기상해서 아침을 먹고 모니카에게 머리 손질을 받은 후, 니콜라의 도움을 받아 기수복으로 갈아입었다. 만반의 준비가 끝났다.

"레오노레, 안게리카. 호위 기사들은 다 모였어요?"

"네, 모여 있습니다. 조금 전 창문에서 유디트가 오는 게 언뜻 보였습니다."

"시력 강화도 할 수 있게 되었거든요." 하고 자랑스럽게 대답하는 안게리카와 대조적으로 레오노레는 그늘진 얼굴로 걱정스럽게 나를 바라보았다.

"로제마인 님, 너무 흥분해 계시는데, 쓰러지진 않으시겠죠?"

"괜찮아요. 난 안 쓰러져요. 맛있는 생선을 먹기 전까지는!"

"……건강해 보이셔서 다행입니다."

옷도 갈아입었으니 잠을 시켜 준비가 끝났음을 페르디난드에게 알리도록 하고, 안게리카에게는 다른 기사들을 불러오게 했다.

"로제마인 님, 신관장님으로부터 전언이 있습니다. 공방에 이 마술구들을 옮기라고 합니다. 그리고 이것도 공방에 들이라고 하셨습니다."

잠의 전언을 듣고 나는 공방 문을 활짝 열었다. 시종들을 시켜 조합 때 쓰던 책상과 나무상자를 구석으로 옮겨서 방 한가운데를 넓게 비워 두고, 마술구를 옮기게 했다. 푸고와 엘라에겐 페르디난드가 시킨대로 뚜껑을 덮을 수 있는 튼튼한 냄비를 들이게 했다.

"생선을 해체할 뿐인데 꼭 이렇게까지 경계해야 해요?"

"궁중 요리사도 어쩌지 못하는 생선이 남아 있었지 않습니까? 아렌스바흐의 식용 마물 중에 평민이 해체하기 어려운 것이라면 몇 가지 생각나는 게 있습니다."

레오노레가 몇 가지 이름을 거론했지만, 어떤 생선인지 나로서는 도통 알 수가 없었다.

"레오노레, 그중에 소금구이에 맞는 생선이 있을까요?"

내가 껍질 표면에 십자로 칼집을 넣고 소금을 뿌려 굽는 간단한 요리법을 설명하자, 레오노레는 매우 난색을 보였다.

"표면에 십자 칼집을 넣는다고요? 내장도 빼지 않고 그대로 구워 먹는다는 말씀이시죠? ……매우 어려울 거라고 생각합니다. 다른 조리 방법은 안 되나요?"

소금구이가 어렵다는 말에 나는 당혹스러웠다. 설마 소금구이에 지적을 받을 줄은 몰랐다.

"소금구이가 제일 간단한 조리법인 줄 알았어요. 찌거나 튀기거나…… 다르게 조리하는 편이 나을까요?"

"껍질과 내장을 처리한 후에 구우면 큰 문제가 없지 않을까요?"

소금구이가 아니라, 통구이가 안 된다는 뜻이었나 보다. 이렇게 된 이상 '세 장 뜨기'를 열심히 해야겠다.

내가 소금구이 외의 조리법을 고민하는 사이에 페르디난드가 유스톡스와 에크하르트를 데리고 찾아왔다. 공방에 들어오더니 마술구 앞에서 호위 기사와 함께 정렬했다.

"일단 성가신 놈부터 해결하자. 로제마인은 방해되지 않게 저기서 지켜보아라."

손질을 도울 생각이었는데, 소금구이가 어렵다고 할 정도로 내 상식과 다른 곳이다. 이번에는 얌전히 물러나 있는 편이 좋을 듯했다. 나는 견습생인 유디트의 호위를 받으며 구석에 치워 놓은 책상에서 견학하게 되었다.

"자, 바람의 방패로 에워싸서 타우나델을 가둬라."

"네!"

페르디난드의 지시에 따라 호위 기사들이 "게티르트." 하고 방패를 소환하여 빙 둘러싸 원을 만들었다. 스포츠 시합 전에 스크럼을 만드는 것처럼 보였다. 페르디난드는 시간을 멈추는 마술구의 뚜껑을 열고, 타우나델을 꺼내어 스크럼 안으로 확 집어 던졌다. 그렇게 원하는 것만 꺼내곤 얼른 뚜껑을 닫았다.

'꼬리가 달린 노란 성게? 아니면 가시복 같은 건가?'

내가 눈여겨보며 고개를 갸웃거리는 동안, 던져진 타우나델의 바늘이 점점 촘촘해지고 길어졌다. 바늘 색깔이 보라색으로 물든 순간, 타우나델은 온몸의 바늘을 쏘아 날리기 시작했다.

갑작스러운 생선의 공격에 눈을 부릅떴지만, 바람의 방패로 만든 우리에 갇혀 있어, 길고 가는 바늘은 전부 타우나델 자신에게로 돌아갔다. 기사들은 방패만 들고 서 있을 뿐이라 보고 있으면 웃기지만, 이 공격을 평민이 막으면서 싸우기엔 상당히 어려울지 모른다.

"바늘을 전부 방출하기 전까지 대기하라. 이 바늘엔 독이 있어 찔리면 일이 귀찮아지니 방심하지 마라."

"네!"

페르디난드의 말에 호위 기사들이 온순한 표정으로 대답했다. 그때 내 귀가 꿈틀거렸다. 방금 그 말은 흘려 넘길 수 없었다.

"저기, 신관장님. 그 독침이 타우나델한테 다닥다닥 꽂혀 있는 것처럼 보이는데, 저 살은 나중에 먹을 수 있어요?"

"모른다."

간결한 대답에 나는 숨이 넘어갈 뻔했다.

"전 처치해 달라는 게 아니라 먹을 수 있게 해체 방법을 가르쳐 달라고 한 건데요!"

"먹으려고 소재를 해체한 적도 없는 내가 그런 걸 알 턱이 없지. 소재 회수엔 전혀 문제가 없다. ……그렇게 먹고 싶다면 살에 독이 들어갔는지 약으로 살펴보면 되지."

그런 약품을 묻힌 생선을 어떻게 맛있게 요리해 먹으란 말인가. 나는 맛없어도 먹고 싶은 게 아니라 맛있게 먹고 싶었단 말이다.

'실망이야! 이번 일로 가장 신관장님한테 실망했어!'

타우나델이 독침을 전부 방출하자, 기사들이 장갑을 끼고 독침을 뽑아 회수했다. 이것도 훌륭한 소재가 된다고 한다.

"그대가 원하는 건 살이었지?"

"……독이 묻은 살 따위 필요 없어요. 먹지도 못하잖아요."

내가 뚱하게 째려보자, 페르디난드는 "정말 제멋대로군."이라고 하며 독침 몇 개를 조합용 소재 상자에 넣어 주었다. 하지만 아니다. 내가 원한 건 그게 아니다.

'소재가 아니라 식재료를 원한다고요. 나 정말 생선 먹을 수 있을까?'

요리에 대한 기대가 와르르 무너져 버린 내게로 페르디난드가 다가왔다.

"자, 레기쉬는 그대에게 주마. 해체하고 싶다고 했지? 이건 독이 없으니 해체하면 먹을 수 있을 거다."

"정말이에요?!"

내가 몸을 내밀자, 페르디난드는 30센티미터 정도 되는 무지개색 생선 두 마리를 책상 위에 툭 올려놨다. 아직 시간을 멈추는 마술구의 영향이 남아서인지 생선은 거의 반응하지 않았다.

"에크하르트, 코르넬리우스. 놓치지 않게 레기쉬의 꼬리를 꽉 눌러라."

"네!"

"로제마인은 마력을 단숨에 흘려보내라."

비늘이 매우 단단해서 칼로는 썰리지 않는 모양이다. 심지어 마력을 흡수해서 더 단단해진다고 한다.

"마력이 한계까지 차면 비늘이 부풀어 벌어진다. 대량의 마력을 한 번에 때려 박아서 부풀어 오르면 그때 비늘을 벗겨내야 한다."

레기쉬는 명백히 귀족이 아니면 해체가 불가능한 생선이었다. 아우렐리아는 평민 요리사가 감당하지도 못할 생선을 대체 무슨 생각으로 넣어 온 걸까? 이해할 수가 없다. 그런 생각을 하며 내가 마력을 주입하자, 시간을 멈추는 마술이 다 되었는지 레기쉬가 기세 좋게 펄떡펄떡 날뛰기 시작했다.

"으아앗!"

당황한 소리를 지르며 코르넬리우스가 필사적으로 꼬리를 잡아 눌렀다. 나는 평소 압축해서 저장해 둔 마력까지 끌어올려 레기쉬에게 때려 넣듯이 흘려보냈다.

"얌전히 있어!"

다음 순간, 비늘이 갑자기 부풀며 물방울 모양의 동그란 마석처럼 변했다. 내 마력을 먹은 레기쉬는 코르넬리우스에게 꼬리를 잡힌 채 힘없이 까딱까딱 움직였다.

"떼어 내."

이미 다른 레기쉬에 마력을 흘려보내고 있던 페르디난드의 지시대로 나는 마석 같은 비늘을 뽁뽁 떼어 내기 시작했다. 먹기 전에 비늘 제거는 기본 중의 기본이다. 망설임 따위 일절 없었다. 한쪽 면을 끝내고, 확 뒤집어 반대편 비늘도 뽑았다.

'이렇게 5센티가 넘는 동그란 비늘을 벗기는 건 처음이지만.'

무지개색으로 빛나는 반드르르한 레기쉬의 비늘은 아름답기도 아름답지만 크기도 반듯했다. 나는 비늘을 엄지와 집게 사이에 끼워 빛에 비추듯이 들어 올렸다.

"이 비늘, 반짝반짝하니 예뻐서 살짝 세공하면 장식품으로 쓸 수 있겠는데요?"

디자인을 넘겨서 자크나 요한에게 가공하게 할까 생각하는 그때 주변 모두가 일제히 믿을 수 없다는 얼굴로 나를 보았다.

"……왜, 왜요? 내가 무슨 이상한 말을 했나요?"

"무지개색으로 빛나는 마석이잖나? 전속성인 데다 자신의 마력이 담긴 귀한 소재다. 그런 아까운 짓 하지 말아라. 어리석은 녀석."

무지개색으로 빛나는 마석이 전속성이라는 건 알고 있었지만, 이 비늘이 마석인 줄은 몰랐다. 내 마력을 먹고 마석으로 변한 모양이었다.

"조금 전에 타우나델을 토벌하는 데 모두의 마력을 쓰게 했으니 그 마석을 하나씩 하사하거라."

페르디난드의 말에 나는 내가 뽑은 비늘 마석을 하나씩 주었다. 내 호위로 옆에 있었던 유디트에게도 당연히 줬더니, 오히려 유디트가 당황했다.

"……전 싸우지 않았는데 받아도 될까요?"

"날 호위해 줬잖아요. 타니스베팔렌 때도 그랬는데, 공격해서 쓰러뜨린 사람뿐만 아니라 쓰러뜨리기 위해 조력하거나 자기 역할을 해낸 사람도 평가해 줘야죠. 모두가 적만 무찌르려 하다가 호위를 등한시하면 안 되잖아요."

"지난번에 보니파티우스 님께 타니스베팔렌의 평가 방법 때문에 혼이 났었는데, 이럴 때도 응용되는군요."

유디트가 감탄하며 고개를 끄덕였다. 혼이 났지만 실감을 못했던 모양이다. 보니파티우스에게 보고해야 할지도 모르겠다.

그 자리에 있는 모두에게 비늘을 건네주자, 내 눈앞에는 비늘이 벗겨져 꿈틀거리는 레기쉬가 남았다. 비늘만 귀한 소재일 뿐, 그것만 벗기면 평범한 흰살생선으로 보였다. 이것은 허브구이나 소금구이로 하면 아주 맛있어질 듯하다. 튀김도 좋겠다.

"신관장님, 이건 소금구이로 해도 되죠?"

"조리법을 생각하기 전에 지금 토막을 내서 살을 회수해야지, 죽어서 마석이 되어 버린 뒤엔 늦다."

"아 참, 그러네요!"

생선 모양이라 깜빡했는데 마물은 완전히 죽으면 마석이 되어 버린다. 다시 말해 먹지 못하게 된다. 아렌스바흐의 생선을 통째로 굽기 어려운 이유가 잘 이해되었다.

'그럼 처음 예정대로 세 장 뜨기를 하면 되지.'

나는 슈타프를 소환하여 "메서." 하고 외쳤다. 손에 쥔 칼에 마력을 담아 레기쉬 머리를 자르려고 했다.

"어리석은 녀석! 머리를 떼어내면 어쩌자는 거냐?! 살을 잘라라!"

"아."

내가 아는 상식으로 살을 뜨면 레기쉬가 완전히 죽어 버린다. 어떻게 잘라야 할지 모르겠다. 칼을 쥔 채 굳어 버린 나는 안절부절못하며 두리번거렸다.

"로제마인 님, 맡겨 주십시오. 해체는 제 전문입니다."

"주인의 주인, 안심하며 맡겨 달라."

슈팅루크를 손에 쥔 안게리카가 앞으로 슥 나왔다. 코르넬리우스가 잡고 있던 레기쉬의 꼬리를 잡고 공중으로 확 던져 올렸다. 안게리카의 손에 들린 슈팅루크의 마석이 번뜩였다. 야무진 얼굴로 가볍게 마검을 휙휙 휘두르자, 단숨에 살만 깨끗하게 발린 레기쉬가 그곳에 있었다.

"여기 있습니다, 로제마인 님."

'어떡해. 너무 멋져. 지금까지 본 안게리카 중에서 제일 멋져!'

내가 안게리카의 씩씩한 모습에 가슴을 두근거린 것과 마찬가지로 에크하르트의 마음에도 심금을 울린 모양이다. 안게리카가 건네는 발린 생선 살과 레기쉬를 감탄하듯 보았다.

"묘한 데 재주가 있구나, 안게리카는."

"스승님과 연습을 많이 했거든요."

'할아버님! 멋져요!'

앞으로 생선 해체는 보니파티우스와 안게리카에게 맡겨야겠다고 진심으로 생각했다.

그 외에도 길이가 1미터가 넘고 타니스베팔렌처럼 눈이 더덕더덕 붙어 있는 바다뱀 같은 미어슈랑이나 등에 눈이 더덕더덕 붙은 넙치 같은 생선 등 이상한 생선들이 들어 있었지만, 생김새만 조금 이상할 뿐, 의외로 평범하게 손질되어 있었다. 평민 요리사에게는 그 눈 처리가 어렵다고 한다.

안게리카가 멋있었듯이 미어슈랑을 해체하는 페르디난드도 멋있었다. 지금까지 전투하는 모습을 여러 번 봐 왔지만, 마치 뱀장어를 손질하는 요리사 같은 실력을 선보인 이번이 단연컨대 가장 멋있었다.

'가슴 떨리잖아! 하앙, 생선아.'

조금 이상했던 건 슈프레쉬라는 생선이었다. 페르디난드가 손질한 미어슈랑을 토막 쳐서 뚜껑을 덮는 튼튼한 냄비에 넣었다. 그리고 작은 전갱이만 한 슈프레쉬를 몇 마리, 세차게 때려 넣듯이 냄비 속에 집어넣자마자 얼른 뚜껑을 닫고, "전부 뚜껑을 눌러라!"하고 주변에서 대기하던 기사들에게 명령했다.

기사들이 일제히 냄비 뚜껑을 눌렀다. 상당히 초현실적인 장면이었다. 어이없어하며 보는데, 그 순간 냄비 속에서 벙! 하는 커다란 소리가 나서 깜짝 놀랐다. 그 뒤에도 벙! 버벙! 하고 폭발음이 이어지며 냄비가 크게 흔들렸다.

"저기, 신관장님. 안에서 폭발음이 들리는데요……."

"멈출 때까지 대기한다. 뚜껑이 열리지 않게 꽉 눌러라."

폭발음이 멎은 후 살짝 뚜껑을 열어 보니, 어머나, 신기해라. 으깬 생선 살이 되어 있었다.

'우와, 미어슈랑과 슈프레쉬로 만든 어묵 국물 먹고파! 하지만 여기엔 된장이 없잖아! 간장이 있으면 맑은 장국이라도 먹을 수 있는데.'

제일 먼저 그런 생각을 하는 걸 보면 나도 이 이상한 세상에 익숙해졌나 보다.

시간을 멈추는 마술구 안에 조개나 새우 등 어패류도 들어 있길 기대했지만, 없었다. 어패류가 있었다면 우라노 시절에 일반적이었던 부야베스를 만들어 달라고 하려고 했는데, 없으니 하는 수 없다. 생선만으로 부야베스를 만들자. 괜찮다. 마르세유의 부야베스 헌장에도 '부야베스에 들어가는 생선은 지중해의 암초에 사는 것이어야 하며 갑각류, 조개류, 낙지, 오징어는 들어가지 않아야 한다'는 항목이 있다. 생선만 넣어도 전혀 문제없을 터이다. 지중해의 생선이어야 한다는 점만으로 이미 헌정에서 빗나갔지만 알 바 아니다. 요컨대 생선만으로 만들겠다는 마음가짐이 중요한 것이다.

남은 생선 찌꺼기도 넣어 국물을 우려내고, 부야베스의 깊은 풍미를 내기 위해 으깨진 생선 살은 완자로 만들어 수프에 투입하기로 했다.

　그날 저녁은 푸고와 엘라가 고생해서 내놓은 생선 요리였다. 교대로 먹어야 하지만 해체를 도와준 기사들에게도 요리를 대접했다.
　메인 요리에는 레기쉬를 비롯해 남아 있던 평범해 보이는 생선으로 허브구이와 튀김 등 여러 종류를 만들어 각자 취향에 맞게 먹을 수 있게 했다. 내 몫은 그토록 염원했던 소금구이였다.
　"신관장님, 어때요? 잔베르즈페와 조리법은 거의 똑같지만 이렇게 육수를 낸 생선 요리도 맛있죠?"
　"……귀한 소재도 얻었고, 이 정도면 나쁘진 않군."
　흥 하고 콧방귀를 뀌며 말하는 것치고는 손의 움직임이 꽤 빠르다.
　'뭐, 만족은 한 것 같아 다행이다.'
　"하아. 생선이 너무 맛있어요. 저, 아렌스바흐가 갖고 싶어졌어요."
　"크흡?! 갑자기 무슨 말을 하는 것인가, 그대는?!"
　페르디난드가 사레들리고, 주변 호위 기사들이 동시에 눈을 부릅뜨고, 하르트무트가 "그거 좋은 생각입니다."라고 말한 것으로 나는 내가 터무니없는 발언을 했다는 것을 깨달았다.
　"어머. 내가 좀 말실수를 했어요. 언제든 생선을 먹을 수 있는 아렌스바흐가 부럽다고 말하고 싶었던 거였는데……."
　"전혀 그렇게 들리지 않았다."
　나는 호호호 웃으며 얼버무리면서 내 접시에 소금구이가 올라오길 기다렸다. 프랑이 소금구이를 올린 접시를 슬쩍 내 앞에 놓아 주었다. 흰살생선 토막에 소금만 뿌려 구운 것이었다. 제발 그 이상 딴짓은 하지 말아 달라고 빌고 빌어 나온 소금구이다.

"그것이 그렇게 먹고 싶다고 노래를 부르던 소금구이인가? 좋은 냄새가 나는군."

페르디난드가 내 접시를 보면서 그렇게 말했다. "그죠?" 하고 웃으며 대답하고, 앙 하고 입속에 넣었다. 흰밥이 미치도록 먹고 싶어졌지만, 내겐 아주 그립고도 행복한 맛이었다. 소금구이를 음미하는 순간 정신이 번뜩했다. 왠지 예전에도 똑같은 말을 들었던 것 같았다.

'언제였더라? 음, 아, 양아버님이다!'

청색 신관으로 분장한 질베스타가 '그걸 넘겨라'라는 귀족 특유의 표현으로 재촉할 때 했던 말이 '좋은 냄새가 난다'였다.

'에이, 양아버님도 아니고, 신관장님이 내 접시 위에 있는 음식을 탐내겠어?'

시치미 뗀 얼굴로 식사 중인 페르디난드를 흘끔 보았다. 그리고 하나밖에 없는 소금구이를 지그시 내려다보았다. 원한다면 내 접시를 내주고, 그가 만족스럽게 먹고 남기기를 기다리는 게 정답이다. 하지만 난 접시를 내주기 싫었다.

"전부 줄 순 없어요. 절반 정도는 드릴 수 있어요."

그때와 똑같이 대답해 보니, 페르디난드의 눈썹이 가볍게 씰룩 올라갔다.

"거기까지 기억하고 있다면 어떻게 해야 정답인지 알고 있겠군?"

"이해 못한 척해야 정답이겠죠? 제 소금구이라고요."

흥이다, 하고 나는 소금구이를 먹었다. 페르디난드의 무어라 말할 수 없는 시선을 받으며 생선이 반만 남을 때까지.

"자요, 신관장님. 절반은 드릴게요."

내가 접시를 내밀자, 페르디난드가 피식 웃으면서 순순히 접시를 건네받았다.

"로제마인, 그건 절반이라고 하지 않는다. 신전장이 신관장에게 내려 준다고 하지."

"네?"

"됐다. 신전에선 그대의 지위가 나보다 높다. 감사히 먹겠다."

'신관장님한테 음식을 내려 주다니, 내 지위를 이용할 생각은 없었어, 돌려줘!'

속으로 소리치면서도 입 밖으로는 내지 못한 채 나는 페르디난드가 소금구이를 먹는 모습을 착잡한 기분으로 지켜보았다.

염원했던 소금구이를 먹고 만족한 나는 식후에 차를 마셨다. 페르디난드도 같이 차를 마시면서 나와 내 측근들을 둘러보았다.

"로제마인, 곧 기원식이다. 라이제강은 그대를 진심으로 환영해 주겠지만, 베로니카의 핏줄이며 하얀 탑에 들어가 오점을 남긴 빌프리트를 그대처럼 환영해 줄지 어떨지 확실치가 않다. 그대가 눈여겨보면서 빌프리트의 체면을 세워 주도록 해라."

내가 막 눈을 뜬 겨울 사교계에서 빌프리트와 샤를로테의 도움을 받았듯이 라이제강에서는 내가 둘의 방패막이가 되어 주라고 했다.

"그대들도 로제마인을 지켜라. 언젠가 영주 부인의 자리에 서게 될 로제마인을."

라이제강의 감언이설에 절대 넘어가지 말라고 페르디난드가 엄격한 시선으로 측근들을 보았다.

"알겠습니다."

기원식과 라이제강으로 출발

내가 봄의 세례식을 끝내기 전에 빌프리트가 먼저 성배와 마석을 들고 기원식을 치르러 출발했다. 기원식이 끝나면 곧장 라이제강에 가서 인쇄 관련의 최종 확인을 해야 해서 바쁘다고 한다.

"나도 너처럼 기수로 이동해서 오전과 오후 기원식을 치러야 해. 최대한 빨리 끝내고 라이제강으로 가야지."

"날 따라 하는 건 상관없지만 회복약 준비도 잊지 않았죠? 기원식을 하루에 두 번 하면 몸에 부담이 클 거예요."

나의 마력을 담은 마석을 쓰면 되니 자신의 마력을 쓸 일이 거의 없을지도 모른다. 그래도 기원식을 하루에 두 번 하면 힘에 부친다. 내 말에 빌프리트가 페르디난드를 힐끗 쳐다본 후 천천히 고개를 끄덕였다.

"응. 준비했어. 스스로 만들 수 있게 됐거든."

'신관장님의 배려는 필요 없다는 뜻인가?'

맛은 심각하지만, 효과는 수업에서 배운 회복약과 천지 차이다. 나는 일단 예비로 갖고 있던 페르디난드의 회복약을 램프레히트에게 쥐여 주고, 너무 무리하지 않게 하라고 주의한 후 배웅했다.

"괜찮을까요? 하루에 두 번은 힘들 텐데."

"그대가 청색 견습무녀 시절에 하루에 몇 군데나 돌았던 것에 비하면 새 발의 피다. 그대보다 체력도 있고 마석도 있으니 걱정할 필요도 없다. 하게 두도록해라."

빌프리트에게 성배를 넘겨받으면 나는 직영지의 기원식을 하러 출발한다. 그런데 이번에는 출발하기까지가 힘들었다. 성인이 되어 마을 밖을 나가는 임무에 참여할 수 있게 된 하르트무트와 코르넬리우스가 기원식에 따라가고 싶어 했기 때문이었다.

"두 사람은 여기 있으세요."

"어째서입니까?"

신전장으로서 참여하는 제사라서 귀족 문관은 필요 없다는 것, 여기서 식량까지 다 준비해서 가져가야 한다는 것, 잠잘 방을 준비하지 못하는 것이 가장 큰 이유다. 반드시 데려가야 하는 호위 기사 외의 측근은 남아 있어야 했다. 서운한 표정의 하르트무트가 동행하는 다무엘을 잠깐 노려보았지만, 무슨 생각이 떠올랐는지 갑자기 손뼉을 쳤다.

"어쩔 수 없군요. 로제마인 님께서 안 계시는 동안 수확제 땐 꼭 따라갈 수 있게 징세관의 업무를 배워 오겠습니다."

"예? 측근이 징세관의 일을 한다고요?"

"지금은 일손이 부족하니 업무를 배워 로제마인 님을 따라가고 싶다고 아우브께 청을 올리면 들어 주실 겁니다."

'정말 해낼 것 같은데.'

일손 부족이라는 건 질베스타와 페르디난드가 안심하고 내게 붙일 인재가 부족하다는 의미다. 징세에 관련된 중요한 자리는 구 베로니카 파가 꽉 잡고 있었다. 요직은 교체했지만, 모든 사람을 다 교체하기엔 한계가 있었다. 하르트무트가 징세 업무를 배운다면 '마침 잘 됐으니 다녀와라'라고 등을 떠밀 질베스타의 모습이 눈에 선했다.

'하지만 아예 모르는 사람보다는 하르트무트가 안심할 수 있겠지?

하르트무트면 다른 쪽 불안이 커지겠지만.'

"하르트무트는 징세관의 업무를 배울 거니까 남겠다는 말이죠? 그리고 또 동행하고 싶어 하는 코르넬리우스에겐 미안하지만, 호위 기사는 다무엘과 안게리카로 충분해요. 코르넬리우스도 남아 줘요."

"로제마인 님, 왜 성인이 된 제가 호위 업무에서 제외되어야 합니까?"

코르넬리우스가 불쾌하다는 듯이 얼굴을 찌푸렸다. 그런 표정을 지어도 안 되는 건 안 된다.

"평민의 겨울 저택에는 귀족이 묵을 방이 거의 없어요. 그게 가장 큰 이유예요."

원래 청색 신관은 호위 기사도 대동하지 않는다. 겨울 저택에는 청색 신관이 사용할 방을 세 개 정도 확보해 두는데, 귀족의 호위 기사가 몇이나 따라올 거라는 예상을 하지 않기 때문에 너무 많아도 곤란하다.

청색 신관의 방이 없으면 시종의 방에서라도 잘 수 있는 다무엘과 달리 코르넬리우스는 태생이 상급 귀족이다. 자기 신변을 돌보는 시종을 데려가도 되냐고 물을 법한 도련님인 셈이다. 평민과 부대끼는 직영지에는 맞지 않았다.

"그리고 코르넬리우스 오라버니와 레오노레, 안게리카에겐 라이제강에서 호위를 맡기기로 했어요. 직영지는 다무엘, 라이제강은 코르넬리우스. 이게 각자에게 맞아요."

기원식뿐만 아니라 인쇄 업무 처리도 겸하는 라이제강에서는 여름 저택에 묵는다. 상급 귀족의 여름 저택이라면 다무엘보다도 혈족인 코르넬리우스가 적임자다. 시종들도 물론 데려갈 수 있고, 방도 많으니 이의는 없으리라.

"알겠습니다."

이런 설득을 거쳐 기원식을 하러 출발했다. 이제부터는 예년과 같다. 핫세에서 촌장인 리히트에게 신전과 핫세 사이에 문제가 없음을 확인한다. 제사가 끝나면 작은 신전으로 이동해 회색 신관들의 보고를 듣고, 인원을 교대한다. 그리고 다음 해에 인쇄할 원고를 넘겨준다.

"플랑탱 상회에서 보낸 종이와 잉크도 문제없이 도착했고, 인쇄업도 순조롭습니다. 그런데 지난번에 핫세 주민이 작은 신전에서는 겨울을 어떻게 보내는지 묻더군요. 인쇄 얘기를 했더니 남성들이 겨울 수작업으로 인쇄를 돕고 싶어 한답니다."

"리히트가 정식으로 제안한다면 한번 대답을 고려해 볼게요. 인쇄 조력자가 늘면 좋지만, 겨울은 눈보라 때문에 집에 못 돌아갈 가능성도 높지요? 그것에 대비해서 비축 식량을 늘리지 않으면 큰일이 날 거예요. 당장 대답하긴 어려워요."

"말씀대로 폐쇄되면 식량 쟁탈전이 벌어질 상황을 피하긴 어렵겠군요."

겨울 준비 계획부터 짜야 할 일이니 일단은 판단을 유보했다. 회색 신관과 회색 무녀들과 회의를 끝내고 나는 방으로 이동했다.

인쇄를 한다면 우선은 핫세 주민의 문맹률을 낮추고 싶었다. 하지만 일하면서 책에 익숙해지면 더 성실하게 공부하지 않을까? 슬슬 신전 교실 개최를 진지하게 고민할 때가 왔는지도 모른다. 다만 거리가 떨어져 있어 매번 상황을 확인할 수 없는 핫세보다는 영주의 영향권에 있는 에렌페스트 신전에서 먼저 시작하고 싶은데, 어떤 명분이 있어야 할까?

나는 고민하면서도 신전장의 예복을 벗고 엄마가 염색한 천으로 만든 의상으로 갈아입은 후, 옷에 맞춘 투리의 머리 장식을 새로 달았다.

'아빠한테 보여줘야지. 우후훗.'

저녁을 먹은 뒤 나는 병사들이 있는 테이블로 향했다. 그들은 임무 중이라서 술을 마시진 못하지만, 엘라와 푸고가 만든 요리를 배부르게 먹으며 시끌벅적 떠들고 있었다. 회색 신관들의 호위역으로 에렌페스트에서 따라온 병사들, 특히 아빠와 짧게 대화할 수 있는 이 시간이 내겐 아주 소중하다. 이건 절대 뺄 수 없었다.

"오랜만이에요, 여러분. 괜찮다면 최근 평민촌의 상황을 들려주세요. 구텐베르크에게도 정보를 듣긴 하지만, 거리 곳곳을 다니는 병사 여러분들과는 관점이 다를 수 있으니까요."

내가 말을 걸자, 기다렸다는 듯이 여기저기서 목소리가 나오기 시작했다.

"신전장님, 실은 병사장의 아내가 르네상스입니다."

"한겨울에 신전장님의 전속으로 뽑혀서 마을에 난리가 났었는데, 알고 계십니까?"

"어머! 신기한 우연이 다 있군요."

신기하기는 무슨. 사실 투리의 반응을 살피면서 르네상스를 골랐다. 하지만 나는 깜짝 놀라는 척을 했다. 나머지는 아빠가 퍼뜨린 말들인지, 병사들은 입을 모아 엄마가 르네상스에 선발된 무렵의 이야기를 꺼냈다. 세 명의 후보에 들어갔지만 르네상스의 칭호를 받지 못했는데, 그 후로 피땀 흘려 노력한 끝에 르네상스의 칭호를 받았다고 세세하게 설명했다.

"신전장님께서 칭호를 내려 주지 않으셔서 아쉬웠는지 병사장이 얼마나 날뛰었는지 아십니까? 다음에야말로 꼭 르네상스에 뽑히길 우리 병사들이 얼마나 빌었는데요. 병사장의 부인을 르네상스로 뽑아 주셔서 감사합니다."

"이놈들이 별소리를 다 하네."

입으로는 그렇게 말하는 아빠지만 기쁜 듯 웃음 띤 얼굴로 나를 보고 있었다.

"신전장님, 제 아내 에파는 피나는 노력을 했습니다. 자신이 염색한 천으로 만든 옷을 신전장님께서 입어 주셨으면 하는 일념으로요. 어떤 천이 어울리실지 머리 장식을 만드는 전속인 딸과 상의하며 항상 고민하더군요."

아빠의 말에 엄마와 투리가 함께 염색물 디자인을 고민하는 그림이 머릿속에 그려졌다. 나는 배시시 웃으며 치마 부분을 살짝 집어서 보여줬다.

"이 옷이 새로운 천으로 제작한 의상이에요. 에파의 천을 썼답니다."

오오, 하고 병사들이 술렁거렸다. "정말 신전장님이 입으셨구나."라며 눈을 동그랗게 떴다. 분명 아빠의 자랑이 크게 부풀리고 각색한 거라고 생각했으리라. 아빠는 가족애가 너무 뜨거워서 쉽게 폭주하는데, 자랑도 점점 과해지는 경향이 있다. 그런 점마저도 그리웠다.

"병사장의 따님도 신전장님의 전속이지요? 신전장님은 그 따님과도 일면식이 있습니까?"

"그럼요, 투리의 머리 장식은 항상 달고 다닌답니다. 오늘 이것도 투리의 작품이에요."

나는 내 머리에 달린 머리 장식을 살짝 건드렸다. 아빠가 아주 기쁜 듯이 눈을 휘며 주변 병사들에게 에렌페스트의 새로운 염색물에 도전한 엄마와 왕족에게 머리 장식을 납품하는 투리를 자랑하기 시작했다. 역시나 조금 요란스럽다.

"병사장의 가족 자랑은 귀가 닳도록 들었다니까요. 과일 주스로 취하신 겁니까?"

병사들은 지겹다며 얼굴을 찌푸렸지만, 아빠는 "그럼 우리 아들 얘기를 할까?" 하고 물러서지 않았다.

"그것도 들었습니다!"

"어머, 난 궁금한데요? 평민촌 아이들은 어떻게 지내나요? 고아원 아이들과 다른가요?"

"평민촌 애들은 고아들처럼 예의 바르지 않습니다. 제멋대로예요."

한 병사가 손을 파닥파닥 저으며 그렇게 말하자, 다른 병사들도 고개를 끄덕였다. 고아들의 경우 숲에 갈 때 인솔하는 어른이 시키는 대로 정렬해서 걷고, 문지기에게 반드시 인사한다. 어투는 평민촌에 맞추려고 하지만 순간순간 예의 바른 말투가 튀어나온다고 한다.

"그런데 평민촌 애들은 문지기를 정중하게 대하지 않죠. 특히 친구네 아빠면 나쁜 장난을 치는 놈까지 있다니까요."

병사들이 자신의 어릴 적 추억을 꺼내며 자기가 어릴 땐 어땠는지 떠들기 시작하는 가운데, 아빠는 카밀이 숲에서 채집을 하게 되었고, 루츠를 통해서 고아원 아이들과도 교류하기 시작했다고 알려 주었다.

"고아원에 있는 또래 아이가 신화나 기사 얘기를 아주 잘 알더라고 아들이 그러더군요."

'잠깐만. 고아원에 있는 또래 아이라면 디르크나 콘라트밖에 없지

않아?!'

카밀과 이어진 가는 실을 발견하자, 매우 기뻤다. 그러고 보니 빌마도 콘라트가 평민촌 아이에게 좋은 영향을 받았다고 보고했던 것 같다. 더 자세히 물어봐야 할 듯했다.

그렇게 생각할 때 일곱 점 종이 울려 퍼졌다. 핫세의 겨울 저택에서 울리는 소리라 그런지, 평소 신전에서 듣던 소리보다 멀게 느껴졌다.

"취침 시간입니다. 로제마인 님."

뒤에서 조용히 서 있던 프랑의 말에 나는 고개를 끄덕이고 작별 인사를 했다.

"아쉽지만 난 이제 방에 돌아가야겠어요. 올해 여름에도 다른 영지 상인들이 대거 방문할 거예요. 병사 여러분들도 고생이 많겠지만, 에렌페스트의 치안을 잘 부탁드려요. 푹 쉬세요."

뜻밖의 멋진 수확을 얻은 직영지 기원식을 끝내면 샤를로테와 교대한다.

"샤를로테의 기수는 바이스군요. 하얗고 이마에 금색 마석이 달려 있네요."

"제게 가장 인상이 깊은 스밀이 슈바르츠와 바이스거든요."

"귀여워서 좋네요."

"언니처럼 크기를 자유자재로 바꾸고 싶은데 생각처럼 잘 안 돼요."

나의 레서 버스를 보아 온 샤를로테에겐 탑승용 기수라고 하면 크기를 자유자재로 바꾸는 물건이라는 인식이 있다. 그래서 시간도 걸리고, 마력이 부족할 때도 있어 힘들지만, 다소 크기를 조절할 수 있게 되었다.

"연습으로 익숙해질 수밖에요. 그전까지 회복약을 꼭 가지고 다니고, 마력이 고갈되면 바로 회복하도록 해요."

기원식에 출발하는 샤를로테를 배웅한 뒤, 라이제강에 최종 확인을 하러 간 빌프리트의 보고를 기다리며 컨디션을 조절하면서 라이제강으로 떠날 준비를 한다.

호위 기사는 코르넬리우스, 레오노레, 안게리카, 시종은 오틸리에와 브륀힐데로 정해졌다. 문제는 문관이다. 인쇄 얘기를 해야 해서 가능하면 전부 데리고 가고 싶었다. 하지만 필린느는 하급 귀족이고, 로데리히는 구 베로니카 파다.

"그곳에선 로데리히와 필린느에게 불쾌한 일들이 많이 생길지도 몰라요. 기숙사에 남아 있는 게 좋을 수도 있는데 어쩌겠어요?"

"저는 가겠습니다. 로제마인 님의 측근이라면 인쇄는 피해 갈 수 없으니까요."

필린느가 딱 잘라 대답했다. 로데리히도 그 대답에 동의했다.

"저도 마찬가지입니다. 인쇄를 접할 기회를 놓칠 순 없습니다. 로제마인 님의 측근으로서 아직 업무도 제대로 못 하는데, 약간의 불쾌함을 신경 쓸 상황이 아닙니다."

로데리히는 필린느와 경쟁하듯이 매일 신전에 다니는데, 작년 필린느처럼 하는 일마다 족족 "다시." 하고 페르디난드에게 퇴짜를 맞았다. 못한다고 풀이 죽은 로데리히를 "모두가 지나온 길이니까 기운 내요." 하고 필린느가 북돋아 주었다. 그 옆에서 안게리카는 "난 이전에도, 앞으로도 그 길은 지나가지 않을 겁니다. 그 대신 호위 업무는 절대 넘겨주지 않아요."라고 진지한 얼굴로 선언하고, 하르트무트는

"난 처음부터 완벽해서 그런 고민을 한 적이 없어." 하고 로데리히를 더욱 나락으로 떨어뜨렸다. 못 말리는 두 사람이다. 최근에는 보다 못 한 다무엘이 안게리카와 하르트무트가 쓸데없는 소리를 꺼내기 전에 두 사람을 내쫓고 있었다.

샤를로테가 돌아올 때쯤에 최종 책임자인 엘비라가 자세한 일정을 알려 왔다. 준비하고 있을 구텐베르크에게도 곧바로 일정 연락을 넣었다.

"또 장기 출장이 되겠지만, 잘 부탁해요."

출발 당일에 구텐베르크가 업무 도구를 잔뜩 짊어지고 왔다. 짐에 달린 꼬리표를 하나하나 확인하며 레서 버스에 싣게 했다. 제지 공방으로 가게 될 회색 신관들도 익숙하지 않은 옷에 신경을 쓰면서 길의 지시에 따라 작업을 도왔고, 프랑과 모니카는 라이제강의 기원식에 필요한 짐을 실었다.

"자크, 매트리스를 개발해 줘서 정말 고맙게 생각합니다. 어찌나 편안한지 침대에서 일어나기 싫어질 정도예요. 신관장님의 장의자도 만들어야 해서 힘들겠지만, 잘 부탁해요."

"맡겨 주십시오. 신관장님께서 주문하셨다고 하니까 우리 공방 녀석들이 반드시 좋은 물건을 만들겠다고 의욕을 불태우고 있습니다. 소개해 주셔서 감사합니다."

자크가 말하길 지금까지 일절 주문이 없었던 영주의 남동생으로부터 주문이 들어오자, 이대로 영주 일족의 전속을 노려 보자며 공방이 들썩였다고 한다.

"대장간 협회가 펌프처럼 매트리스도 등록하라고 요구하는데, 가능하다면 올해 마지막까지는 저희가 독점하게 허락해 주십시오."

"대장간 협회에 언제 설계도를 넘기든 난 상관없어요. 다만 주문이 몰려서 수습이 어려워지기 전에 설계도를 공개하고, 장인을 육성하는 게 좋을 것 같긴 하지만……."

비록 내가 주문하고 아이디어를 냈지만, 시행착오를 거쳐 만들어 낸 사람은 자크와 공방 사람들이다. 대장간 협회에 설계도를 넘겨주면 아이디어 비용을 조금 받겠지만, 그 시기가 언제가 되든 좋았다.

"감사합니다. 로제마인 님께서 계속해서 새로운 물건을 주문해 주시니 독점할 수 있는 기간도 그렇게 길진 않을 겁니다. 그리고 장기 출장으로 공방을 비우는 동안 작업을 맡기니까 후배 녀석들 실력도 빨리 느는 것 같고요."

자크가 쓰게 웃었다. 산더미 같은 일거리를 두고 자크가 출장을 가기 때문에 그것을 처리하는 동안 제자들의 실력도 쑥쑥 올라가고 있는 모양이다. 그 이야기를 들은 요한도 어깨를 으쓱했다.

"그건 우리 공방도 마찬가지입니다. 구텐베르크로 출장을 가는 동안 어쩔 수 없이 일거리를 맡겨야 하거든요."

"요한의 제자는 어때요? 다닐로라고 했었나요?"

"실력은 많이 늘었습니다. 그레첼의 젊은 장인에게 자극을 받은 것 같았어요."

요한의 뒤를 이을 사람은 다닐로뿐이라고 공방 사람들이 하도 추켜세운 탓에 조금 우쭐해 있던 다닐로는 하르덴첼의 장인들이 성장했다는 말을 믿지 않았다. 그런데 그레첼의 장인을 받아들이고, 자신과 비슷한 수준으로 금속 활자를 만드는 장인이 또 있다는 사실을 직접 눈으로 본 뒤로는 정신을 바짝 차리고 작업에 열중하게 되었다고 한다.

"인고가 주문한 책장용 도르래도 겨우 샘플을 완성했습니다. 다닐로와 녀석들에게 잔뜩 만들어 두라는 과제를 주고 왔으니 돌아가면 완성돼 있을 겁니다."

덜컹거리지 않게 깔끔한 원형으로 만드는 것과 책 무게를 감당할 만큼 강도를 높이는 작업이 매우 어려웠다고 한다. 완성될 책장이 기대되니 부디 열심히 노력해 줬으면 했다.

신전의 시종과 구텐베르크가 레서 버스에 올라탄 것을 확인하고, 나는 조수석에 유디트를 태운 후 우선은 집합 장소인 성으로 향했다. 오늘은 페르디난드도 함께 신전을 출발해서 성으로 가지만, 그의 목적지는 달랐다. 그는 문관을 대동해서 마법진을 확인하러 하르덴첼로 간다.

"새로운 발견이 있길 바랄게요."

"마법진만 볼 수 있으면 충분하다."

페르디난드의 입가에 미세한 미소가 걸려 있다. 신나 보여서 다행이다.

성에는 준비를 마친 사람들이 우리의 도착을 기다리고 있었다. 하르덴첼의 문관 팀과 라이제강 인쇄 팀이다. 라이제강으로 이동할 사람들은 인쇄업 문관들뿐만이 아니었다. 빌프리트와 샤를로테의 측근들도 있었다. 인쇄 사업을 나 혼자 하는 것이 아님을 라이제강에게 보여 주기 위함이다.

"로제마인, 준비는 끝났나?"

질베스타의 부름에 나는 뒤돌아보았다. 최종 책임자인 엘비라가 라이제강에 가는 건 알고 있었는데, 그 옆에 칼스테드를 포함해 다섯 명의 기사까지 있었다.

"영주 후보생이 대이동하는 일이잖아. 하르덴첼 때처럼 기사단을 동행시키기로 했다. 칼스테드에겐 외가가 되는 곳이니 딱 아니냐."

질베스타는 씨익 웃으며 그렇게 말한 뒤 빌프리트를 걱정스럽게 보았다.

"로제마인, 라이제강은 아렌스바흐의 피를 이은 둘에겐 방심할 수 없는 곳이야. 하지만 빌프리트가 차기 영주가 되려면 피할 수 없는 상대이기도 하지. 그곳을 우리 편으로 끌어들이느냐 아니냐에 따라 상황이 크게 반전된다."

육체적으로 상처를 입히지는 않겠지만, 정신적인 압박이 굉장하다고 한다.

"최대한 제가 두 사람의 방패막이가 될게요. 빌프리트 오라버니와 샤를로테에겐 겨울 사교계 때 많이 도움을 받았으니까요."

"부탁하마. 누굴 닮았는지 낙관적인 빌프리트를 보고 있으면 불안해."

팔짱을 낀 질베스타의 말에 나는 빌프리트를 보았다. 빌프리트는 페르디난드와 얘기하는 중이었다.

"빌프리트, 제발 부탁이니까 방심하지 말거라."

"최종 확인을 하러 갔을 땐 걱정할 거리가 없었어요. 아주 순조롭게 끝났습니다."

라이제강의 최종 확인을 끝낸 빌프리트가 기세등등하게 말했다. 그 자신감을 페르디난드가 "어리석긴. 그야 당연하지."라는 냉정한 말로 꺾어 버렸다.

"최종 확인이 순조롭게 끝나지 않으면 라이제강이 완벽하게 준비되지 않았다는 걸 알리는 형국이 되는데 그대에게 실점을 얻을 짓을 할 턱이 없지. 무엇보다 확인을 받지 않으면 그들이 열망하는 로제마인이 라이제강에 안 오지 않겠는가."

빌프리트가 입을 꾹 다물어도 페르디난드의 말은 끝나지 않았다.

"라이제강은 로제마인을 차기 영주로 삼아야 한다고 강력하게 주장하는 자들이 많은 영지다. 혈족인 측근을 통해서 로제마인 본인에게 그럴 의사가 없고, 그대와 혼인해서 보좌하겠다는 의지를 전달해도 여전히 포기하지 않은 자들이 있지. 그대에겐 적지나 다름없다. 그걸 명심하고 경솔한 언행을 삼가도록 세심하게 주의를 기울여라. 알겠는가?"

"……명심하겠습니다, 숙부님."

고개를 푹 숙이고 입술을 꽉 깨문 빌프리트를, 우리는 조금 떨어진 곳에서 바라보았다. 질베스타가 어쩔 수 없다는 듯이 슬쩍 한숨을 내쉬었다.

"아직 이해력이 많이 부족해. 네가 좀 도와야 한다, 로제마인."

질베스타의 부탁을 듣고, 나는 빌프리트에게 다가갔다.

"빌프리트 오라버니, 페르디난드 님이 말씀은 저렇게 하셔도 걱정이 되어서 그러는 거예요. 걱정하지 않으면 아무 말씀도 하지 않거든요."

빌프리트는 시큰둥한 표정을 지었다. 그 마음을 모르는 건 아니지만, 페르디난드의 잔소리는 일단은 아주 걱정되기에 하는 말이다.

"아마 라이제강에 가 보면 알 거예요. 나도 라이제강에서는 거듭 조심하고, 방패막이가 되어 라이제강에게서 빌프리트 오라버니를 지키라는 지시를 받았어요."

"너를 방패막이로 세우라고?"

베로니카의 혈족을 증오하는 증조부가 계신다. 정신을 바짝 차려야 한다.

"로제마인, 정말 괜찮을까?"

불안해하는 빌프리트가 안심하도록 나는 가슴을 툭툭 치며 대답했다.

"내가 옆에 있는데 뭐가 걱정이에요?"

"……왠지 더 불안해졌어."

그렇게 말하며 입술을 쭉 내민 빌프리트는 평소와 같은 미소를 보여 주었다.

기베 라이제강

"로제마인 님, 오셨습니까?"

성에 남는 유디트는 레서 버스에서 내리고, 그 대신 안게리카가 탑승했다. 주변 귀족들도 기수를 소환하여 차례대로 하늘을 향해 날아올라 출발을 준비했다.

"안게리카, 좀 쉬었어요?"

"네. 스승님께 지도받은 시간 외에는 쉬었습니다."

'못 쉬었을 것 같은데.'

직영지의 기원식과 라이제강의 출장까지 호위를 맡기게 되어서 며칠 휴가를 줬더니, 별 의미가 없었던 것 같다.

"생선을 썰어서 로제마인 님께 칭찬받았다고 말씀드렸더니 스승님께서 연습을 시키셨습니다. 다음엔 더 멋진 칼질을 보이라고요. 스승님도 해체하고 싶으셨던 것 같습니다."

"다음 기회엔 신전이라도 괜찮으시다면 초대하겠다고 전해 주세요."

"알겠습니다. 스승님이 필시 기뻐하실 겁니다."

안게리카가 신난 목소리로 보니파티우스가 얼마나 대단한지, 기사단에서는 누가 강한지, 에크하르트와 페르디난드는 어떤 전술이 특기인지 재잘거렸다. 맞장구를 치면서 듣고 있는데, 코르넬리우스의 기수가 다가왔다.

"로제마인 님, 라이제강에 진입했습니다. 곧 여름 저택에 도착합니다."

코르넬리우스의 말에 나는 눈 아래에 펼쳐진 풍경을 내려다보았다. 여기저기 눈이 남은 시꺼먼 땅만 펼쳐져 있었다. 녹음이 거의 없어 경치가 삭막했다. 램프레히트의 결혼식 때만 해도 울창한 숲에 둘러싸인 농지와 파릇파릇한 잎들로 무성한 한가로운 전원 풍경이었다.

"계절이 바뀌면 분위기도 달라지네요. 라이제강에 들어온 줄도 몰랐어요."

"적이 숨어 있어도 금방 찾겠네요."

확실히 라이제강에서는 습격 미수가 많았지만 이번엔 어려우리라. 호위 기사에 기사단까지 따라온 데다가 한 해의 수확을 좌우하는 중요한 기원식 기간이라 바쁘지 않은 곳이 없다.

'그러고 보니 처음 왔을 땐 양아버지가 청색 신관인 척을 했었던가……'

선두에서 고도를 낮추는 것이 보였다. 목적지에 도착한 모양이다. 라이제강엔 몇 번 왔었지만, 똑똑히 기억나는 건 신전 관계자가 쓰는 별채밖에 없다.

램프레히트의 결혼식 때는 여름 저택에도 들어갔었는데, 점심만 먹고 바로 출발했고, 결혼식 후에는 피곤해서 배정받은 방에 후다닥 들어와 잠들어서 기억에 남는 것이 거의 없었다.

내가 기수에서 내리자, 프랑과 모니카와 푸고도 각자 짐과 식료를 들고 신관이 사용하는 별채로 옮겼다. 제사라고 해도 기베 라이제강에게 작은 성배를 넘기면 끝이다. 신관들은 할 일이 별로 없어도 인쇄업 회의가 끝나기 전까지 체류해야 한다. 견고한 성이 겨울 저택도 겸하던 하르덴첼과 달리, 라이제강에는 별채가 있어서 귀족과 회색 시종이 접촉할 일은 없다. 그것만은 조금 안심되었다.

"로제마인 님, 작은 성배는 인사 뒤에 건네시겠습니까?"

"예, 프랑. 준비해 줘요."

기베 라이제강에게 작은 성배를 넘긴 뒤, 구텐베르크가 지낼 마을을 안내받을 예정이다. 그때까지 구텐베르크는 레서 버스에서 대기한다.

나는 작은 성배를 들고 프랑과 모니카를 거느린 채로 정렬했다.

"라이제강에 잘 오셨습니다."

기베 라이제강과 인쇄업 대표자인 엘비라가 장황한 인사를 나누자, 나는 작은 성배를 들고 앞으로 나섰다. 기베 라이제강은 칼스테드보다 조금 나이가 많아 보이는 문관답게 생긴 사람이다. 처음 만났을 땐 온화한 미소 속에서 눈이 야심으로 불타고 있었다. 지금은 그렇게 보이지 않지만 방심은 금물이다.

"치유와 변화를 가져오는 물의 여신 플류트레네와 그 곁을 모시는 권속의 열두 여신이 흙의 여신 게두르리히에게 새 생명을 기르는 힘을 주었습니다. 넓고 호호막막한 대지에 존재하는 만물이 물의 여신 플류트레네의 귀색으로 채워지길 진심으로 기도합니다."

"흙의 여신 게두르리히는 물의 여신 플류트레네의 마력으로 채워졌습니다. 해설에 기도를, 봄의 도래에 축복을 바칩니다."

작은 성배의 인도가 끝나면 신전장이 할 일은 끝났다. 나는 한 발짝 뒤로 물러나서 프랑과 모니카에겐 별채를 정돈하도록 하고, 푸고에게는 식사 준비 지시를 내렸다. 마찬가지로 오틸리에에겐 내가 쓸 객실을 정리하게 했다. 대신 브륀힐데에게는 동행을 명령했다. 그레첼 외의 토지를 보여주면 분명 어딘가에 도움이 되기 때문이다.

"이러려고 미성년자인 저를 억지로 일행에 넣으신 거군요."

"그것 말고도 이유는 많아요. 설명했잖아요."

시종이 오틸리에 혼자면 힘들지만, 리카르다는 라이제강의 쇠락에 영향을 끼친 가브리엘레와 베로니카를 모신 적이 있어 라이제강에겐 인상이 좋지 않다. 리젤레타보다는 상급 귀족이며 친족인 브륀힐데가 더 동행자로 적합했다.

"라이제강의 평민촌을 시찰해야 한다는 설명은 듣지 못했습니다만."

"어머, 그랬나요? 내가 깜빡했나 봐."

호호호 하고 웃으며 브륀힐데에게 등을 돌려 기베 라이제강에게 다가갔다.

"그럼 본론으로 들어가서, 구텐베르크들이 지낼 곳을 안내해 주시겠어요?"

"알겠습니다."

기베 라이제강이 손을 휙 흔들자, 인쇄업을 담당하는 라이제강의 문관이 나타났다. 하르덴첼과 그레첼의 소문을 들었는지, 내가 구텐베르크를 기수에 태우고 가도 별말 없이 안내를 시작했다.

"구텐베르크가 지낼 곳은 여름 저택에서 조금 떨어진 곳에 있는 플루스라는 마을입니다."

플루스는 높직한 언덕 너머에 있고, 숲에 둘러싸인 라이제강의 여름 저택에서 가장 가까운 평민 마을이라고 한다. 모두가 기수를 타고 여름 저택을 에워싼 벽을 넘어갔다. 언덕을 내려간 곳에 있는 플루스는 어딘지 모르게 핫세와 비슷한 분위기를 풍기는 곳이었다. 평민들은 농업 중심으로 생활하고, 겨울 저택 부근에 농업 외의 일을 하는 사람이 모여 사는 점이 아주 비슷했다.

　몇 명의 귀족은 평민이 사는 마을에 가자 얼굴을 살짝 찌푸렸지만, 기원식과 수확제를 하러 농촌을 돌았던 빌프리트와 샤를로테는 "직할지의 농촌과 비슷하네요."라며 오히려 즐거워 보였다.

　"대장간도 목공방도 이쪽에 있습니다. 플루스 주민에게 가르쳐 주십시오."

　"알겠어요."

　대장간과 목공방의 공방장과 인사하고, 짐을 놓게 했다. 업무 순서는 그레첼과 똑같다. 구텐베르크들의 행동은 아주 익숙했다. 그들의 모습을 지켜보던 브륀힐데가 뭔가 깨달은 듯 눈을 크게 뜨며 마을을 돌아보았다.

　"이곳은 그레첼의 평민촌처럼 쓰레기나 악취가 전혀 없네요. 어째서일까요?"

　"농업이 번성한 땅이어서 그렇습니다."

　에렌페스트를 모방하여 벽으로 단단히 둘러싼 그레첼과 달리 라이제강은 여름 저택을 둘러싼 벽만 있을 뿐, 평민촌이 따로 없고 바로 농지가 펼쳐진다. 농업 중심이라서 인구 밀도도 낮아 마을에 악취가 풍기지 않는 것이다.

　"레오노레는 라이제강의 귀족인데 평민 마을에 온 적이 있나요?"

　브륀힐데의 질문에 레오노레는 "그럼요." 하고 고개를 끄덕였다.

　"전 견습 기사라서 마수를 토벌하러 여름 저택을 나와 농지나 숲에도 들어갔었어요. 로제마인 님을 모시기 전까지 그랬으니, 겨우 몇 년 전이지만요."

　라이제강의 친족인 브륀힐데는 라이제강을 몇 차례 방문한 적이 있다고 한다. 하지만 여름의 저택에 묵은 게 전부라 평민이 사는 곳이 어떻게 다른지 몰랐고, 시야나 기억에 담을 만큼 큰 관심이 없었다고 한다. 이런 차이점이 있을 줄은 몰랐다고 중얼거렸다.

"정말 다른 토지와 그레첼은 아주 다르네요."

브륀힐데가 그런 비교를 할 수 있게 된 것도 전부 직접 평민촌에 발을 들였기 때문이다. 다양한 토지와 삶의 방식을 보고, 자신들의 땅에 도입했으면 싶다. 내가 그렇게 말하자, 브륀힐데가 "노력하겠습니다." 하고 힘찬 미소를 지었다.

"그런데 인쇄 공방은 어디예요?"

나의 물음에 대답한 사람은 최종 확인 차 이 마을을 방문했던 빌프리트였다.

"겨울 저택 옆이야. 라이제강에서는 겨울 수작업의 일환으로 인쇄업을 하고 있다고 들었어."

라이제강은 농지 면적이 넓고, 하르덴첼과 반대로 남쪽에 있어 눈이 녹는 시기도 빠르다. 그래서 에렌페스트의 식량고라고 불릴 정도로 농업이 활발하다. 인쇄업은 어디까지나 부업이지, 본업으로 삼지는 않는다고 한다.

"라이제강이 가장 힘을 실어야 하는 건 농업이라고 기베가 강조했어. 에렌페스트의 곡창이 농업을 소홀히 할 수 없으니 당연한 말이지만."

라이제강의 수확량은 겨울 사교계의 식량 사정과 직결된다. '올해는 수확량이 영 별로다'라는 말이 나오지 않게 매년 세심한 주의를 기울이고 있다고 한다.

"빌프리트 오라버니, 열심히 하셨네요."

"응?"

"라이제강을 열심히 조사하신 것 같아 감동했어요."

"라이제강에 오기 전에 이그나츠와 같이 여러 방면으로 조사했거든."

빌프리트가 자신감을 보이며 웃었다. "어머나, 그랬어요?" 하고 엘비라의 신난 목소리가 들렸고, "다음 표적은 로제마인인가." 하고 코르넬리우스가 재미있어하며 중얼거렸다.

"플루스에 계시는 동안, 구텐베르크는 이곳에서 지내십시오."

공방 여기저기에 짐을 내리면서 플루스 내를 이동했고, 마지막에 도착한 곳은 구텐베르크가 지낼 겨울 저택이었다. 농민들은 다들 자기네 숙소로 돌아갔으니 대신 이곳에서 지내 달라고 문관이 말했다.

"청소 도구를 잔뜩 가져오길 잘했습니다. 루츠, 바로 시작할까요?"

"물론입니다. 길."

장기 출장에 가장 익숙한 두 사람은 레서 버스에서 내리자마자 역할을 분담해서 움직이기 시작했다. 구텐베르크도 두 사람의 지시에 따라 짐을 하나씩 풀었다. 믿음직스러운 두 사람의 모습에 조그맣게 웃으면서 나는 말을 걸었다.

"이곳에서 지내면서 먹을 식사는 푸고에게 맡겼으니까 별채에서 식사하도록 하세요."

청소 지시를 내리는 루츠와 길의 목소리를 등 뒤로 들으면서 나는 계약에 필요한 플랑탱 상회의 벤노와 다미안만 데리고 여름 저택으로 돌아갔다.

여름 저택에서 차를 마시면서 기베 라이제강과 엘비라를 중심으로 인쇄업의 최종 확인을 거치고, 플랑탱 상회가 인쇄 협회와 식물지 협회의 계약을 맺는다.

라이제강에는 산과 숲도 있어서 그곳에서 진행하려고 하는 제지업은 임업에 종사하는 자가 맡는다고 한다. 고아원 아이라도 도울 수 있어 여성과 아이, 노인의 일거리가 된다고 한다.

"기베 라이제강, 매우 실례되는 질문입니다만, 인쇄업을 겨울 수작업의 일환으로 하시면 투자액을 못 건지지 않겠습니까?"

이대로 계약을 진행해도 될지, 하고 벤노가 불안한 표정을 지었다. 운영 시간이 짧은데다가 하르덴첼과 달리 주민이 총출동하여 매달리는 겨울 사업으로 삼을 계획도 아니다. 초기 투자비용이 높은 데 반해 라이제강의 이익이 적은 점은 나도 조금 우려가 되었다.

"그건 상인이 걱정할 일이 아니다. 투자액을 거둘 수 있느냐 아니냐 판단하는 대상은 금액만이 아니야. 나중에 계약을 취소하겠다는 말은 꺼내지 않을 거니 걱정할 것 없다."

기베 라이제강의 말에 벤노는 "송구합니다."라고 말하며 다미안을 돌아보았다. 다미안이 계약서를 꺼내자, 순식간에 계약이 끝났다.

"이것으로 인쇄 협회와 식물지 협회에 관해 플랑탱 상회가 해야 할 계약은 끝났습니다."

"그래. 그럼 다른 구텐베르크와 합류하도록 하지."

벤노와 다미안은 자리에서 일어나 퇴실 인사를 했다. 귀족만 모인 자리에 있으려니 정식적 부담이 크리라. 나는 가볍게 고개를 끄덕여 두 사람을 내보냈다. 별채에서 편히 지내길 바랐다.

귀족만 남게 되자, 기베 라이제강은 시종에게 차를 새로 올리게 하고, 빌프리트와 샤를로테에게로 시선을 돌렸다. 여전히 상냥해 보이는 미소였지만, 깊이 탐색하는 듯한 시선 같기도 했다. 나는 두 사람을 감싸며 경계했다.

"이런 기회가 흔치 않지요. 다른 사람의 말이 아닌, 로제마인 님의 의견을 직접 듣고 싶습니다. 괜찮으시겠습니까?"

'빌프리트 오라버니와 샤를로테가 아니라 나?!'

예상치 못한 말에 움찔한 나는 자세를 가다듬었다. 아무리 그래도 '괜찮지 않아요'라고 어찌 말할 수 있을까. 나의 측근들은 물론이고, 빌프리트와 샤를로테의 측근들 사이에서도 긴장감이 흘렀다.

"외삼촌."

레오노레가 말을 걸었지만, 기베는 살짝 고개를 저으며 개입을 허락하지 않았다. 나는 엘비라와 칼스테드를 보았다. 두 사람은 조용히 고개만 끄덕였다. 잘해 보라는 뜻이다.

'빌프리트 오라버니를 추켜세우고, 나는 차기 영주가 될 생각이 없다고 주장해야 해.'

나는 페르디난드에게 들은 말을 떠올리면서 기베와 마주 보았다.

"물어보세요."

"황송합니다. ……게두르리히가 손에 들어올 위치에 있는데 손을 뻗지 않는 에이비리베는 없는 것으로 압니다. 로제마인 님은 어떻게 생각하십니까?"

'어떻게 생각하냐고 물어도 곤란해. 잠깐만 있어 봐. 해석에 시간 걸리니까.'

"말씀대로 게두르리히에게 손을 뻗지 않는 에이비리베는 없겠지요."

기베의 말을 고대로 돌려주어 시간을 벌면서 나는 머리를 쥐어짰다.

'어, 게두르리히가 고향이나 자기가 사는 토지를 의미하기도 하니까 이건 에렌페스트를 가리키는 거겠지?'

잠시 고민한 끝에 기베의 말을 '양녀가 되고, 영주 후보생이 되고, 차기 영주에 걸맞은 공적과 능력과 마력과 뒷배가 있는데 왜 차기 영주를 노리지 않는가?'라는 의미로 해석했다. 아마 그게 맞으리라.

"난 에이비리베가 아니기 때문에 게두르리히를 원하지 않습니다."

모든 사람이 영주의 지위를 원하는 건 아니라고 답하자, 기베는 천천히 한숨을 쉬었다.

"조카인 레오노레도, 친족인 브륀힐데도, 이복동생의 아들인 하르트무트도 입을 모아 그렇게 말했지만, 도무지 납득이 가지 않는군요. 어째서 게두르리히를 바라지 않으시는 겁니까? 로제마인 님이 원하신다면 전부 다 원만히 해결될 일입니다."

기베는 그렇게 말했지만, 평민 출신인 내가 아우브가 된다면 해결이고 자시고도 없다.

"빌프리트 님은 하얀 탑에 출입한 죄로 차기 영주에서 배제되셨고, 다른 남매들과 같은 위치로 강등되었죠. 그런데 로제마인 님과 약혼했다고 하여 다시 차기 영주로 지목받고 있습니다. 영주에 어울리는 사람은 로제마인 님인데 왜 빌프리트 님이 차기 영주로 주목받는단 말입니까? 혈족인 라이제강으로선 그것이 답답하기 그지없습니다."

내가 차기 영주가 되고, 약혼자를 빌프리트로 삼으면 전혀 문제가 없었을 텐데 왜 반대인지 이해하기 힘들다고 한다. 나는 고개를 갸웃거리면서 빌프리트를 바라보았다. 고개를 숙이지 않으려고 애쓰면서도 꽉 쥔 주먹에 모든 심경이 드러나 보였다.

"나보다 빌프리트 오라버니가 영주에 어울린다고 나 자신이 그렇게 생각하니, 입장이 바뀔 일은 없을 거예요."

기베뿐만 아니라 빌프리트도 깜짝 놀라며 나를 보았다. 주변의 측근과 기사들이 눈을 동그랗게 뜨며 내게 집중했다. 칼스테드는 매우 흥미진진한 표정을 짓고 있었다.

"한 번 아래로 떨어졌기 때문에 위로 올라가려면 노력해야 한다는 걸 알아요. 신전장을 맡는 내 부담을 덜어 주려고 수많은 귀족이 기피하는 신전의 제사에도 참여해 주었고요. 그때 에렌페스트에서 살아가는 민중의 모습을 직접 보고, 그들을 지키며 함께 살아가야 하는 영주로서 필요한 마음가짐도 배웠어요. 기베 하르덴첼도 빌프리트 오라버니의 그 점을 높이 사 주었습니다."

내 말에 기베 라이제강이 턱을 천천히 어루만졌다.

"그것은 로제마인 님도 마찬가지 아닙니까. 실적을 쌓아 신전 출신이라는 악평을 물리치고, 신전장으로서 에렌페스트를 위해 힘쓰고, 고 아들까지 걱정하고, 영지민을 지키고 있으시죠."

'그렇게 말하니까 내가 진짜 성녀 같네.'

도무지 내 얘기로 들리지 않아 은근슬쩍 흘려 넘겼다. 하르트무트의 성녀 전설도 이런 식으로 퍼진 걸까. 생각하기도 싫다.

"기베 라이제강, 나와 빌프리트 오라버니에겐 아주 큰 차이점이 있어요. 그것이야말로 영주에 어울리는 사람과 아닌 사람의 차이점이라고 단언할 만큼 달라요."

"그것이 대체 뭡니까?"

기베 라이제강이 눈을 크게 뜨며 상체를 쑥 내밀었다. 주변 모두의 시선이 내게 집중되는 것을 느꼈다. 나는 내 가슴을 누르며 미소를 지었다.

"난 책을 위해 살고 있어요. 조금이라도 저렴한 종이를 만들려는 것도, 인쇄 공방을 세우는 것도, 전부 책을 늘리기 위해서예요. 지금 상황에서 결과만 따지고 보면 영지를 위해서 이러는 것 같지만, 사실은 영지가 아니라 나를 위해서 시작한 일이에요. 빌프리트 오라버니와 달리, 난 책을 늘리고, 책을 읽고, 책과 함께 살고 싶어요."

"……그, 그렇습니까."

책을 좋아한다는 정보는 입수했지만, 설마 이 정도일 줄은 몰랐다, 라는 듯이 기베 라이제강의 표정에 놀라움이 스쳤다. 표정이 무너진 기베의 모습에 긴장이 조금 풀렸는지, 빌프리트가 미소를 지었다.

"이렇게 자신의 소망이 최우선인 로제마인이 좋아하는 일을 할 수 있도록 배려하면서 얼마나 에렌페스트의 이익을 이뤄 내느냐, 그것이 차기 영주가 치러야 할 시련이라고 들었다. 나 역시 아직 부족한 점이 많지만, 노력할 생각이다. 로제마인에게 힘 있는 뒷배인 기베 라이제강엔 로제마인의 아이디어를 실현시킬 조력과, 때로는 충고로 단념시켜서 에렌페스트의 이익으로 만들 수 있게 부디 힘을 빌려 주길 바란다. 라이제강이 로제마인의 혈족이어서 아주 마음이 든든하구나."

'빌프리트 오라버니, 그 말은 나를 차기 영주로 올리고 싶을 정도면 폭주쯤은 간단히 말릴 수 있겠지? 라고 말하는 거랑 같아요!'

어디까지 순수한지 모르겠지만, 빌프리트의 그 말은 나의 폭주벽을 전혀 모르는 기베 라이제강엔 결정적인 말이었던 모양이다.

"두 분의 말씀은 잘 알겠습니다. 아무래도 라이제강이 에렌페스트에서 조금 떨어진 곳이다 보니 협력에 한계가 있겠지만 조력하겠습니다."

나의 뒷배가 되겠다던 기베 라이제강이 '한계가 있는 협력'으로 물러나고 말았다.

"다만, 그러려면 강경하신 할아버님을 설득시켜야 하는데……."

기베는 아마 증조부님의 방이 있으리라 생각되는 방향으로 시선을 돌렸다.

"가브리엘레 님이 시집오시면서 큰 배신을 당하신 데다가 베로니카 님께는 냉대받고, 그 증오를 품으며 살아오신 할아버님은 증오심이 아주 강하십니다. 라이제강의 쇠락을 직접 느끼며 살아오신 할아버님의 심정도 이해할 수 없는 건 아니지만……."

다시 우리를 힐끗 본 기베 라이제강은 천천히 한숨을 내쉬었다. 그리고 이 방에 있는 측근들을 포함하여 모두를 쭉 둘러보더니 "5년 전과 다르게 영주 일족의 측근이 라이제강 관계자들로 찼구나." 하고 쓰게 웃었다.

"겨울이 길고, 영지의 북측이 눈과 얼음으로 뒤덮인 에렌페스트에 있어서 남쪽에 위치한 라이제강은 귀한 곡창입니다. 우리는 에렌페스트가 지금의 에렌페스트가 되기 전부터 선조 대대의 마력으로 토지를 일궈 농지를 넓혔고, 아우브가 교체되어도 공순함과 혼인으로 이 광대한 곡창을 지켜 왔습니다. 라이제강을 지키려면 아우브께 순종하라. 그것이 저희가 살아남는 방법이었습니다. 사실 저는 할아버님이 돌아가시면 베로니카 님께도 순종할 생각이었지요."

빌프리트가 믿을 수 없다며 눈을 크게 떴다.

"라이제강은 할머님을 증오하고, 원망하고 있다고……."

"대놓고 박대하는데 악감정이 안 생기는 사람이 어디 있겠습니까. 하지만 어떻게 대하는 사람이든 상대는 영주 일족. 땅을 지키는 것이

라이제강의 삶의 방식이라면 속이 문드러져도 무릎을 꿇어야 마땅하지요."

실제로 최고 정점에 올랐다가 다른 영지에서 시집온 신부 때문에 딸과 손자가 찬밥 신세가 되는 상황을 맛본 증조부님과 달리, 기베 라이제강은 태어날 때부터 홀대받는 상황이었다. 현실을 직시하여 순종을 표해서 앞으로 다시 올라가면 된다고 생각했다고 한다. 질베스타에게 라이제강 출신의 둘째 부인을 들이게 하고, 차기 영주에게 라이제강의 딸을 이어 주고, 이대로 혼인으로 관계를 쌓아 올릴 계획이었다.

"그런데 사태가 일변했습니다. 할아버님이 돌아가시기 전에 베로니카 님이 실각된 겁니다. 거의 같은 시기에 칼스테드 님의 딸인 로제마인 님의 세례식이 열렸고, 그 자리에서 영주의 양녀가 되셨지요."

내가 세례식에서 모두에게 선물한 축복의 빛과 아우브의 양녀가 되었다고 얘기하자, 증조부님은 라이제강에 내려온 축복이라며 뛸 듯이 기뻐했고, 라이제강의 광명이 다시 찾아왔다며 침대에서 벌떡 일어나셨다고 한다.

양녀가 된 이상, 내게는 차기 영주가 될 자격이 있다. 당시 빌프리트의 평판이 좋지 않을 때라 귀족들 대부분은 질베스타가 자신의 대를 잇기 위해 나를 차기 영주로 세우고, 빌프리트를 배우자로 앉힐 거라고 예상했다.

성에서 일하는 문관과 빌프리트의 측근이 대폭 교체되었고, 어린이 방이 대규모로 개편되었으며 나와 페르디난드가 주도한 책과 완구 판매 등, 성이 바뀌었다는 소문이 멀리 떨어진 기베의 귀에도 들어갈 정도였다.

"로제마인 님께서 차기 영주가 되시면 아렌스바흐에서 시집온 가브리엘레 님의 피가 섞이지 않은 라이제강 계의 영주가 탄생하는 셈이지요. 할아버님은 베로니카 님께 배척당했던 라이제강 계가 당장에 똘똘 뭉쳐 로제마인 님의 뒷배가 되겠다며 움직였지요."

하지만 샤를로테의 유괴 미수사건이 일어났고, 나는 유레베에 잠겨 2년이나 눈뜨지 못했다. 떠받들 상대가 없으면 라이제강의 부활도 없다. 증조부님은 "신은 존재하지 않는 겐가?!" 하고 소리친 뒤 의식을 잃고 한동안 일어나지 못하셨다고 한다.

"로제마인 님께서 잠드신 동안에도 에렌페스트는 눈부시게 변했습니다."

베로니카 파를 대신해 라이제강 계열이 조금씩 요직에 진출하게 되었고, 빌프리트와 샤를로테가 차기 영주를 다투는 분위기가 생겨났다. "로제마인 님을 차기 영주로." 하고 하나로 뭉쳤던 라이제강 계도 내가 눈을 뜨지 않는 한, 조금씩 분열되어 가는 것을 막을 수 없었다.

"포기하려 했을 때 로제마인 님께서 깨어났다는 소식이 퍼졌고, 겨울 사교계에 모습을 드러내셨지요."

증조부님은 "신들의 지시다! 반드시 로제마인 님을 차기 영주에 앉혀야 한다!"라며 외치고 쓰러졌다고 한다. 혈족 내에서 차기 영주가 배출되어야 한다는 말에 누구도 반대하지 않았다. 기베 라이제강은 겨울 사교계 시기에 또다시 라이제강 계를 한데 모으기 시작했다.

"하지만 할아버님의 소망은 빌프리트 님과 로제마인 님의 약혼으로 또다시 백지가 되어 버렸지요. 그것뿐만이 아니라 라이제강의 딸이 차기 영주 예정자의 첫째 부인이 되는 상황에 과거의 악몽이 생생히 되살아나 버린 겁니다."

에렌페스트는 매년 영지 순위를 끌어 올렸다. 모두가 지금까지 거

들떠보지도 않았던 영지를 주목하기 시작했다. "이러면 또 대영지의 딸이 시집와서 첫째 부인인 로제마인 님을 밀어내지 않을까. 차기 영주의 첫째 부인이 되었으나 순위 상승의 일등 공신인 로제마인 님이 불이익을 당하시는 게 아닐까." 하는 걱정에 화가 난 증조부님은 원래라면 시집온 가브리엘레 님과 당시의 아우브에게 터트렸어야 할 증오를 빌프리트와 샤를로테에게 돌렸다.

그런 불행을 피하기 위해서라면 무슨 짓을 해서든 나를 차기 영주로 올려야 했다. 나이를 먹으면 고집이 세진다고 하는데, 거기다 편찮아서 방에만 있으니, 세상의 변화에 어두워 자기 생각만 주장하고 있다고 한다. 증조부님이 조금 폭주하고 있지만, 라이제강 계의 어르신들은 증조부님에게 공감하는 사람이 여전히 많다고 한다.

"정상에서 내려와 오랫동안 냉대를 받아 오신 할아버님은 아렌스바흐를 끔찍하게 증오하고 계십니다. 빌프리트 님과 로제마인 님께선 그 증오심을 없앨 수 있겠습니까?"

기베가 시험하듯 빌프리트를 보았다. 하지만 빌프리트는 딱히 개의치 않아 하며 어깨를 으쓱했다.

"증오심을 없앨 수 있을지 없을지는 모르지만, 만나서 얘기할 수밖에. 나는 그런 역사를 반복할 생각이 없다."

"감사합니다."

'그나저나 증오심을 없애 줄 수 있냐니…… 증조부님이 꼭 생령이나 악령 같잖아.'

기원식으로 바빠지기 전에 병문안 날을 잡겠다며 기베 라이제강이 자신의 시종을 돌아보았다.

"그나저나 라이제강에선 기원식을 하르덴첼처럼 치르진 않나요?"

겨울 사교계 때 모든 기베가 하르덴첼의 기적이라 불리는 기원식을 따라하고 싶어 한다고 들은 바 있다. 라이제강에서는 어떠냐고 내가 묻자, 기베는 조용히 고개를 저었다.

"이곳은 애초에 무대가 없어 하르덴첼처럼 하지 못합니다."

"무대를 부순 곳이 라이제강이었어요?"

무대 설치 방법을 조사하려고 성전을 뒤지다가 일어난 여러 사건들이 떠올랐다. 내가 무심코 미간을 찡그리자, 기베가 쓰게 웃으며 부정했다.

"아닙니다. 부순 것이 아니라 오랜 역사 속에서 잃어버렸습니다."

라이제강은 농지를 정비하고, 영지를 넓히는 과정에서 편의성을 높이려고 계속해서 본거지를 바꿨다. 너무 예전의 일이라 문헌도 남아 있지 않아서 원래 본거지가 어디였는지 알 수가 없고, 무대가 부서졌는지 어땠는지조차 분명치 않다고 한다.

"그래도 괜찮은 거예요?"

"하르덴첼처럼 북쪽 지방이면 눈이 일찍 녹느냐 아니냐에 사활이 걸려 있지요. 그래서 무대를 부순 북쪽 기베가 야단법석을 떠는 겁니다. 하지만 남쪽인 라이제강은 봄을 부르는 마법진이 없어도 농업에 별다른 영향이 없습니다."

하르덴첼과 그 주변과 달리, 마법진이 아주 절실하게 필요하진 않다고 한다. 수확량이 늘어난다면 있어도 좋지, 라는 정도라고 한다.

"로제마인 님의 작은 성배가 있으면 문제없습니다. 올해도 라이제강은 에렌페스트의 곡창으로 제 역할을 다할 수 있지요."

증조부님을 병문안하다

"로제마인 님, 증조부님을 뵈러 가실 시간입니다."

브륀힐데가 말을 걸었다. 이제 와서 가만히 보니 나의 상급 귀족 측근은 전부 증조부님의 혈족이었다.

"브륀힐데와 레오노레와 하르트무트와 코르넬리우스 오라버니…… 전부 증조부님이 같네요. 왠지 기분이 묘해요."

"귀족은 다 어딘가 피가 이어져 있기 마련입니다. 증조부님은 베로니카 님의 핏줄에 대해서 이런저런 이야기를 하시지만 빌프리트 님과 샤를로테 님도 영주의 혈통이시니, 진하진 않아도 라이제강의 피가 섞여 있습니다."

코르넬리우스가 그렇게 말하며 어깨를 으쓱하자, 레오노레가 작게 웃었다.

"증조부님껜 그 강한 핏줄이 무엇보다 중요하신 거겠죠. 그러니까 로제마인 님을 차기 영주로 앉히고 싶으신 거예요."

"……측근 여러분은 내가 차기 영주를 원하지 않아서 불만이진 않나요?"

그 질문에 측근들이 일제히 어깨를 으쓱했다. 표정이 명백하게 '안 하는 게 상책'이라고 말하고 있었다.

"로제마인 님께서 원하시는 대로 하셨으면 좋겠습니다. 그리고 로제마인 님께서 만드신 유행으로 에렌페스트가 윤택해지도록 측근으로서 보좌할 테니까요."

로제마인 님이 말린다고 안 하실 분인가요, 하고 브륀힐데가 웃었다. 그 옆에서 하르트무트가 재차 고개를 끄덕였다.

"브륀힐데의 말처럼 로제마인 님께서 무엇을 하시든 더욱 성녀처럼 보이도록 제가 최선을 다해 보좌하겠습니다. 무슨 실패를 하시든 저에게 맡겨 주십시오."

환하게 웃으며 말했지만, 왜 비슷한 말을 들어도 기분 좋게 들리지 않는 걸까. 믿음직스러운 브륀힐데와 반대로 하르트무트의 대답은 상당히 나를 불안케 했다.

그런 대화를 나누며 레서 버스로 복도를 이동하자, 빌프리트와 샤를로테가 기다리고 있었다.

"빌프리트 오라버니, 샤를로테. 기다렸죠? 두 사람 다 복잡한 표정으로 무슨 생각을 하고 있었어요?"

"내가 할머님의 피를 잇고, 할머님의 손에서 자라 왔으니 라이제강의 협력을 얻지 못할 줄 알았어. 그런데 기베 라이제강의 이야기를 들으면 전 기베 라이제강만 잘 설득하면 협력 체계를 구축하는 것도 어렵지 않아 보이잖아? 그걸 의논하고 있었어."

빌프리트의 말에 샤를로테가 아까부터 곤란한 얼굴로 손으로 뺨을 감쌌다.

"하지만 무슨 말을 해야 전 기베 라이제강의 화를 누그러뜨릴 수 있을지 전혀 떠오르지 않아서……. 언니는 명안이 있나요?"

증조부님의 방으로 이동하면서 나는 입을 열었다.

"나한테도 좋은 생각은 없어요. 기베 라이제강에게 말했을 때와 같아요. 내가 어떻게 할 건지, 어떻게 하고 싶은지를 남의 입을 빌리지 않고 자신의 말로 옮길 수밖에요."

증조부님이 아무리 애걸복걸해도 나는 차기 영주가 될 생각도 없고, 될 수도 없다. 평민 출신인 나는 '포기하세요'라고 말할 수밖에 없는 셈이다.

"미움도 분노도 증조부님이 해결하실 일이에요. 내가 뭘 해 드릴 수 있다는 건 처음부터 생각도 하지 않아요. 증조부님에게 차기 영주가 될 생각이 없다. 딱 잘라 말하면 돼요."

"네 냉정함은 언제 봐도 감탄스럽다니까. 라이제강의 희망의 별이라고 불리는 네가 그런 선언을 하면 전 기베 라이제강이 멀고 높은 곳에 오를까 봐 걱정돼."

빌프리트의 말에 나는 눈앞에서 쓰러진 증조부님 때문에 트라우마가 생겼던 광경을 떠올렸다.

"……그러면 곤란한데요. 그럼 인쇄업에 관여하고 도서관을 드나들 수 있다면 자유 시간이 많은 둘째 부인이 되고 싶다는 진심은 죽어도 말하면 안 되겠네요."

"그런 진심은 나도 못 들었거든!"

빌프리트가 발끈하자, 나는 "사실은 그랬어요." 하고 진지한 표정을 지었다.

"언니, 그렇게 말하면 라이제강 계 귀족은 납득하지 않을 거예요."

"그러니까 진심은 평생 숨기고 있을게요. 이따금 얼굴을 내밀겠지만……."

결국 빌프리트와 샤를로테가 한숨을 내쉬게 만들었다.

"제발 발언 좀 조심해. 면담 중에 멀고 높은 곳에 오르면 안 되니까."

"동감이에요."

증조부님이 지내시는 별채에 도착한 우리는 안으로 들어갔다. 넓고 화려한 방 안, 침대에 누워 계실 줄 알았던 증조부님은 말끔한 차림새로 의자에 앉아 있었다. 작년보다 건강해 보이는 건 내 착각일까.

"오, 오오, 로제마인 님. 라이제강에 잘 오셨습니다. 이렇게 다시 만나 뵙게 되다니. 이건 다 신들의 인도하심입니다."

아주 과장되게 기뻐하는 증조부님이었지만, 마치 빌프리트와 샤를로테는 눈에 들어오지도 않는 듯한 태도다. 시종이 가볍게 어깨를 두드려도 귀찮다는 듯이 그 손을 확 치워 버렸다.

"증조부님, 여기 오라버니와 동생도 함께 왔어요. 빌프리트 오라버니와 샤를로테인데, 보이시나요?"

내가 말을 걸자, 증조부님은 그제야 알아봤다는 듯이 눈을 깜빡이며 빤히 응시했다.

"이만큼 나이를 먹으면 눈이 침침한데, 로제마인 님이 어찌나 환하게 빛나시는지 그 주변까지는 잘 보이지가 않구려. 큰 실례를 했습니다."

그렇게 태연하게 말하며 증조부님은 인사를 했다. 하지만 그 시선은 두 사람에게 가 있지 않았다. 정말 보이지 않는 건지, 안 보이는 척 무시하는 건지 분간이 어려울 정도였다.

자리에 앉자, 차와 디저트가 나왔다. 증조부님이 한 입 먹어서 독이 없음을 보여주기가 어려운 탓에 시종이 대신 한 입 먹고 권해 주었다.

차를 마시고, 과자를 집으면 다과회 시작이다. 증조부님이 나의 레시피를 격찬했고, 램프레히트의 결혼식 때 푸고가 요리사에게 조리법을 선보이며 가르쳐 준 덕분에 음식 맛이 극적으로 좋아졌다며 칭찬했다. 아주 부드럽고 먹기 쉬운 카트르 카르가 특히나 맛있었다고 한다.

"과즙을 살짝 첨가하면 계절의 맛을 더욱 느낄 수 있어요."

"계절의 맛이요? ……그거 좋군요."

샤를로테의 제안에 증조부님이 살짝 눈을 감으며 라이제강에서 나오는 계절 채소와 과일 얘기를 들려주었다.

"전 기베 라이제강, 할 얘기가 있는데……."

분위기가 무르익었을 때 빌프리트가 입을 열었지만, 증조부님은 눈 하나 깜빡하지 않았다. 가볍게 눈을 감은 채 미동도 하지 않기에 듣지 못한 건지, 못 들은 척하는 건지, 잠든 건지 모호했다. 강한 상대다. 얘기를 듣게 하는 것만 해도 애를 먹었다.

"증조부님, 증조부님."

"왜 그러십니까, 로제마인 님?"

내가 부르면 정신을 차린 것처럼 어깨를 움직인 증조부님은 비칠비칠하며 천천히 나를 보았다.

"증조부님, 제 목소리는 들리시죠?"

"그럼요, 매우 사랑스러운 목소리가 들립니다."

'못 듣는 척하는 거로군. 그럼 하는 수 없다. 내가 말할 수밖에.'

"증조부님, 전 차기 영주가 될 수 없어요. 되고 싶지 않아요."

내가 꼭 해야 할 말을 꺼내자, 잠시 움직임을 멈춘 증조부님은 천천히 손을 들어 귀를 막았다.

"……음? ……아, 대단히 죄송합니다. 요즘 들어 귀가 먹었는지 로제마인 님의 사랑스러운 목소리를 못 듣고 놓치다니 추한 실수를 저

질렀군요.”

내 말을 못 들었다며 사죄하는 증조부님에게 나는 다시 반복했다.

“증조부님, 전 차기 영주가 될 수 없어요. 되고 싶지 않아요.”

“끼에에에에엑!”

증조부님이 괴성을 지르며 테이블 위로 풀썩 엎어지고 말았다. 그러고는 꿈쩍도 하지 않았다.

‘증조부님이 깨꼬닥 하셨어?!’

“어? ……어엇?!”

“꺄아아아악!”

테이블에 엎어진 증조부님의 모습에 기겁하는 우리 앞에 증조부님의 시종이 들어와 “괜찮습니다. 항상 이러시니까 진정하십시오.” 하고 달래 주었다.

“조금 흥분하신 것뿐이니 금방 눈을 뜨실 겁니다. 차를 마시면서 기다려 주십시오.”

“아무리 그래도…….”

이런 상태로 어떻게 침착하게 차를 마시란 말인가. 그렇게 생각하며 주변을 두리번두리번하자, 의외로 빌프리트는 차분해 보였다.

“평소에도 이렇단 말이야? ……매번 당하면 심장이 남아나질 않겠네.”

“빌프리트 오라버니는 엄청나게 침착해 보이는데요?!”

내 말에 빌프리트 오라버니는 눈썹을 추켜올렸다.

“갑자기 쓰러지는 너 때문에 익숙해져서 그래. 이것 봐. 나보다 네 측근이 훨씬 침착하잖아.”

“예?”

브륀힐데와 오틸리에는 증조부님을 옮겨 간호하는 시종들을 대신해 우리에게 차를 새로 따라 주기 시작했다.

"네가 다과회에서 정신을 잃으면 내가 지금 여기 있는 시종들처럼 움직였어. 손님을 달래고, 네 뒤처리를 해야 했지……. 샤를로테는 괜찮아? 이렇게 쓰러지는 모습을 직접 보는 건 처음이지?"

"괘, 괜찮아요. 저도 빨리 익숙해져야겠네요."

옮겨지는 증조부님을 새파래진 낯빛으로 바라보는 샤를로테가 떨리는 목소리로 말했다.

"샤를로테 님께서 익숙해지실 필요는 없습니다. 로제마인 님이 쓰러지시지 않게 시종들이 단체로 대책을 강구하고 있거든요."

차를 대신 따르면서 브륀힐데가 싱긋 웃었다. 차를 마시고 있으니 시종이 증조부님의 몸을 흔들며 깨우는 것이 보였다.

"자, 일어나셔야지요. 아직 로제마인 님과 다과회가 끝나지 않았습니다."

"흐음……."

몸을 일으키는 데 시간이 걸렸지만, 내가 정신을 잃을 때와 다르게 금방 일어나는 걸 보니 '죽은 척하기' 필살기가 아닐까 하는 의심이 들었다.

"오, 오오, 대단히 실례했소이다."

"전 기베 라이제강, 제가 해야 할 말은 많지 않아요."

"크헉!"

의식이 돌아온 증조부님께 말을 꺼내려고 하면 또다시 쓰러지길 다섯 번. 증조부님의 측근이 말리지 않기에 우리는 짤막짤막하게 할 말을 이었다.

"음, 대단히 실례했소이다."

"정신이 드셨군요, 증조부님. 아까 어디까지 얘기했더라?"

"폐하의 허가를 받은 혼약이다, 까지 했습니다."

하르트무트가 곧바로 대답해 주었다. 우수한 측근을 칭찬하고, 나는 그다음 이야기를 꺼냈다.

"증조부님은 영주의 결정에 반기를 드는 건가요? 그럴 생각은 아니시지요?"

"……물론입니다. 그저 귀하신 로제마인 님의 안위를 걱정하고 있을 뿐이옵니다."

"걱정은 필요 없다, 전 기베 라이제강. 내가 로제마인을 첫째 부인으로 삼아, 라이제강의 고뇌를 끝내겠다고 약속하마."

증조부님이 처음으로 빌프리트를 보았다. 연극처럼 회피하지 않고, 대치하는 방식을 택한 모양이다. 그 순간 증오를 감추려 해도 감춰지지 않는 듯한 오싹한 공기가 그 자리를 가득 채웠다. 쭈글쭈글하게 미소 짓던 증조부님의 얼굴에서 표정이 쑥 빠진 것처럼 미소가 사라졌다.

빌프리트가 숨을 삼키는 것이 느껴졌다. 테이블 위에 올린 그의 손이 기에 압도되어 파르르 떨었다. 나는 손을 뻗어 빌프리트의 손을 잡았다. 순간 움찔한 빌프리트가 나를 보고 천천히 고개를 끄덕였다.

"라이제강의 핏줄을 이은 로제마인과 약혼한 이상, 라이제강과 협력해 나가고 싶다. 그 마음에 거짓은 없다."

"대영지에서 영애를 보내면 어쩌실 겁니까."

쉰 목소리로 증조부님이 물었다.

"내가 초대 기베 그레첼과 같은 입장이 된다면 대영지의 영애를 받아들이기 전에 자식을 아버님의 양자로 삼아 영주 후보생의 신분을 보장하겠다."

"대영지에서 반발이 심할 겝니다."

"아버님은 그리하겠다고 하셨다. 선대 아우브와 같은 실수는 하지 않을 것이다."

"……아우브께서도 각오를 하신 겐가."

조용히 그렇게 말한 증조부님은 한 점만 바라본 채 움직이지 않았다. 증조부님이 지그시 응시하는 곳에 있는 것이 빌프리트인지, 자신의 과거인지는 알 수 없었다.

증조부님의 반응을 기다리자, "오늘은 이쯤에서……." 하고 증조부님의 시종이 지금까지와 다르게 퇴실을 요청했다. 우리는 퇴실 인사를 하고, 조용히 방을 나왔다. 방을 나가기 전 뒤돌아서 본 증조부님은 여전히 한 점만 응시한 채 움직이지 않았다. 하지만 왠지 조용히 울고 있는 것처럼 보였다.

영주 회의 동안 성에서

기원식이 끝나면 영주 회의를 대비한 회의로 바쁘다. 이탈리안 레스토랑에서 플랑탱 상회와 길드장을 비롯한 큰 상점의 점주들과, 작년의 반성과 더불어 어떤 개선이 이루어졌는지, 올해 받아들일 인원 제한 등 평민촌 상황에 관해 이야기를 나눴다. 그리고 플랑탱 상회와는 인쇄와 출판에 관한 요망과 최저 라인 등을 잡아 나갔다. 인쇄 담당 문관으로 영주 회의에 출석하는 엘비라에게 자료를 넘기고, 귀족의 시점을 넣어 수정하게 했다.

평민 쪽과 이야기가 끝나면 이번에는 성에서 질베스타와 회의다.

"단켈페르거와의 협의에서는 에렌페스트의 절대 양보할 수 없는 라인은 여기고, 이쯤까지는 협상에 따라 해결할 것 같다고 하르트무트가 말했습니다. 가능하다면 이쯤에 납득하게 해야 나중에 다른 영지와 협상할 때 편해집니다."

자료를 빌릴 때, 인쇄할 때, 판매할 때, 번역 인세 등 플랑탱 상회와 꽤 세세한 점까지 이야기를 나눴다. 나의 지식을 시안으로 유르겐슈미트에 맞는 방식에 맞춰 조금씩 바꾸면 되리라.

"그리고 거래처 말인데요, 에렌페스트는 기본적으로 이 이상 타 영지의 상인을 받아들이기 어렵기 때문에 상업 길드에서도 거래처가 늘어나길 바라지 않는대요."

작년에는 중앙과 클라센부르크에서 각 여덟 팀의 상회를 받아들였다. 총 열여섯 곳이다. 고급 숙박소를 지어 대응하려고 노력하는 중이지만, 최대 스무 팀까지가 한계라고 한다.

"하나 단켈페르거와도 인쇄 협상을 할 건데 거래처를 안 늘릴 순 없어."

다른 곳은 몰라도 단켈페르거를 거절하기는 어렵다며 질베스타가 얼굴을 찌푸렸다. 나는 크게 고개를 끄덕였다.

"저도 평민촌 상인에게 그렇게 말했어요. 묘안이 없을까 고민해 봤는데, 감합지를 새로 발행해서 클라센부르크 상인의 수를 줄이고, 대신 단켈페르거 상인을 받아들이면 어떻겠냐고 플랑탱 상회의 벤노가 제안했어요."

"클라센부르크의 상인을 줄이라니?"

질베스타의 질문에 나는 벤노의 의견을 전했다.

"거래를 끝내고 돌아간 클라센부르크의 상인이 에렌페스트에 자신의 딸을 두고 간 사건은 전에 보고한 대로예요. 그 딸은 플랑탱 상회가 보호하고 있어 지금도 안전해요. 하지만 에렌페스트에선 겨울 준비를 할 수 없는 사람을 반년이나 보호할 순 없어요."

눈보라가 오래 지속될 때를 대비해서 한 계절 분의 식량을 예비로 준비해야 한다. 고작 한 사람 늘어도 필요한 식료와 땔감 양이 크게 달라진다.

"에렌페스트는 타 영지의 상인을 두고 가도 보호해 준다느니, 잘만하면 새로운 상품에 관한 정보를 빼 올 수 있다고 생각하게 두면 안 돼요. 성가신 일을 만든 이상 클라센부르크의 상인에게 뭔가 대응이 필요해요. 앞으로 상인을 두고 가는 일이 없도록 인원수 제한을 한다든지, 거래처를 줄인다든지, 어떤 조치를 취하는 게 어떻겠냐고 제안하더군요. 클라센부르크를 줄인 만큼, 단켈페르거의 상인을 넣으면 되잖아요."

　작년에는 중앙과 클라센부르크에서 각 여덟 상회를 받아들였지만, 중앙은 그대로 여덟 곳, 문제를 일으킨 클라센부르크를 여섯 곳으로 줄이면 단켈페르거를 여섯 곳 넣을 수 있다. 카린과 관련된 트러블을 역으로 이용해 압력을 가하면서 단켈페르거의 자리를 확보하면 어떠냐고 벤노가 아주 박력 넘치는 미소로 말했었다. 카린의 일로 단단히 각오한 모양이었다.

　"최종 결정을 하는 사람은 양아버님이시니까 모든 영지에 평등하게 여섯 곳씩 받아들여도 좋고, 드레반헬까지 넣어서 전부 다섯 곳씩 해도 상관없어요. 에렌페스트의 수용 한계가 스무 곳이니까 그 안에서 어떻게 할지는 양아버님께 맡길게요."

　"……알겠다. 생각해 보마."

　제한해야 하는 이유는 그들을 수용할 마을이 없기 때문이다. 에렌페스트의 평민촌만으로는 한계가 있으니 어떻게 해서든 다른 마을도 정비해야 한다.

　"그레첼에서는 아직 상인을 수용하지 못하는 걸까요? 다른 마을에서도 받아 주면 아주 편해질 텐데……."

　"엔트비켈른 신청은 들어왔지만, 당장 어쩌기는 어려워."

　"그렇군요. 그럼 올해는 거래를 안 하는 대신에 린샴 제조법을 비싸게 팔면 어떨까요? 드레반헬에서도 여러 연구를 하고 있다던데, 식물지나 감합지까지 연구당하는 것보다는 린샴이 제일 우리 이익에 영향이 적을 것 같아요."

　최대한 많은 유행을 퍼트리고, 최대한 빨리 마을을 정비하고, 조금이라도 교역을 발달시켜 왕래를 늘리는 것이 이상적이다. 하지만 원래 다른 영지 사람을 잘 받아들이지 않았던 에렌페스트에서는 문제가 산더미다. 솔직히 한 번에 교역을 발전시키기란 어려운 일이다.

"어차피 유르겐슈미트 전체에 팔 린샴을 에렌페스트에서만 조달하긴 불가능하고, 이미 에렌페스트 내에서도 식물 기름의 가격이 급등하는 문제가 생겼다고 들었어요. 비싸게 팔릴 때 제조법을 파는 방법도 나쁘지 않을 거예요. 에렌페스트의 신규 사업은 인쇄와 출판이니까요."

나로서는 린샴은 다른 영지에 넘겨도, 인쇄업은 당분간 에렌페스트에서 독점하고 싶었다. 독일에서 초기 인쇄업이 시작되었지만, 책의 도시로 꽃을 피운 곳은 베네치아였듯이, 언젠가 인쇄와 출판의 중심은 사람이 많이 모이는 곳으로 옮겨 가기 마련이다. 그래도 최대한 에렌페스트를 인쇄와 출판의 중심에 두고 싶었다.

나는 린샴의 제조법 판매가에 관해서 지금까지의 이익에서 도출한 시세를 질베스타에게 알려 주었다. 그리고 만약에 다른 영지가 제조법을 찾아내서 따라 만들면 안 팔리게 될 거라는 얘기도 덧붙였다.

"고려해 보마. 그건 그렇고 이탈리안 레스토랑의 요리사를 영주 회의 기간에 파견하는 건 어떻게 됐어?"

"오트마르 상회에 물어보니, 지금 계절이라면 세 사람은 보낼 수 있대요. 그쪽 요리사가 고안한 레시피를 팔아도 된대요. 저는 제 레시피와 교환했었는데 정말 맛있었어요."

일제의 새로운 레시피와 나의 레시피를 교환할 때 단켈페르거의 로우레를 입수할 수 있는지 프리다에게 물어보았다. 카트르 카르에 넣으니까 맛있었다고 하니, 조만간 비제라는 술과 함께 구해 주기로 했다.

"새로운 레시피 매매도 차차 생각해 보지. 지금은 요리사의 수를 맞추는 게 중요하니까."

거래에 응해 주지 못하는 영지에는 요리로 대접해서 상대방이 낼 수 있는 금액에 맞춰 레시피나 린샴 제조법을 팔고 끝내기로 했다. 많은 사람이 접촉해 올 테니 요리사 인원을 맞춰야 한다.

시종이 부족할 때는 기베들에게 연락하면 에렌페스트의 귀족에서 끌어모아 준다. 하지만 요리사는 내 레시피를 어느 정도 만들 줄 알고, 실력이 확실히 보장된 사람이어야 한다. 작년에 요리사 부족으로 고생했다는 얘기를 듣고, 프리다에게 요리사 교육에도 힘을 실어 달라고 부탁했었다. 올해는 준비가 완벽하다.

"올해는 샤를로테에게 구혼이 잔뜩 들어올지도 모르겠어."

조금 언짢은 듯 질베스타의 입꼬리가 일그러졌다. 에렌페스트가 일시적이 아니라 계속해서 유행을 만들어 낸다면 연을 맺고 싶어 하는 영지가 나타나는 건 어찌 보면 당연하다.

"신청이 몰려서 선택의 여지가 있다면 최대한 샤를로테의 의사를 존중해 주세요."

그러자 나를 보며 뭔가 말하려고 입을 열던 질베스타가 시선을 내리깔고 "알겠다."라며 천천히 고개를 끄덕였다.

세세한 의논은 영주 회의에 출발하기 직전까지 이어졌다.

그런 가운데 제일 먼저 시종들이 전이 마법진으로 이동했다. 올해는 시종을 통괄하는 노르베르트가 처음부터 끝까지 귀족원에 체류하게 되었다. 멜키오르가 북쪽 별채로 이동했기 때문에 영주 부부가 지내는 본관 구역을 완전히 닫고 영주 회의에 전념하겠다고 한다.

그다음 이동 차례는 기사 일부와 문관들이다. 나는 문관을 배웅하러 전이의 방으로 향했다. 성인이 된 하르트무트가 엘비라와 함께 인쇄 담당 문관으로 출석해서다.

"저는 로제마인 님의 측근 중에서도 책을 향한 로제마인 님의 열정을 누구보다 잘 알고 있습니다."

그렇게 호언장담하는 하르트무트에게 엘비라의 보좌를 부탁했다. 인쇄 담당 문관은 평민과 대화할 수 있는 하급 문관이 많다. 그러나 영주 회의에서 다른 영지의 문관과 협상할 때는 하급 귀족보다 상급 귀족이 이야기를 끌고 가기 쉽다. 그래서 엘비라가 상급 귀족인 하르트무트가 있으면 좋겠다고 한 것이다.

"어머님을 잘 보좌해 줘요. 하르트무트는 우수하니까 기대할게요."

"로제마인 님의 기대에 부응할 수 있게 노력하겠습니다."

"이만큼 세세하게 정해 놓은 자료가 있어서 괜찮아요. 출판을 향한 제 열정 역시 만만치 않으니 맡겨 주세요, 로제마인 님."

이번 협상은 하르덴첼에서 찍어 낼 로맨스 소설에 넣을 원고를 다른 영지에서 사들이는 것과도 깊은 연관이 있다. 의욕적인 엘비라에게 맡겨 두면 문제없으리라.

마지막 차례는 영주 부부다. 내가 호위 기사인 칼스테드에게 인사하는 사이, 빌프리트와 샤를로테와 멜키오르 세 사람은 영주 부부에게 인사했다.

"우리가 자리를 비우는 동안 마력 공급을 부탁한다."

"네, 아버님. 단단히 연습하겠습니다."

웃으며 고개를 끄덕이는 멜키오르를 보며 빌프리트와 샤를로테가 키득거렸다.

"우리도 처음 마력 공급을 했을 때 한동안 손가락도 까딱할 수 없을 정도로 지쳤으니 연습을 많이 하진 못할 거예요, 멜키오르."

"조금씩 다루는 양을 늘리는 편이 좋아."

두 사람의 말에 멜키오르가 불안한 표정으로 부모를 올려다봤다. 하지만 부모까지 '욕심 금지'라고 하자 얼굴이 딱딱하게 굳었다.

"보니파티우스의 말을 잘 들으면 돼. 페르디난드는 자기 기준에서 애들을 혹사하지 않게 주의해 주고."

자기 기준으로 자연스레 스파르타 교육을 하는 페르디난드에게 못을 박고 질베스타 일행은 전이 마법진으로 귀족원으로 향했다.

"로제마인은 올해부터 두 가지 코스를 동시에 수강하니까 조금이라도 예습해 둬야 한다. 봉납식에서 귀환하면 사교 활동을 아예 할 수 없을 테니까."

페르디난드의 그 한마디로 올해 성내의 생활은 귀족원 3학년 수업을 예습하는 것이 중심이 되었다.

"자기 기준으로 애들 혹사하지 말라고 아까 양아버님이 말씀하시지 않았나요?"

"내가 기준이 아니라 그대가 기준이니 틀린 건 아니지."

'신관장님은 당연한 얼굴로 억지를 쓰는 게 아주 능숙해.'

문관 코스의 이론은 이미 공부를 끝낸 터라 문제없다. 다만, 영주 후보생 코스가 어렵다고 한다. 내가 영주 후보생의 공부를 한다고 들은 샤를로테의 눈이 커졌다.

"숙부님, 저도 언니와 같이 가르쳐 주세요."

"저도 부탁드립니다. 영주 후보생 코스는 자료가 전혀 없어서 예습을 할 수가 없습니다."

빌프리트와 샤를로테까지 같이 예습하고 싶다고 할 줄은 몰랐던 모양이다. 나도 놀랐지만, 페르디난드도 눈이 휘둥그레졌다. 잠시 생각하며 관자놀이를 톡톡 두드린다.

"로제마인을 봉납식에 보내려고 하는 예습이라서 그대들이 이해할 만큼 꼼꼼하게 지도할 생각은 없다. 진도도 안 맞으니 견학만 해라. 그래도 좋다면 입실을 허가하마."

페르디난드가 허락해 주자 빌프리트와 샤를로테의 얼굴이 환해졌다. 이를 본 멜키오르가 자신도 견학하고 싶다는 말을 꺼냈다.

"숙부님, 저도 견학을 허락해 주세요."

나였다면 멜키오르가 부탁하면 속공으로 허가해 줬을 텐데, 페르디난드는 자신의 계획에 차질이 생기는 걸 싫어한다. 지금까지 몇 년이나 접해 오면서 어느 정도 말귀를 알아듣는 빌프리트와 샤를로테라면 몰라도 거의 첫 만남이나 다름없는 멜키오르까지 끼우고 싶지 않을 터였다. 미간에 깊은 주름을 새기며 멜키오르를 내려다보았다.

"형님과 누님의 방해가 되지 않게 조용히 있겠다고 약속할게요."

"……방해되는 순간 쫓아낼 거다."

페르디난드는 차가운 목소리로 말하면서도 허가했다. 무리에 끼였다고 천진난만하게 좋아하는 멜키오르를 보며 내가 헤벌쭉 웃자, 페르디난드가 귀찮은 티를 내며 한숨을 내뱉었다. 귀찮으면서도 허락하는 걸 보니 페르디난드도 사람이 유해졌나 보다.

'옛날 신관장님이었다면 방해라는 한마디로 딱 잘라 버렸을 텐데.'

귀족원에서 측근을 물린 상태로 수업을 하는 것처럼 성에서 영주 후보생 코스를 예습할 때도 측근들은 출입 금지라고 한다. 호위 기사를 한 명씩만 문 앞에 세워 두고, 나머지는 방해되니 네 점 종이 울리면 데리러 오라며 페르디난드가 측근들을 물렸다.

"그나저나 영주 후보생은 중앙에 이적을 못 하는데, 누가 영주 후보생을 가르치나요? 수업을 가르치는 선생님이 계시나요?"

이렇게 영주 후보생만 모아 공부하다 보니 우릴 가르칠 선생님의 존재가 무척 궁금해졌다. 나의 의문에 페르디난드가 몇 가지 마석을 준비하면서 회상하듯 눈을 가늘게 떴다.

"나 때는 왕족이었지. 아니면 왕족과 결혼한 영주 후보생 출신이거나. 예전에는 교사가 되려고 준비하는 사람이 몇이나 있었는데 지금은 어떨는지 모르겠다."

정변으로 왕족의 수가 격감한 상황이라서 누가 가르칠지는 페르디난드조차 모르는 듯했다.

"그런 건 귀족원에 가 보면 알겠지. 오늘은 우선 마력의 속성을 구분하는 부분부터 시작하자. 이걸 못하면 실기는 시작도 못해."

마력의 속성을 분리하는 것이 3학년의 공통 과제인 모양이다. 속성마다 마력을 합치거나 나누는 과정을 배운다.

"적성이 있는 마력이면 다루기가 쉽다. 그건 알고 있겠지?"

페르디난드가 설명하길 하급 귀족은 가지고 있지 않은 속성이 더 많아서 마력을 합치든 나누든 다 어려워한다고 한다. 단, 딱 한 가지 속성만 있는 사람은 그 속성만 나누는 작업은 쉽게 해낸다.

"상급 귀족이나 영주 후보생은 보유 속성이 많다. 그래서 자신이 가진 속성을 합치는 건 비교적 쉽게 습득하지. 다만 평상시에 섞여 있는 자신의 마력에서 속성을 나누는 데 다들 고생한다."

각각의 속성이 깃든 마석을 준비해 놓고 그것을 만지며 그 속성의 마석이 끌어당기는 감각을 이해한 후, 최대한 다른 속성의 마력이 섞이지 않은 마석을 만들라는 과제를 냈다.

"자신의 마력을 자유자재로 다룰 수 있으면 빈 마석에 그 속성의 마력만을 채워 순수한 속성 마석을 만들 수 있게 되고, 능숙한 사람이라면 마석의 속성도 바꿀 수 있지. 마물 사냥으로 얻은 마석에서 그 속성마다 나누는 것도 쉽게 할 수 있다."

나는 마석을 만지면서 나의 마력에서 속성을 나누기 시작했다.

"섞여 있다. 다시."

세 사람이 연달아 몇 번이나 퇴짜를 맞았다. 아직 마력 압축에 미숙하고 마력의 양도 적고, 능숙하게 다루지 못하는 샤를로테가 제일 먼저 떨어져 나갔다. 빌프리트도 버텼지만 속이 안 좋아져서 포기했다.

"회복약을 먹고 마력을 회복해 둬라. 저녁을 먹으면 마력 공급을 해야 하니."

빌프리트가 조그맣게 투덜거리면서 자기 허리춤에 찬 회복약에 손을 뻗었다.

"로제마인은 아직 마력에 여유가 있겠지. 집중해."

나는 페르디난드의 호통을 들으며 마석에 정신을 집중했다. 마력의 양을 조절하는 것과 속성 조절은 감각이 완전히 달라서 어려웠다.

'뒤섞인 물건을 분리하는 방법이 뭐가 있었더라?'

약간의 이미지가 있으면 마력을 다루기가 쉬워진다. 나는 필사적으로 머리를 쥐어짰다.

'분리, 분리……. 원심분리기? 생각해 보니 페이퍼 크로마토그래피도 고등학교 생물 시간에 배웠어. 이걸 어떻게 응용할 수 없을까?'

결국 나는 손을 흔들어 손가락마다 다른 속성의 마력을 내보내는 방법으로 마력 분리를 습득했다.

"로제마인, 손을 휘젓는 그 동작은 뭐지?"

"저만의 분리 이미지예요. 이렇게 해서 마력을 분리하는 거죠."

"……아름답지 않군."

페르디난드는 혹평했지만, 완벽하게 나눌 수 있으면 된 것 아닌가.

저녁 식사 후에 치른 마력 공급이 힘들었는지, 샤를로테는 다음 날부터 마력 실기는 견학만 하고, 마력을 쓰지 않는 일에는 적극 참가하게 되었다.

"마력의 분리와 합성을 익혔으면 다음 과정은 마력으로 마석을 포화시켜 금가루를 만드는 것인데, 그댄 이미 몇 번인가 저지른 적이 있으니 굳이 가르칠 필요가 없겠군. 엔트비켈른 연습에 들어가자."

수업 때도 주추의 마술에 쓰이는 마석과 똑같은 마석이 들어간 작은 상자 안에다 모형 정원을 만드는 과제를 한다고 한다. 여기서 난적은 설계도다. 이미지대로 마을을 꾸미려면 우선 설계도가 완벽해야한다.

"실제로는 기존의 건물을 이용해서 작은 변경만 할 때가 많지. 창조마술은 대공사라 실수해선 안 되니까. 그리고 처음부터 설계도를 짜기는 어려운 일이다."

문관에게 설계 도움을 받을 수는 있지만, 영주가 스스로 설계도의 문제를 짚어낼 정도는 되어야 한다. 그래서 우리는 일제히 설계도 그리기 연습을 하게 되었다. 첫 과제의 주제는 '자신이 꿈에 그리는 방'이다.

"설계도라면 자신 있지."

빌프리트가 들뜬 기색으로 자신의 방을 설계하기 시작했다. 샤를로테는 지금 쓰는 방을 그대로 재현하려는 듯했다. 가구 등 세세한 묘사에 몰두했다. 멜키오르도 웃으면서 펜을 쥐었지만, 울퉁불퉁한 선을 보니 방이 되긴 글렀다 싶었다.

'꿈에 그리는 방이라.'

제일 먼저 머릿속에 떠오른 건 어마어마한 책에 둘러싸인 공간······ 우라노 때 집 서고였다. 그러다 문득 내가 죽던 장면까지 떠올렸다. 기분이 묘해진 나는 무심코 신음했다.

"로제마인, 그렇게 어려운가?"

"생각난 방은 있는데요. 사방의 책들이 와르르 쏟아져서 깔려 죽는 장면까지 상상해 버려서 이걸 이상이라고 해야 하나 고민하던 참이었어요."

"······일단은 내일까지 설계도를 완성해 오도록."

맘대로 고민하라며 과제만 틱 던져 주고 그날 수업을 끝냈다.

네 점 종이 울리자, 다 함께 식당으로 이동해서 점심을 먹었다. 보니파티우스는 혼자 집무를 보느라 힘들지만 "로제마인이 신전 업무까지 하면서 최우수를 따게 하려면 당연히 해야지." 하며 협력해 주고 있었다.

"열심히 해서 할아버님의 기대에 부응할게요."

점심을 먹으면서도 내 머릿속은 과제로 받은 이상적인 서고 생각으로 가득했다. 지진이 일어나도 책이 떨어지지 않는 방 만들기. 그것이 무엇보다 중요했다.

생각에 빠져 있을 때 식당 문이 열렸다. 전갈이 온 사람이 있나

보다.

"페르디난드 님. 영주 회의에서 긴급 호출이 들어왔습니다. 어서 귀족원으로 가셔야겠습니다."

부족한 것이 많았던 작년 영주 회의에도 호출은 없었다. 갑작스러운 호출에 페르디난드의 표정이 단숨에 매서워졌다. 성에서 페르디난드를 담당하는 시종과 몇 명의 기사에게 유스톡스가 지시를 내리는 가운데, 페르디난드는 재빠르게 점심을 마쳤다.

"보니파티우스 님, 실례지만 이만 자리에서 일어나겠습니다."

"이쪽 일은 내게 맡기고 다녀와라."

페르디난드가 발 빠르게 식당을 빠져나갔다. 갑자기 분위기가 어수선해지고, 식당 앞 복도를 지나다니는 자들의 목소리가 들려왔다. 그 소란함에 나까지 심장이 뛰었다. 페르디난드의 매서운 표정이, 왠지 귀족원 도서관에서 중앙의 기사단장과 대치했을 때의 표정과 비슷해 보여 이유 모를 불안이 커졌다.

불려간 그날 밤에 페르디난드는 성에 돌아왔다. 수업도 평소대로 진행되었고, 항상 보던 볼멘 얼굴에 나는 내심 가슴을 쓸어내렸다.

"무슨 일로 불려간 거였어요?"

"아무 일도 아니다. 이미 끝난 일이다."

하지만 평소보다 기분이 저조한지 표정이 굳어 있었고, 이를 본 멜키오르가 지레 겁먹은 듯했다. 함께 수업을 받는 빌프리트도 딱딱한 표정으로 이따금 페르디난드의 안색을 살폈다.

긴장감이 넘친 수업을 끝내고 점심을 먹었다. 보니파티우스가 페르디난드의 표정을 눈여겨보더니 나와 똑같은 질문을 던졌다.

"페르디난드, 영주 회의에서 무슨 용건이었다던가?"

"……이미 끝난 일입니다."

"그런데 얼굴은 끝난 표정이 아니군. 뭔가 걱정거리가 있지? 얼른 얘기해 봐."

보니파티우스가 째려보자 페르디난드가 곤란한 듯 한숨을 쉬었다.

"아렌스바흐에서 곧 성인이 될 영주 후보생과 혼인하여 데릴사위로 오라는 요청을 했습니다."

"네? 디트린데 님의 남편이 되라는 말이에요?"

"그 외에 누가 있나?"

차갑게 노려보는 페르디난드의 눈빛에 나는 입을 꾹 닫았다. 그 말대로다. 아렌스바흐에는 영주 후보생이 둘밖에 없다. 한 사람은 디트린데, 나머지 한 사람은 레티치아라고 하는, 아직 귀족원에도 들어오지 않은 어린 여자애다.

"하지만 제안은 거절했다. 지금 상황에서 내가 나가면 에렌페스트에는 성인 영주 일족이 없어지는데다가 로제마인의 후견인인 점. 베로니카와의 관계. 영주 대리를 해 온 내가 빠지면 그 구멍을 아렌스바흐에서 시집온 영애들로는 메꿀 수 없는 점 등. 이유는 몇 가지나 있지."

질베스타가 아렌스바흐의 영주 부부를 상대로 진땀을 흘리며 거절했다. 그런데도 그들은 신전에서 일하고 있다는 이유로 아직도 베로니카 때처럼 페르디난드를 부당하게 대하고 있는 것 아니냐며 의심했다고 한다.

"게오르기네가 내 입으로 직접 대답을 듣고 싶다고 했다더군. 에렌페스트에서 내키지도 않는 신관장직을 맡는 것보다 대영지의 차기 영주가 될 자의 배우자 자리를 바라지 않겠냐면서."

그래서 페르디난드를 불러내 의향을 물은 것이라고 한다.

"페르디난드 님은 신관장을 억지로 하고 있는 게 아니잖아요."

"그래서 이미 끝난 일이라고 하지 않았는가."

잘됐다며 안심했건만, 며칠 뒤 페르디난드는 또 불려갔다. 이번에는 왕의 호출이었다. "가만히 놔두질 않네요."라며 나는 페르디난드를 배웅했다. 그는 "동감이다."라며 귀찮은 티를 팍팍 내고는 전이 마법진으로 귀족원으로 향했다.

"……이번에는 오래 걸리네요. 무슨 일이 있는 걸까요?"

페르디난드가 불려간 지 벌써 이틀이 지났지만, 아직 돌아오지 않았다. 그동안 영주 후보생의 예습을 쉬는 대신 페슈필 연습과 신부 수업의 일환으로 자수를 해야 했다. 솔직히 자수보다 실기 예습을 하고 싶었다.

"할아버님한테 배우면 안 될까요?"

"보니파티우스 님은 영주 대리로 집무 중이시잖아요."

공주님의 수업에 할애할 시간은 없을 거라고 리카르다가 말했다. 지금은 중요한 문관들이 영주 회의에 간 상태라 일손이 모자라 바쁘다고 한다.

"그럼 난 할아버님을 도우러……."

"지금 공주님은 공부와 집무에서 도망치려는 질베스타 님과 똑같은 표정을 하고 계시네요. 제 눈은 못 속입니다."

'어휴, 들켰어.'

옛날부터 상습 탈주범이던 질베스타를 놓칠세라 눈을 번득이며 철통 감시했던 리카르다의 눈을 속일 수 있을 턱이 없다. 속이지 말고 정공법으로 부탁해 보자.

"리카르다, 나 자수보다 책을 읽고 싶어요. 즐기는 책이 아니어도 좋아요. 내년 귀족원의 예습을 하고 싶어요. 책을 읽게 해 주세요."

"로제마인 님은 봉납식 기간 동안 귀족원을 비워야 하셔서 꼭 예습을 하셔야 합니다. 문관 코스와 영주 후보생 양쪽을 다 따셔야 해요."

필린느와 로데리히가 응원해 주었지만, 리카르다는 엄격한 얼굴로 거절했다.

"문관 코스의 이론 예습은 귀족원에서 끝내신 거 압니다. 그리고 영주 후보생의 공부는 페르디난드 도련님이 돌아오실 때까지 휴강입니다. 무슨 공부를 하신다는 거죠?"

귀족원의 동향까지 꽉 잡고 있는 리카르다의 힐문에 나는 어깨를 축 떨구며 자수를 해야 했다.

저녁 자리는 보니파티우스와 함께였다. 페르디난드가 자리를 비운 탓에 혼자 집무를 짊어져서 그런지, 왠지 피곤해 보였다.

"할아버님, 페르디난드 님까지 영주 회의에 불려가니까 혼자서 힘드시죠? 저라도 괜찮다면 도와드릴게요."

"나는 괜찮으니 걱정 말아라."

손을 젓던 보니파티우스가 화들짝 놀라며 고개를 홱 들었다.

"……응? 잠깐. 아, 그렇군. 로제마인이 도와준다고?"

"네. 저 신전에서는 페르디난드 님을 돕고 있고, 겨울엔 양아버님을 돕고 있으니 조금이나마 할아버님께 도움이 될 거예요."

"로제마인, 겨울에 아버님을 돕고 있다는 게 무슨 말이야?"

빌프리트가 놀란 표정으로 나를 보았다. 나는 봉납식이 시작되는 시기보다 일찍 성에 호출되었기에 봉납식이 끝날 때까지 질베스타의 업무를 도왔다고 설명했다.

"보니파티우스 님, 저도 일을 돕겠습니다. 이대로는 로제마인에게 차기 영주의 업무를 전부 빼앗기게 생겼습니다."

"그런 걸 누가 뺏어요? 오히려 제발 좀 가져가 주세요. 내가 원하는 건 일이 아니라 책이에요. 독서 시간이라고요. 그걸 착각하지 말아 주세요."

그러나 가뜩이나 사람이 없어 바쁠 때 빌프리트의 교육까지 할 여유는 없겠지. 내가 표정을 엿보는데 보니파티우스는 잠시 생각한 뒤 "뭐, 좋다." 하고 승낙했다.

"차기 영주가 되려면 빌프리트도 업무를 익혀 둬야지. 질베스타는 부친이 일찍 타계해서 꽤 고생했거든."

보니파티우스는 질베스타가 그전까지 도망치기만 해서 그렇다는 말을 교묘하게 숨기며 말했다. 빌프리트가 의욕을 보이기에 빌프리트의 문관까지 합세해서 돕는 것으로 결정했다. 성인이 된 문관도 있으니 알아서 가르치겠지, 하고 보니파티우스가 떠맡아 주었다.

"본인이 힘드시면서도 후계 교육에도 주저 없는 할아버님의 모습이 멋지세요. 페르디난드 님은 쓸모없다 싶으면 가차 없이 버리는 사람이라 본의 아니게 비교하게 되네요."

지금이야 페르디난드도 조금씩 후계자 교육을 시야에 넣게 되었고, 신전 업무를 캄펠이나 프리닥에게 조금씩 나눠 주게 되었다. 그래도 여전히 직접 해야 빠르다며 혼자 일거리를 떠안으려 했다. 보니파티우스처럼 사람이 적어 바쁠 때에도 방해가 되는 아이에게 일을 가르치는 짓은 죽어도 하지 않을 터였다.

"오호. 멋지다, 라."

보니파티우스가 기쁜 듯 재차 고개를 끄덕였다. 그때 멜키오르가 손을 번쩍 들었다.

"저도 하고 싶습니다."

"오라버니와 언니와 같은 걸 하고 싶은 마음은 이해하지만, 멜키오르에겐 보니파티우스 님의 업무가 아직은 어려울 거예요."

샤를로테의 말에 멜키오르의 어깨가 힘없이 떨어졌다.

"······제가 거치적거리기만 하는 건 알지만 그래도 형님 누님과 같이 있고 싶어요."

"분명 멜키오르가 할 수 있는 일도 있을 거예요."

내 제안을 들은 샤를로테가 하는 수 없다는 듯 한숨을 쉬었다.

"보니파티우스 님과 언니가 멜키오르의 할 일을 찾는 것도 일이에요. 멜키오르, 이번 일은 포기해요. 그 대신 집무실 한쪽에서 공부를 시킬게요. 멜키오르가 방해가 되지 않게 제가 붙어 있을게요. 그러면 될까요?"

줄곧 함께 자라 온 누나다운 제안에 나는 감탄했다. 중간에 누나가 된 나는 멜키오르의 요청을 들어주려고만 하는데, 샤를로테는 가장 중요한 멜키오르의 마음을 존중하면서도 요청은 딱 잘라 거절했다. 누나의 역량 차이가 현저했다.

"좋다. 열심히 공부하려무나."

"네. 노력하겠습니다."

기뻐하며 씩씩하게 대답하는 멜키오르를 샤를로테가 흐뭇하게 바라보았다. 그 미소가 어찌나 플로렌치아와 닮았는지, 역시 모녀지간이구나 싶었다.

다음 날부터 보니파티우스의 업무를 돕기 시작했다. 오전에는 각자 공부하다가 오후부터 도울 예정이다. 나는 페슈필과 봉납 가무 연습을 끝내기 무섭게 영주의 집무실로 향했다. 오후부터 아이 수가 늘어 정신없을 것을 고려해서 오전 중에 일거리를 최대한 나눠 두기 위해서다.

"이건 빌프리트 오라버니, 이건 샤를로테, 이건 멜키오르, 이건 내 측근들이 처리할 몫, 이건 할아버님이 아니면 못하는 업무예요. 샤를로테와 멜키오르는 공부하기로 했지만, 같은 방에 있으니 두 사람의 문관에게 일거리를 마구 던집시다."

분류된 서류의 산더미를 본 보니파티우스의 눈이 휘둥그레졌다.

"넌 남매들의 문관 업무 능력까지 파악하고 있느냐?"

"아뇨, 귀족원에 같이 있었던 견습생들만 알아요. 오늘 상태를 지켜보고, 시킬 만하면 내일 이후부터는 더 맡기려고요."

빌프리트와 샤를로테, 멜키오르의 문관에게 일을 얼마나 맡겨야 할지 모르기에 결국 나의 측근이 떠맡아야 할 몫이 제일 많았다. 하지만 신전에서 처리하던 업무량을 고려하면서 나눴으니 이 정도면 시간 내에 끝낼 터였다.

"로데리히, 필린느, 필린느, 로데리히, 다무엘……."

"잠깐만, 로제마인. 방금 문관이 아닌 자의 이름이 나오지 않았나?"

"네? 제 기사는 안게리카를 빼고는 모두 신전에서 문관 업무도 하고 있어서 문제없어요. ……설마 성에서는 시키면 안 되는 거예요?"

다무엘뿐만이 아니다. 코르넬리우스와 레오노레, 유디트도 신전에 오면 신관장실의 업무에 투입된다. 그렇게 설명하자, 보니파티우스가 복잡한 표정을 지었다.

"으음······. 기사를 문관으로 썼다는 전례는 없지만, 영주 회의 기간 중이라면 별문제 있겠나. 사람이 부족한 건 사실이니까. 쓸 수 있으면 써."

상당히 융통성 있는 대답이 돌아왔다. 보니파티우스의 호감도가 쑥쑥 올라갔다.

"할아버님과 함께 일할 수 있어서 너무 좋아요."

오후부터는 다 같이 일한다. 그러나 영주의 집무실에 보니파티우스, 빌프리트, 샤를로테, 멜키오르, 나, 거기에 각자의 측근까지 전부 들어갈 수 있을 턱이 없었다. 결국 회의실로 장소를 옮겨 업무를 보게 되었다.

멜키오르는 계산 연습을 했다. 샤를로테가 그 모습을 지켜보았다.

"측근이 똑 부러지게 일을 해내면 멜키오르도 본인만 도움이 못 되었다고 열등감을 가지진 않을 거다. 전부 너희 주인을 위해서다. 잘해 봐라."

보니파티우스의 말에 샤를로테와 멜키오르의 측근도 업무에 투입되었다. 빌프리트의 문관들은 보니파티우스의 지시를 받으며 일을 진행했다.

"그럼 우리도 시작할까요?"

"······신전이 아닌데 성에서도 문관 업무를 해야 합니까? 다른 호위 기사는 안게리카처럼 영주 후보생의 뒤에서 대기하거나 문을 지키는데······."

코르넬리우스가 싫은 티를 내며 중얼거렸다.

"사람이 부족한 영주 회의 기간에만요. 보니파티우스 님이 그래도 괜찮다고 하신걸요."

누가 봐도 내 일이 더 많았지만, 호위 기사도 책상 앞에 앉은 데다 신전에서 익숙하게 해 왔던 업무여서 익숙지 않은 일을 떠맡은 다른 영주 후보생의 문관보다 일 처리 속도가 빨랐다.

"로제마인 님, 끝났습니다. 확인해 주십시오."

"이건 이대로 계산해도 괜찮겠습니까?"

"이 부분…… 돈의 흐름이 조금 이상합니다. 한 번 세세히 확인해 봐야 할 듯합니다."

도중에 다무엘이 횡령이 의심되는 정황을 발견했지만, 증거 확보 등은 질베스타가 돌아오면 하기로 했다.

다섯 점 종이 울리자, 시종들이 날라 온 차와 디저트로 잠시 오후의 휴식을 보냈다.

"형님과 누님은 대단하세요. 저도 어서 도움이 되고 싶어요."

멜키오르가 디저트를 먹으면서 존경의 눈빛으로 나를 보았다. 남동생의 칭찬에 기분이 좋았다. 이러니 내일도 열심히 일해야겠다.

"페르디난드는 신전에서도 엄청난 업무량을 소화하고 있었군. 솔직히 기사가 이렇게나 문관 업무를 잘 해낼 줄은 몰랐다."

보니파티우스의 말에 빌프리트와 샤를로테도 동의했다.

"문관의 수준 차이가 심하다는 말은 귀족원에서도 들었지만, 기사들까지 이렇게 다를 줄이야."

"빌프리트 님, 서류 업무는 기사의 업무가 아닙니다."

램프레히트가 "로제마인 님을 따라 하시려고 기사에게 무리한 일을 시키진 마십시오."라고 진언했고, 코르넬리우스가 고개를 크게 끄덕였다.

"문관 교육에 관한 건 배울 점이 많지만, 기사에겐 기사의 업무를 시키면 됩니다."

"넌 평소에도 문관에게 일을 더 시켜야겠구나, 빌프리트."

보니파티우스의 지적에 빌프리트가 자신의 측근을 두둔했다.

"인쇄업 일은 조금씩 하고 있는데……."

솔직히 말해서 앞으로 에렌페스트의 주축이 될 인쇄업에서 빌프리트가 관여하는 건 아주 일부분에 불과하다. 올해 영주 후보생의 측근 중에서 인쇄 관련 보좌로 영주 회의에 출석할 만한 자가 하르트무트 밖에 없었을 정도니까 말이다.

"의욕이 있다면 엘비라에게 일을 시키라고 할게요. 인쇄업 담당 문관에는 하급 문관이 많으니 영주 회의에 데려갈 상급과 중급 문관이 필요하다고 했었거든요. 내년 영주 회의에 동행할 수 있게 훈련시켜 달라고 부탁할까요?"

내년에 귀족원에서 인쇄물을 공개하게 되면 영주 회의도 바빠질 테니 인원은 많을수록 좋다.

"영주 회의에 성인 측근을 한 명이라도 많이 보내면 저쪽 분위기를 파악하기 쉽거든요. 우리가 출석하기 전에 측근이 미리 영주 회의에 대해 숙지해 두면 마음도 든든할 테고요."

하르트무트의 보고가 기대된다며 내가 말하자, 빌프리트는 라이벌 의식에 불타오른 것처럼 자신의 측근을 쭉 둘러보았다.

"좋아. 내년 영주 회의엔 문관을 보내고 말 테다."

'오예, 인쇄업 인재를 얻었어!'

며칠이 지나니 업무 풍경에도 익숙해졌고, 휴식 시간에는 시시콜콜한 수다도 떨 만큼 여유가 생겼다. 코르넬리우스가 말하길 로제마인식 마력 압축으로 마력이 많아진 덕분에 견습 기사의 성적도 껑충 뛰었다고 한다.

"그런 와중에도 독자적으로 열심히 마력을 압축해서 성적을 올리는 마티아스가 대단해요."

"마티아스는 저 대신 지휘를 맡길 수도 있고, 중급 귀족치고는 마력이 높습니다. 구 베로니카 파만 아니었다면 로제마인 님의 측근에 필요한 인재인데 말이에요."

트라우고트가 사임한 탓에 뒤를 맡길 견습 기사가 없다며 레오노레가 난처한 얼굴로 말했다. 보니파티우스는 복잡한 표정으로 레오노레의 이야기를 듣다가 "……게를라흐의 아들이군." 하고 낮은 목소리로 중얼거렸다.

"아무리 기량이 있고 아까워도 이름을 바치지 않는 한 측근엔 못 넣겠군. 로제마인에게 너무 위험해."

꼭 뭔가 아는 듯한 말투인데? 내가 고개를 갸웃거리자, 보니파티우스는 "구 베로니카 파는 위험하다는 말이다." 하고 고개를 가볍게 저으며 화제를 마무리했다.

"그건 그렇고, 로제마인식 마력 압축 방법은 훌륭하구나. 잘 생각해 냈다."

보니파티우스는 성인 기사들도 마력을 늘리고 있다고 설명하며 나를 칭찬했다.

"그게 없었다면 하급 기사인 다무엘은 호위 기사를 계속하지 못했겠지."

다행히 성장기가 늦게 왔다는 점, 거기에 내가 가르친 마력 압축까지 운 좋게 겹쳐서 하급 기사치고 드물게 마력이 늘었다며 보니파티우스가 다무엘을 보면서 말했다. 성장기가 늦은 것이 아니라 내 축복의 영향을 크게 받은 것이었지만, 그건 칼스테드와 나만의 비밀이다.

"다무엘은 아직도 성장 중이에요?"

"아니, 요 일이 년 사이엔 성장이 거의 보이지 않더군. 아무리 성장기가 늦게 왔다고 해도 이젠 멈췄겠지. 물론 그릇의 성장만 멈췄을 뿐이지, 로제마인식 마력 압축으로 앞으로도 다소는 마력을 늘릴 수 있을 테고, 전투 방식을 생각하며 단련하면 기량도 향상되겠지."

다무엘의 마력은 중급 귀족의 중에서 하쯤에 멈춰 있다고 한다. 그래도 예전의 마력을 생각하면 엄청난 발전이다.

"지금보다 더 극적인 성장은 없겠지. 힘으로 따지면 슬슬 한계다. 그래도 다무엘을 계속 호위 기사로 쓰겠느냐?"

보니파티우스의 말에 주먹을 꽉 쥐는 다무엘을 힐끔거리면서 나는 즉각 고개를 끄덕였다.

"할아버님, 다무엘의 힘은 마력만이 아니에요. 다무엘이 없었으면 제 측근들은 뭉치지 못했을 거예요. 앞으로도 호위 기사에서 뺄 생각은 없습니다."

"그렇군. 그럼 앞으로도 호되게 훈련시키도록 하마."

다무엘의 얼굴이 확 굳었지만, 단련하지 않으면 곤란해지는 건 본인이다. 고생하겠지만 힘냈으면 했다. 나의 많은 비밀을 알고 있는 다무엘이 호위 기사에서 제명됐을 땐 주변이 입막음으로 무슨 짓을 할지 걱정해야 한다. 나는 그런 무서운 걱정을 하고 싶지 않았다.

"할아버님, 다무엘뿐만이 아니라 견습 기사들도 호되게 단련시켜 주세요. 조금씩 팀워크도 생기고 있지만, 공헌도를 아직 이해하지 못하는 것 같아요."

내가 생선 해체 때 봤던 유디트를 예시로 꺼내자, 보니파티우스가

"그렇군. 교육 과정을 꼭 재검토해야겠어."라며 입꼬리를 씩 올리면서 이 자리에 있는 견습 기사들을 둘러보았다.

"할아버님은 귀족원에 어떤 추억이 있으세요?"

다른 날은 귀족원의 추억에 관해 물어보았다. 정변으로 인해 페르디난드와 우리 사이에도 큰 변화가 있었다. 그럼 그보다 나이 차가 많이 나는 보니파티우스 때는 더 다르지 않았을까? 나는 솔랑쥬에게 빌렸던 사서의 옛 일지 얘기를 꺼내며 과거와 지금이 얼마나 다른지를 설명하고, 보니파티우스의 추억담을 물어보았다.

"귀족원의 추억이라고 해 봤자…… 보물 뺏기 디터에서 이기겠다고 애쓴 기억밖에 없구나."

문관들은 회복약 제작을 배우면 죽자 사자 회복약을 만들고, 디터에 필요한 마술구를 만든다. 시종들은 정보전에 정신없는 와중에도 기수를 타고 날아다니며 기사들에게 마술구와 회복약을 보충해 주기도 했다고 한다. 보니파티우스는 제일 먼저 돌진하는 타입인 줄 알았는데, 영주 후보생이다 보니 영지 대항전에서는 지휘를 맡아 사람을 움직이는 데 전념했다고 한다.

"물론 개인의 무예를 선보이는 자리에서는 대활약했지만."

단켈페르거나 지금은 사라지고 없는 베르케슈토크의 상급 귀족과 친했고, 견습 기사들과 함께 사냥하러 간 적도 있었다고 한다.

"그리고 보니 디터를 하다가 귀족원 외진 곳에 있는 사당을 부순 적이 있었군."

"어떻게 그럴 수가! 설마 신을 모신 사당에서 나쁜 장난만 일삼는 불량 학생이 있었다는 스무 가지 불가사의가 할아버님 얘기예요?"

"내가 아니야. 내가 부순 건 딱 하나였고, 바로 신고했지. 이미 복구했을 거다."

당황한 보니파티우스가 팔을 저으며 부정했다.

"그것보다 스무 가지 불가사의가 뭐냐? 처음 듣는데."

당사자는 모르시겠지. 나는 보니파티우스에게 솔랑쥬에게 들은 스무 가지 불가사의 중 하나를 이야기해 줬다. 멜키오르와 샤를로테도 흥미진진하게 들었다.

"그런데 복구했을 거라니요……. 확인하지 않으셨어요?"

"졸업하면 귀족원에 들어갈 기회가 없거든. 내 잘못이 아니야."

보니파티우스의 말에 내가 "그렇구나." 하고 납득하는데, 차를 다시 채워 주던 리카르다가 키득키득 웃었다.

"그런 거짓말은 하시면 안 되죠. 보니파티우스 님은 기사단장 시절에 선선대 영주님의 호위 기사와 함께 매년 영주 회의에 다녀오셨지 않습니까."

"리카르다!"

동년배이고 과거를 아는 리카르다가 폭로하자, 보니파티우스가 겸연쩍은 표정을 지었다.

"그럼 할아버님 대신 이번엔 제가 확인해 둘게요. 어디쯤에 있어요?"

"겨울에는 눈에 묻혀 보이지 않을 게다. 눈이 녹는 영주 회의 시기가 아니면 잘 안 보이는 곳이야."

다시 말해 내가 귀족원에 갔을 때는 찾기 어렵다는 얘기다. 아쉬워라. 내친김에 도서관의 열리지 않는 서고에 관해서 뭔가 알고 있냐고 물어보았다.

"그건 전혀 모르겠구나. 도서관이란 곳은 문관에게 자료를 갖고 오라고 보내면 되는 곳이지, 굳이 내 발로 가는 곳은 아니었거든."

전대미문의 학생이었을 줄 알았는데 의외로 평범한 영주 후보생이었나 보다.

"보니파티우스 님은 공주님과 달리 도서관을 이용할 일이 거의 없었지 않습니까."

"리카르다!"

보니파티우스가 입을 꾹 닫았다. 그 삐친 얼굴이 왠지 귀여워서 이야기를 듣던 사람들 모두 웃음이 터졌다. 과거를 아는 사람이 옆에 있으면 옛날이야기도 꺼내기 어려운 모양이다.

영주 회의의 보고회(2년)

그런 식으로 하루하루를 보내는 사이, 영주 회의가 끝난 듯했다. 영주 부부의 시종이 돌아와 주인을 맞이할 준비를 시작했다는 보고가 들어왔다. 영주 회의 기간에 페르디난드가 돌아오지 않아 걱정되었던 나는 전이의 방에 마중을 나갔다. 물론 부모님이 돌아오기를 기대하는 빌프리트와 샤를로테와 멜키오르도 함께다.

"아버님, 어머님!"

멜키오르가 밝게 소리쳤다. 두근거리며 기다리자, 영주 부부가 돌아왔다. 플로렌치아는 평소다운 미소를 짓고 있었는데, 질베스타는 거의 미소가 없는 무표정에 가까운 표정이었다.

인사를 한 뒤 나는 질베스타에게 다가갔다.

"무슨 일 있었어요?"

"보고회 때 말하마. ……젠장, 그 바보가."

단답형으로 쌀쌀맞게 대답하더니 혀를 차며 작은 욕설을 내뱉었다.

"질베스타 님."

플로렌치아가 타이르듯 이름을 부르자, 질베스타는 한숨을 푹 내쉬고 아이들을 향해 미소를 지으며 전이의 방을 나가자고 재촉했다.

"뒤에 돌아올 사람이 많으니 이곳을 나가자."

질베스타가 그렇게 말하기를 기다렸다는 듯이 전이 마법진이 번쩍였다. 돌아온 사람은 페르디난드였다.

"다녀오셨어요, 페르디난드 님."

"그래, 잘 있었는가."

그렇게 말한 페르디난드의 얼굴엔 지금까지 본 적이 없을 정도로 훌륭한 거짓 미소가 걸려 있었다.

"하르트무트, 페르디난드 님한테 무슨 일 있었어요?"

내 방에서 물어봤지만, 하르트무트는 단켈페르거와 협상할 때만 동석해서 페르디난드가 불려간 자리에는 없었다고 했다.

"기숙사에서 아우브께서 노성을 지르셨고, 페르디난드 님이 가만히 듣고만 계시는 모습을 본 게 전부입니다. 주워들은 말로 추측해 보건대 피할 수 없는 왕명을 받으신 것 같았습니다."

그리고 하르트무트에게 단켈페르거와의 협상 결과 보고를 들었다. 인세와 번역에 관한 계약은 대충 예상했던 범위에서 마무리되었다.

"단켈페르거의 첫째 부인이 정말 무섭더군요. 확신은 없는 것 같지만 저희가 인쇄를 한다는 걸 어렴풋이 눈치챈 것 같았습니다."

"어떻게 알았을까요?"

"한넬로레 님께 빌려드린 책을 비교했는데, 동일 인물이 썼다고 해도 이상할 정도로 필체가 똑같은 점. 글자 주변에 묻은 잉크 자국이 다른 손글씨 서적과 다른 점. 무엇보다 에렌페스트에서 책을 팔겠다는 발상이 나왔다면 똑같은 제품을 준비할 만한 기술이 있을 거라고 추측하신 듯했습니다."

'대영주의 첫째 부인, 무시무시하네.'

샘플로 준 린샴을 당장에 분석하는 드레반헬도 엄청 무서웠지만, 딸이 빌려온 책만 보고 거기까지 파악하는 단켈페르거의 첫째 부인도 대단할 정도로 무서웠다.

"그리고 인세나 번역에 드는 비용과 그 수수료에 관해서도 단켈페르거의 문관들은 이해가 빨랐습니다. 에렌페스트와 자신들이 어떻게 다른지 조목조목 찾아내더군요."

지금까지 없었던 개념을 받아들이기란 쉬운 일이 아니다. 손으로 써서 책을 만드는 것이 당연했기 때문에 '한 권 당'이라는 표현을 이해하기 어려워했다고 한다. 인쇄업에 투입된 하급 문관들이 이해하게 설명하는 데도 시간이 걸렸다. 실제로 책을 만드는 엘비라는 이해가 매우 빨랐지만.

"회의하는 내내 클라리사의 배우자로 적합한지 평가하는 시선들 때문에 진땀 흘렸습니다."

클라리사의 부친이 호위 기사였는지, 하르트무트는 회의 내내 그 눈초리를 견뎌야 했다고 한다. 갑자기 칼로 찌르면 어쩌지 하고 조마조마하면서 회의를 끝냈다고 한다.

"표창식 습격 때 에렌페스트 학생을 지키려고 로제마인 님께서 소환하신 바람의 여신의 방패가 눈에 띄었는지 영주 회의에서도 자주 입에 오르내렸습니다."

"……하르트무트가 괜한 소리를 한 게 아니고요?"

"지금까지 공적으로 나온 성녀 전설밖에 얘기하지 않았어요. 저도 그 정도는 분별합니다."

사실은 처음 타니스베팔렌을 토벌할 때 보여준 어둠의 신의 축복이나 채집터 회복 등, 최근 입수한 성녀 전설을 퍼트리고 싶었지만 자중했다고 한다.

"좀 더 자중해도 돼요. 제발 성녀 전설처럼 과장되게 퍼트리지 말아줘요."

"전부 축소 해석한 얘기밖에 없어서 저로서는 조금 불만이지만, 로제마인 님께서 그러길 원하신다면 어쩔 수 없지요."

영주 회의에서 모두가 돌아오면 그다음 날 보고회가 열린다. 영주일족과 그 측근들, 기사단, 문관 상층부들이 많이 모였다. 빌프리트와 샤를로테와 나는 회의실에 가 정해진 자리에 앉았다.

"웬일로 숙부님 기분이 좋아 보이시네. 영주 회의에 좋은 일로 불려 가셨던 걸까?"

내 왼쪽에 앉은 빌프리트가 거의 정면에 앉은 페르디난드를 보며 그렇게 말했다. 나는 최대한 보지 않으려고 피했던 그 가짜 미소를 다시 본 순간 몸이 부르르 떨렸다. 저런 미소는 본 적이 없다. 그래서 더 무서웠다. 페르디난드가 저 미소 뒤에 무슨 생각을 하고 무엇에 화가 났는지 전혀 알 수가 없어서였다.

"빌프리트 오라버니, 속으면 안 돼요. 저건 아주 기분이 최악인 얼굴이에요."

"정말요?"

"……저렇게 웃는 표정은 처음 보는데?"

나의 오른편에 앉은 샤를로테는 깜짝 놀라며 목소리를 높였고, 빌프리트는 나와 페르디난드를 번갈아 보며 의심스럽다는 듯이 말했다.

"페르디난드 님은 약간의 감정 변화가 있으면 무표정으로 그걸 숨기는데, 엄청 화가 났거나, 괴롭거나 했을 땐 주변에 감정을 들키지 않으려고 일부러 저렇게 웃어요."

"로제마인."

페르디난드가 깊은 미소로 나를 불렀다. 한 손을 슥 올려 자기 입을 가렸다. '입 닫아'라는 뜻을 감지한 나는 양손으로 입가를 가리며 연신 고개를 끄덕였다.

'역시 신관장님은 웃는 게 더 무섭다니까.'

"모두 모였군."

모두 준비가 끝나자 영주 부부가 입실했다. 작년과 마찬가지로 보고회가 시작되었다.

"올해도 역시 큰 변화가 있어 연락 사항이 많다. 중요한 결정도 많았으니 놓치지 않게 주의하도록."

질베스타의 인사가 끝나자, 영주의 문관이 올해의 순위를 발표했다. 에렌페스트는 8위였다. 다음 귀족원에서는 8번 문과 방을 쓰게 된다.

"로제마인식 마력 압축으로 성장기 학생들의 마력이 큰 폭으로 성장하고 있다. 또 학생들은 개인뿐만 아니라 영지 전체의 성적을 올리겠다는 목표로 노력했다. 그 결과는 우수자의 숫자에서 잘 드러난다. 귀족원 내의 성적은 상당히 향상되었다. 이 기세로 노력해 주었으면 한다."

순위 발표에 빌프리트는 조금 불만스럽게 입술을 삐죽 내밀었다.

"순위가 더 오를 줄 알았는데……."

"귀족원 성적과 유행만으로 여기서 더 올라가는 건 어렵겠죠. 에렌페스트가 중앙에 더 큰 영향력을 보이지 않으면 슬슬 한계가 올 거예요. 우리보다 순위가 높은 영지는 왕족의 친족이 다스리는 중영지나 원래부터 영향력이 컸던 대영지뿐이니까요."

지금보다 높은 순위를 노리려면 유행은 물론이고 중앙으로 인재를 배출해야 한다. 하지만 중앙에서 발언하고, 영향력을 가져올 인재가 중앙으로 빠져나가는 순간, 에렌페스트가 곤란해진다.

"인재 육성이라…."

"이 성적을 유지하면서 인재를 배출하려면 몇 년은 더 걸리겠네요."

빌프리트와 샤를로테가 동시에 곤란한 표정을 지었다. 솔직히 말하면 에렌페스트는 땅의 크기에 비해 귀족의 수가 적다. 중앙에 배출할 인재를 육성하려면 시간이 걸린다.

"올해의 거래로 중앙과 클라센부르크에는 영향력이 조금 커졌다. 내년에 드디어 귀족원에 인쇄물을 퍼트릴 예정이므로 정신 똑바로 차리고 일해 주길 바란다."

그리고 올해의 거래에 관한 이야기가 나왔다. 거래 영지는 중앙, 클라센부르크, 단켈페르거로 정해졌다. 문관이 회의실을 둘러보며 보고했다.

"중앙이 여덟, 평민촌에서 소동을 일으킨 클라센부르크는 여섯, 단켈페르거 여섯을 상한선으로 상회에 허가해 주기로 했습니다. 올해도 거래를 맺지 못한 영지에는 린샴 제조법과 로제마인 님께 허가를 받은 디저트 레시피를 팔았습니다."

꽤 비싼 값에 제조법을 팔았지만, 린샴을 원하는 영지가 많아서 잘 팔렸다고 한다.

"이거로 식물유 가격의 폭등도 조금은 억제할 수 있게 되었습니다. 거래를 계속 확대하려면 에렌페스트의 마을뿐만 아니라 영지 전체의 정비가 필요하다는 것을 통감했습니다."

에렌페스트의 마을만으로는 수용 인원에 한계가 있으니 에렌페스트의 마을을 넓히든, 그레첼처럼 길목이 되는 마을을 정비하든 뭔가 대책을 세워야 앞으로도 계속 거래를 늘릴 수가 있다.

'하지만 그런 도시 계획은 양아버님의 일이야.'

"그럼 인쇄업 보고를 하겠습니다. 단켈페르거의 역사책을 출판하는 안건으로 협의했습니다."

하르트무트에게 들었던 보고가 나온 뒤, 질베스타의 측근이 정체 모를 상자를 가져왔다.

"디터에서 이긴 페르디난드의 전리품을 수령해 왔습니다."

아무래도 상자 속에 하이스히체가 제시한 소재가 들어 있는 듯했다. 페르디난드가 상자 안을 확인하더니 "정확합니다." 하고 고개를 끄덕이며 유스톡스에게 넘겼다.

또 다른 문관이 일어나 설명한 건 샤를로테에게 들어온 혼담 얘기였다.

"빌프리트 님과 로제마인 님께서 약혼하시면서 샤를로테 님께도 혼담 신청이 쇄도했습니다."

대영지의 둘째 부인이나 셋째 부인, 지금까지 생각해 보지도 못했던 상위 중영지의 첫째 부인 등, 너무나도 많은 제안이 들어왔다고 한다.

"당장 정할 수 없는 제안이라 일단은 대답을 보류하고, 샤를로테 님의 고견을 들은 후 검토하기로 하였습니다."

에렌페스트 내에서도 아직 어느 영지와 연을 맺을지 아직 정하지 못한 상태다. 둘째 부인이나 셋째 부인이라도 대영지와 이어지는 편이 좋은지, 영주 회의에 직접 나갈 수 있는 첫째 부인이 좋은지, 곰곰이 따져야 한다.

"동시에 아우브 에렌페스트께도 둘째, 셋째 부인의 혼담이 들어왔습니다. 이쪽도 부디 검토하여 주십시오."

플로렌치아 외에는 아내를 들이고 싶지 않다고 공언한 질베스타지만, 다른 영지와 단절해 왔던 과거와는 상황이 크게 달라졌다. 다른 영지와 혼인으로 관계를 맺어 영향력을 넓혀 가야 한다.

"……샤를로테와 마찬가지로 이 안건도 보류하겠다."

질베스타의 불쾌한 표정에 플로렌치아가 그 옆에서 '못 말리는 사람'이라고 말하고 싶은 얼굴로 어깨를 으쓱했다. 질베스타는 크흠 하고 헛기침을 하며 일어나서 손을 휘저어 화제를 바꾸었다.

"왕족 관련 소식이다. 힐데브란트 왕자가 데뷔 무대를 치렀다. 단켈페르거 출신인 셋째 부인의 아들이지만, 신하의 교육을 받고 있다고 한다. 후계자는 제1 왕자인 지기스발트 님으로 정해졌다고 봐도 과언이 아니지."

"기렛센마이어 출신인 첫째 부인의 아들보다 단켈페르거 출신인 셋째 부인의 아들이 마력도 크고 우수하다고 생각하는데, 용케 단켈페르거가 한 발 물러섰군요."

"정변을 피하는 것을 최우선으로 생각하셔서겠죠."

힐데브란트가 신하의 교육을 받는 점에 관해서 주변에서 여러 의견이 쏟아졌다. 그 목소리를 자르듯 또 하나의 보고가 나왔다.

"그리고 아나스타지우스 왕자와 클라센부르크의 에그란티느 님의 성결식도 무사히 거행되었다. 이때 사용된 머리 장식은 에렌페스트에서 제작한 물건이다. 큰 주목을 받았고, 앞으로도 대영지나 왕족에게서 주문이 들어올 거라 기대하고 있다."

길베르타 상회의 머리 장식이 주목을 받았다면 올해도 주문이 들어

올 터였다. 다음에 졸업하는 영주 후보생의 얼굴을 떠올려 보면 단켈페르거의 레스티라우트가 약혼녀의 선물로 머리 장식을 주문할지도 모르겠다.

'디트린데 님은 어쩌시려나? 아우브 아렌스바흐가 데릴사위로 오라고 요청했다지만 신관장님은 거절했다고 하고.'

음, 하고 고민하는데 "마지막으로 가장 중대한 보고가 있다."라며 질베스타가 말했다. 목소리의 톤이 한층 낮아졌고, 감정을 억누르려는 듯 표정이 사라졌다.

'이번 영주 회의에서 가장 중요한 안건인가?'

막 귀환했을 때 봤던 무표정에 가까운 질베스타를 보고, 나도 모르게 경계했다. 모두가 질베스타를 주목하자, 그가 천천히 입을 열었다.

"왕명으로 페르디난드와 아렌스바흐 영주 후보생의 혼인이 결정되었다. 혼인 상대인 디트린데 님은 아직 귀족원을 졸업하지 않아 당분간은 약혼 관계를 유지한다."

'그 얘기는 다 끝났다며! 어째서 그런 왕명이 떨어진 거야?'

나는 페르디난드를 홱 쳐다보았다. 페르디난드의 얼굴은 영주 회의에서 돌아왔을 때부터 쭉 웃는 얼굴이었다.

"약혼하셨군요. 이런 경사스러운 일이. 드디어 페르디난드 님께 그런 이야기가……."

"신전에 몸담으신 페르디난드 님께 아렌스바흐와 같은 대영지에서 혼사를 제안할 줄이야……. 무슨 이런 영광이 다 있습니까."

"최우수를 연속으로 거머쥔 분이시니 왕족의 신임이 두터워서겠지요."

주변 귀족들이 축복의 말을 입에 담았다. 그에 페르디난드는 여전히 가짜 미소로 고개를 끄덕이며 응했다. 이건 그가 원한 결혼이 아니다. 본인의 입으로 거절했다고 했으니 틀림없다. 가짜 미소로 감정을 완벽히 숨길 만큼 그의 마음속엔 분노와 불만이 가득하다는 것이 내게는 느껴졌다. 그런데도 페르디난드는 자못 기쁘기라도 한 듯한 표정으로 축복의 말을 들었다.

'신관장님은 대체 얼마나 계속 참아야 하는 거야? 베로니카 님과 붕어빵인 디트린데 님과 결혼이라니, 그래서 행복해질 리가 없잖아.'

가짜 미소를 짓는 페르디난드를 보는 것만으로도 내가 울고 싶어질 정도로 분노가 치밀었다. 그런 나와 같은 기분이리라. 조금 전까지 무표정하던 질베스타가 페르디난드를 보며 점점 미간을 찌푸리더니 이내 불쾌한 표정을 짓고 말았다. 플로렌치아의 팔꿈치에 찔려 다시 무표정으로 돌아왔지만, 완벽하게 숨기진 못했다.

"조용히."

조금 심기가 불편한 표정으로 질베스타가 회의실을 둘러보았다. 축복의 말이 끊기고, 다시 질베스타에게 시선이 쏠렸다.

"현재 정해진 것은 디트린데 님이 졸업한 후, 페르디난드는 아렌스바흐로 이적하게 될 것이고, 그 후에 열릴 영주 회의에서 성결식을 치를 것이다."

보통 약혼 기간은 1년 정도다. 결혼해서 다른 영지로 거처를 옮기려면 준비해야 할 것들이 많아서다. 그런데 졸업하자마자 결혼이라니 성급하기 이를 데 없는 일정이었다. 뭔가 중요한 사정이라도 있는 걸까?

"그리하여 신관장직에서 물러날 페르디난드를 대신할 새로운 신관장을 임명해야 한다."

회의장이 술렁거렸다. 귀족 간의 관계를 고려하면 나를 보좌하는 신관장직이 탐이 나지만, 귀족 내에서 인상이 안 좋은 신전과 엮이자니 꺼림칙하다. 그런 공기가 만연했다. 나와 측근이 신전을 드나들고, 제사로 하르덴첼의 기적을 일으키게 되면서 서서히 의식 개혁이 일어나고 있지만, 신전 기피 현상은 여전했다.

"아우브 에렌페스트. 부디 저를 신관장에 임명해 주십시오."

신관장에 입후보한 사람은 하르트무트였다. 하르트무트는 나의 측근으로서 이미 신전에 출입하고 있고, 신관장실의 업무를 돕고 있어 다른 사람보다 인수인계가 쉬우며, 나를 보좌하는 것이 자신의 역할이라고 술술 설명했다.

"하나 하르트무트. 그대는…… 몇 년 후에 결혼하지 않는가?"

결혼 상대까지 소개해 놓고 신전에 어떻게 들어가겠느냐며 페르디난드가 미간을 찌푸렸다. 신전에 기혼자는 없다. 신관과 무녀는 결혼할 수 없기 때문이다. 그래서 내가 신전장직을 맡는 것도 성인이 되기 전까지, 결혼하기 전까지다.

페르디난드가 지적하자, 하르트무트는 별거 아니라는 듯이 미소를 지었다.

"저는 귀족의 지위를 버리려는 것이 아닙니다. 로제마인 님의 보좌를 최우선으로 고려했을 뿐입니다. 로제마인 님께서 성인이 되시고 퇴임하신다면 저도 신관장직을 사임하고 결혼하겠습니다. 클라리사가 이를 거부한다면 전 결혼을 관둬도 아무 문제 없습니다."

'문제가 없긴! 결혼 약속을 해 놓고 신전에 들어간다니, 클라리사와 클라리사의 부모가 알면 뒤집어질 게 뻔하잖아! 그리고 유일하게 너랑 결혼해 줄 사람인데 파투나면 어쩌려고 그래?!'

내가 성인이 되는 건 4년 후다. 그때면 클라리사는 18세가 된다. 늦은 결혼은 아니지만, 기다리기엔 너무 긴 시간이었다.

'결혼 못하는 측근은 더 없어도 돼!'

그러나 나의 마음속 절규는 닿지 않았다. 질베스타는 단 한 명의 입후보자를 신관장에 임명했다.

"그럼 하르트무트를 신관장에 임명하겠다. 성에서는 측근으로, 신전에서는 신관장으로 수행하거라. 매우 힘들 것이고, 인수인계 기간도 길지 않겠지만 잘 부탁하마."

"분부 받잡겠습니다."

신관장직을 물려받을 사람이 결정되면서 보고회가 끝났고, 회의실에 웅성거림이 돌아왔다. 일부를 제외하고는 모두가 경사스러운 소식에 밝은 표정으로 하나둘 퇴실했다.

"올해도 보고들이 굉장했네."

"그러네요. 내년엔 인쇄업이 크게 움직일 테니 엘비라에게 인사하면서 앞으로 일거리를 좀 넘겨 달라고 얘기해 봐야겠어요."

보니파티우스와 함께 일을 하면서 자신의 문관들에게도 업무를 배정해서 단련하기로 결정한 빌프리트와 샤를로테가 엘비라에게로 자리를 옮겼다. 나는 두 사람의 뒷모습을 바라보다가 벌떡 일어나, 여전히 미소를 짓고 있는 페르디난드에게로 향했다.

"페르디난드 님, 할 얘기가 있어요."

대체 무슨 사정인지 듣고 싶었다. 내가 페르디난드를 째려보자, 동시에 질베스타가 이쪽으로 다가왔다.

"마침 잘됐군. 나도 페르디난드에게 할 얘기가 있었다. 둘 다 영주집무실로 와."

화가 잔뜩 담긴 그 목소리에 나는 '같이 하지 않아도 되거든요?!' 하고 소리치고 싶어졌다.

사적인 보고회(2년)

"다들 물러나라."

질베스타가 손을 거칠게 저었다. 의자에 앉는 태도와 심녹색의 날카로운 안광에서 그의 불편한 심기가 뿜어져 나왔다. "어서." 하고 낮게 까는 목소리에 측근들이 허둥지둥 영주 집무실을 빠져나갔다.

"전 나중에 얘기해도 되니까 두 분이 천천히……."

질베스타의 태도가 소름이 돋을 정도로 무서웠던 나는 측근들과 함께 집무실을 나가려고 했지만, 페르디난드에게 어깨를 잡혀 버리고 말았다. 가면 같은 미소가 다가왔다. 페르디난드의 태도도 무서웠다.

"한 번에 같이 얘기하는 게 효율적이다. 어차피 똑같은 질문을 할 것 아닌가."

'안 돼! 도망 실패!'

페르디난드에게 어깨를 붙잡힌 나를 두고, 나의 측근들도 퇴실했다. 무정하게 닫히는 문을 바라보자, 쾅 하고 질베스타가 책상을 세차게 내리찍었다.

"자, 얘기해 봐. 폐하에게 불려가서 무슨 소릴 들었지? 왜 내게 일언반구도 없이 혼자 멋대로 결혼을 정했느냐 말이야!"

"네?! 아우브도 없는 자리에서 페르디난드 님의 결혼이 정해졌다고요?"

영지 내 귀족의 결혼에는 영주의 허가가 있어야 한다. 영주 일족인 페르디난드의 결혼이 영주인 질베스타를 빼고 결정되는 건 있을 수 없는 일이었다.

"정확하게 말하면 그쪽에선 참고인 조사 명목으로 불러 놓고 혼담을 꺼냈는데, 이 멍청이가 멋대로 승낙을 해 버려서 거절할 이유까지 다 소용없게 만들었다는 거지. 이미 다 끝나 버린 뒤에 내게 허가를 구하더군."

놀랍게도 페르디난드는 표창식에서 타니스베팔렌 토벌로 주변 피해가 컸던 일을 물어본다는 명목으로 호출되었는데, 왕이 그 자리에서 결혼 이야기를 꺼냈다는 것이었다.

"그런 사건이 있으면 참고인 조사는 개별적으로 하는 것이 일반적이야. 그래서 난 별 의심도 없이 페르디난드를 보냈지. 아렌스바흐의 혼담 얘기가 나올 줄 알았다면 보냈겠어? 난 더 이상 너를 괴롭게 만들기 싫단 말이다!"

페르디난드를 걱정하는 질베스타의 말에 나는 가슴이 뜨거워졌지만, 당사자는 아닌 모양이다. 팔짱을 끼고 옅은 금색 눈동자로 질베스타를 차갑게 내려다보았다.

"그대가 그렇게 말하면서 왕명을 거부할 것 같으니까 미리 수락한 거다. 왕의 뜻을 거역하는 짓이 얼마나 어리석은 일인지 말하지 않아도 알겠지. 나 하나 때문에 에렌페스트 전체를 위험에 빠뜨릴 셈인가? 가족에게 약한 건 여전하군. 그대의 모친을 단죄했던 그 사건에서 아무것도 깨달은 것이 없는가?"

페르디난드가 물 흐르는 듯이 질베스타를 책망하고, 시선을 떨구었다.

"왕명은 거절할 수 없다. 그건 질베스타, 그대도 알 것 아닌가."

"네가 멋대로 승낙하지 않았다면 거절할 이유는 얼마든지 있었어!"

질베스타는 아렌스바흐에 거절할 이유를 조목조목 언급했다. 그러나 페르디난드는 팔짱을 낀 채 콧방귀를 뀌었다.

"중립이라고 하면 듣기엔 좋지만 왕당파에 가담하지 않고 정변을 무사히 넘기고는 급속도로 순위를 올리고 있는 에렌페스트와, 왕의 편에 서서 협력했음에도 차기 영주 후보였던 두 아들을 상급 귀족으로 떨굴 수밖에 없었고, 마력 고갈로 영지 상황이 어지러운 아렌스바흐. 어느 쪽에 더 여유가 있고, 왕이 어디를 우선할지 깊이 생각하지 않아도 일목요연하지 않은가."

에렌페스트는 중립으로 난을 피한 덕분에 여유가 있었고, 그것이 지금의 순위 상승과도 이어졌다. 그러나 정변에서 진 쪽에 가담하여 궁지에 몰린 영지나, 이긴 쪽에 붙었으나 숙청으로 줄어든 귀족의 빈자리에 영내의 귀족을 바친 탓에 마력 부족에 허덕이는 영지로부터 시샘을 받고 있었다. 동시에 중앙과 왕에 대한 충성심은 낮으면서 영향력만 커지고 있는 위험 영지로 찍혔다고 한다.

"왕의 요청을 받아들여서 적대할 뜻이 없다는 것을 보여줄 필요가 있었다."

"그렇다고 해도 아렌스바흐의 혼담을 받아들인 이유가 되진 못해. 꼭 대영지의 데릴사위로 가야 한다면 에렌페스트보다 훨씬 순위가 높은 영지는 얼마든지 있잖아. 신전에 몸담은 너보다도 평판이 좋고 나이대가 비슷한 후보는 얼마든지 있어."

그의 말대로 대영지 아렌스바흐의 데릴사위 후보라면 다른 영지가 더 어울린다. 에렌페스트는 겨우 몇 년 사이에 순위가 올라가기 시작한 영지이고, 주목도도 일시적 현상에 지나지 않는다는 의견이 대다수다. 대영지 배우자의 뒷배가 에렌페스트라면 다른 이들의 눈엔 썩 든

든해 보이지 않으리라.

"내가 신전에 몸담고 있는 것도 문제라고 하더군. 에렌페스트가 나를 냉대하고 있다는 의견이 여기저기서 올라온다고 하셨다."

페르디난드는 여러 번 최우수를 땄음에도 선대 영주의 서거 및 본인의 졸업과 동시에 신전에 보내졌다. 마찬가지로 최우수를 딴 나는 영주의 양녀인데도 신전장을 맡고 있다.

"에렌페스트는 대대로 첫째 부인의 자식은 신전에 보내지 않으면서 나머지 자식의 대우는 심각하다. 이렇게 우수한 능력을 신전에서 썩히다니 말도 안 된다. 에렌페스트에서 해방시켜 달라. 그런 탄원이 들어온다더군."

빌프리트와 샤를로테도 기원식과 수확제에 참여한다는 사실은 그다지 알려지지 않은 모양이다. 그리고 나는 성보다 자유로운 신전이 훨씬 편하고, 페르디난드도 취미인 연구에 몰두할 여유가 생겼다. 솔직히 말하자면 우리는 제사를 구실로 빨리 신전에 돌아가고 싶은 마음이 강했다.

"성에 좀 더 오래 있으라는 말도 뿌리치고 신전에 가는 건데, 다른 영지 분들은 이해가 안 되는 모양이네요. 그런데 대체 어느 누가 그런 탄원을 넣었대요?"

"단켈페르거와 드레반헬에서 나왔다고 하더군. 신전에 잡혀 있는 나를 대영지 영애와 혼인시켜 정식 무대에 내보내자고 주변이 들끓고 있다는군."

'분명 신관장님에게 호의적인 감정에서 한 행동이겠지만, 민폐야.'

신전에 대한 다른 사람의 견해가 자신과 다르다는 건 이미 알고는 있지만, 민폐도 이런 민폐가 없다. 이렇게 주변 영지의 의견을 우리에게 유리하도록 끌고 가는 정보 조작 능력이 에렌페스트에는 여전히 부족했다.

"주변 의견을 모르쇠로 일관하고, 그대가 왕명으로 떨어진 결혼을 막으려고 움직이면 아우브 에렌페스트의 평가가 떨어지겠지. 아무리 생각해도 그건 곤란하지 않은가."

페르디난드의 말에 질베스타가 눈을 부릅떴다.

"내 평가 때문에 일생의 중대사인 결혼을 정한다고?! 고작 그딴 소문 때문에 네가 받아들였을 것 같지 않은데. 제안을 거절할 수도 있었어. 아렌스바흐와 만났을 땐 거절했잖아. 그 뒤에 무슨 일이 있었기에 생각을 뒤집은 거지? 또 뭔가 있어. 어서 말해. 그건 나쁜 버릇이야. 혼자 떠안지 마."

핵심을 어물쩍 피하려는 페르디난드의 심산을 눈치챘는지, 질베스타의 눈에 예리한 빛이 서렸다. 페르디난드는 한숨을 내쉬고 고개를 돌렸다.

"확정된 정보가 아니라서 발설하고 싶지 않다만."

"됐으니까 말해."

"유스톡스는 어느 누가 발설했는지 모를 정보까지 모아 오기 때문에 사실인지 아닌지 확실치는 않다."

장황할 정도로 운을 뗀 뒤, 천천히 주위를 둘러보고, 목소리를 낮췄다.

"……아우브 아렌스바흐에게 남은 시간이 길지 않다더군. 유스톡스의 정보가 사실이라면 아마 약혼 기간 안에 멀고 높은 곳에 오를 것 같다."

"뭐라고?"

페르디난드와 디트린데의 약혼 기간은 1년 정도다. 그 사이라면 정말 시간이 얼마 남지 않았다.

"이것이 확실한 정보인지 아닌지 지금 상황에서는 조사할 방법이 없다. 하지만 정말 사실이라면 어떻게든 왕을 움직이려고 했던 아우브 아렌스바흐의 사정도 이해가 되지. 나를 데릴사위로 들여야 한다고 고집하는 말도 어느 정도 설명이 돼."

약혼 기간에 영주가 사망하면 아렌스바흐에 남은 영주 일족은 졸업을 앞둔 미성년자 영주 후보생과 아직 귀족원에조차 들어가지 못한 영주 후보생, 그리고 미망인만 남는다. 그 인원으로는 대영지를 이끌기엔 턱없이 부족하다.

"아렌스바흐에는 당장이라도 대영지의 영주 대행을 맡을 수 있을 만큼 집무 경험과 마력이 있고, 미혼자이며 성인인 영주 후보가 필요했던 거겠지."

그 조건에 해당하는 영주 후보는 유르겐슈미트의 어디를 뒤져 봐도 페르디난드밖에 없다. 보통은 성인이 되면 몇 년 안에 결혼하기에 집무 경험까지 겸비한 미혼 영주 후보생이 있을 턱이 없었다. 심지어 지금은 귀족의 수가 적은 탓에 영주 후보생과 상급 귀족에겐 일찍 결혼해서 일찍 아이를 낳으라고 장려할 정도니까 말이다.

"아우브 스스로가 왕에게 탄원할 정도로 여유가 없다면 영지 전체에 마력이 부족한 게 틀림없다. 람프레히트의 성결식 때 경계문 주변을 보았지 않은가. 빈데발트의 토지뿐만 아니라 아렌스바흐 전체가 그런 상황에 빠져 있을 가능성이 크다."

경계선을 두고 에렌페스트와 아렌스바흐의 풍경이 뚜렷하게 나뉘어 있던 것을 떠올렸다. 녹지 크기에 차이가 너무 커서 놀랐었다.

"자령의 상태가 그 모양이면 정변 뒤에 이양된 구 베르케슈토크령은 뒷전으로 밀려 방치되어 있을 가능성도 있지."

그 점 때문에 구 베르게슈토크령이 습격을 가한 테러리스트들의 온상이 되었다면 왕으로서는 시급히 대책을 강구해야 했으리라.

"그게 걱정이면 구 베르케슈토크의 땅을 중앙에서 관리하면 되잖아요."

"여유가 있었다면 그리했겠지. 아마 왕족과 중앙도 빠듯한 상태인 거야."

정변 전보다 왕족의 수가 대폭 줄어든 탓에 손쓰고 싶어도 쓰지 못하는 상태라고 질베스타가 말했다. 유르겐슈미트 자체의 마력 부족은 내가 지금까지 생각했던 것보다 훨씬 심각했다.

"여기나 저기나 힘들지만, 솔직히 내 입장에서 중앙과 아렌스바흐가 마력에 허덕이든 말든 별 관심은 없다."

페르디난드는 그렇게 말한 후 천천히 숨을 내뱉었다.

"중요한 건 그 뒤의 얘기다. 아우브 아렌스바흐가 멀고 높은 곳에 오른 뒤 미성년자 영주 후보생 둘밖에 남지 않은 상황에서 가장 권력을 쥐게 되는 건 누굴까?"

질베스타는 입을 꾹 다물고 페르디난드를 노려보았다. 그러한 상황에서 가장 큰 권력을 쥐게 되는 건 바로 첫째 부인인 게오르기네다.

"아우브 아렌스바흐가 멀고 높은 곳에 오르고 나면 더 큰 마력 부족에 빠질 아렌스바흐에서 그녀가 무슨 수단을 쓸지 예상이 되는가? 다른 영지의 데릴사위를 들이면 과연 아렌스바흐가 에렌페스트를 배려해 줄까? 조금이라도 정보를 얻고, 게오르기네의 움직임을 잡아 둘 자가 있는 편이 에렌페스트에 유리해."

"그런 이유로 가겠다고? 그렇게 끔찍하게 싫어하고 거부했던 아렌스바흐에? 어머님과 닮아서 얼굴만 봐도 화가 난다고 했던 영애와 결혼하겠다고?"

담담하게 말하는 페르디난드를 질베스타가 분개하며 노려보았다.

"그래. 약혼자로 인수인계를 하면서 아렌스바흐를 장악해야 한다면 우리에게 남은 시간은 더 짧다. 무엇보다 나 스스로가 적임자라고 판단했다."

"마지못해서가 아니라 네가 이점에 따라 선택한 거라면 나도 더는 말하지 않겠어. 여전히 비밀주의에다가 멋대로 움직이는 네 행동은 불만이지만 말이다."

질베스타의 불쾌해하는 목소리는 여전했지만, 납득한 기색이었다. 페르디난드는 "알아 줘서 고맙군."이라는 말로 이야기를 끝냈다.

질베스타는 납득했을지 몰라도 나는 전혀 납득할 수 없었다. 영지의 이익이 아니라, 페르디난드 자신에게 무슨 이득이 있는가. 그것이 가장 중요하지 않나?

"페르디난드 님이 적임자라는 건 이해하겠어요. 하지만 그 결혼. 하고 싶으세요?"

"왕에게 충성심을 보이고, 중앙과 아렌스바흐에 은혜를 입히고, 에렌페스트의 평가도 올리고, 게오르기네를 억압할 정보도 얻기 쉬워지지. 덧붙이자면 내가 아렌스바흐의 차기 영주와 결혼한다면 구 베로니카 파가 접근할 테고, 새로운 정보를 손에 넣을 수 있게 되겠지. 난 불안 요소를 남겨 둔 채로 에렌페스트를 떠날 생각은 없다. 증거를 확보해서 위험 요소를 제거하고 갈 생각이다. 이것이 에렌페스트에 있어서 최선의 선택이야."

여전히 미소를 지은 채 영지의 이득을 손꼽아 설명하는 페르디난드의 모습에 나는 분노가 부글부글 끓어올랐다. 변함없이 주변과 영지의 이익만 추구하고, 페르디난드 자신의 행복은 완전히 내팽개치고 있지 않은가.

"페르디난드 님, 전 에렌페스트에 최선이 뭔지 묻지 않았어요."

"뭐?"

그럼 뭘 묻고 싶은 것이냐고 말하듯이 페르디난드가 고개를 갸웃거렸다.

"페르디난드 님이 정말 결혼을 원하는지 어떤지가 중요하죠."

"나는……."

내가 지그시 올려다보자, 페르디난드의 가식적인 미소가 더욱더 깊어졌다. 아, 속이려고 하는구나, 라는 것을 바로 알았다.

"원하고 있다고 말하고 싶으시다면 그 가면 같은 가식적인 웃음은 짓지 마세요. 그런 얼굴로 저를 속일 생각이라면 큰 착각이니까."

리카르다를 흉내 내며 손가락을 척 하고 들이대자, 페르디난드의 미소가 슥 사라졌다. 불쾌할 때 나오는 미간의 주름이 다시 돌아왔고, 불만 가득한 옅은 금색 눈동자가 나를 노려보았다.

"그대도 원하지 않는가."

"뭘요?"

"아렌스바흐를 원하지? 그대의 바람대로 주겠다."

페르디난드가 마왕 같은 미소를 지었다.

"그건 생선을 갖고 싶다는 의미죠. 아, 책도 갖고 싶지만…… 그런 의미가 아니라는 건 아시잖아요! 내 일은 신경 쓰지 마세요! 페르디난드 님의 본심이 중요하다고요."

내가 화를 내자, 페르디난드가 피식 웃었다. 그리고 조용히 한숨을 쉬었다.

"……아렌스바흐의 정보를 얻고 장악하고는 싶지만 결혼은 원하지 않는다. 하지만 목적을 달성하려면 넘어야 할 산이지. 필요하니까 가는 거다. 그건 이해해 다오."

절대 부탁하지 않는 페르디난드의 입에서 진심에 가까운 말이 나오자, 나는 조금 만족했다. 하지만 아주 조금이다. 짧은 대화가 끝나자마자 부활한 가식적인 미소를 보아하니 숨기는 것이 또 있어 보였다.

"질베스타, 인수인계할 것이 산더미처럼 쌓여 있어 당분간 나와 로제마인은 신전에서 못 나올 거다. 무슨 일이 있으면 올도난츠를 날려 보내."

"알겠어."

질베스타는 이야기를 일단 마무리 지으려고 했지만, 그때까지도 페르디난드의 가짜 미소는 완전히 사라지지 않았다. 내가 그 가짜 미소를 빤히 올려다보자, 페르디난드가 뭔가 생각난 듯 눈썹을 실룩이며 질베스타를 바라보았다.

"우린 다른 영지의 영향력을 주시하면서 결혼으로 상위 영지와 관계를 만들어 나가야 하는 시기가 왔다. 그대야말로 원하지 않아도 둘째 부인과 셋째 부인을 들여야 해. 잘 생각해라."

"그래, 알아. 잘 생각할 테니까 그만 나가."

질베스타가 듣기도 싫다는 듯 손사래를 치며 우리를 집무실에서 쫓아냈다. 문밖에서 기다리던 나의 호위 기사는 다무엘과 안게리카였는데, 안게리카가 얼른 어딘가에서 대기 중이던 다른 측근들을 부르러 갔다. 측근이 모일 때까지 나는 다무엘과 대기했다.

에크하르트와 유스톡스를 이끌고 페르디난드가 얼른 자리를 뜨려고 하자, 나는 그의 소매를 덥석 잡아 그를 멈춰 세웠다.

　"로제마인, 예의 없는 행동이다."

　"페르디난드 님. 신전에 돌아가면 둘이서만 얘기할 시간을 내 줘요."

　그러자 페르디난드의 얼굴이 경계하듯 살짝 험악해졌다.

　"약혼자가 있는 사람끼리 둘이서만 만나는 건 좋지 않아. 포기해라."

　하지만 나는 무슨 말을 하든 고집을 꺾을 생각이 없었다.

　"아까 얘기로 양아버님은 수긍한 모양이지만, 난 아직 아니에요. 머릿속에 아직 의문이 잔뜩 남아 있는데, 페르디난드 님이 얘기를 들어 주지 않는다면 난 여러 사람에게 물어볼 수밖에 없어요. 아달 뭐시기의 열매에 대해서…… 상담에 응해 주세요."

　그저 내 감이지만, 중앙 기사단장인 라오블루트가 언급한 '아달지자의 열매'가 이번 왕명과 관계가 있을 것 같았다. 내가 씩 웃으며 협박조로 부탁하자, 페르디난드가 인상을 찌푸리며 노려보았다. 역시나 왕에게 불려가서 들은 얘기는 질베스타에게 보고한 것이 전부가 아니었던 모양이다. 아직 숨기는 것이 있다.

　"……일단 신전에 돌아가자. 그때까지는 아무에게나 질문하지 말고."

　"알고 있어요."

　의심스러운 기색을 드러내며 나를 내려다본 페르디난드의 얼굴에서 가짜 미소가 사라진 것을 깨닫고, 아주 조금 안심했다.

선택

당장에라도 신전에 돌아가고 싶었지만, 그렇게 간단히 이뤄지지 않았다. 아렌스바흐의 디트린데와 약혼하게 된 페르디난드에게 면담 의뢰가 쇄도했고, 나는 엘비라의 다과회에 불려 가서 분노와 아쉬움에 찬 불평을 들어야 했고, 내년에 인쇄업에 종사하고 싶다는 문관들의 부탁 편지가 끊임없이 날아왔다.

엘비라를 비롯한 부인들에겐 "그 감정을 원고에 쏟아부어 작품으로 승화시키세요."라며 집필을 권장했고, 인쇄업에 종사하고 싶은 문관들의 면담을 해치웠다. 빌프리트와 샤를로테가 엘비라에게 넘겨받은 일거리를 문관들에게 주는 모습을 확인한 뒤 앞으로는 두 사람의 문관에게 어느 정도 인쇄업 업무를 맡기기로 했다.

"전 그것 말고도 할 일이 많거든요."

신전 업무의 인수인계와 귀족원 예습, 회복약 강습 등 페르디난드에게 배워야 할 것이 수두룩했다. 면담을 잽싸게 끝낸 페르디난드와 함께 나는 신전으로 돌아갔다.

신전에 돌아가서 나는 신관장실에 들이닥쳤다. 페르디난드가 험악한 얼굴로 노려봐도 무서워하지 않고 "얘기해요."라고 말한 나를 칭찬해 주고 싶다. 페르디난드는 마지못한 움직임으로 비밀의 방을 열어 주었다. 여전히 수많은 조합 기구와 소재로 너저분한 장의자를 얼른 치우고 앉을 자리를 확보했다.

"겨우 대화를 나눌 수 있게 되어 기뻐요."

기쁜 건 그대뿐이라며 투덜거리면서 페르디난드도 의자에 앉았다.

"그래서, 뭘 묻고 싶다는 거지?"

"먼저 아렌스바흐의 현상을 자세히 알고 싶어요. 신관장님이 가실 곳이니까요."

내가 아달지자에 관해 물을 줄 알았으리라. 경계하던 페르디난드의 어깨에서 조금 힘이 빠졌다.

"아렌스바흐에 관해서는 이미 얘기했다고 생각한다만?"

"부족해요. 아우브 아렌스바흐에게 시간이 얼마 남지 않았다는 말은 하셨지만, 만약 유스톡스의 정보가 빗나가서 증조부님처럼 장수하실 가능성도 있는 거잖아요? 그렇게 되면 정말 디트린데 님이 차기 영주가 될 수 있나요? 드레반헬에서 양녀로 들어온 레티치아 님이 뒷배도 그렇고 파벌도 더 탄탄해서 차기 영주에 어울릴 것 같은데…….

전부터 아렌스바흐에 있었던 돌아가신 첫째 부인의 파벌과, 친모의 영지인 드레반헬의 후원을 받는 레티치아. 셋째 부인에서 갑자기 첫째 부인으로 승격한 에렌페스트 출신의 게오르기네와 그녀가 첫째 부인이 되기 전까지 주목받지 못했던 디트린데. 어느 쪽이 아렌스바흐의 차기 영주에 어울리느냐고 묻는다면 대답은 금방 나온다.

"그대의 말이 맞다. 왕은 숙청으로 아들 둘을 상급 귀족으로 강등해야 했던 아렌스바흐에 드레반헬의 손녀딸을 양녀로 들이게 하고, 그녀와 나이대가 비슷한 힐데브란트 왕자를 데릴사위로 들이게 하여 아렌스바흐를 구해 내실 생각이시다."

힐데브란트가 성인이 되어 데릴사위로 들어간다는 얘기는 영주 회의에서 데뷔 무대를 치를 때 공개되었다고 한다.

"레티치아 님이 성인이 될 때까지 아우브가 건재하다면 다행이지. 하지만 자신에게 시간이 많지 않다는 걸 안 거야. 레티치아 님이 성인이 되기 전에 아우브가 서거하면 어떻게 되겠나?"

"음. 성인이 된 영주 후보생이 없으면 첫째 부인이 섭정했다가 영주 후보생이 성인이 되었을 때 자리를 넘겨주게 돼요. 아렌스바흐의 경우에는 게오르기네 님이 섭정하고, 디트린데 님이 성인이 됨과 동시에 영주로 취임하겠네요."

영주 후보생 코스의 예습으로 배운 후계 구조를 떠올리면서 대답하자 페르디난드가 "잘했다." 라며 고개를 끄덕였다.

"아렌스바흐에는 영주가 바뀌면 그전까지 영주 후보생이었던 자는 상급 귀족이 되는 제도가 있다. 디트린데 님이 차기 영주로 취임하면 레티치아 님은 상급 귀족이 되어 버리지. 그녀를 영주 후보생으로 남기려면 영주와 양자 결연을 해야 하는 거다. 다시 말해 그들이 내게 요구하는 역할은 디트린데 님과 결혼해서 레티치아 님을 양녀로 들이고, 힐데브란트 왕자가 데릴사위로 들어오기 전까지 섭정하면서 교육하는 것이다."

디트린데가 영주가 됨과 동시에 레티치아를 양녀로 들여 후계자가 되도록 교육하게 되었다고 한다.

"조금이라도 일찍 후계자에게 구전을 계승해야 하지만, 애초에 디트린데 님은 차기 영주가 될 교육을 받지 않아서 혼자 대영지를 이끌 능력이 없다. 아우브 아렌스바흐의 입장에서는 비록 징검다리 역할이라도 디트린데 님을 차기 영주로 삼는 건 고육지책이었다는군."

아렌스바흐를 이끌 능력이 있는 자가 필요하고, 가능하면 레티치아도 교육할 수 있는 사람이어야 했다. 에렌페스트의 성녀의 후견인이며 에렌페스트의 성적을 크게 향상시킨 성과가 있는 페르디난드가 그에 겐 최적의 인재였다.

"레티치아 님이 불쌍해요. 봐주면서 가르쳐 주세요. 나처럼 굴리지 말고요."

"왜 그대가 아렌스바흐의 영주 후보생을 걱정하지?"

"소중한 영주 후보생이 신관장님의 가차 없는 교육에 망가지면 큰 일이잖아요. 그 도끼눈으로 째려보면서 끝도 없이 퇴짜를 내렸을 때 필린느는 거의 울기 직전이었다니까요."

"……그랬나?"

지금이야 조금 익숙해진 듯하지만, 막 신전에 다닐 때의 필린느는 심각할 정도로 우울증에 빠졌었다. 하르트무트와 다무엘이 얼마나 달 랬는지 모른다.

"그래서 왕이 뭐라고 말했기에 제안을 받아들인 거예요? 차기 영주 의 배우자면 몰라도 섭정의 배우자란 걸 알면서도 결혼하려는 사람은 없을 텐데요. 거절 못할 이유가 더 있는 거죠?"

"한마디로 정리하면 에렌페스트의 충성심을 시험하셨다."

아군도 아니고 중립을 유지하면서 대약진 중인 에렌페스트는 왕과 중앙의 입장에선 불신 덩어리라고 한다. 가장 왕족의 피가 진한 에그 란티느를 차기 왕의 배우자로 삼아 클라센부르크와 유대를 맺으려고 했던 계획을 무산시키고, 성전을 문제 삼아 중앙 신전과 왕의 관계에 흠집을 내고, 졸업식 때 축복을 내려 달라던 왕의 의뢰도 거절했다.

"……저기, 그 말은 설마 그 불신하는 이유의 대부분이 저 때문인 거 아닌가요?"

"아나스타지우스 왕자의 일은 전부 그대의 독주였지만, 조언한 게 전부이지 않은가. 왕의 후계자 자리를 걷어찬 건 왕자이고, 이를 받아들인 것도 왕과 클라센부르크다. 성전 문제도 내 지시대로 움직였을 뿐이지. 졸업식의 축복을 거절한 건 질베스타다. 아무래도 저쪽에선 전부 내가 뒤에서 그대를 조종하고 있다고 생각하는 모양이지만……. 이번 데릴사위 건은 에렌페스트라기보단 나의 충성심을 시험했다고 하는 게 맞겠지."

그렇게 말한 페르디난드는 나를 힐끗 보았다. 이 정도로 넘어가 주길 바라는 듯한 시선에 나는 씨익 웃었다.

"신관장님의 충성심에 아달지자의 열매라는 것도 관계가 있나요?"

"……그런 셈이다. 그대를 성녀로 세우고, 에렌페스트의 성적을 비약적으로 올리고, 왕족 주변을 불화에 휘말리게 해서 뒤에서 뭔가를 꾸미고 있는 듯한 아달지자의 열매를 에렌페스트에서 떼어내, 어딘가 묶어 두고 싶다고 생각하는 건 당연하지 않은가."

어쩔 수 없다는 듯이 그렇게 말한 페르디난드가 옅은 금색 눈동자로 나를 보았다. 적인가 아군인가를 신중하게 살피는 경계 가득한 눈빛을 보아, 페르디난드에겐 건드리고 싶지 않은 화제라는 걸 깨달았다.

"저기 신관장님. 애초에 아달지자의 열매가 뭐예요? 성전에도 나와 있지 않고, 일반적으로 쓰이는 말은 아니죠?"

"그대는 어떻게 생각하는가. 뭔가 다른 생각이 있었으니까 주변에 물어보지 않은 거겠지?"

어디까지 눈치를 챘나, 무엇을 알고 있나. 빤히 응시하며 탐색하는 페르디난드를, 나 역시 얼버무리고 있지 않나, 숨기고 있지 않나, 지그시 바라보며 관찰했다.

"도서관에서 들었을 땐 이해하지 못했었는데, 곰곰이 생각해 보니 신관장님이 자신의 게두르리히는 에렌페스트라고 대답했었잖아요? 그래서 출신지에 관한 얘기가 아닐까 추측해 봤어요. 중앙 기사단장이 알고 있고, 다른 사람도 있는 데서 꺼낸 이야기니까 중앙 어딘가를 가리키는 은어가 아닐까 생각했어요."

페르디난드가 가짜 미소를 지었다. 아, 정답이다. 나는 안도의 한숨을 쉬었다.

"전 신관장님이 세례식 날 입성했다고 들었는데, 그 이전 이야기는 못 들었더라고요. 중앙 기사단장이 아는 곳에서 자라신 거죠? 아달지자라는 곳이 있어요?"

내 질문에 페르디난드는 잠시 입을 닫고 침묵했다. 말하고 싶지 않다는 태도인 줄은 알지만, 여기서 물러나면 일부러 비밀의 방에까지 와서 대화한 의미가 없었다. 나는 페르디난드가 말해 주길 가만히 기다렸다. 그러자 두 손 든 페르디난드가 시선을 깔며 입을 열었다.

"……아달지자는 어느 별궁을 처음 하사받은 공주의 이름이다. 그 기사단장은 과거에 그 별궁의 경비병이었겠지. 설마 내가 거기에 있었다는 사실을 아는 자가 있을 줄 몰라서 솔직히 놀랐다."

중앙 출신이라고 해서 왕족과 관계가 있나, 하고 생각은 했었기에 놀라진 않았다. 솔직히 말하면 납득했을 정도다. 마력의 양부터 시작해 여러 면에서 페르디난드는 에렌페스트 사람이라기엔 이질적인 사람이었다.

"아달지자라는 공주님이 신관장님의 모친이세요?"

"아니. 아달지자가 별궁을 하사받은 건 수백 년 전 얘기니까 타인이다. 하지만 처지는 비슷하겠지."

내가 "처지?"라고 중얼거리며 고개를 갸웃거리자, 페르디난드가 가볍게 손을 저었다.

"지금은 전혀 관계없는 얘기다."

"듣고 싶어요. 신관장님은 제 기억까지 들여다보고 전생의 비밀까지 아는데 저만 모르면 불공평하잖아요."

"불공평 운운하는 게 아니라 몰라도 되는 일이다. 내가 세례식 전까지 중앙에서 자랐다는 건 질베스타도 모르는 일이다."

"양아버님이 알고 모르고는 상관없어요. 제가 신관장님에 대해 알고 싶다고요."

뾰로통하게 화내 보이자, 페르디난드는 매우 귀찮은 표정을 지으며 고개를 휙 돌렸다.

"……아달지자는 몇 세대에 한 번 헌상되는 란체나베 공주의 별궁이다. 이 이상은 말할 수 없다."

"란체나베라면 설탕의 나라죠?"

"설탕……. 틀린 건 아니다만, 그대의 인식은 내 인식과 괴리가 심해서 조금 혼란스럽군."

페르디난드가 관자놀이를 눌렀다.

"그대와 얘기하면 머리가 다 아프군. 대화는 여기서 끝내자."

"잠깐만요! 도망치면 안 되죠. 지금 끝내면 나중에 또 이렇게 얘기하게 될 걸요? 음, 별궁 출신이라면 신관장님은 외국인의 피가 섞인 왕족이라는 건가요?"

이야기를 끊으면 곤란하다. 내가 질문하자, 페르디난드가 귀찮은 표정으로 노려보았다.

"왕족의 피를 더 진하게 이어받았지만 세례식을 에렌페스트에서

했으니 나는 왕족이 아니다. 내게 모친은 없고, 부친은 선대 아우브 에렌페스트다."

"왜 에렌페스트에서 세례식을 받은 건데요?"

"시간의 여신이 이끄셨다더군. ……아버님이 그렇게 말씀해 주셨다."

"예?"

도무지 페르디난드의 입에서 나올 말이라고 생각되지 않아, 얼빠진 소리가 나오고 말았다. 예상한 반응이었는지, 페르디난드는 뭔가를 떠올리듯 살짝 눈을 내리깔았다.

"원래라면 나는 세례 전에 죽었을지도 모르는 몸이었다."

"예?"

페르디난드가 말하길 아달지자의 열매가 여자면 유르겐슈미트의 공주로 키우지만, 남자면 딱 한 사람만 란체나베에 돌려보내고, 나머지는 왕위를 넘볼 수 있다는 이유로 비밀리에 처분당한다고 한다.

"부친이 거둬들이면 살아남을 수 있지만, 대부분 거부당하지. 남자쪽에서 보면 정말 자기 자식인지도 모를 판에다 보통은 그 아이로 인해 부인과 사이가 틀어질 수 있으니까."

페르디난드가 왜 자신을 거둬 주는 거냐고 묻자, 선대 아우브 에렌페스트는 '시간의 여신이 이끄셨다'고만 대답해 줬다고 한다.

"틀림없이 에렌페스트에 도움이 될 거라는 예언을 들었다더군."

"흠. 이상한 얘기긴 해도 사실 신관장님이 안 계셨으면 지금의 에렌페스트도 없었을 테니까 시간의 여신이 하신 말씀이 맞긴 하네요. 역시 여신님이셔."

내가 고개를 주억거리자, 페르디난드는 허를 찔린 사람처럼 나를 보았다.

"이런 허무맹랑한 이야기를 믿는다고?"

"예? 신에게 기도하면 봄이 오고, 신에게 기도하면 무기가 바뀌는 이런 이상한 세상에서는 허무맹랑한 얘기도 아닌데요. 이제 와서 무슨 소리세요?"

페르디난드는 믿을 수 없는 것을 보는 듯한 눈으로 나를 보았다.

"그대의 생각을 깊이 알려고 해도 헛된 짓인 줄은 알지만 역시 놀랍군."

"그래요? 그래서 아달지자의 열매라는 걸로 무슨 얘기를 들으신 건데요?"

내가 이야기를 되돌리자, "그냥 넘어가는 법이 없군." 하고 페르디난드가 짜증스럽게 중얼거렸다.

"내가 아무리 에렌페스트 출신이고 왕족이라고 밝히지 않고, 왕위에 전혀 관심이 없다고 호소해도, 구르트리스하이트를 가지지 못한 현왕의 관점에서는 왕족의 피를 이어받고, 성녀를 통해 구르트리스하이트를 찾으려는 것처럼 보이는 내가 아주 위험한 존재인 것에는 변함이 없지."

"예?"

"그대가 힐데브란트 왕자에게 말했지 않은가. 왕족만 들어갈 수 있는 서고 얘기를."

"저 때문이에요?!"

맙소사, 하고 머리를 싸매자 페르디난드는 이제 와서 어쩌겠냐는 듯이 가볍게 한숨을 내쉬었다.

"폐하는 자신에게 정말 순종한다면 행동으로 보이라고 질책하셨다.

내가 질베스타를 밀어내고 아우브 에렌페스트가 되든가, 아렌스바흐에 데릴사위로 들어가든가."

영주가 되면 왕족이 될 수 없다. 그것은 왕족과 엮이지 않을 길을 모색하던 에그란티느에게 들은 얘기다. 왕은 페르디난드에게 왕족과 이어지는 길을 끊도록 에렌페스트의 영주가 되거나, 다른 아우브의 배우자가 되거나, 하나를 선택하라고 명령했다고 한다.

"……그런 걸로 순종적인 태도를 보여줄 수 있다면 아렌스바흐에 데릴사위로 들어가지 않아도 양아버님과 빌프리트 오라버니 사이에서 섭정이라는 형태로 에렌페스트의 영주가 되는 건 어때요? 전 신관장님이 계속 에렌페스트에 있었으면 좋겠고, 베로니카 님을 닮은 디트린데 님과 결혼하는 것보다는 신관장님도 마음이 편하지 않겠어요?"

페르디난드를 에렌페스트에 잡아 둘 방법을 제안하면 아마 질베스타는 응해 줄 터였다. 하지만 페르디난드는 고개를 저으며 "그건 불가능하다."라며 딱 잘라 말했다.

"내가 아달지자의 열매라는 걸 왕이 알아 버린 이상, 에렌페스트와는 거리를 두는 편이 좋다. 언제 무슨 일에 휘말릴지 몰라. 에렌페스트까지 끌어들이는 건 사양이다."

페르디난드가 강한 어조로 그렇게 말한 뒤, 꽉 쥔 자신의 손을 내려다보았다.

"로제마인, 나는 아버님과 약속했다. 질베스타가 영주가 되면 나는 그를 보좌하면서 에렌페스트를 위해 힘쓰겠다고. 아버님과 한 마지막 약속을 깨고 싶지 않다. 이 손으로 질베스타를 밀어내 영주가 되어야 할 바에는 차라리 아렌스바흐에 데릴사위로 가겠다. 그러니 왕명에서 벗어날 길이 있다는 말은 절대 꺼내지 말거라."

나는 그가 아버지와의 추억과 약속을 얼마나 소중히 여기는지 아는 만큼 그를 붙잡을 말을 더는 꺼낼 수 없었다.

"신관장님이 정말 지키고 싶은 건 아버님과의 약속이죠?"

"……그래. 진짜 가족과의 약속을 소중히 하는 그대라면 이런 내 마음도 조금은 이해가 되겠지."

내가 아빠와 한 약속은 '에렌페스트와 함께 가족을 지킨다'는 약속이었다. 투리와는 '일류 재봉사가 되어 내 옷을 만들겠다'라는 약속을 했다. 엄마와 한 약속은 지켰다고 말하기는 어렵지만 기억하고 있다. 생각만으로 눈물이 날 정도로 너무나도 소중한 약속이다.

"이해해요. 이해했어요. 신관장님이 떠나는 건 싫지만 그 약속이 얼마나 소중한지는 잘 알아요."

"왜 그대가 울지?"

"가족들과 한 약속이 떠올라서요. 아무리 신관장님이 떠나는 게 싫어도 웃으면서 보내 줘야 하는구나, 생각하니까 갑자기 눈물이……."

그러자 페르디난드가 매우 귀찮다는 듯이 한숨을 푹 내쉬더니 꽉 쥔 손을 풀고 팔을 가볍게 벌렸다. 나는 페르디난드의 무릎 위로 꾸물꾸물 올라가 그의 허리에 꼬옥 매달렸다. 최근 들어 거의 없다시피 한 타인과의 접촉, 누군가에게 기댈 수 있다는 게 안심되어 안도의 한숨이 나왔다.

"……괜찮아요?"

"최우수를 따면 이렇게 칭찬해 주기로 약속했으니까. 이번이 마지막이 되겠지만……."

조금 시간이 지나 마음이 진정되자, 페르디난드의 앞날이 매우 걱정되기 시작했다. 아버지와 한 약속을 지키겠다고, 엄청난 고통과 힘든 상황을 혼자 인내하고 억누르지 않을까. 아무리 일이 힘들어도 절대 티 내지 않는 페르디난드인데, 아렌스바흐에서 힘든 상황에 빠지면 과연 누군가에게 도움을 구할까?

'절대 안 하겠지. 하지만 나와 약속을 하면 지키려고 하지 않을까.'

구두 약속이 아니라, 자발적으로 꼭 지킬 수밖에 없게 할 뭔가가 필요하다. 고민하는데, 페르디난드가 "진정했으면 그만 내려가거라."라고 말했다.

"잠깐만요. 이렇게 둘이서만 얘기할 기회가 또 없을 테니까 지금 신관장님을 협박할래요."

"또 무슨 소릴 하는 건가?"

인상을 찌푸리는 페르디난드를 보면서 나는 씩 웃었다.

"아버지와 한 약속을 지키겠다고 무조건 포기하거나 참지 말고, 힘들거나 괴로울 때는 반드시 도움을 구하겠다고 약속해 주세요. 제가 온 힘을 다해 신관장님을 구하러 갈 테니까."

"……의미를 모르겠군. 내가 가는 곳은 아렌스바흐란 말이다. 내가 도움을 요청하면 아렌스바흐를 적으로 돌려서라도 도우러 올 건가? 말이 되는 소리를 해야지."

질린 표정을 짓는 페르디난드에게 나는 진지하게 고개를 끄덕였다.

"맞아요. 아렌스바흐는 말할 것도 없고 왕족과 중앙을 적으로 돌린다 해도 전 신관장님을 도우러 갈 거예요."

"잠깐만."

정말 혼란스러워졌는지 페르디난드가 눈을 크게 뜨더니 관자놀이를 눌렀다.

"나는 그대에게서 가족을 빼앗았고, 평민들과도 접촉을 막았고, 네

보금자리를 빼앗았는데. 그런 나를 왜 구한다는 거지? 이상하지 않은가."

'이 사람, 진짜 자기가 어떤 존재이고, 주변 사람들이 얼마나 걱정하는지 전혀 모르잖아?'

보아하니 질베스타와 칼스테드, 엘비라와 내가 자신을 얼마나 걱정하고, 아렌스바흐에 얼마나 보내기 싫어하는지, 그 마음의 절반도 모르고 있다. 에렌페스트에 있어서 최선이니까 아무 문제가 없다는 생각밖에 하지 않는 페르디난드에게 형용할 수 없는 분노가 차올랐다.

"신관장님, 지금 그거, 진심으로 하는 말이에요?"

"진정해라, 로제마인! 눈 색깔이 바뀌려고 하고 있어. 마력이 폭주하지 않는가!"

페르디난드가 허둥대며 자신의 허리춤을 뒤져 마석을 꺼냈다. 퍽 소리가 날 정도로 마석을 이마에 세게 부딪히자, 아픔과 마석이 빨아들여 준 덕분에 마력의 폭주가 조금 진정되었다. 하지만 화는 가라앉지 않았다.

"이보세요. 신관장님은 제 후견인으로서 많은 걸 가르쳐 주고, 돌봐 주고, 고생해 줬어요. 내게 약도 만들어 주고, 보호 마술구도 주고, 귀족 중에서 가장…… 양아버지보다, 양어머니보다, 일단 약혼자인 빌프리트 오라버니보다, 누구보다도 나를 아껴 줬어요. 그런 신관장님을 가족만큼이나 소중하게 생각하는 게 당연한 거 아니에요? 그걸 왜 몰라요?"

내 거친 말본새를 지적하는 것도 잊고, 페르디난드는 얼이 빠진 표정으로 나를 보았다.

"가, 가족만큼?"

"그래요. 신관장님은 남들의 호의에 너무 둔감해요."

"……내가 모르긴 하다만, 항상 둔감한 그대에게 듣고 싶진 않군."

페르디난드는 얄미운 소리를 하면서도 입가를 가리며 얼굴을 돌렸다. 나는 처음 보는 표정이라고 생각하면서 말을 이었다.

"어쨌거나 전 그만큼 신관장님을 소중하게 생각하고 있으니까 신관장님을 구하기 위해서라면 구르트리스하이트를 손에 넣어 왕이 되어도 좋아요."

"무슨 소리를 하느냐, 멍청한 녀석!"

페르디난드가 눈을 부릅뜨며 화를 냈지만, 나는 묘안이라고 생각했다. 페르디난드만 구하고, 완독해서 볼일 없어진 구르트리스하이트는 왕에게 넘겨 주면 모두가 해피한 일 아닌가.

"가족을 지키려고 평민 병사의 딸이 영주의 양녀가 됐어요. 그것에 비하면 영주 후보생이 구르트리스하이트를 손에 넣어서 왕이 되는 게 뭐 그리 대수겠어요. 유르겐슈미트 통틀어 에렌페스트를 지키면 아버지와 한 약속을 깨는 것도 아니고요."

"대수냐니! 아주 도를 넘어섰군!"

페르디난드답지 않게 감정적이다. 좋은 반응이다. 이 기세로 꼬투리를 잡아야겠다.

"편안하게 많은 책을 읽기 위해서 온 힘을 다한다. 그것이 제가 살아가는 방법이에요."

"……고아를 구할 때도 비슷한 말을 했었지."

"맞아요. 제가 즐겁게 책을 읽으려면 주위에 걱정거리가 없어야 해요. 요컨대 신관장님도 행복하지 않으면 안 돼요. 걱정돼서 책이 손에 잡히지 않으면 어떡하냐고요. 그러니까 아렌스바흐에 가셔도 정기적

으로 연락해 주세요. 연락이 없으면 쳐들어갈 거예요."

내 말에 페르디난드가 정말 난처한 표정을 지었다.

"그대가 가족 일로 폭주하는 모습은 몇 번이나 봐 왔는데, 그걸 나한테도 하겠다고?"

"네. 제가 처음부터 협박이라고 했죠?"

"망했군. 나를 구하겠다고 폭주하는 그대를 막을 만한 인물이 생각나지 않아서 더 최악이다."

질베스타도 칼스테드도 엘비라도, 나를 말리지 못한다. 오히려 '도우러 가라'고 등 떠밀지 않을까?

"신관장님이 불행해지면 저, 어떻게 나올지 모릅니다? 반드시 행복해지든가, 무슨 일이 생기면 솔직하게 도움을 구하든가. 하나를 선택하세요."

"……빼도 박도 못하는 협박이군."

최악이라고 재차 투덜거리던 페르디난드도 결국 피식 웃으며 정기적으로 편지를 보내기로 약속해 주었다.

인수인계

나는 울어서 부은 눈을 가라앉힌 후 페르디난드와 공방을 나갔다. 신관장실에서는 모두가 집무 중이었다. 로데리히는 필린느와 다무엘을 곁눈질하며 열심히 계산하고, 하르트무트는 유스톡스와 페르디난드의 시종들과 무슨 얘기를 나누고 있었다. 코르넬리우스와 에크하르트와 안게리카와 레오노레는 모여서 이야기하고 있었는데, 놀랍게도 문 앞을 지키는 건 유디트였다.

'안게리카가 문 앞을 양보하다니 무슨 일이지?'

"아, 대화는 끝나셨습니까?"

제일 먼저 이쪽을 알아본 건 유스톡스였다. 페르디난드는 고개를 끄덕이며 집무 책상으로 갔다.

"모두 주목."

페르디난드가 가볍게 손뼉을 치고, 자신이 에렌페스트에서 떠나게 됐으며 하르트무트가 자신을 대신해서 새로운 신관장직에 취임하게 됐음을 시종들에게 설명했다.

"하르트무트는 영주의 명령으로 문관 업무와 신관장직을 겸하게 되었다. 그대들도 그렇게 알고, 인수인계를 돕도록 해라."

"알겠습니다."

시종들이 크게 동요하지 않는 건 이미 하르트무트가 설명했기 때문이리라. 인수인계해야 하는 서류에 우선순위를 매기기 시작했다.

페르디난드의 말이 끝나면 평소대로 집무 시간이다. 안게리카와 유디트가 호위 임무를 교대했고, 모두가 묵묵히 업무를 시작했다.

"신관장님, 제 쪽에 일을 더 넘겨 주세요. 하르트무트의 부담이 너무 클 것 같아요."

"나는 그대의 업무를 지금보다 더 늘릴 생각은 없다."

페르디난드는 고개를 저었다. 조금이라도 도움이 되려고 기합을 넣자마자 꺾여 버린 나는 "왜요?" 하고 입술을 삐죽 내밀었다.

"그대의 임기도 성인식 전까지다. 아우브 에렌페스트는 그대 다음으로 멜키오르를 신전장직에 앉힐 생각인 것 같더군. 신전장의 중요한 임무를 마력 공급, 그리고 청색 신관과 고아원 관리로 한정하고, 서류 업무는 늘리고 싶지 않다고 한다. 오히려 그대와 하르트무트에게는 청색 신관에게 업무를 인계하는 일을 맡기려고 생각하는 중이다."

페르디난드의 업무는 회색 신관 시종들이 파악하고 있다. 하지만 그들은 자신들보다 높은 청색 신관들에게 일을 시키지 못한다. 그래서 청색 신관에게 일거리를 분배하고, 제대로 일을 처리하고 있는지, 문제는 없는지 확인하는 작업을 신관장과 신전장의 주된 업무로 삼겠다고 했다.

"물론 확인하려면 모든 업무에 대한 지식이 있어야 하지. 바쁘겠지만 로제마인도 멜키오르에게 별 탈 없이 인수인계할 수 있게 하나씩 준비해 두거라."

"알겠어요."

그런 후 페르디난드는 하르트무트와 신전에서 어떤 식으로 신관장의 업무를 할 생각인지 의논하기 시작했다. 신전에서 숙박할지, 귀족가에 있는 집에서 다닐지, 방을 새로 마련해야 할지, 신관장실을 그대로 쓸 것인지 등등이다.

"이 방의 가구를 아렌스바흐에 가져갈 순 없으니 전부 놔둬야겠지. 싫지 않다면 이대로 써도 좋다. 서류들을 옮길 수고도 덜지 않겠는가."

"송구합니다. 그럼 감사하게 쓰도록 하겠습니다. 그런데 시종도 제가 그대로 써도 되겠습니까? 신관장님의 업무를 잘 이해하는 자여야 제일 안심할 수 있을 것 같습니다만."

"그러거라. 내 시종은 대부분의 일을 처리할 수 있지. 거북하다고 회색 신관의 일거리를 뺏어 버리는 자라면 곤란하겠지만, 그대라면 믿고 맡길 수 있겠군."

하르트무트는 문관도 겸임이라서 기본적으로는 하던 대로 귀족가에서 출퇴근하기로 했다. 신관장의 방을 그대로 쓰고, 봉납식 시기에는 신전에서 묵을 수도 있다고 한다.

세세하게 정하는 사이에 네 점 종이 울렸다. 종소리와 함께 모두가 일제히 정리하기 시작했다. 그 모습을 둘러보면서 신관장이 이후의 일정을 알렸다.

"그럼 오후부터 하르트무트는 신전장실에서 맹세의 의식을 치르겠다. 준비하거라."

"알겠습니다."

내가 신전장실로 돌아가자, 어느 정도 제단이 차려져 있었다. 우리가 신관장실에서 일하는 동안, 길과 프리츠와 빌마가 고생해 준 모양이다.

"나중에 신구만 옮겨 오면 됩니다. 의식 준비 때문에 이쪽은 정신이 없을 것 같아서 점심 식사는 별실에 마련해 뒀습니다."

모니카가 그렇게 말하며 평소엔 측근들이 식사하는 방으로 안내해 주었다. 식사는 신분 순서대로 먹기 때문에 나와 상급 귀족 측근인 하르트무트, 코르넬리우스, 레오노레, 안게리카가 먼저 먹고, 중급과 하급 귀족인 유디트, 로데리히, 다무엘, 필린느는 나중에 먹는다.

"그리고 보니 신관장실에서 안게리카가 문을 양보했던데 웬일이에요? 유디트에게 문을 맡겨 놓고 무슨 얘기들을 했어요?"

점심을 먹으면서 나는 비밀의 방을 나왔을 때 본 광경을 떠올리며 안게리카를 보았다.

"에크하르트 님도 아렌스바흐에 가시니까, 그 얘기를 했습니다."

페르디난드에게 이름을 바친 두 사람도 아렌스바흐에 따라간다. 동행자는 아우렐리아가 데려온 사람이 기준이 된다. 영주 후보생은 상급 귀족과 입장이 다르니까 몇 명 더 데려가도 되겠지만, 페르디난드가 신용하는 자가 적으니까 어쩔 수 없다.

"유스톡스 님은 문관이신데 따라가시나요?"

"우수한 문관은 정보 유출을 이유로 동행 허가를 내리는 경우가 거의 없다고 들었어요."

호위 중인 유디트와 대기 중인 필린느가 내 뒤에서 불안스럽게 말했다.

"평소에 문관 일만 하니까 다들 잊었나 본데, 유스톡스는 어엿한 시종이에요. 귀족원의 공식 기록에서 시종으로 졸업했어요. 문관 일은 그냥 취미래요."

"……취미로 두 코스를 따셨다고요?"

"나도 그런 셈이죠."

사서가 되고 싶은 나도 문관 코스까지 딸 예정이다. 유스톡스와 페르디난드와 같은 선발대가 있어 참 마음이 든든하다.

"안게리카, 그래서 에크하르트 오라버니와 얘기는 했어요?"

"약혼한 상태라서 결혼한 후에 따라갈 것인지, 약혼을 취소하고 에렌페스트에 남을 것인지 선택하라고 했습니다. 제 의견을 존중하겠다고 하셨습니다."

그 말마따나 안게리카와 에크하르트는 약혼 관계라 그런 이야기가 나오는 것도 당연할뿐더러 매우 중요한 사안이다. 하지만 약혼자다운 분위기가 전혀 없었던 두 사람 사이에서 그런 대화가 있었다는 자체가 왠지 이상했다.

"그래서 안게리카는 결정했어요?"

"전 로제마인 님의 호위 기사니까 약혼을 취소하고 에렌페스트에 남겠습니다."

"……하지만 그러면 안게리카의 이력에 흠이 생길 텐데요."

안게리카는 별것 아니라는 얼굴로 대답했지만, 약혼을 취소하고 남게 되면 좋지 않은 소문이 퍼질 것이고, 다음 혼담을 받기 어려워진다. 내가 안게리카를 걱정하자, 코르넬리우스가 어깨를 으쓱했다.

"안게리카의 이력에 흠이 생기지 않게 할아버님과 어머님이 움직여 주실 겁니다. 원래 안게리카의 약혼 제안도 할아버님이 꺼내신 거니까요."

안게리카는 코르넬리우스의 말에 안심하기는커녕 오히려 슬픈 얼굴로 시선을 내리깔았다.

"저는 정말 강하고 함께 훈련해 주신 에크하르트 님을 매우 존경했었는데, 이렇게 헤어져서 정말…… 정말…….""

사랑을 잃어 슬퍼하는 모습을 보이던 안게리카가 갑자기 말을 끊더니 시선이 흔들렸다. 그리고 손으로 마검 슈팅루크를 슥 쓰다듬었다. 그러자 슈팅루크가 페르디난드와 똑같은 목소리를 냈다.

"'상심했다'다. 주인."

"맞아요, 상심했습니다. 그러니 다른 혼담을 생각할 여유가 없어요. 그냥 절 가만히 내버려 두세요…… 라고 엘비라 님께 말하려고 하는데, 어떻습니까?"

안게리카가 진지한 얼굴로 그렇게 말했고, 나도 진지하게 고민했다.

"글쎄요. 당분간은 에크하르트 오라버니를 그리워하고 싶다는 말을 덧붙이면 어머님이 감격해서 내버려 두지 않을까요? 에크하르트 오라버니와 안게리카의 슬픈 사랑 이야기가 책이 되기 전까지 시간을 벌수 있을 거예요. 이걸 안게리카가 정확하게 외우는 게 관건이겠지만."

내가 조언하자, 안게리카는 슈팅루크의 마석을 만지작거리면서 고개를 끄덕였다.

"노력하겠습니다."

점심을 먹으면 맹세의 의식이다. 내가 신전장이 된 이후로 처음이다. 실수 없이 잘 할 수 있을까? 나는 페르디난드가 도착하기 직전까지 프랑이 적어 준 의식의 흐름과 맹세의 말을 다시 외웠다. 그동안 시종들이 신구를 옮겨 왔다. 신구를 가까이서 본 적이 없었으리라. 측근들이 흥미진진하게 바라보았다.

"제일 위에 있는 검은 망토는 밤하늘을 의미하는 어둠의 신의 상징. 금관은 태양을 의미하고, 빛의 여신의 상징. 다 알고는 있어도 이렇게 실물을 보는 건 처음입니다."

"로제마인 님의 방패가 동그랬던 이유가 있었군요."

"로제마인 님은 이 신구들을 전부 슈타프로 변형시킬 수 있으십니까?"

측근들의 질문에 나는 고개를 저었다.

"주문을 모르면 변형시킬 수 없어요. 빛의 여신의 관을 만드는 방법은 몰라요."

"그렇군요."

페르디난드도 식사를 끝냈나 보다. 시종을 이끌고 찾아왔다. 제단이 완벽하게 설치된 것을 확인하고, 내 옆에 서서 향로 쓰는 법을 가르쳐 주었다. 가르쳐 준 대로 쇠사슬을 쥐고 향로를 천천히 흔들자 의식 때마다 피우는 향이 방 안에 서서히 퍼진다.

"맹세의 말을 할 차례다."

페르디난드의 재촉에 나는 카펫 위에 무릎을 꿇었다. 왼쪽 무릎을 세우고, 양팔을 가슴 앞에서 교차한 후 고개를 떨궜다. 하르트무트도 페르디난드가 시키는 대로 같은 자세를 취했다.

"하르트무트는 로제마인의 말을 복창하도록."

"네."

나는 천천히 숨을 들이마셨다. 신의 존재를 전혀 믿지 않았을 때 했던 맹세의 의식과는 마음가짐이 전혀 달랐다. 자신의 변화에 놀라면서 나는 입을 열었다.

"높고 정정한 천공을 관장하는 최고신은 어둠과 빛의 부부신. 넓고 호호막막한 대지를 관장하는 다섯 대신은 물의 여신 플류트레네, 불의 신 라이덴샤프트, 바람의 여신 슈첼리아, 흙의 여신 게두르리히, 생명의 신 에이비리베."

내 말을 하르트무트가 복창했다.

"높고 정정한 천공에서 넓고 호호막막한 대지로 널리 퍼지는 최고 신의 힘을 빛내고, 다섯 대신들의 힘으로서 넓고 호호막막한 대지에 존재할 만물을 낳아 주시는 그 고귀한 신력의 은혜에 보답할 것이며, 마음을 바로 하고, 마음을 가누고, 마음을 결사하여 무한하고 올바르신 신임을 우러러 받들며 대자연의 신들과 함께 인내 속에서 기도하고, 감사하며 봉납할 것을 서원합니다."

맹세의 말을 끝내자, 페르디난드의 시종들이 조용히 나와서 하르트무트에게 파란 의상을 입혔다. 성인이 된 하르트무트의 띠는 금색이었고, 페르디난드처럼 회복약 등을 찰 수 있는 가죽 벨트도 찼다. 파란 의상을 입으니 하르트무트의 주황색 머리카락이 한층 더 돋보였다.

"그럼 신에게 기도를 올립시다."

나는 그렇게 말하며 신에게 기도를 올렸다. 처음에는 기도도 제대로 올리지 못했던 나와 달리, 하르트무트는 비틀거리지도 않고 완벽하게 기도를 올렸다.

"잘했다. 앞으로 신전 안에서는 그 파란 의상을 입도록 해라. 프랑, 잠. 그대들은 청색 신관들에게 새로운 신관장이 취임했다는 공고를 잊지 말고 내도록."

"알겠습니다."

그 뒤 페르디난드는 신전 내에서 치르는 연간 행사와 의식에 대해 설명했다. 제일 가까운 의식은 봄의 성인식, 그리고 바로 뒤에 있을 여름 세례식이다.

"이번 성인식과 세례식에는 내가 신관장으로 갈 것이니 하르트무트는 청색 신관으로 동행하도록. 신관장의 업무를 어떻게 처리하는지 잘 지켜봐라. 여름 성인식과 가을 세례식 때는 하르트무트에게 신관장 업무를 맡기려고 한다. 그때 내가 청색 신관으로 따라가 그대가 잘 해내는지 볼 예정이다. 기원식과 수확제는 시종을 붙여 두면 빌프리트와 샤를로테도 해낼 만큼 간단하니 문제는 없을 거다."

대강의 의식 설명이 끝나자, 하르트무트가 기쁜 듯이 웃었다.

"드디어 저도 의식에 참여해서 로제마인 님과 동행할 수 있게 되었군요. 정말 기대됩니다."

지금까지 예배실 출입을 거부당했던 하르트무트는 한껏 들떠 보였지만, 아주 중요한 것을 잊고 있다.

"저기, 하르트무트. 좋아하고 있는데 미안하지만, 기원식과 수확제 때 나와 하르트무트는 가는 곳이 달라요."

청색 신관들이 일제히 돌아야 하므로 나와 하르트무트도 행선지가 다르다. 같은 곳에 가 봤자 의미가 없다. 내 지적에 하르트무트가 토끼 눈을 한 채 굳었다.

"그럼 로제마인 님께서 의식을 치르시는 모습을 못 보지 않습니까."

힘없이 어깨를 떨구며 완전히 의욕을 잃어버린 하르트무트의 모습에 페르디난드가 한심하다는 듯이 머리를 절레절레 흔들었다.

"봉납식과 세례식은 같이 하니 그렇게 한탄할 것 없다."

"그렇군요. 의식을 치르시는 로제마인 님의 모습을 이 눈에 새길 수만 있다면 그 정도로 만족하겠습니다."

인수인계하는 틈틈이 길드장과 플랑탱 상회에 영주 회의의 결과를 보고하기 위한 호출 편지를 보내고, 청색 신관뿐만 아니라 고아원에도 취임 인사를 하고 싶다는 하르트무트를 위해 빌마를 불러 일정을 조절하는 사이에 취임식 날이 왔다.

취임식은 내가 신전장에 취임했을 때처럼 신전 내부에서 치르는 의식이다. 예배실에 청색 신관과 그 시종, 세례를 받은 회색 신관과 회색 무녀를 모두 모아서 처음으로 소개하는 자리인 셈이다.

진행자인 페르디난드는 자신이 혼인으로 아렌스바흐로 가게 되었음을 간단히 설명하고, 영주의 지시로 다음 신관장이 정해졌다고 운을 뗐다.

"새로운 신관장은 영주의 의향으로 청색 신관이 아닌 상급 귀족인 하르트무트로 정해졌다. 내가 신전을 나갈 때 교대하게 될 예정이다. 그러나 1년 정도 인수인계 기간을 가져 신전에 드나들 것이므로 취임식을 거행하겠다."

페르디난드의 말에 맞춰 문이 서서히 열렸다. 나는 페르디난드의 눈짓을 받으며 단상에서 "신에게 기도를 올려 다 함께 맞이합시다. 신에게 기도를!" 하고 소리쳤다.

"신에게 기도를!"

질서정연하게 선 회색 신관과 회색 무녀가 일제히 기도를 올리는 가운데, 청색 신관의 의상을 차려입은 하르트무트가 싱글벙글 웃으며 입장해 단상에 올라와 내 옆에 섰다.

"다들 모여 줘서 감사합니다. 물의 여신 플류트레네의 청아한 강물의 인도를 받은 좋은 날, 아우브 에렌페스트로부터 새로운 신관장으로 임명받은 하르트무트입니다."

하르트무트가 씩 웃으며 일렬로 선 청색 신관들을 차례대로 보았다.

"로제마인 님의 측근인 나의 임기는 로제마인 님께서 신전장직을 사퇴하시는 날까지입니다. 그 짧은 기간 안에 신관장의 직무와 모든 신전 업무를 청색 신관에게 넘기겠습니다. 에렌페스트의 성녀이신 로제마인 님께 수고를 끼치지 않도록 모든 신관과 무녀는 전력을 다해 일해 주길 바라며, 도움이 되지 않는 무능한 자는 로제마인 님을 보좌하는 신관장인 내가 가차 없이 잘라낼 생각입니다."

들도 보도 못한 결의 표명이 나왔다. 나는 얼이 빠졌지만, 페르디난드는 예상한 일인지, 동요는커녕 "들으면 알겠지만, 새로 임명된 신관장은 신전장을 최우선으로 생각하는 측근이다. 신관장이 될 그의 말을 따라, 각자 전력을 다해 일하도록." 하고 결정타를 먹였다. 내게 좋은 태도를 보이지 않던 전 신전장 파 청색 신관들의 얼굴이 새파래졌다.

'내가 시킨 거 아니야!'

그렇게 소리치고 싶었지만, 나의 측근이라고 하르트무트가 밝힌 이상, 누가 봐도 시킨 것으로 보이리라. 어떻게 하르트무트의 고삐를 쥐고 흔들어야 좋을지 모르겠다.

"그럼 높고 정정한 천공을 관장하는 최고신, 넓고 호호막막한 대지를 관장하는 다섯 대신, 물의 여신 플류트레네, 불의 신 라이덴샤프트, 바람의 여신 슈첼리아, 흙의 여신 게두르리히, 생명의 신 에이비리베에게 기도와 감사를 올립시다."

하르트무트가 기도와 감사의 말로 인사를 마쳤다. 엄청난 신관장이 탄생한 것만은 틀림없는 사실이었다.

참고로 말하자면 하르트무트는 청색 신관들을 공포에 떨게 한 그 말과 비슷한 말을 고아원에서도 했다. "에렌페스트의 성녀이신 로제마인 님을 위해 제지업과 인쇄업에 전력을 다합시다."라고. 그러나 이쪽에선 당연한 얼굴로 받아들여서 하르트무트가 매우 만족스러운 얼굴을 했었다.

회의와 회복약 제조법

평민 상인들과 회의하기로 한 날이 되었다. 오늘의 회의는 귀족 구역 회의실에서 열렸다. 그것도 회의에 끼겠다는 페르디난드 때문이다. 길드장, 필린느, 시종이 참여한 오트마르 상회, 벤노와 마르크의 플랑탱 상회, 오토, 테오, 투리의 길베르타 상회가 방문했다. 루츠는 라이제강에서 아직 돌아오지 않아 아쉽게도 불참이었다.

각자 장황한 인사를 나누고 자리에 앉았다. 그리고 영주 회의에서 결정된 사안을 보고했다.

"구스타프, 영주 회의에서 올해 거래처는 중앙이 여덟, 클라센부르크가 여섯, 단켈페르거가 여섯으로 결정되었어요. 작년보다 상인의 수가 늘어서 힘들겠지만, 잘 부탁해요."

"온 힘을 다해 로제마인 님의 기대에 부응하겠습니다."

길드장이 슬쩍 안도의 한숨을 내쉬는 모습이 보였다. 자신들이 원하던 대로 숫자를 제한받았고, 영주가 이상한 요구를 하지 않아 안심한 것이다.

"영주 회의 때 오트마르 상회에서 요리사를 파견해 줘서 아주 큰 도움이 됐습니다. 감사하게 생각해요, 프리다."

"요리사들도 그곳에서 많은 자극을 받았다고 들었습니다. 로제마인 님의 요리사와 새로운 레시피도 교환하고, 실력도 향상되어 돌아왔어요. 귀족분들께서 레시피를 사고 싶다고 요청하실 정도로 이탈리안 레스토랑이 날로 번성하고 있습니다. 부디 가게에 한번 방문해 주세요."

프리다가 싱긋 웃었다. 시간이 있을 때 잠깐 한숨 돌릴 겸 페르디난드와 함께 식사하러 가면 좋을지도 모른다.

길베르타 상회에서는 여름용 머리 장식 납품을 했는데, 투리가 평상시용 머리 장식과 예식 때 쓸 법한 화려한 머리 장식 두 가지를 선보였다.

"로제마인 님의 머리 장식은 투리가 만들지만, 다른 장인들도 계속해서 교육하고 있습니다."

오토의 설명을 듣자 하니, 귀족에게 판매할 만큼 실력을 키운 머리 장식 장인이 몇 명 있다고 한다. 여름에 상인들이 머리 장식을 사재기한 탓에 지금은 평민용까지 총력을 기울여 만드는 상태라고 한다.

"하지만 아무리 실력이 늘어도 왕족의 의뢰를 받는 투리의 실력에는 한참 못 미칩니다."

나는 투리의 칭찬에 기쁜 마음으로 머리 장식을 구매했다. 성에 돌아가면 코린나를 불러 의상을 맞추겠다고 전달했다.

"그리고 인쇄물을 보급해야 하니까 플랑탱 상회는 내년에 대비해서 단단히 준비하세요. 벤노에게 맡겨 두면 문제없겠지만."

내가 시선을 보내자, 벤노가 자신만만하게 웃었다.

"로제마인 님께서 많이 팔아 주실 거라서 내년 매출은 전혀 걱정하고 있지 않습니다. 실망하시지 않게 완벽하게 준비하겠습니다."

잔뜩 준비할 테니까 남김없이 팔아라, 라는 뜻이라는 걸 알고, 오히려 내가 더 부담되었다.

일련의 보고를 끝내자, 페르디난드가 "나도 말해 둘 것이 있다."라며 입을 열었다. 상인들이 자세를 바로잡으며 페르디난드를 주목했다.

"영주의 형제인 내가 아렌스바흐에 데릴사위로 들어가게 되었다.

아렌스바흐는 올해 거래처에 넣지는 않았지만, 아마 다른 쪽으로는 거래가 늘겠지."

그 말 한 마디에 벤노의 낯빛이 싹 변했다. 그 모습을 본 페르디난드의 입꼬리가 살짝 올라갔다.

"몇 년 전에 로제마인을 습격한 놈들은 아렌스바흐 계통의 귀족이었지. 그것을 염두에 두면서 상거래와 정보 수집을 해 다오."

내가 2년 동안 유레베에 잠겨 잠을 자게 된 건 아렌스바흐와 관계가 깊은 귀족 때문이었다. 문관과 호위 기사의 앞이라서 페르디난드가 언급한 건 거기까지였지만, 내가 영주의 양녀가 된 원인도 아렌스바흐 귀족인 빈데발트 백작이었다. 문지기인 아빠와 오토에게서 그런 정보를 들은 플랑탱 상회와 길베르타 상회 사람들이 안색을 싹 바꾸고 나를 보았다.

"로제마인 님께서 예전에 아렌스바흐의 귀족에게 해를 입으셨다고 들었습니다. 그런데 또 표적이 될 수도 있습니까?"

대표로 입을 연 사람은 벤노였다. 벤노는 마치 해치워야 할 적을 응시하는 듯한 자세로 페르디난드에게 물었다. 투리도 파란 눈동자를 강하게 빛내며 페르디난드의 말을 기다렸다.

"아예 없다고 단정할 순 없겠지. 영지 내에 있는 위험인물은 최대한 처리한 후에 나갈 생각이지만, 새로 들어오는 자들까지 파악하기엔 한계가 있다. 귀족의 정보라면 측근들에게 듣지만, 귀족이 평민촌의 정보를 손에 넣기는 쉽지 않지. 다른 영지 상인이 가져오는 정보도 무시할 수 없었는데 그대들이 모아 준 덕분에 아주 큰 도움이 되었다."

페르디난드가 그렇게 말하며 정보를 모은 길드장과 벤노를 칭찬했다. 그런데 분명 나도 같은 정보를 들었을 텐데 무슨 정보가 어떻게 도움이 됐는지 왜 감이 안 잡힐까? 도움이 될 만한 정보가 있었나 곰곰이 생각해 봐도 모르겠다.

'장사가 잘됐다는 보고가 대부분이었는데.'

고개를 갸웃거리는 내 옆에서 페르디난드가 천천히 한숨을 뱉고, 평민들을 한 사람씩 차례로 보았다. 프리다, 길드장, 그들의 시종, 벤노, 마르크, 오토, 테오, 투리. 이곳에 있는 사람은 모두 나의 평민 시절을 아는 사람들뿐이다.

"로제마인이 청색 무녀일 때부터 교류해 온 그대들에겐 로제마인보다 친밀하고 지위가 높은 귀족은 없다. 둘도 없는 존재겠지."

이 자리에 있는 귀족 중에 페르디난드와 유스톡스, 에크하르트, 다무엘만이 평민 시절의 나와 당시의 교류 관계를 알고 있다. 그런데 페르디난드가 아렌스바흐에 가 버리면 다무엘만 남게 된다.

"그대들에게 매우 소중한 존재겠지?"

일반적인 귀족은 이런 자리를 마련하면서까지 평민의 의견을 들으려 하지 않는다. 하급 귀족이면 그들과 대화를 주고받지만, 나는 영주의 양녀이며 차기 영주의 부인이 될 사람이다. 무엇보다 다른 영지에 퍼트리는 새로운 유행도 전부 나와 관계가 있다.

주변에 다른 측근들이 있어도 이상하게 들리지 않게 말하는 페르디난드에게 평민들 모두가 천천히 고개를 끄덕였다.

"그대들은 그대들의 방식으로 로제마인을 지켰으면 한다. 영지에 수상한 자가 들어왔다거나, 다른 영지의 최신 정보 등 귀족이 파악할 수 없는 정보가 많지. 의심되는 것이라면 뭐든지 로제마인이나 새로 신관장으로 취임한 하르트무트에게 알려 다오. 하르트무트는 로제마인의 측근이다."

페르디난드가 시선을 돌리자, 청색 의상을 입은 하르트무트가 고개를 작게 끄덕였다.

"신관장님의 말씀에 따르겠습니다."

"물론 아렌스바흐만 조심한다고 끝이 아니겠지. 중앙과 다른 영지의 동향에도 주목해 줬으면 한다."

거기서 일단 말을 끊었다. 벤노가 아까보다는 긴장이 풀린 얼굴로 씁쓸한 미소를 지었다.

"에렌페스트와 아렌스바흐의 유대를 강화할 수 있는 경사스러운 일이긴 하나, 지금까지 로제마인 님의 교육과 후원을 홀로 도맡고, 저희 얘기를 영주님께 전달하려고 힘써 주신 신관장님께서 로제마인 님을 떠나시게 되어 마음이 상당히 불안합니다."

페르디난드도 마찬가지로 씁쓸하게 미소를 지으며 "무슨 짓을 할지 예측할 수 없는 녀석이라 그 불안은 충분히 이해한다."라면서 나를 보았다. 동시에 나의 폭주벽을 아는 평민촌 멤버들 모두가 웃음을 참는 얼굴로 내 시선을 피했다.

'벤노 씨가 한 말은 그러니까, 신관장님이 내 고삐를 잡고 있는 동안엔 안심했었는데, 이젠 누가 내 고삐를 잡나? 이대로 괜찮을가? 라는 의미야?'

나를 향한 공통된 불안 의식으로 그 자리의 분위기가 아주 조금 풀렸다. 정말 마음에 안 든다. 그렇다고 반론할 수도 없는 나를 놔두고 대화는 계속 진행되었다. 상인을 수용할 준비 상황과 전망에 관해서 길드장과 벤노와 오토가 보고와 소감을 말하면 페르디난드가 경청했다.

그 대화에서 알게 된 것이 있다. 지금까지 페르디난드가 나의 의견과 보고를 듣고 질베스타에게 간략히 전달해 주었는데, 그것을 앞으로 는 내가 해야 한다는 것이었다.

"신관장님, 무례한 질문이긴 하지만, 여쭙고 싶은 것이 있습니다."

오토가 말했다. 페르디난드는 한쪽 눈썹을 끌어올리더니 발언을 허가했다.

"영주님의 혈족이 혼인하시면 올해도 머리 장식이 필요할까요?"

"……저쪽에서 필요하다고 하면 그때 생각하기로 하지. 여름에 에이비리베에 대해 고민하는 건 어리석은 자나 하는 짓이다."

성가시다는 듯이 페르디난드가 손사래를 쳤다. 이대로 내버려 두면 디트린데의 머리 장식을 의식 밖으로 내팽개칠 게 분명했다. 외교의 중요성으로 따져 봐도 에렌페스트에서 넘어가면서 약혼녀에게 머리 장식 하나 선물하지 않는 건 이상했다.

그리고 식 직전에 주문하면 실을 마련하고 디자인을 생각할 시간이 빠듯하다. 페르디난드는 뒷전으로 미루고 싶겠지만, 길베르타 상회와 투리는 조금이라도 빨리 정해 주길 바라리라. 투리가 나를 힐끗 보았다.

내가 의견을 내려고 하자 페르디난드가 먼저 "지금은 머리 장식이 중요한 게 아니다. 그것보다 구스타프." 하고 가볍게 손을 들어 길드장에게 말을 걸었다.

"평민촌에서 마석을 취급한다는 그 상점은 어디에 되파는지 알아냈는가?"

"예전에는 죠이소타크 자작이 큰손이었다고 합니다. 그가 사망한 후로 눈에 띄는 구매자는 없지만, 단골이었던 귀족의 구매 건수는 늘고 있다고 합니다."

이미 물어봤었는지, 길드장이 제대로 조사해 왔다. 마석의 거래처와 단골 귀족의 이름이 적힌 종이를 내밀었다. 페르디난드는 그것을 훑어보고 "잘 조사했군. 이거면 된다."라며 뭔가 음모를 꾸미는 마왕 같은 표정을 살짝 드러냈다.

결국 그 후로도 머리 장식 얘기는 꺼내지도 못한 채 회의가 끝나 버렸다. 모두가 돌아간 후, 나는 페르디난드에게 머리 장식을 마련하라고 했다.

"신관장님, 작년에 디트린데 님이 머리 장식을 갖고 싶댔어요. 그리고 머리 장식은 에렌페스트의 주요 유행 상품인데 예물로 준비하지 않으면 신관장님이 창피를 당할지도 모른다니까요. 전 신관장님이 다른 사람 입에 오르내리는 거 싫어요."

그러자 건성으로 "그런가." 라고 말한 뒤, 뭔가 생각이 났는지, 페르디난드가 수상쩍어 보이는 상큼한 미소로 나를 내려다보았다.

"그대에게 맡기마. 적당히 마련해 다오."

"예?! 그러지 말고 보는 눈이 있으신데 저한테 맡기지 말고 스스로 주문하세요. 그래야 디트린데 님도 기뻐하실 거 아녜요. 아니면 본인에게 직접 취향을 물어서 교류하시는 게……."

아무리 베로니카를 닮아도 그 사람이 아니다. 교류를 하면 혐오감이 다소 옅어질지도 모른다. 더 싫어하게 될지도 모를 일이지만.

"내가 가족이나 다름없다면서? 그런 나의 혼인 준비를 그대가 돕는 게 뭐가 문제지? 창피를 당하지 않을 만큼 알아서 적당히 마련해 다오."

'가족이나 다름없다는 말을 이용하는 느낌이 드는데!'

입술을 불쑥 내밀며 디트린데에게 어울릴 만한 색깔을 떠올리는데, 페르디난드가 내 이마를 손가락으로 꾹 눌렀다.

"그리고 그대가 쓸 머리 장식도 주문해도 좋다."

"예?"

"이별 선물이다. 나의 비호에서 졸업하는 그대에게 주는."

사실은 '이별 선물이면 직접 고르셔야죠'라고 말하고 싶었지만, 약혼녀에게도 골라 주지 않는 페르디난드에게는 소용없는 말이다. 그것보다 이별이라는 말에 헤어짐이 다가오고 있음을 실감해 버렸다.

'하지만 갑자기 헤어져야 했던 평민촌 가족들과 달리 조금은 마음의 준비를 할 수 있어 다행이야.'

가라앉는 기분을 떨쳐내듯 가볍게 머리를 저은 나는 페르디난드를 올려다보았다.

"저도 이별 선물을 준비할게요. 아우렐리아처럼 에렌페스트의 요리는 어때요? 시간을 멈추는 마술구를 써서 고향의 맛을 가져가야 하지 않겠어요? 회복약도 중요하지만, 바빠지면 밥을 거르는 신관장님에겐 식사가 더 중요해요. 빈 마술구에 생선을 꽉꽉 채워서 돌려주시면 이쪽에서는 요리를 꽉 채워서 보낼게요."

내가 그렇게 말하자 페르디난드가 "결국 생선이 목적인가."라며 어이없다는 표정을 지었다. 페르디난드의 건강과 나의 생선을 모두 얻을 수 있으니 일석이조 아닌가?

"그것 말고도 여러 가지 선물을 드릴게요. 목소리를 녹음하는 마술구에 '밥 제대로 먹고 있습니까?' '잠은 꼭 자세요'라는 제 목소리를 녹음해서 가끔 유스톡스에게 틀게 한다든가……."

"필요 없다. 진심으로 거절하겠다. 더 피곤해질 것 같군."

매정한 태도에 나는 우라노 시절에 멀리 떨어진 대학교로 진학했던 친구의 말을 떠올렸다.

"신관장님은 잘 모르시겠지만, 고향을 떠났을 때 가장 기쁜 가족 선물은 생활비와 고향의 맛과 약간의 용돈이랍니다."

"처음 듣는 소리군."

'그야 그렇겠지.'

올도난츠는 경계의 결계를 넘지 못한다. 그러니 목소리를 전달하려면 녹음하는 마술구에 의존할 수밖에 없다.

"이것도 라이문트에게 소형화를 부탁해야겠네요. 시간에 맞출 수 있으려나."

"로제마인, 라이문트는 내 제자이지, 그대가 마음대로 부려 먹어도 되는 측근이 아니다."

"제 스승이신 신관장님의 제자니까 저한텐 동문 선배? 응? 들어온 순서로 따지면 동문 후배인가? 하여튼 저와 아주 관계가 없는 것도 아니니까 부탁은 해도 되잖아요. 힐쉬르 선생님도 저를 편하게 써먹는데."

제멋대로인 스승의 모습을 떠올렸는지, 페르디난드가 깊은 한숨을 내쉬었다.

"쓸데없이 선물할 생각 말고, 먼저 남은 회복약 제조법이나 배우거라."

"……네."

내가 페르디난드에게 배워야 할 것은 수두룩하다. 그중 가장 중요한 것이 회복약 제조법이다. 지금까지는 페르디난드가 만들어 줬지만,

앞으로는 내가 스스로 준비해야 한다.

"그대의 측근도 배워야 하니까 조합복을 입고 신전장실 공방에 모이도록."

페르디난드에게 명령을 받은 나의 측근은 하르트무트와 코르넬리우스였다. 조합은 마력 소모가 크기 때문에 상급 귀족이 해야 하고, 시집을 가거나 임신으로 임무에서 손을 뗄 걱정이 없는 남성이어야 한다는 조건이 붙은 결과였다.

회복약 조합이 왜 어렵냐 하면, 나의 경우는 체력 때문이다. 마력으로 소재가 잘 섞일 때까지 저을 체력이 압도적으로 부족하다. 회복약은 소재만 갖춰지면 분량을 재고 썰어서 정해진 순서대로 소재를 넣고, 마력을 흘려보내면서 젓기만 하면 완성된다.

그런데 젓는 일 자체가 엄청나게 힘들다. "팔이 뻐근해요."라고 우는소리를 하자, 소재의 속성과 마력의 양을 진지한 얼굴로 확인하던 코르넬리우스가 씁쓸하게 웃었다.

"보통은 마력의 양과 마력을 조절하는 걸 어려워하는데, 로제마인 님은 체력이 정말 부족하시네요. 그래서 문관 코스 실기를 해내시겠습니까?"

사서가 되려면 문관 코스는 필수다. 아무리 체력이 없어도 포기할 생각은 추호도 없었다. 나는 아픈 팔을 두드리면서 계속해서 저었다.

"신관장님이 시키는 것에 비하면 귀족원의 조합 수업은 어린애 장난이죠."

수업에서 가르치는 조합은 과정이 복잡하지 않고, 섞을 때 마력과 시간이 많이 들지 않는다.

"신체강화 마술구에 마력을 쏟아 내면서 조합까지 하실 정도이니 로제마인 님은 마력을 정말 훌륭하리만치 잘 다루시는 겁니다."

하르트무트가 조합 방법을 메모하면서 그렇게 말했다. 진지한 표정과 입에서 나오는 말이 이렇게 다른 사람이 있을까? 하지만 하르트무트가 말한 대로 나는 신체강화와 조합 쌍방에 마력을 보내는 요령을 잡게 되었고, 맛이 끔찍한 회복약을 무사히 만들어 냈다.

"완성한 회복약은 여기에 넣고, 이 천을 덮어 두어라."

나는 완성한 회복약을 큼직한 단지에 넣고, 약이 상하는 것을 막는 천을 덮었다. 이 정도 양이면 당분간 쓰러져도 걱정 없겠다. 그러나 이것이 바닥나면 그걸로 끝이다. 왜냐면 내게는 소재가 없으니까.

"약이 떨어지면 어떡해요?"

"오늘 코르넬리우스를 부른 건 소재를 가르치기 위해서였다. 소재 채집은 기사의 역할이니까. 마력 함유량과 필요한 속성 소재를 대충 외웠으면 소재를 채집하러 가거라."

그의 말대로 귀족원에서도 소재 채집은 대개 기사의 업무였지만, 맛이 끔찍한 회복약의 소재는 코르넬리우스가 얼굴을 찌푸릴 정도로 희귀하거나 고품질이어서 채집하기가 쉽지 않다.

"대충 필요한 소재는 그대의 공방에 두고 가마. 5년은 거뜬하겠지. 그 뒤에는 스스로 해결거라."

"저 소재들을 다 놔두고 가신단 말씀입니까?"

하르트무트가 내 공방에 실려 들어오는 소재들을 보며 놀라 소리쳤다. 내가 봐서는 잘 모르는 귀중한 소재가 많은 모양이었다.

"느긋하게 연구할 시간도 없을 테고 저쪽에서 공방을 내줄지 알 수 없으니 놔두고 가야지."

"예? 신관장님이야말로 약을 가져가셔야 하는 거 아니에요?"

회복약도 없이 격무를 이겨낼 수 없다. 페르디난드는 당연한 얼굴로 고개를 끄덕였다.

"필요한 회복약은 유스톡스에게 조합을 맡길 생각이다."

유스톡스가 소재를 잔뜩 쌓아 두고 있기에 페르디난드는 따로 가져가지는 않을 모양이다.

"이 소재들이 필요 없다니. 유스톡스 님은 대체 소재를 얼마나 가지고 계신 겁니까?"

하르트무트가 얼빠진 얼굴로 그렇게 말했다. 유스톡스는 알면 알수록 수수께끼 같다.

"이것으로 회복약 제조법은 끝났다. 나머진 복용량만 조심하거라. 로제마인은 약을 대충 먹는 버릇이 있으니 약 조제는 하르트무트에게 일임하겠다. 약을 너무 많이 먹어도 건강이 나빠질 때가 있으니까 세심하게 주의하도록."

하르트무트가 "맡겨 주십시오."라며 진지한 얼굴로 대답하자, 페르디난드가 내 앞에 소재와 마력이 텅 빈 투명 마석을 올려놓았다.

"하르트무트를 지도하는 동안, 그대는 소재에서 타인의 마력을 빼서 마석으로 옮기는 연습을 하거라. 이쪽이 잡다한 마력이 섞인 것이고, 이쪽은 내가 잡다한 마력을 뺀 것이다. 이젠 타인의 마력을 감지해 낼 수 있을 거다."

나란히 놓인 두 개의 소재에 접촉하여 그 소재가 가진 본래의 마력을 감지하고, 그 외의 마력을 빼내는 것이 과제였다.

'뭐야, 어려워!'

페르디난드가 시키는 대로 나는 두 개의 소재를 만져 보았다. 확실히 마력의 흐름이 달랐다. 한쪽은 잡다한 마력이 섞여 있는 느낌이 들었다.

"하나는 섞여 있고, 다른 하나는 소재의 마력과 내 마력만 들어 있다. 차이점이 느껴지는가?"

"네."

"그럼 거기에 얇은 실을 밀어 넣듯이 조금씩 마력을 넣으면서 잡다한 마력을 마석 쪽으로 내보내거라."

나는 마력을 얇게 내보내는 데 집중했다. 여과기처럼 마력을 조금씩 소재에 흘려 넣어 거름종이에 소재의 순수한 마력을 남기듯이 잡다한 마력을 바깥으로 끄집어냈다.

그동안 페르디난드는 하르트무트에게 약의 용량과 사용법, 리카르다가 관리하는 약 등, 약에 관해서 세세하게 설명하게 시작했다.

"다 됐어요!"

상당한 시간이 걸렸지만, 성취감이 가슴을 가득 채웠다. 나는 만족한 얼굴로 페르디난드에게 마석을 보여주었다.

"어디 보자."

페르디난드가 완성된 마석을 손에 들고 미간을 살짝 찌푸렸다. 예상외로 꽤 오랫동안 소재를 바라보는 모습에 나는 점점 불안해졌다.

"……뭔가, 잘못했나요?"

"아니, 문제없다. 잡다한 마력은 제거되어 있군."

페르디난드는 마석을 돌려주면서 이번에는 그렇게 크지는 않은 나무상자를 내 앞에 놓았다.

"이 소재에서 잡다한 마력을 제거하거라."

그 안에 들어 있는 건 플랑메르츠 열매, 크벨바이데 잎, 빈팔 모피,

글란츠링 가루, 네 가지다.

"이건 디터 경기에서 단켈페르거의 하이스히체 씨에게 뜯어낸……게 아니라, 중요한 전리품 아닌가요?"

"그래. 귀한 소재라 품질도 높지. 유레베 소재로 딱이다. 이제 와서 채집하러 갈 시간도 없고, 내가 아렌스바흐에 가기 전까지 유레베를 만들어 둬야 할 테니까."

페르디난드는 태연하게 말했지만, 이것은 하이스히체가 전 재산을 뜯기는 표정으로 내준 소재다. 아주 귀중한 물건임이 틀림없었다.

"이걸 제 유레베에 써 버려도 돼요?"

"그러려고 글란츠링의 가루도 추가했지. 에렌페스트에서 채집하는 소재로는 한계가 있고, 귀족원에서 재학생들이 모아 오는 소재의 품질로는 어림도 없거든. 무엇보다 1년에 걸쳐 채집할 여유가 없다."

그 주장도 이해는 되지만, 하기 싫다는 걸 억지로 참가시켜 얻은 디터 전리품이다.

"……정말 써 버려도 돼요?"

"잔말 말고 얼른 해. 정말 시간이 없어. 유레베를 만들면 귀족원 공부도 예습해야 한다. 내가 떠나자마자 성적이 떨어지는 꼴은 절대 눈 뜨고 못 봐. 내년에는 영주 후보생 코스와 문관 코스 모두 최우수를 따게 할 테니까."

째려보는 페르디난드의 눈빛에 나는 히익 하고 숨을 삼켰다. 무슨 꿍꿍이인지 모르겠지만 너무 무섭다.

"꼭 최우수여야 해요?"

"내가 교육하면 우수해진다는 것에 더해 원래 가진 소질까지 갖춰지면 아렌스바흐에서 움직이기 편해지거든. 가족과 다름없는 나를 위해서 협력해 주겠지?"

'아빠, 아빠, 여기에 마왕이 있어요!'

속으로 절규했지만, 페르디난드가 조금이라도 편해진다면 나는 최대한 노력하고 싶었다. 지금까지 그에게 받았던 것들은 이 작은 노력으로 갚을 수 있는 것이 아니니까.

"하면 되잖아요. 할게요. 최우수든 유레베 제조든 뭐든 할게요."

"그럼 모든 소재에서 잡다한 마력을 제거해라. 그러면 오늘 작업은 끝이다."

나는 후우 하고 숨을 내뱉고, 다시 한번 천천히 들이마시며 소재와 마주했다. 먼저 플랑메르츠 열매다. 집중해서 마력을 천천히 보내고, 잡다한 마력을 제거했다.

모든 소재에서 잡다한 마력을 제거한 다음 날에는 소재를 내 마력으로 완전히 물들여 마석으로 만들었다. 예전에 유레베를 만들 때처럼 계절의 귀색에 맞춘 마석이 완성되었다.

"이제 문제없이 유레베를 만들 수 있겠군."

완성한 마석을 본 페르디난드가 "아주 잘했다." 하고 칭찬해 주었다.

유레베와 하르트무트의 성인식

마석도 완성되었고 나는 곧바로 유레베를 만들었다. 오늘 함께하는 사람은 안게리카와 다무엘과 코르넬리우스다. 성인이 된 사람만 붙은 이유는 귀족원에서 유레베 제조법을 배웠기 때문이다. 나도 한 번 만든 적이 있어 제조법은 알고 있다. 호위 기사들은 절차를 확인하는 조수를 맡기로 했다. 원래 조합 보조를 해야 할 문관들은 현재 신관장실에 가 있다. 페르디난드가 문관들의 인수인계에 시간을 들이고 싶어해서다. 유레베가 완성되면 부르라고 했다.

"로제마인 님은 벌써 유레베도 만들 줄 아십니까? 전 5학년 때 만들었는데."

코르넬리우스가 페르디난드의 스파르타 교육에 경악하면서 그렇게 말하자, 실기만은 잘하는 안게리카가 "저도 5학년 때 만들었습니다."라며 자랑스럽게 말했다.

"전 최종학년 때 했습니다. 여러 번 만들 수 있는 것이 아니다 보니, 조금이라도 품질을 높이려고 욕심을 부리다가 정말 끝나기 직전까지 소재가 물들지 않아 식겁했었어요. 지금은 마력 압축으로 마력이 확 올라가서 다시 만들고 싶은 심정입니다. 수업 때 괜히 욕심을 부렸나 봅니다."

다무엘이 씁쓸하게 웃으며 투덜거렸다. 마력으로 물들이는 데 시간이 걸리는 하급 귀족은 최대한 빨리 소재를 구해야 한다고 했다.

"귀족원 수업 때 만드는 유레베는 대체로 품질이 떨어집니다. 견습 기사들이 귀족원과 각자의 영지에서 마련한 소재를 자신의 마력으로 물들여 쓰는데, 저희가 스스로 채집하진 않기 때문에 품질이 떨어지는 겁니다."

견습 기사는 직접 채집해 오기 때문에 다소 적당한 품질의 물건이 나오지만, 문관들은 견습 기사에게 소재를 사는 경우가 대부분이라서 어쩔 수 없이 질이 떨어진다고 한다.

"소재에서 잡다한 마력을 제거하면 품질 저하를 막을 수 있대요."

나는 페르디난드에게 배운 방법을 모두에게 알려 줬지만, 너무 세밀한 작업인 데다가 나만큼 대량의 마력을 쓸 수 없다는 말을 듣고 말았다.

"잡다한 마력을 밀어내는 작업에도 마력이 필요합니다, 로제마인 님. 그다음에도 마력으로 물들여야 하는데 하급 귀족에겐 그러기가 어렵습니다. 로제마인 님과 똑같이 할 수도 없지만, 그렇게 높은 품질을 쓸 일도 없습니다."

다무엘이 그렇게 말하며 어깨를 으쓱했다.

"어쨌든 저희는 절차 확인만 하면 됩니다. 자, 시작합시다."

유레베를 만든 적이 있고, 절차도 완벽하게 기억하는 다무엘과 코르넬리우스, 그리고 안게리카의 마검 슈팅루크가 이번 작업의 조수다. 안게리카는 이미 잊은 모양이지만, 슈팅루크는 정확히 기억하고 있었다. 정말 도움이 되는 마검이 아닐 수 없다.

페르디난드의 목소리를 내는 슈팅루크의 지시에 따라 나는 유레베를 만들었다. 팔이 욱신거리지만 인내해야 했다. 정성 들여 마석을 섞었다. 이번에는 지난번과 달리 슈타프를 변형한 막대기를 써서인지 마력의 전도율이 압도적으로 좋았다. 감동이다.

"다음엔 저쪽에 있는 증폭제를 넣거라."

슈팅루크의 목소리에 코르넬리우스가 증폭제를 담은 주전자를 가져왔다. 크지 않은 주전자였다. 보통은 한 손으로 저으면서 다른 한 손으로 약을 붓는다. 그러나 내게 주전자를 넘기려던 순간, 코르넬리우스가 멈칫했다. 내가 그것을 한 손으로 들지 못한다는 것을 깨달은 것이다.

"로제마인 님, 제가 넣어 드릴까요?"

"……부탁해요."

검은 액체를 부어 넣자, 조합 냄비 속 내용물이 순식간에 불어났다. 그것을 계속 젓자, "이제 마지막이다."라는 슈팅루크의 목소리가 들렸다.

다무엘이 테이블 위에 있는 작은 병을 가져와 냄비 속에 한 방울을 톡 떨어뜨렸다. 그 순간, 약의 표면이 눈부신 빛을 발했다. 유레베가 완성되었다.

"페르디난드 님께 알리고 오겠습니다."

공방을 나가는 다무엘을 배웅하자, 코르넬리우스가 조합 냄비 속을 들여다보았다.

"이건 언제 쓰는 걸까?"

"……글쎄요? 신관장님이 아렌스바흐에 가신 후에 쓰지 않을까요? 최대한 위험을 배제해 두겠다고 했으니 조금 더 안전해진 후에 쓰는 게 낫겠죠?"

나의 독서 시간이 석 둑 깎여 나갈 정도로 지금은 귀족원 예습과 신전 내의 인수인계로 정신이 없다. 느긋하게 유레베에 잠겨 있을 여유가 없다. 그리고 솔직히 나는 유레베에 들어가기 싫으니 최대한 뒤로 미루고 싶었다.

코르넬리우스와 그런 얘기를 나눌 때 페르디난드가 자신의 측근과 프랑을 대동하고 방에 들어왔다. 프랑은 마석을 가득 담은 망을 품에 안고 있었다.

"로제마인, 당장 유레베에 들어가자. 그대의 몸에 남아 있는 마력 덩어리를 최대한 빨리 녹여야 하니 우리가 준비하는 동안 옷을 갈아입고 오도록."

페르디난드가 척척 지시를 내리며 준비하고, 커다랗고 하얀 상자에 유레베를 흘려 넣었다. 완성하자마자 들어가게 될 거라고는 생각지도 못했다. 마음의 준비가 전혀 되어 있지 않았다. 온몸의 혈관이 꽉 수축하는 느낌에 나는 반사적으로 "싫어요." 하고 고개를 저으며 거부했다.

"로제마인?"

미간을 찌푸리며 의아해하는 페르디난드와 주변의 시선이 내게 쏠리자 나도 모르게 뒷걸음질 쳤다.

"저번처럼 유레베에 들어갔다가 또 나만 빼고 모두가 성장해 있으면 어떡해……. 2년이나 지나면, 이, 이번에는 신관장님이 떠나고 없을지도 모르잖아요. 지금은 들어가지 않을래요."

나만 세월에 동떨어진 기분을 두 번, 세 번 느끼고 싶지 않다. 이제 겨우 체력이 붙기 시작했는데 원래대로 돌아갈지도 모른다.

"이번엔 며칠이면 끝나. 저번처럼 길지 않을 거다."

"하지만…… 무서워요."

저번에도 한 계절이면 된다고 했지만, 결국 2년이나 잠들었다. 습격으로 독을 먹은 탓도 있겠지만, 정말 며칠 만에 눈을 뜨지 못 뜨지 장담할 수 없지 않겠는가.

"로제마인, 내가 진찰할 수 있을 때 전부 녹여 주고 싶어서 그러는 것이다. 마력 덩어리가 완전히 사라지면 다른 의사의 진찰도 받을 수 있어. 그리고 몸도 자라야지."

"자랄 수 있다면 자라고 싶지만, 신관장님이 아렌스바흐에 간 후에 해도 되잖아요. 잠들다 일어났는데 곁에 없는 사태만큼은 죽어도 싫어요."

"……내 생각도 귀족원에 가기 전에 하는 편이 좋을 것 같아, 로제마인."

잠시 생각하던 코르넬리우스가 그렇게 말했다. 측근이 아닌, 오빠로서 여동생을 대할 때 쓰는 말투였다. 그것을 깨달은 나는 고개를 들어 코르넬리우스를 보았다.

"어째서요?"

"네가 흥분할 때마다 갑자기 쓰러지는 것도 그 마력 덩어리 때문에 마력이 원활히 흐르지 않아서라고 페르디난드 님께 들었어. 그럼 녹이기만 하면 조금 흥분한다고 쓰러지지는 않을 거잖아."

조용히 달래듯이 코르넬리우스가 내 얼굴을 들여다보며 머리를 쓰다듬었다.

"갑자기 쓰러지는 널 보면 네가 독을 먹고 의식을 잃었던 그날의 기억이 떠올라. 다시는 겪고 싶지 않은 악몽이야. 난 이미 졸업해서 귀족원에서 널 지켜볼 수 없으니까 조금이라도 불안 요소를 줄이고 싶어. 아렌스바흐에 가기 전까지 조금이라도 널 건강하게 하려는 페르디난드 님의 마음이 너무 이해돼."

독을 먹고 의식을 잃은 나를 직접 본 사람은 보니파티우스와 코르넬리우스와 페르디난드뿐이다. 나를 걱정하는 그 마음이 깊이 전달되어 가슴이 아렸다. 나는 손을 뻗어 페르디난드의 소매를 잡았다.

"정말 며칠이면 끝나는 거 맞죠? 갑자기 모두 키가 커지고, 몸을 못 움직이게 되고, 신관장님이 없어지는 거 아니죠?"

"그럴 일은 없다. 약속하마."

옅은 금색 눈동자가 천천히 깜박였다. 나도 고개를 끄덕이고, 발걸음을 돌렸다.

"옷 갈아입고 올게요."

나는 공방을 나와 모니카의 도움으로 얇은 흰색 옷으로 갈아입었다. 손과 발에 떠오르는 마력의 선이 잘 보이도록 양말은 신지 않았다. 맨발로 신발을 신는 감촉이 오랜만이다. 왠지 느낌이 묘했다.

옷을 갈아입고 공방에 가자, 이미 모든 준비가 끝나 있었다. 커다란 흰 상자에는 연파란 액체가 채워져 있고, 그 옆에서 프랑이 마석을 넣을 준비를 하고 있었다. 페르디난드가 하얀 상자 옆에 놓인 의자를 가리켰다.

나는 지시대로 의자에 앉아 양손으로 잔을 건네받았다. 잔 속에는 유레베가 들어 있었다. 전부 마시자, 프랑이 신발을 벗겨 주었다.

"로제마인."

지난번처럼 페르디난드가 나를 안아 들어 유레베로 가득 채운 흰 상자 속에 앉혔다. 그 순간, 내 몸에서 마력의 선이 빨갛게 떠올랐다.

"사흘에서 나흘 사이다. 세례식 전에는 끝날 거야."

페르디난드가 내 팔과 목덜미에 떠오른 마력의 흐름을 손가락으로 따라가며 그렇게 말했다. 몇 가지 검사를 하는 사이, 점점 눈꺼풀이 무거워졌다. 낯설지 않은 감각이다.

"절대 떠나면 안 돼요."

"집요하긴. 얼른 들어가거라."

쓸쓸하게 웃는 페르디난드의 커다란 손이 내 눈가를 덮었다. 의식이 점차 멀어져 가는 중에 내 몸이 천천히 유레베 속으로 가라앉는 것이 느껴졌다.

"눈 떴는가."

익숙한 목소리가 들려오면서 누군가가 나를 유레베에서 건져 올렸다. 낯익은 페르디난드의 얼굴이 보이자, 안도의 한숨이 나왔다.

"얼마나 지났어요?"

"내 예상대로 나흘 걸렸다."

페르디난드 주위에는 프랑과 모니카, 측근들도 있었는데, 얼굴과 분위기가 예전과 같았다. 페르디난드가 나의 팔과 다리, 목에 보이는 마력의 흐름을 확인했다.

"깨끗하게 녹은 것 같군. ……목욕 준비를 해 뒀으니 씻고, 오늘은 푹 쉬려무나. 내일부터 또 바빠질 거다."

프랑이 나를 안아 욕실에 데려가자, 모니카와 니콜라가 몸을 씻겨 주었다.

"이번엔 일어서고 앉으실 수 있는 걸 보면 로제마인 님의 몸에 부담이 없었나 봐요."

"지난번엔 전혀 움직이질 못하셔서 정말 걱정했었거든요."

니콜라와 모니카의 말에 나는 웃으며 고개를 끄덕였다. 마력의 덩어리가 녹으면 졸도하는 사태가 줄어든다. 단, 페르디난드에게 받은 마력을 흡수하는 목걸이를 차고 있다는 전제하에서, 라는 주의를 들었다. 여러 번의 압축으로 마력의 양이 불어난 탓에 비록 의식을 잃지는 않아도 흥분하면 몸에 좋지 않은 건 마찬가지라고 한다.

"결국 몸을 단련해야 한다는 말이잖아요. 좋아진 것도 아니네."

"몸이 좋아진 걸 실감하시려면 시간이 걸릴 거예요. 로제마인 님은 좋아졌는지 모르겠다고 하시지만, 아예 몸을 못 쓰셨던 무렵에 비하면 엄청난 발전이에요."

"하긴 책을 읽는 것도 힘들었죠."

"운동하셔서 체력을 더 키우시면 돼요."

싱긋 웃으며 운동을 추천하는 모니카에게 나는 "긍정적으로 검토할게요."라고 대답해 뒀다.

건강이 극적으로 좋아진 느낌을 받지 못한 채 나는 페르디난드의 지도를 받으며 귀족원 예습 진도를 나갔다. 신전장의 직무를 멜키오르에게 넘길 수 있도록 업무를 늘리지 않기로 했기에 꼭 해야 할 일 외에는 귀족원 공부를 했다.

엔트비켈른으로 작은 모형정원을 만드는 연습을 하거나, 모형정원 주변에 있는 결계의 강도를 조절하고, 결계에 구멍을 뚫어 경계문을 만들고, 과제가 끝없이 나왔다.

"이렇게 보면 주추의 마술은 마법진을 대량으로 새긴 엄청 큰 마석이겠네요."

"그렇다. 모든 속성의 마석이 박힌 거대한 마술구지. 이곳에 도면이 남아 있을 거다."

영주 후보생에게만 가르치는 전문 공부는 보통 측근을 쫓아낸 내 공방에서 한다. 가끔 빌프리트 오라버니와 샤를로테도 참가하지만, 우리 둘이서 할 때가 많았다. 얼마 남지 않은 시간을 함께 보낼 수 있어 기쁘긴 하지만, 무리를 하는지 페르디난드의 안색이 좋지 않았다.

"신관장님, 수면 시간 줄였죠?"

"······조금이다."

"조금 줄인 게 아니라, 조금 잤다는 말 아니에요?"

유스톡스에게 말해 둬야겠다고 생각한 순간, 요즘 들어 신전에서 유스톡스와 에크하르트의 모습이 보이지 않는다는 것을 깨달았다.

"설마 유스톡스와 에크하르트 오라버니도 바빠요?"

"이곳에는 그대의 측근이 있으니 둘에겐 둘만 할 수 있는 일을 시켰지."

신전에서 당연한 얼굴로 내 측근을 부려 먹는 페르디난드의 모습을 떠올린 나는 입술을 삐죽였다.

"라이문트를 시켜 먹는다고 툴툴거리셨으니까 제 측근도 마음대로 써먹지 마세요."

"그대야말로 라이문트를 시켜 먹고 있으니 불평하지 말거라. 나는 그대의 측근을 단련시키는 거다."

말은 하기 나름이라고. 그렇게 말하면 토를 달고 싶어진다.

"그럼 이건 잘 복습해 두도록. 다음은 영지 내에서 토지를 나누는 연습이다. 기베에게 땅을 하사할 때 쓰는 기술이지."

페르디난드가 바닥의 전이 마법진에서 다음 수업에 필요한 물건을 하나씩 꺼냈다. 수업에 필요한 물건이 계속해서 공방을 차지해 갔다.

그렇게 매일 지내는 사이 봄이 지나고, 성인식이 다가왔다. 하르트무트에게는 첫 의식이다.

"그러고 보니 하르트무트의 예복은 어떻게 됐어요? 주문한 건 아직 안 들어왔죠?"

내가 벤노에게 예복을 주문했을 때도 꽤 시간이 걸렸다. 하지만 천을 짜는 부분부터가 아니라 염색만 하면 되어서 시간을 제법 단축하게 됐다고 했었다.

"저는 예전에 청색 신관들이 잔뜩 남겨 두고 간 예복 중에 몸에 맞는 옷이 있어서 주문한 의상이 오기 전까지 그걸 빌리기로 했습니다."

신전에는 예비 예복이 여러 벌 있다. 원래는 스스로 준비하는 게 당연하지만, 하르트무트처럼 시간에 촉박할 때는 빌려준다고 한다. 내 경우에는 평민이었고, 체격에 맞는 옷이 없어서 대여할 수 없었다.

"신전 의식이 기대됩니다."

하르트무트는 의식 전날 호위 기사에게 준비된 방에서 묵었다. 신전장실에서 나와 함께 아침을 먹고, 신관장실로 이동했다. 앞으로 자신의 시종이 될 신관장실 담당 시종들이 옷을 입혀 준다고 해서다.

나도 신전장의 예복을 입고 기다리는데, 프랑이 부르러 왔다.

"예배실 준비가 끝났습니다. 이동하셔야겠습니다."

이미 청색 신관들은 예배실에 입장해 있다고 했다. 문 근처에서 기다리던 에크하르트의 모습을 발견하고, 하르트무트의 상태를 물었다.

"에크하르트 오라버니, 오늘은 신전에 와 있었군요. 첫 의식인데 하르트무트가 긴장하지 않던가요?"

"네가 내리는 축복을 본다고 상당히 흥분해 있더군."

처음 치르는 의식이지만, 오늘도 하르트무트는 여전했다.

"그런데 참 유능해. 의식 진행부터 해야 할 일까지 금방 익혀서 페르디난드 님도 부리기 편하시겠어. 제법 괜찮은 측근을 얻었구나, 로제마인."

'내 측근인데, 좋은 측근인지 아닌지의 판단 기준이 신관장님이 편하게 부려 먹느냐 아니냐라니, 에크하르트 오라버니도 참 독특해.'

어떻게 보면 하르트무트와 에크하르트는 아주 닮은 듯하다.

"신전장, 입실."

페르디난드의 목소리와 함께 회색 신관들이 문을 열었다. 제단 앞에 선 청색 신관이 손에 든 봉을 휘두르자, 수많은 종소리가 예배실에 울려 퍼졌다.

하르트무트가 청색 신관들과 나란히 서 있었다. 내게로 향하는 시선이 느껴졌다. 나는 평소처럼 페르디난드의 손을 빌려 천천히 단에 올랐다. 그 모습을 하르트무트가 빤히 지켜보았다.

페르디난드가 신화를 낭독하자, 나는 기도를 올려 축복을 내렸다. 성인식 자체는 별다른 문제없이 끝났다.

문 근처에서 걱정스럽게 나를 바라보는 엄마와 아빠를 발견했다. 아마 투리를 통해서 아렌스바흐와 교류하게 되었다는 소식을 들은 모양이다. 하르트무트 앞이라 손을 흔들어 아는 척할 수는 없었다. 나는 의식의 일환으로 보이게끔 주먹 쥔 오른손으로 왼쪽 가슴을 두 번 두드렸다. 그리고 문을 나서는 성인들을 배웅하는 척하며 회색 신관들이 문을 완전히 닫을 때까지 두 사람을 지그시 바라보았다.

"하르트무트, 신관장의 역할을 이해했나요?"

나는 페르디난드의 손을 잡고 단에서 내려와 하르트무트의 옆에 섰다.

"단에 올라가실 때 도와드리고, 신전장을 대신해서 성전을 낭독하고, 문이 닫히는 마지막까지 곁을 지키고, 단에서 내려드린다…… 로제마인 님을 돌보는 역할이군요."

"아니에요. 신관장직엔 다른 역할도 있잖아요?"

메달 등록 작업도 있었다. 내가 그렇게 말하자, 페르디난드가 "그건 신관장뿐만 아니라 청색 신관 모두의 일이다."라고 했다.

"사실 지난 신전장 때는 이런 것까지 도울 필요는 없었지. 의식에서 내 역할의 대부분은 그대가 실수하지 않게 돕는 것이었다."

"다음번부터는 완벽하게 해낼 수 있을 것 같습니다."

하르트무트가 자랑스럽게 말했다. 페르디난드가 "그대라면 해낼 거다."라며 진지한 얼굴로 고개를 끄덕였다.

'의식에서 신관장의 역할이 내 시중이었다니, 알고 싶지 않았어.'

"그, 그것 말고 성인식으로 느낀 것은 없나요?"

"있습니다."

즉답한 하르트무트는 분한 듯이 얼굴을 찌푸리며 주먹을 쥐었다.

"평민 성인식이 귀족원 성인식보다 축복이 많지 않습니까? 제 성인식 때도 로제마인 님께 축복을 받고 싶었단 말입니다."

에렌페스트의 평민은 치사하다며 하르트무트가 불만을 털어놓았다. 치사하다는 말은 듣기 싫었다. 공평하면 되는 걸까?

"하르트무트는 일거리를 잔뜩 떠맡아 고생해 주는데 축복으로 만족한다면 줄 수 있어요. 이미 귀족의 성인식도 끝났고, 계절도 다르지만."

"정말입니까?! 부디 겨울의 신의 축복을 내려 주십시오."

하르트무트가 기대에 찬 눈으로 나를 바라보며 그 자리에서 무릎을 꿇고 양손을 가슴 앞에서 교차했다. 겨울의 신이라고 했지만, 지금 계절인 생명의 신은 완전히 지나갔으니 이번엔 흙의 여신으로 해 두자. 흙의 여신이라면 지금 계절에도 새로운 생명의 성장을 지켜봐 줄 터였다.

"흙의 여신 게두르리히여. 나의 기도를 들으시어 새로운 성인의 탄생에 축복을 주소서. 기도와 감사를 바치오니, 거룩한 가호를 내려 주소서."

반지에 마력을 넣자, 붉은빛이 되어 하르트무트에게 쏟아져 내렸다. 축복을 마치고 내가 바로 일어나도, 하르트무트는 무릎을 꿇은 채 미동도 하지 않았다.

"하르트무트, 왜 그래요?"

"감동했습니다."

"예?"

"이렇게, 로제마인 님의 축복을 독점할 수 있게 해 주셔서 감사드립니다."

지금까지 본 적 없을 정도로 감격한 미소로 하르트무트가 내 손을 잡더니 손등에 자신의 이마를 갖다 댔다. 불만을 돌리려고 내린 축복이었는데, 이렇게까지 고마워하고 기뻐하니, 오히려 당황스러웠다.

"신관장님⋯⋯."

도움을 구하자, 페르디난드가 슬그머니 시선을 피했다.

"그대의 측근이다. 충성심만은 틀림없으니 잘못 부리지만 않는다면 강력한 아군이지."

"⋯⋯잘못 부리면 어떻게 되는데요?"

"아주 큰일나지. 에크하르트를 보면 알지 않은가."

'에크하르트 오라버니?!'

방문자와 대책

나는 귀족원 공부를 예습하면서 일주일 후에 열린 여름 세례식도 끝냈다.

"다음 의식은 성결식이네요."

공방에 틀어박혀 영주 후보생의 공부를 끝내고, 남은 일정을 확인하자, 페르디난드의 얼굴이 일그러졌다.

"성결식부터 가을이 되기 전에 게오르기네와 디트린데가 에렌페스트를 방문한다는군. 결혼 전에 조금이라도 교류해 두고 싶은 모양이지."

"아우브 아렌스바흐의 건강이 나쁜데 장기 체류를 하신대요?"

빨리 인계하고 싶을 정도로 시간적 여유가 없었던 거 아니었나? 내가 고개를 갸웃거리자, 페르디난드가 얼굴을 찌푸렸다.

"로제마인, 아우브 아렌스바흐의 건강이 정말 나쁜지 어떤지는 모르는 일이다."

"예?"

"내가 유스톡스의 정보라고 하지 않았는가. 너무 믿어도 안 돼. 주변에 숨기고 있는 정보일지도 모른다. 본래 아우브의 건강을 공공연히 떠벌려선 안 된다. 오히려 의심하고 경계해서 정보원을 찾으려고 하면 우리만 곤란해지지."

원래 영주 교체의 큰 요인이 되는 영주의 건강 상태는 발설하면 안되는 정보다. 게오르기네나 디트린데에게 절대 영주의 건강을 물어보지 말라는 주의를 들었다.

"아렌스바흐에서는 극비 사항이라는 건가요? 신관장님은 정보원이 누구인지 알면서 저한테 숨기는 거죠?"

"너무 허황된 소리라 신용하기 어렵기 때문이다."

페르디난드 자신도 그 출처를 믿지 못하는 듯한 얼굴로 어깨를 으쓱했다. 출처가 수상쩍어도 주변 상황을 보면 또 반드시 틀린 것도 아닌 듯하다고 한다.

"……하지만 신관장님의 약혼 기간에 돌아가실 위험이 있다면 몸상태가 상당히 나쁘다는 거 아닌가요?"

"꼭 병 때문에 죽음이 찾아오는 건 아니지. 신변의 위험은 훨씬 다른 데서 느껴지기 마련이다."

페르디난드는 거기까지만 말했지만, 상상되는 대답이 너무 무서워서 더는 물을 수가 없었다. 어서 화제를 바꿔야 할 것 같았다.

"그건 그렇고, 신관장님과 디트린데 님은 결혼할 수 있는 거예요?"

"무슨 의미지?"

"제 기억 속의 세계라고 할까, 제가 살았던 나라에서는 법률상 숙부와 조카는 결혼할 수 없어요."

페르디난드가 살짝 흥미를 보이기에 친척 간의 결혼에 관해 간단하게 설명했다.

"저쪽에서도 나라마다 법률이 달라서 숙부와 조카가 결혼하는 경우도 있긴 하지만요. 유르겐슈미트에선 금기시된 결혼 같은 건 없나요?"

내 질문에 페르디난드는 "없을 리가 없지."라고 말했다.

"자식의 마력은 모친의 영향을 가장 많이 받기 때문에 모친의 혈통을 중시하기 마련이다. 내 어머니가 베로니카가 아니라서 결혼이 가능하지만, 마찬가지로 같은 숙부와 조카 사이라도 질베스타와 디트린데는 결혼할 수 없지."

동복이냐 아니냐로 크게 나뉜다고 한다. 동복일 경우에는 사촌끼리부터 결혼할 수 있다.

"모친이 다르면 남매끼리도 결혼이 가능하지. 그대와 빌프리트처럼."

"양녀와 이복 여동생을 똑같이 보는 건가요······."

오랜만에 느끼는 상식의 차이에 나는 눈을 끔뻑였다.

"앞으로는 그런 상식의 차이를 메꾸는 것도 힘들겠군."

"제가 다른 세계의 기억이 있다는 걸 다른 사람에게 알리실 거예요?"

내 질문에 곰곰이 생각하던 페르디난드가 천천히 고개를 저었다.

"에렌페스트의 성녀라는 허상이 비상하게 커진 마당에 그런 말은 퍼지지 않게 해야겠지. 또 어떤 식으로 그대를 숭배할지 상상이 안 돼. 성녀 전설도 영주의 양녀로 삼을 땐 적당히 도움을 받았지만, 지금은 중앙 신전에 찍히면 위험해질 뿐이다."

나는 눈빛이 무시무시하던 중앙 신전의 신관장을 떠올리고, 조그맣게 고개를 끄덕였다.

"그럼 앞으로 이런 걸 묻고 싶어질 땐 어떻게 해야 하나요?"

내가 이곳의 상식을 이해하지 못하고 고민하는 경우가 앞으로도 계속 생길 터였다. 페르디난드는 잠시 고민한 후 공방에 놓인 책장으로 갔다.

"이것으로 편지를 써라. 작성자의 마력에만 반응하는 잉크라면 큰 탈 없이 경계문을 넘을 수 있을 거다."

탁 하고 내 앞에 놓인 것은 페르디난드의 마력으로 만든 사라지는 잉크였다. 올도난츠는 영지의 경계를 넘지 못한다. 영지를 넘는 소통에는 기본적으로 마술구 편지가 사용된다. 편지가 변한 새는 경계문에서 한 번 검열을 받고, 문제가 없으면 수취인에게 보내진다.

"이 사라지는 잉크로 중요한 내용을 쓰고, 그 위에 일반 잉크로 무난한 내용을 써서 보내라. 그러면 나도 답장하겠다. 그대의 잉크로."

"비밀 편지 같은 거네요. ……혹시 게오르기네 님과 전 신전장도 이런 식으로 편지를 주고받았을까요?"

사라지는 잉크로 쓰지는 않았겠지만, 그 수많은 편지 뭉치를 생각하면 전 신전장은 정말 게오르기네에게 중요한 버팀목이었을지도 모른다.

'분명 게오르기네 님은 날 증오하고 있을 거야.'

게오르기네에게 전 신전장의 존재가 내게 페르디난드의 존재와 같다고 생각하면 전 신전장을 죽음으로 몰아넣은 나를 죽이고 싶을 정도로 미워할 터였다. 페르디난드도 마찬가지로 미움받을 거라 생각하니 게오르기네의 방문도 페르디난드의 결혼도 너무 두려워졌다.

"두 사람이 이곳에 온다면 당분간은 예습도 쉬어야겠네요."

"……그렇겠지. 그녀들이 체류 중일 땐 아마 회식과 다과회로 예정이 빡빡할 거다. 어떻게 빨리 돌려보낼 방법이 없을까."

페르디난드가 싫은 듯이 중얼거렸다. 저런 태도로 환영받을 약혼녀도 불쌍했다. 디트린데가 페르디난드에게 무슨 짓을 한 것은 아니니까 말이다.

"너무 그렇게 우울해하지 마세요. 더 긍정적으로 생각해 봐요. 디트린데 님이 아렌스바흐의 책을 가져와 주지 않을까? 생선을 가져와 주지 않을까? 그렇게 생각하면 기분이 좋아지잖아요. 신관장님은 흔하지 않은 연구 소재를 가져와 주지 않을까? 그렇게 생각하는 건 어때요?"

나의 제안에 페르디난드가 차가운 눈빛으로 노려보다 깊은 한숨을 내쉬었다.

"그대는 너무 자신의 욕망에 충실해."

"속으로만 생각하시라고요. 긍정적인 마인드를 만드는 요령이에요. 실제로 부탁하는 것도 아닌데 뭐 어때요?"

정말로 부탁하면 뻔뻔한 사람이겠지만, 속으로만 생각하고 기분이 좋아지는 거면 남에게 누를 끼칠 일도 없다.

"요청하면 책은 몰라도 생선은 가져와 줄지도 모르겠군."

"정말이에요?!"

내가 고개를 홱 돌려 페르디난드를 올려다보자, 페르디난드가 입꼬리를 씩 올렸다.

"정말 요청하면 뻔뻔스럽다고 생각하지 않겠는가. 참아라."

"사람을 기대하게 해 놓고 참으라고 하다니 너무해요!"

내가 화를 내자, 페르디난드가 재미있다는 듯이 코웃음을 쳤다. 요즘 들어 페르디난드의 기분에 맞춰 요리조리 굴러가는 장난감이 된 기분이다.

"아, 하지만 요청할 수 있으면 라이문트도 데리고 와 달라고 말해 보면 어떨까요?"

다과회와 회식에서 말하기도 좋고, 그렇게 디트린데가 싫다면 페르디난드가 라이문트와 대화를 나눌 때 나와 샤를로테가 머리 장식과 유행 얘기를 디트린데에게 꺼내면 좋지 않을까.

"······라이문트라."

"힐쉬르 선생님의 제자이면서 신관장님의 제자이기도 하잖아요. 아렌스바흐에서 측근으로 삼을 생각이라고 부탁하면 데려와 줄지도 몰라요."

최대한 페르디난드의 기분이 좋은 상태로 디트린데와의 첫 교류에 성공하고 싶었다. 이것은 페르디난드가 아렌스바흐에서 조금이라도 편하게 지내기 위해 넘어야 할 산이다. 경계심도 좋지만, 접근도 필요한 법이다.

"로제마인, 구 베로니카 파가 어떻게 움직이는지, 게오르기네가 가장 신뢰하는 중심인물이 누구인지, 무슨 목적으로 에렌페스트에 돌아왔는지, 알아봐야 할 것이 산더미다. 느긋하게 라이문트와 연구 얘기나 할 여유가 없어. 디트린데에게 신경을 빼앗기는 사이에 게오르기네가 아무도 모르게 움직일지 모르는 일 아닌가."

페르디난드는 디트린데보다도 게오르기네를 중시하는 듯했다. 그리고 그 말도 맞았다. 하지만 '약혼녀에게 인사하고 깊은 교류를 하자'는 명분이 있으니 페르디난드가 상대해야 할 사람은 디트린데다.

"그럼 처음부터 양어머님과 어머님에게도 협력을 구해야겠어요."

"플로렌치아 님과 엘비라에게?"

"네. 게오르기네 님과 디트린데 님도 여성이니까 아마 여성만 모이는 다과회에도 참가하시겠죠. 그때 정보를 얻는 주체도 여성이에요. 베로니카 파가 전성기일 때부터 양어머님과 어머님은 정보망을 만들어 오셨어요. 지금은 구 베로니카 파도 와해됐으니, 굳이 유스톡스가 여장하지 않아도 쓸 만한 정보가 모일 거예요. 한 번 만나서 이런 정보를 모아 달라고 부탁해 보면 어떨까요?"

페르디난드를 위해서라면 엘비라도 정보 수집에 힘써 줄 터였다. 연애 소재를 끌어모으는 엘비라의 정보 수집 능력은 훌륭 그 자체다.

"……협력을 구하라."

대체로 뭐든 스스로 해내고, 남을 믿지 않는 페르디난드는 거의 주변에 협력을 구하지 않는다. 그래서 이번처럼 표적이 아닌 사람을 상대해야 하는 사태에서는 영 힘을 못 썼다.

"우리도 인수인계로 바쁘다고 하고 체류 기간을 단축하면 어떨까요? 그리고 동행인 요청도 해야겠네요. 아직 방문하려면 시간이 남았으니까 움직일 수 있어요. 아렌스바흐와 협상하느라 바빠지겠네요."

"바빠지는 건 나겠지. ……또 일거리가 늘어나겠군."

나의 예습 일정을 수정하기 시작한 페르디난드를 바라보며 나는 고개를 갸웃거렸다.

"굳이 신관장님이 할 필요는 없잖아요. 영지끼리 정하는 거니까 그냥 양아버님한테 떠넘겨 버리죠? 신관장님은 최대한 성 업무엔 손대지 마세요. 이것도 인수인계의 일종이에요."

"……그대는 정말 보호자의 나쁜 버릇만 따라 하는구나."

어이없다는 듯이 그렇게 말한 페르디난드였지만, 질베스타에게는 아렌스바흐에 요청을 보내게 하고, 플로렌치아와 엘비라에게는 협력을 요청하고, 페르디난드 자신은 나의 영주 후보생 예습에 시간을 할애해 주었다.

여름이 되자 다른 영지 상인들로 평민촌이 북적거리기 시작했고, 성결식이 열리는 계절이 왔다. 성결식 전에 긴급 가족회의를 열어 에크하르트와 안게리카의 약혼 파기에 관한 얘기를 나누게 되었다.

"스승님, 엘비라 님. 에크하르트 님과 헤어지게 되어 상심이 크니 절 가만히 내버려 두세요. 당분간은 이대로 에크하르트 님을 그리워하고 싶습니다."

"어쩜! 안게리카!"

슈팅루크의 지도를 받았는지, 안게리카는 실연한 소녀를 훌륭히 연기했고, 엘비라는 눈을 반짝이며 당장에 두 사람의 비련을 메모하기 시작했다. 시선을 교환한 나와 안게리카는 좋았어, 하고 고개를 끄덕였다.

무슨 메모를 하는지 열심히 펜을 놀리던 엘비라가 갑자기 손을 멈추고 고개를 들었다. 그리고 싱긋 웃었다.

"안게리카의 애틋한 그 마음은 무척이나 이해되지만, 로맨스 소설과 현실은 별개입니다."

"예?"

"상처 입은 마음이 다 나을 때까지 기다리고만 있으면 반려를 찾기가 더 어려워지죠. 약혼이라도 맺어 두지 않으면 당신의 부모님께 고개를 들 수 없을 것 같아요."

안게리카를 일족에 넣고 싶은 보니파티우스도 재차 고개를 끄덕인다. 그것은 그거고 이것은 이거라며 곧바로 다음 약혼자 찾기가 시작되었다. 안게리카는 헛된 연습을 한 셈이었다.

"램프레히트, 네가 안게리카를 둘째 부인으로……."

보니파티우스가 말을 꺼내기 무섭게 램프레히트가 고개를 저었다.

"과분한 말씀입니다만, 임신 중인 아우렐리아에게 둘째 부인을 들이게 됐다는 말은 절대 할 수 없습니다. 적어도 몇 년은 기다려 주셨으면 합니다.”

결혼하고 몇 년 후에 둘째 부인을 들이는 것이 일반적인 데다가 임산부를 불안하게 만들고 싶지 않다. 그리고 아우렐리아는 아렌스바흐에서 온 아내다. 지금 시기에 둘째 부인을 공표해서 괜히 아렌스바흐를 자극하고 싶지 않다며 람프레히트가 거절 이유를 설명했다.

“그럼 코르넬리우스인가.”

“저는 이미 레오노레와 약혼했습니다. 그런 상황에 레오노레보다 연상인 안게리카를 약혼녀로 들일 수는 없습니다.”

코르넬리우스도 귀족의 상식을 필사적으로 호소하며 안게리카를 둘째 부인으로 삼기를 회피했다. 보니파티우스가 “그럼 트라우고트밖에 없는데.”라며 중얼거리자, 안게리카의 표정이 심하게 어두워졌다.

“염치없는 줄은 압니다만, 제가 약혼자에게 원하는 건 단 하나입니다. 에크하르트 님만큼은 아니더라도 코르넬리우스 님만큼은 강한 분이었으면 합니다.”

자신보다 약한 남자는 싫다고 딱 잘라 말하자, 보니파티우스가 주먹을 불끈 쥐었다.

“그럼 트라우고트를 단련할 수밖에 없겠군.”

“보니파티우스 님. 그러다 트라우고트가 코르넬리우스보다 강해지지 않으면 어쩌실 생각이세요? 안게리카의 적령기도 그리 길지 않습니다.”

현실파인 안게리카의 말에 보니파티우스가 미간을 찌푸렸다.

“적령기를 넘기기 전에 트라우고트가 성장하지 않는다면 나나 칼스테드가 책임을 질 수밖에. 안게리카의 기량에 도달할 만한 손자가 더는 없지 않느냐. 니콜라우스는 나이가 너무 어리고.”

"할아버님. 아무리 그래도 아버님이나 할아버님의 셋째 부인은 너무해요. 안게리카의 나이를 생각해 주세요."

듣다못해 내가 말을 꺼냈지만, 안게리카는 오늘 중에 가장 기쁜 표정을 지었다.

"그렇게 된다면 더는 불만이 없겠습니다."

'엑?! 없어?! 할아버님이나 아버님과 결혼해도 된다고? 잠깐만. 너무 취향이 한결같은 거 아냐?!'

보니파티우스든 칼스테드든 기준을 채운 트라우고트든 안게리카는 상관없는 모양이었다. 안게리카의 발언에 얼이 빠진 건 나뿐만이 아니었다. 엘비라도 머리를 싸매더니 조금 전까지 썼던 에크하르트와 안게리카의 슬픈 사랑 이야기에 큼지막한 엑스를 쳤다.

"그럼 안게리카의 혼인은 아버님께서 최종적으로 책임을 지시는 것으로 알겠습니다. 열심히 트라우고트를 단련해 주십시오, 아버님."

칼스테드는 자신이 안게리카를 받는 길을 일찌감치 차단해 버리고 재빠르게 가족회의를 끝냈다.

순식간에 성결식이 왔다. 평민촌 의식을 끝내고, 나와 페르디난드는 성으로 거점을 옮겼다. 게오르기네와 디트린데의 내방이 끝날 때까지 신전에 돌아갈 예정은 없었다.

귀족가의 성결식도 별 탈 없이 끝났다. 의식 자체에는 특필할 만한 일이 없었지만, 게오르기네와 디트린데가 조만간 내방하게 되었다고 발표하자 주변이 시끄러워졌다. 페르디난드의 결혼은 영주 회의 후에 열린 보고회에서 이미 설명했기 때문에 귀족가에서는 모르는 사람이 없지만, 기베의 밑에 있는 귀족 중엔 몰랐던 사람도 있었던 모양이었다. 구 베로니카 파는 일시적으로 활기를 띠었다. 수뇌부는 그 모습을 조용히 지켜보며 누가 어떤 반응을 보이는지 관찰했다.

"이런 경사가 다 있나. 페르디난드 님께서 대영지 아렌스바흐 영애의 배우자가 되시다니……."

"신전에 몸담았던 자를 데릴사위로 받아들이다니, 게오르기네 님은 참 자비로운 분이시오."

페르디난드의 행운을 시샘하는 목소리부터 부활의 조짐을 보이는 아렌스바흐와의 교류에 들뜬 목소리까지 여기저기서 나왔다. 그들의 모습을 페르디난드는 가식적인 미소로 지켜보았다. 엘비라 또한 훌륭한 가짜 미소를 짓고 있었다.

"게오르기네 님은 정말 에렌페스트를 휘두르는 데 도가 트신 분이시니 우리도 정신을 바짝 차리고 맞이해야 합니다. 페르디난드 님께서 어려운 일을 부탁하는 것이야 어제오늘 일이 아니지만, 그만큼 보람은 있겠어요."

신전 출신인 나를 거두어 상급 귀족의 딸로 부끄럼 없이 키워 달라는 부탁을 들었을 때도 눈앞이 아찔했었다며 엘비라가 중얼거렸다.

"양어머님과 어머님의 수완을 기대하고 있을게요."

내 힘으로는 도무지 맞설 수 없는 여자의 싸움을 예상한 나는 엘비라와 플로렌치아에게 전면적으로 맡기기로 했다.

"……게오르기네 님은 우리에게 맡겨도 상관은 없습니다. 하지만 로제마인. 당신은 최대한 페르디난드 님 곁에 붙어 있으세요. 페르디난드 님이 저런 미소로 대응할수록 디트린데 님과는 마음의 거리가 더 벌어질 테니까요."

약혼자가 이미 정해져 있어도 빌프리트와 함께라면 내가 페르디난드에게 접근해도 주변에서 괜히 오해하고 질투하진 않는다고 한다. 그런 의미에서 만약 샤를로테가 섣불리 접근하면 오해를 부를 수 있다.

"주위를 살피면서 분위기를 이끄는 건 샤를로테가 더 잘하지만, 페르디난드 님의 표정과 감정을 알아보는 건 오래 함께 지낸 로제마인이 더 잘하잖아요."

잘 살펴봐야 한다고 하는데 과연 내가 페르디난드를 잘 보좌할 수 있을까. 오히려 거치적거리지만 않으면 다행이다.

"그들의 이번 방문은 에렌페스트의 귀족들에게 정식 구혼과 약혼을 알리기 위한 목적이기도 해요. 아마 디트린데 님이 구혼의 마석을 가져오실 텐데, 페르디난드 님도 답례 마석을 준비하셨나요?"

엘비라의 말에 나는 핏기가 싹 가셨다. 나의 예습과 병행하면서 자신이 아렌스바흐에 가져갈 회복약을 만들고, 보호 마술구를 만드는 모습이야 봤지만, 구혼의 마석을 만드는 모습은 보지 못했다.

"……보나 마나 준비하지 않으셨을 거예요. 제 공부를 가르치고, 신전 인수인계를 최우선으로 하고 있었거든요."

디트린데가 구혼의 마석을 내밀었을 때 이쪽은 준비해 오지 않았다는 말은 절대 할 수 없다. 방문 예정과 목적도 일찌감치 알려줬으니까 말이다.

"페르디난드 님, 구혼의 마석은 준비하셨나요?"

나는 페르디난드에게 올도난츠를 보냈다. 준비해 뒀다면 다행이고, 준비하지 않았다면 지금부터라도 만들면 된다. 그렇게 생각했건만, 돌아온 답장에 간이 철렁했다.

"구혼의 마석은 이미 있다. 상대의 속성이 무엇이든 맞출 수 있는 전속성으로."

"잠깐만요! 구혼의 마석은 상대방의 속성에 맞춰서 만들어야 하는 거 아니에요?"

전속성이라도 형식상 문제는 없겠지만, 상대방을 알고 싶은 마음이 눈곱만치도 없다는 불성실함이 부각된다. 나는 머리를 쥐어뜯고 싶어졌다.

"적어도 그분들이 오기 전에 디트린데 님의 속성을 조사해요. 건성건성도 정도가 있지! 다른 사람에게 주려고 한 구혼의 마석이라고 오해하면 어쩌려고요!"

"귀족원 수업 때 만든 것이니 오해할 것도 없다."

완전히 할 마음이 없는 대답이다. 나는 정말 머리를 쥐어뜯었다.

"브륀힐데, 이래도 되는 거예요?"

"……그, 글쎄요. 전속성이니까 마석의 품질과 어떤 말을 새겼는가에 따라서는 기뻐하실지도 모르겠습니다."

브륀힐데의 말에 일말의 희망을 걸기로 한 나는 마석에 새긴 문장을 물었다.

언제든 누구에게나 할 수 있게, 마석에 새긴 문장은 '나의 마음을 당신에게'라는 가장 심플하면서 특별함이 느껴지지 않는 것이었다. 그러자 브륀힐데도 더는 변호하기 어려운 표정을 지었다.

"다시 만들어요. 이건 너무해요. 어떤 여성이 그걸 받고 좋아해요?"

"원래 있던 건데 무슨 문제가 있겠나. 다시 만드는 시간이 더 아깝지. 꼭 그녀의 속성에 맞춘 마석으로 해야겠다면 가족과 마찬가지인 그대가 만들지 그러나?"

"제가 만들 물건이 아니잖아요! 제가 결혼하는 게 아니라고요."

"달콤한 말과 함께 웃으면서 주면 돼. 대화는 여기서 끝이다. 나는 바빠."

그걸 끝으로 올도난츠조차 돌아오지 않았다. 전속성의 마석으로 밀어붙일 심산이다.

'이 사람, 진짜 결혼하면 안 되는 사람이야! 결혼 상대로 최악이라고!'

게오르기네와 구 베로니카 파에 정신이 쏠려서 정작 자신의 약혼녀를 대하는 태도는 최악이다. 이대로는 디트린데가 에렌페스트에 지내면서 페르디난드에 대한 인상만 더 나빠지게 생겼다.

"페르디난드 님의 인상이 나빠지지 않게 전력을 다해 디트린데 님을 대해야겠어요. 브륀힐데, 리젤레타, 리카르다, 오틸리에. 체류 기간에는 고생하겠지만, 내게 힘을 빌려줘요."

"알겠습니다."

솔직히 나도 연애 사정과 표현에 둔해서 도움을 받아야 하는 입장이다.

"빌프리트 오라버니와 샤를로테와 멜키오르에게도 전달해서 다 함께 즐겁게 지내는 것을 첫 번째 목표로 삼읍시다."

약혼자끼리 냉랭한 분위기를 풍기는 것보다는 훨씬 낫다. 디트린데가 무슨 디저트와 화제를 좋아하는지, 사촌끼리의 다과회에 참석했던 빌프리트와 샤를로테의 측근들에게 이야기를 듣고, 협력을 구했다. 그녀들이 묵을 방을 꾸미고, 다과회와 회식에 낼 메뉴를 의논했다. 페르디난드와 구 베로니카 파의 면담도 늘었고, 준비는 착착 진행되었다.

환영 잔치

한여름도 차차 물러날 때쯤 게오르기네와 디트린데 일행이 에렌페스트를 방문했다. 마차가 잇달아 도착하고, 측근들이 모습을 드러냈다. 우리의 요청이 통했는지, 라이문트가 마차에서 내리는 모습도 보였다.

에렌페스트에 줄 선물 상자를 인부들이 잇달아 옮기는 가운데, 머리에 아렌스바흐의 베일을 쓴 두 사람이 마차에서 천천히 내리는 것을 나는 창문으로 지켜보았다.

정식 인사는 오늘 밤 환영 잔치 때 하기로 했다.

'이번 방문이 제발 무탈하게 끝나기를.'

지난 게오르기네의 방문은 무탈하게 끝난 것처럼 보이기는 했다. 하지만 그 뒤에 구 베로니카 파가 하얀 탑 사건을 일으켰고, 나와 샤를로테는 습격을 당했다. 방심은 금물이다. 나는 정신을 차리려고 뺨을 가볍게 두드렸다. 긴장과 경계로 굳은 사람은 나뿐만이 아니었다. 지난번에 주인을 완벽히 지키지 못했던 호위 기사들도 마찬가지였다. 코르넬리우스의 얼굴에는 호의적인 미소가 보이지 않았고, 다무엘은 창문과 문 자물쇠가 고장나지는 않았는지 확인했다. 안게리카는 정복 차림에도 재빠르게 마검 슈팅루크를 잡는 연습을 했다. 덩달아 유디트와 레오노레의 얼굴에도 긴장의 빛이 역력했다.

환영 잔치는 여섯 점 종에 시작한다.

오늘의 요리는 푸고와 엘라도 솜씨를 발휘한 유행의 끝판왕이라고 할 수 있는 에렌페스트 요리다. 영주 회의 때 이미 선보여서 숨겨도 의미가 없었다. 회의에 내지 않았던 메뉴도 몇 가지 추가한 이유는 아렌스바흐에 에렌페스트의 가치를 조금이라도 높여 보이기 위한 시위 행위였다. "페르디난드의 가치를 최대한 크게 보여야 한다."라고 질베스타가 말했었다.

영주 일족이 입장한 후에 게오르기네와 디트린데를 비롯한 아렌스바흐 사람들이 입장한다. 북쪽 별채에서 지내는 영주 후보생은 모두 모여서 이동하라는 지시를 받았다.

성에서 다른 영지의 손님을 맞는 일은 많지 않았다. 샤를로테와 멜키오르에게도 첫 경험이다. 샤를로테는 귀족원에서 다른 영지 귀족과 사교를 하고 있어 걱정이 없지만, 멜키오르는 아직 사교 경험이 없다. 세례를 받은 지 1년도 되지 않으니 예전에 게오르기네가 방문했을 때의 빌프리트와 같은 상태다.

"멜키오르, 절대 말을 함부로 해선 안 돼. 꼭 정해진 인사만 해야 해."

"네, 형님."

지난번 마지막 인사에서 말이 헛나가 모두에게 단단히 혼이 났던 빌프리트가 같은 실수를 범하지 않게 멜키오르를 타일렀다. 멜키오르는 형의 실수담을 얌전히 들었다.

"페르디난드 님께선 마석을 새로 준비하셨을까요?"

주변에 들리지 않게 소곤거리는 목소리로 브륀힐데가 불안을 담아 중얼거렸다. 공방에는 소재가 넘쳐 나니 아렌스바흐가 오기 전까지 마석을 만드는 데 많은 시간이 걸리진 않겠지만, 페르디난드라면 준비하지 않았을 터였다.

"······어떻게든 잘 넘기겠죠. 자신감이 넘쳐 보였으니까."

달콤한 말과 함께 웃으면서 주면 된다고 단언했다. 가식적인 미소로 닭살 돋는 구애의 말을 늘어놓겠지. 그 무뚝뚝한 얼굴과 대사의 갭이 웃겨서 내 배가 찢어지지 않을까. 그게 더 걱정이다.

우리가 대강당에 입장했을 땐 페르디난드는 벌써 입장해서 결혼을 축하하는 귀족들에게 완벽한 가짜 미소로 대응하고 있었다. 그 미소가 어찌나 부드럽던지. 저건 사기라며 소리치고 싶을 정도로 아주 딴사람이었다. 비밀의 방에서 강의할 때의 엄격한 페르디난드를 알고 있는 빌프리트와 샤를로테가 감탄의 한숨을 내쉬었다.

"사교할 땐 저런 표정을 지으시다니 숙부님은 정말 대단해."

"그러게요. 과제를 내고 결과를 확인할 때 지으시던 엄격한 표정은 하나도 안 보여요. 조합과 집무도 그렇지만, 사교에서도 보고 배울 점이 많네요."

굳이 말하진 않았지만, 솔직히 샤를로테가 페르디난드를 본보기로 삼지 않았으면 했다.

'샤를로테가 평소에 무뚝뚝하다가 사교할 때만 저런 가짜 미소를 지으면 나 울 거야!'

"로제마인, 빌프리트, 샤를로테, 멜키오르. 너희는 여기서 대기해라."

"보니파티우스 님."

"나는 이미 은퇴 표명을 한 몸이라 평소엔 다른 영지도 모이는 공식 자리엔 얼굴을 내밀지 않지만, 이번엔 그대들을 호위하는 겸 같이 있어 달라고 부탁받아서 말이다."

보니파티우스가 당당하게 "전부 한꺼번에 지켜 줄 테니 꼭 붙어 있으렴." 하고 주의를 주었다. 그런 보니파티우스에게서 나를 지키려는 듯이 안게리카와 코르넬리우스가 슬그머니 위치를 바꾸었다.

"오늘은 아렌스바흐에서 중요한 손님이 오셨다."

질베스타의 말로 연회가 시작되었고, 문이 활짝 열렸다. 문 너머에는 아렌스바흐의 베일을 쓴 게오르기네와 디트린데가 있었고, 그녀들을 선두로 동행자들도 함께 입장했다. 여름이라서인지, 안이 비쳐 보이는 얇은 베일을 쓰고 있었다. 게오르기네는 여전히 당당한 여왕처럼 우아한 발걸음과 자세였고, 디트린데는 그 뒤를 사푼사푼 걸으며 주변 귀족들에게 해사한 미소를 지었다. 귀족들은 술렁거리면서도 디트린데에게 호의적인 얼굴을 보였다.

"이렇게 보니 저 아이는 베로니카가 젊었을 적 얼굴과 판박이군."

"보니파티우스 님도 그렇게 생각하십니까? 저도 그런 것 같다고 생각했습니다."

영주 일족이 모인 일각에서 보니파티우스가 중얼거리자, 이에 빌프리트가 반응했다. 나는 베로니카와 면식이 없어 잘 모르겠지만, 베로니카를 세례식 무렵부터 알던 보니파티우스에겐 판박이로 보이는 모양이다.

'신관장님, 괜찮을까?'

영주 부부와 그 측근들과 함께 자신의 측근을 데리고 단상에 서 있는 페르디난드를 힐끗 올려다보았다. 디트린데가 친밀한 미소를 보내자, 페르디난드의 미소도 깊어졌다. 상냥한 미소를 짓는 그 모습은 주변 사람들 눈에는 약혼을 기뻐하며 아렌스바흐의 방문객을 환영하는 것처럼 보이리라. 얼굴조차 보기 싫어하는 사람이라고 누가 생각하겠는가.

아무리 싫어도 미소로 대응하고, 주변에 자신의 빈틈과 약점을 보이면 안 된다고 항상 강조하던 페르디난드의 귀족으로서의 삶을 본 기분이다. 과연 그가 조금이라도 숨통을 틔울 장소가 아렌스바흐에 있을까? 앞으로도 다른 영지에서 저런 미소로 평생 진심을 숨긴 채 살아가야 한다고 생각하니 왠지 가슴이 찡했다.

'조금이나마 신관장님이 살기 편한 관계가 되어 주면 좋겠는데.'

단에 올라간 게오르기네와 디트린데가 영주 부부와 인사를 나눴다. 그 뒤 영주 일족 중에서 두 사람과 처음 만나는 멜키오르와 보니파티우스, 게오르기네와 처음 만나는 샤를로테가 단에 올라가 첫인사를 나눴다.

"불의 신 라이덴샤프트의 권위가 빛나는 좋은 날, 신들의 인도에 의한 만남에 축복을 기도함을 허가해 주십시오."

"허가합니다."

멜키오르는 게오르기네에게도 축복을 빌고, 끝나자마자 바로 단에서 내려왔다. "저 잘했지요?"라며 자랑스럽게 웃는 그의 머리를 가볍게 쓰다듬어 칭찬했다.

"참 잘했어요."

인사가 끝나자, 아렌스바흐의 대표인 게오르기네가 페르디난드와 디트린데의 결혼에 대해 연설하기 시작했다.

"이번에 아렌스바흐와 에렌페스트는 왕명으로 인해 강한 결속을 다지게 되었습니다. 나의 딸, 디트린데의 배우자로서 우수하신 페르디난드 님을 맞이하게 되어 기쁘게 생각합니다."

현재 여성 영주 후보생밖에 없는 차기 아우브 아렌스바흐를 보필

할 데릴사위로서 왕께서 에렌페스트의 페르디난드를 선택해 주셨다며. 그 후에는 페르디난드의 귀족원 성적을 들면서 신전에만 두기에는 아까운 인재라는 목소리가 대영지에서도 나오고 있다고 설명하며 은근슬쩍 질베스타를 비난했다.

'미소와 귀족의 표현으로 완곡하게 포장하면서 양아버님을 비하하는 건 지난번과 똑같은데, 전보다 게오르기네 님이 더 생기가 넘쳐 보여.'

"그럼 마석을 준비하세요."

게오르기네의 목소리에 가볍게 고개를 끄덕인 디트린데가 천천히 페르디난드에게 다가갔다. 그녀의 반보 뒤에서 견습 시종 마르티나가 작은 상자를 들고 따라가는 것이 보였다.

페르디난드가 그 자리에서 천천히 무릎을 꿇자, 페르디난드의 측근인 에크하르트와 유스톡스도 무릎을 꿇고 고개를 숙였다. 준비가 끝난 것을 확인한 마르티나가 조심스레 상자를 열었다. 디트린데는 마석을 꺼내, 페르디난드에게 내밀었다.

"천상의 최상위에 계신 부부신의 인도로 이 결혼이 정해졌습니다."

그런 인사말로 시작하여 신을 찬미하는 말이 이어졌다. 절반 이상이 성전 언어여서 나도 이해할 수 있었다. 나의 해석이 틀리지 않다면 '나 외에 당신을 구원할 사람은 없습니다. 최대급의 감사를 보이세요'라는 말로 들렸다.

'귀족의 언어 표현을 해석하는 건 썩 자신이 없지만, 신관장님의 썩소와 에크하르트 오라버니가 움찔하니까 유스톡스가 누르려고 하는 걸 보니 대충 맞겠네.'

"이 마석을 나의 어둠의 신께 바칩니다."

디트린데가 마석을 내밀자, 페르디난드가 정중하게 그것을 건네받았다. 유스톡스가 준비한 상자에 그 마석을 넣고, 대신 페르디난드의 마석을 내밀었다.

"나의 빛의 여신이여."

미소를 짓는 페르디난드는 마석을 내밀며 디트린데를 상냥하게 불렀다. 엘비라가 엄선한 로맨스 요소가 강한 기사 소설의 한 장면과 똑같았다. 엘비라의 로맨스 소설 판매량으로 알 수 있듯이 이 큰 강당 안에는 열렬한 독자가 많다. 그 여성들이 일제히 숨을 삼켰다.

"끝없이 퍼지는 어둠 속, 한 줄기의 빛이 쏟아지고……."

페르디난드가 기분 좋게 울리는 저음으로 장황하게 말하기 시작했다. 성전의 내용을 절반 이상 인용한 디트린데와 다르게, 페르디난드의 말은 의미를 이해하기 어려웠다. 종이에 쓴 것을 읽으면서 천천히 해석하면 절반은 이해할 수 있겠지만, 동시 해석은 도무지 할 수가 없었다.

'전혀 모르겠네. 왠지 시적인 것도 같고. 어둠이 지나 꽃이나 빛이 쏟아지는 느낌이니까 기쁨을 표현한 거겠지. 응.'

페르디난드의 진심을 모르는 엘비라는 황홀해하면서도 눈을 무시무시하게 빛냈다. 언젠가 반드시 오늘 이 페르디난드의 대사가 로맨스 소설에 등장하리라. 그때라도 오늘의 말을 천천히 해석해야지.

그런데 엘비라를 비롯한 주변 사람들도 넋이 나가 있고, 그 말을 받은 디트린데도 뺨에 홍조가 물들고 눈이 촉촉해진 것을 보면 나 빼고는 어느 정도 의미가 통한 모양이다.

"브륀힐데, 마석에 문제는 없어 보이죠?"

내가 말을 걸자 브륀힐데가 천천히 고개를 끄덕였다. 페르디난드가 꺼낸 말을 요약하면 '그대와 혼인하게 되어 무척이나 기쁩니다. 당신과 결혼하기 위해서라면 어떠한 고난도 넘을 수 있다는 내 결의를 보여드리고자, 이렇게 모든 속성을 준비하였습니다'라며 그 소재를 모으느라 매우 고생했다고 말했다고 한다.

"혼인이 결정된 이후에 소재를 준비하려니 시간이 촉박하여 최대한 희소한 물건을 준비했다고 하시네요. ……이렇게 들으면 페르디난드 님께서 아주 성의껏 구한 마석인 것처럼 들리는군요."

'뭐야?! 얼마 전에 진심을 듣지 않았으면 나도 속았겠네! 앞으로 신관장님의 미소만은 절대 안 믿을 거야. 무서워!'

"어쩜. 페르디난드 님께서 저를 위해 이렇게까지 힘쓰시다니……."

마석을 손에 쥔 디트린데는 페르디난드에게 홀딱 마음을 빼앗긴 듯 녹색 눈동자를 글썽거렸다.

'아아아아! 디트린데 님도 속아 넘어갔어! 속아 줘서 다행이긴 한데, 마음이 복잡해. 속지 말라고 말해 주고 싶어!'

내 심경을 알아 주는 사람 하나 없이 여성들의 혼을 뺀 페르디난드가 몸을 일으켰다. 단상에 선 두 사람에게 축복의 박수가 터져 나왔다. 슈타프를 빛내고 나면 이제는 사교 시간이다.

게오르기네는 구 베로니카 파에 둘러싸였다. 함께 인사하며 돌아다녀야 하는 디트린데와 페르디난드도 구 베로니카 파에 둘러싸인 형태였다. 가짜 미소가 더욱더 깊어진 페르디난드였지만, 언제 저 미소가 벗겨질까 조마조마했다. 하지만 내가 적극적으로 움직이는 일은 없었다. 주변을 둘러보다가 따분한 듯 두리번거리는 라이문트를 발견했다.

"라이문트."

하르트무트가 이름을 부르자, 라이문트가 웃으며 다가왔다.

"갑자기 동행 명령을 받아서 오긴 했지만, 아렌스바흐 측에도 그다지 친한 사람이 없어서 조금 불안했었는데 다행입니다."

페르디난드에게 지명을 받고 갑작스레 동행자에 포함된 라이문트는 매우 불안한 상태로 에렌페스트에 왔다고 했다.

"페르디난드 님께서 디트린데 님과 약혼하셨다는 소문에도 놀랐지만, 저를 측근으로 들이실 예정이라는 얘기에 한동안 정신이 없었습니다."

페르디난드의 측근으로 발탁되었다는 것은 영주 일족의 측근이 된다는 의미다. 그러자 지금까지 내놓은 자식이나 다름없이 대하던 가족의 태도가 확 바뀌었고, 연구에만 몰두하고 싶은 라이문트는 이래저래 고생했다고 한다.

"조금이라도 아는 분이 페르디난드 님 가까이에 계신다면 저도 안심이에요. 아렌스바흐에서도 페르디난드 님을 잘 부탁드릴게요. 둘이서 연구에 몰두하느라 건강 소홀히 하지 말고요."

내 말에 라이문트가 곤란한 듯이 웃었다. 약속할 수는 없는 모양이다. 나 역시도 책만 보면 같은 반응을 보이기에 강하게 말할 순 없었다. 하지만 페르디난드에게 줄 잔소리 녹음 마술구는 뺄 수 없었다.

"아 참. 지난번에 페르디난드 님과 새로운 과제 얘기를 했었어요."

"자세히 말씀해주십시오."

라이문트가 눈을 반짝였다. 나는 녹음 마술구의 소형화에 관해 얘기했다.

"설계도도 실물도 아무것도 없는 이 자리에서는 무어라 말하기 어렵지만 재미있겠군요."

라이문트가 눈을 반짝이며 흥미를 보였다. 긍정적으로 생각해 볼 마음이 든 모양이다.

"여기서 지내면서 페르디난드 님과 얘기해 봐요. ……약속이 너무 많아서 아주 바빠 보이지만."

그렇게 라이문트와 대화하는데, 페르디난드가 디트린데를 데리고 이쪽으로 다가왔다.

"로제마인, 내 저택에 디트린데 님을 초대하려고 하는데 둘만 있으면 난처한 소문이 돌 수 있으니 그대와 빌프리트도 초대하고 싶다. 시간은 괜찮은가?"

"모처럼 초대해 주셨는데, 샤를로테와 멜키오르도 데려가도 괜찮을까요? 이렇게 사촌끼리 모일 기회가 거의 없었거든요."

사교에 둔한 나와 빈정거리는 말인지도 모르고 흘려듣는 빌프리트만으로는 너무 불안하다. 게다가 나는 귀족원에서 사촌끼리 열었던 다과회에도 참여한 적이 없다. 그래서 잘 도와주는 샤를로테를 꼭 데려가고 싶었다.

"나는 상관없다. 이렇게 사촌끼리 모이는 기회도 많이 없고, 그대도 북적거리는 쪽을 좋아하니. ……어떻겠는가, 디트린데 님?"

약혼녀를 배려하는 상냥한 미소에 디트린데도 기쁜 듯 미소로 화답했다.

"이렇게 모두가 저를 환영해 주니 정말 기쁘네요. 배려해 주셔서 감사하게 생각합니다."

디트린데에게 동의를 얻은 페르디난드는 한 번 고개를 끄덕이고, 라이문트에게로 시선을 돌렸다.

"라이문트. 그대도 오너라. 아렌스바흐에서 측근이 될 그대에게 좋은 물건을 보여주지."

"알겠습니다."

이리하여 페르디난드의 훌륭한 가짜 미소가 벗겨지는 일 없이 환영 잔치는 무사히 끝났다. ……라고 생각했더니 다음 날 나는 페르디난드에게 불려갔다. 디트린데가 머리 장식을 구해 달라고 졸랐다는 것이다.

"우리가 장만해서 보내겠다고 했더니, 본인에게 어울리는 물건을 직접 주문하고 싶다더군. 로제마인, 길베르타 상회와 연락을 취할 수 있겠는가?"

"연락은 할 수 있는데, 언제 부를까요? 이미 약속은 꽉 찼잖아요."

이때다 싶은 구 베로니카 파의 초대가 쇄도하고 있었다. 머리 장식을 장만할 여유가 있을까? 내가 고개를 갸웃거리자, 페르디난드가 깊은 한숨을 쉬었다.

"그녀가 내 저택에 오는 날이 바람직하겠군. 시간이 촉박하도록."

다른 사람이 주최한 다과회나 회식에 초대받으면 초대한 사람이 적당히 화제를 던지고 대접한다. 지금까지 페르디난드도 거기에 대응만 하면 되었다. 하지만 자신의 저택에 초대하면 자신이 화제를 준비해야 한다. 그 화제 중 하나, 그러니까 머리 장식을 고르는 것으로 시간을 때울 생각이리라.

"페르디난드 님은 라이문트와 연구 얘기로 꽃을 피우세요. 저와 샤를로테가 디트린데 님을 상대로 머리 장식과 유행 얘기를 할 테니까요."

"……그래 주면 고맙겠군."

옅은 금색 눈동자로 나를 보던 페르디난드의 어깨에서 힘이 빠졌다.

"내친김에 부탁하긴 그렇지만 한 번 더 나를 도와주지 않겠나?"

페르디난드가 도움을 요청하다니 이게 웬일인가. 나는 당장 "좋아요." 하고 고개를 끄덕였다.

"그날 그대의 신전 시종을 빌려 다오. 귀족가에 있는 저택에는 시종이 거의 없어서 말이다."

페르디난드의 저택은 성과 인접해 있다고 해도 과언이 아닌 위치에 있다. 페르디난드의 부친이 마련했고, 페르디난드가 별궁에서 넘어와 세례를 받기 전까지 짧게 산 집이지만, 성인이 된 후 정식으로 물려받았다고 한다. 평소에는 최소 관리 인원밖에 없어서 갑자기 손님이 몰리는 그날만이라도 신전의 회색 신관과 요리사를 빌려 달라는 말이었다.

"이미 내 시종과 요리사를 보내 놨지만 그래도 손이 부족하다. 샤를로테와 멜키오르까지 초대할 예정은 없었거든. 잠과 프랑을 빌려주지 않겠나?"

손님이 디트린데 혼자라면 최소 인원으로도 해결된다. 하지만 영주 후보생이 일제히 오게 되니 신전 시종을 동원해도 손이 부족한 상황이라고 한다.

"알겠어요. 프랑과 잠, 그리고 푸고와 엘라도 빌려드릴게요."

"고맙다, 로제마인."

감사의 말을 건네는 페르디난드의 미간에 깊은 주름이 새겨졌다. 관자놀이를 누르는 얼굴에 그림자가 져서 매우 피곤해 보였다.

"페르디난드 님, 안색이 나빠요. 너무 무리하지 마세요."

"걱정하지 말거라. 회복약은 넉넉히 준비했다."

진지한 얼굴로 하는 말에 더 걱정되었다.

그 뒤 나는 잠깐 신전에 돌아가 프랑과 잠에게 귀족가에 있는 페르디난드의 저택에 가 달라고 부탁했다. 원래 페르디난드을 모셨던 두 사람은 흔쾌히 승낙했다.

"신관장님을 돕는 것이라면 맡겨 주십시오."

"로제마인 님의 측근들과 접하면서 상급 귀족과 영주 일족 앞에서도 기죽지 않고 접대할 수 있게 되었습니다. 안심하십시오."

든든한 말을 하는 두 사람을 준비한 마차에 태워 보냈다. 동시에 길베르타 상회에 연락을 넣었다. 오토에게 '아렌스바흐의 영주 후보생이 머리 장식을 주문하고 싶다고 합니다'라는 편지를 보내자, '신전이면 몰라도, 영주 일족이신 페르디난드 님의 저택에 미성년자인 투리는 데려갈 수 없으니 성인인 머리 장식 장인을 데려가고 싶다'는 제안이 왔다.

표면적으로는 미성년자라는 이유를 들었지만, 숨은 뜻은 '지금까지 아렌스바흐의 표적이 되어 왔다면 네 약점인 가족은 최대한 숨기는 편이 좋아'라는 뜻으로 보였다. 투리를 위험에 처하게 할 생각은 추호도 없었던 나는 조언을 받아들이기로 했다.

페르디난드의 저택

당일, 우리 영주 후보생은 마차를 타고 페르디난드의 저택으로 향했다.

"숙부님의 저택에는 처음 가 봐. 로제마인은 간 적 있어?"

"모든 용건을 성과 신전에서 해결해서 저택을 방문하는 건 저도 처음이에요."

"전 초대를 받고 성에서 나가는 것 자체가 처음이어서 조금 긴장돼요."

신이 난 멜키오르가 창밖을 보며 그렇게 말했다. 페르디난드의 저택은 성과 인접해 있어, 마차를 타는 시간은 짧았다. 금방 저택에 도착했다.

"……결혼하지도 않았는데 페르디난드 님은 큰 저택에서 살고 계시네요."

마차에서 내린 나는 칼스테드의 저택과 크기만큼 웅장한 하얀 저택을 올려다보았다. 이곳을 제대로 사용하지 않다니 아까워라. 그렇게 생각할 때 먼저 내린 빌프리트가 어깨를 으쓱했다.

"영주 일족은 성인이 되면 북쪽 별채를 나가야 해. 아마 귀족원을 졸업하자마자 결혼하실 줄 알고 물려주신 거겠지. 선대 영주이신 할아버님 입장에선 숙부님이 여태 결혼을 안 하실 줄은 모르셨을 거야."

페르디난드의 저택 문을 열자, 우리를 맞이한 사람은 프랑이었다.

"어서 오십시오."

"프랑이 여기에 왜 있어?"

신전 시종이 귀족가의 부지 내를 돌아다니는 것을 발견하고, 샤를로테와 빌프리트의 눈이 휘둥그레졌다. 둘은 내가 잠든 동안 기원식과 수확제를 동행한 프랑과 일면식이 있다. 놀란 얼굴로 프랑을 바라본 채 굳어 버린 그들을 보고, 프랑이 난처한 미소로 나를 보았다. 그 시선을 받은 나는 사정을 설명했다.

"페르디난드 님이 장기간 신전에서 지내시니까 이곳엔 평소에 시종과 인부들을 조금만 두셨대요. 오늘은 초대 손님이 많아서 페르디난드 님의 시종이었던 프랑과 잠에게 도움을 구하게 됐어요."

빌프리트와 샤를로테는 물론 멜키오르의 측근들도 납득하는 표정을 지었다.

"하긴 이제 아렌스바흐에 가실 테니 이제 와서 사용인을 늘릴 이유도 없지요."

"앞으로도 인수인계 때문에 신전에서 대부분의 시간을 보내실 테고."

"이곳에서 일하는 사람들이 신전 시종이라는 사실은 디트린데 님에겐 비밀이에요."

신전 사람을 이곳에서 쓴다는 걸 알면 좋아하지는 않을 거라고 내가 덧붙이자, 모두가 납득해 주었다.

이 저택이 전체적으로 흰색인 점은 칼스테드의 저택과 같다. 하지만 어딘가 페르디난드답다고 할까, 여성의 손길이 전혀 느껴지지 않는다고 할까…… 심플하고 실용적이지만 화사함이 전혀 없는 저택이었다. 살짝 단켈페르거의 다과회실과 분위기가 비슷했다.

응접실에서 시종들에게 지시를 내리고 있던 페르디난드가 우리를
발견하고 뒤돌아보았다.

"아, 잘 왔다."

"페르디난드 님의 저택은 정말 화사함이라고는 하나도 없네요."

"기능미라는 아름다움을 모르는군."

현관홀을 지나, 커다란 응접실로 안내받았다. 테이블과 의자, 소파
가 많은 방이었다. 깔개며 마술구가 놓여 있는 것으로 보아 조금은 사
람 사는 곳이라는 느낌이 들었다. 그때 잠이 디저트를 가져왔다. 잠과
시종들에게 지시를 내리는 남성이 평소 이 저택을 관리하는 귀족 시
종인 모양이다.

차를 마시면서 디트린데가 오기 전까지 최종 확인을 거쳤다.

"음식을 먹을 수 있는 곳은 이 방뿐이다. 길베르타 상회가 오면 나
는 라이문트와 남성 문관을 데리고 방해되지 않게 도서실에 들어가
연구 회의를 할 생각이다."

나는 무심코 눈이 커졌다. 라이문트와 연구 얘기를 하면 좋겠다고
제안한 건 나였지만, 도서실에서 한다는 말은 듣지 못했다.

"그럴 수가……. 저도 도서실에 가고 싶어요."

"그대는 머리 장식과 유행 얘기로 디트린데를 즐겁게 해 주겠다고
하지 않았는가?"

"페르디난드 님의 도서실이 눈앞에 있는데 참으라고요?"

다시 못 올지도 모르는데, 그곳에 아직 읽지 못한 책이 몇 권이나
있을 텐데, 참으라니 너무하다.

"저 오늘만 남자가 될래요. 빌프리트 오라버니, 옷 바꿔 입어요."

"옷을 바꿔 입는다고 네가 남자가 되진 않아."

"알아요. 아는데요……."

도서실을 포기하지 못하는 나를 보고, 브륀힐데가 살짝 손을 들었다.

"페르디난드 님, 한 말씀 올려도 되겠습니까?"

"그래."

"남녀 따로 사교를 하는 건 흔한 일이지만, 이번 초대는 약혼녀와 교류를 가지는 것이 목적이니까 페르디난드 님께서 완전히 다른 방으로 넘어가시는 건 좋지 않다고 생각합니다."

브륀힐데가 그렇게 말하자 리젤레타도 고개를 끄덕이며 안을 냈다.

"도서실도 응접실도 문을 활짝 열어 둬서 자유롭게 드나들 수 있게 하면 어떻겠습니까? 언제든 드나들 수 있는 상태여야 하는 것이 중요합니다. 디트린데 님도 약혼자의 모습이 보이면 안심하실 겁니다."

둘의 의견을 듣고 잠시 생각하던 샤를로테가 고개를 들어 내게 미소를 보냈다.

"방에 남성만 있으면 여성은 들어가기가 망설여져요. 하지만 언니가 도서실에 계시면 디트린데 님도 주저 없이 드나드실 수 있으실 테니 언니는 도서실에서 책을 읽고 계셔도 돼요."

'샤를로테, 진짜 천사야!'

"로제마인을 너무 풀어놓는 것 아닌가?"

"그런가요? 도서실 쪽에 온 신경이 빼앗겨서 집중하지 못할 언니에게 디트린데 님의 사교를 맡기긴 어려울 거예요. 아우렐리아처럼 관심이 있는 분이시면 몰라도 디트린데 님은 책에 관심이 없으시거든요."

곤란한 표정으로 웃는 샤를로테의 의견에 고개를 끄덕이던 브륀힐데와 리젤레타도 싱긋 웃으며 당당하게 말했다.

"저희는 로제마인 님께서 자리를 비우신 상황에도 익숙합니다. 저희에게 맡겨 주십시오, 페르디난드 님."

"……그러니까 의욕이 없는 로제마인은 방해만 되니 처음부터 도서실에 넣어 두라, 이 말인가. 일리는 있군."

"그 말대로 책만 엮이면 로제마인은 야생마가 되니까 격리해 두는 편이 제일 평화로울 겁니다."

모두가 잇따라 방해꾼 딱지를 붙이자, 나는 고개를 확 들었다.

'이대론 위험해. 멜키오르도 있는데 누나다운 모습을 보여야지!'

"잠깐만요. 역시 열심히 사교할게요. 저 페르디난드 님을 위해 노력하기로 했으니까요."

"아니다. 그대는 도서실에 있어라. 귀족원에서 그대에게 휘둘려서 그런지, 주변 사람들은 참 안정감이 있군. 이들에게 맡겨야 안심이 될 것 같다."

'신관장님이 다른 사람에게 뭔가 맡길 수 있게 된 걸 기뻐해야 하나, 내가 방해꾼 취급받는 현실을 비관해야 하나.'

음, 하고 내가 고민하는데, 페르디난드가 어떤 문을 향해 걸어가, 자물쇠를 절꺼덕 열었다. 그러자 시종들이 얼른 다가가 문을 활짝 열어젖혔다.

"로제마인, 이곳이 도서실이다."

"지금 갈게요."

걱정거리는 뭉쳐 버리고, 열어젖힌 문으로 부리나케 다가갔다. 크게 열린 문에서는 즐비하게 늘어선 책장과 질서정연하게 꽂힌 두툼한 책들이 보였다. 칼스테드의 저택 도서실보다도 책이 많았다. 개인이 소유하는 책치고는 정말 많은 편이었다.

"훌륭한 도서실이네요. 역시 페르디난드 님. 신에게 기도를!"

눈부신 축복의 빛을 퍼트리며 도서실로 돌진하려고 했지만, 입구에서 페르디난드에게 목덜미를 붙잡혀 제지당하고 말았다.

"길베르타 상회와 머리 장식 상담이 먼저다. 어리석은 녀석."

"이럴 거면 왜 지금 열었어요! 저 재미있는 걸 나중에 하라고요?"

"처음 보는 도서실에 심하게 흥분해서 축복을 뿜고 다닐 것 같더라니 역시 내 예상대로였군."

무심코 기도를 올리고 만 스스로를 자책하는데, 빌프리트가 흠 하고 고개를 끄덕였다.

"오호라. 로제마인이 새로운 도서실에 들어가면 아주 높은 확률로 축복이 나와 버리는구나."

"그렇다. 똑똑히 기억해 둬라. 마력 덩어리가 녹아 쓰러질 확률은 줄었지만, 축복이 튀어나올 확률은 오히려 높아졌지."

'그만해! 다들 메모하지 마!'

"페르디난드 님, 마차가 들어오고 있습니다. 디트린데 님께서 도착하신 듯합니다."

시종의 알림에 페르디난드는 현관홀로 향했다. 우리도 마중하러 이동했다. 오늘 머리 장식을 고르기로 해서일까. 도착한 디트린데의 측근은 여성들뿐이었다. 페르디난드의 요청으로 따라온 라이문트만 일행의 끄트머리에서 쭈뼛거리며 몸을 웅크리고 있었다.

현관홀에서 인사를 나누고, 응접실로 이동해서 차를 마신다. 오늘의 디저트는 디트린데가 가장 좋아하는 꿀 발린 카트르 카르와 마술구 빙실에서 시원하게 얼린 아이스크림을 준비했다. 여름하면 차가운 디저트지. 유스톡스가 착실하게 조사해 뒀었는지, 좋아하는 차를 준비할 수 있었던 모양이다. 디트린데가 기뻐했다.

"이 차가운 디저트도 맛있네요."

"아이스크림은 여름 디저트라서 귀족원에서는 내놓지 못하거든요. 디트린데 님께서 좋아해 주시니 기쁩니다."

내가 싱긋 웃자, 디트린데도 싱긋 웃었다.

"제 입에 꼭 맞아요. 이걸 만든 요리사도 아렌스바흐에 데리고 오실 거죠?"

"그건 어렵군. 에렌페스트와 아렌스바흐는 식재료가 매우 달라서 완전히 똑같은 요리를 만들진 못해. 그리고 아우렐리아가 이곳에 올 때도 동행자에 요리사는 없었다. 그런데 내가 데려가면 이상하지 않겠는가."

페르디난드의 말에 디트린데가 녹색 눈동자를 깜빡거렸다. 그리고 뒤돌아서 자신의 시종을 올려다보았다.

"마르티나, 아우렐리아가 요리사를 안 데려갔어요?"

"그렇습니다. 요리사를 데려가는 것조차 허가를 못 받을 줄은 몰랐습니다."

아우렐리아의 여동생인 마르티나의 말에 나는 손바닥을 쳤다. 아우렐리아의 짐이 식재료뿐이었던 건 요리사를 데려가는 것이 전제였기 때문이었다.

"아. 그래서 아우렐리아의 마술구에 재료밖에 없었군요. 고향 요리를 만들어 달라고 했더니 재료밖에 들어있지 않아서 놀랐나 보더라고요. 짓궂게 장난친 걸지도 모른다며 풀이 죽어 있었는데 오해여서 안심했어요.”

마르티나가 고개를 세차게 저으며 자신의 가슴 앞에서 손깍지를
꼈다.

“장난이라니요. 그런 짓은 하지 않습니다. 그러면 언니는 아직 고
향의 맛을 못 느껴 본 거지요? 저, 가능하다면 언니에게 고향의 맛
을…….”

“괜찮아요. 여기에도 아렌스바흐의 음식을 만들 줄 아는 요리사가
있어서 재료를 얻어서 아우렐리아에게 만들어 줬어요. 고향의 맛이라
며 좋아해 줬답니다.”

걱정하지 않아도 아우렐리아는 잘 지내고 있다고 어필하려고 꺼낸
말이었는데, 어째서인지 마르티나의 낯빛이 어두워졌다.

“저기, 로제마인 님. 이번 기회에 언니를 만나고 싶은데, 형부가 허
가해 주지 않으세요.”

“아우렐리아의 결혼 상대면 빌프리트의 측근 아닌가요? 페르디난
드 님과 빌프리트가 한마디 하시면 안 되나요?”

디트린데가 “마르티나가 너무 딱해서…….”라고 하면서 자기 뺨을
감쌌다. 나는 빌프리트를 쳐다보았다. 빌프리트는 고개를 천천히 저
었다.

“그건 안 돼.”

“어째서요? 마르티나가 이렇게나 언니를 그리워하는데…….”

“아우렐리아가 원하지 않는다고 들었어. 그리고 지금 살고 있는 곳
도 기사단장의 저택이고. 남편인 램프레히트가 내 측근이라 에렌페스
트의 기밀이 유출될 우려가 있어서 면담은 허가해줄 수 없어. 편지는
괜찮다고 했을 텐데?”

빌프리트가 딱 잘라 거절하자, 디트린데는 실망한 듯 어깨를 축 떨구며 글썽거리는 녹색 눈동자로 페르디난드를 바라보았다.

"페르디난드 님, 제 부탁을 들어주세요."

"미안하지만, 램프레히트의 주인은 빌프리트다. 약혼녀의 부탁이라 뭐든 들어 주고 싶지만, 내가 해줄 수 없는 일이다."

상냥하게 웃던 얼굴을 지우고 페르디난드가 정말 미안한 어투로 말했다. 디트린데가 그런 페르디난드를 힐끗 보면서 "제 약혼자는 봄을 맞이한 에이비리베 같으시네요. 우리 마르티나, 딱해서 어떡해." 라며 한숨을 내쉬었다.

'뭐? 면담을 안 잡아 준다고 신관장님을 감히 쓸모없는 사람 취급해? 영주 일족이라면 다른 영지 사람에게 해야 될 말과 안 해야 될 말이 있다는 것 정도는 알잖아!'

페르디난드의 미소가 깊어짐과 동시에 나의 미소도 함께 깊어졌다. 에크하르트를 힘으로 누르는 유스톡스가 눈에 들어왔다. 유스톡스의 행동은 옳았지만, 기분상 '하고 싶은 대로 해 버려'라고 에크하르트에게 말해 버리고 싶을 정도다.

갑자기 날카로워진 주변 분위기를 눈치챈 마르티나가 화들짝 놀라 디트린데의 어깨를 잡고 눌렀다. 그때 잠이 들어왔다.

"페르디난드 님, 길베르타 상회가 도착했습니다. 이쪽으로 안내할까요?"

길베르타 상회의 방문에 살얼음판 같던 분위기가 풀어졌다. 구세주의 등장이다.

오토와 코린나가 낯선 여성을 데려왔다. 그녀가 솜씨가 늘었다던 머리 장식 장인인 모양이다.

"불의 신 라이덴샤프트의 권위가 빛나는 좋은 날, 신들의 인도에 의한 만남에 축복을 내려 주시길."

디트린데에게 첫인사를 하고, 곧바로 머리 장식에 관한 논의가 진행되었다. 되도록 평민 장인이 대응하지 못하게 브륀힐데가 자연스레 끼어들었다.

"먼저 디트린데 님의 취향을 알려 주십시오. 졸업식 때 입으실 의상은 이미 주문하셨겠지요? 어떤 색깔입니까? 좋아하는 꽃은 있으십니까?"

에그란티느와 아돌피네에게 어울리는 장식을 장만하고, 지금까지 수많은 머리 장식을 주문해 왔던 브륀힐데가 실력을 발휘할 때다. 샤를로테도 본인이 쓸 머리 장식을 주문하고 싶다고 했고, 멜키오르는 처음 보는 상황에 기대에 찬 눈을 반짝였다.

응접실 분위기가 무르익어가는 것을 보고, 페르디난드가 자리에서 슥 일어났다.

"천천히 골라 보고 좋아하는 물건을 주문하라. 물건을 고르는 데 시간이 꽤 걸릴 테니 우리는 저쪽 도서실에 있겠다. 가자, 라이문트."

"네, 페르디난드 님."

도서실에 가는 아렌스바흐 측 사람은 라이문트뿐이다.

"그럼 저도 도서실에 갈게요. 유디트와 안게리카는 여기에 남아 줘요."

나도 문관들과 코르넬리우스와 다무엘과 레오노레를 데리고 도서실로 갔다. 빽빽하게 늘어선 책들에 나는 행복에 젖은 한숨을 쉬었다.

"하르트무트, 필린느, 로데리히! 장서 목록을 준비해 주세요."

"……이미 있으니 만들 필요 없다. 이 책장에 있는 책들은 아마 그

대가 읽어 보지 못한 책일 거다. 이 주변은 귀족원에 있는 책을 사본
한 것이고, 그쪽은 이미 그대에게 빌려준 적이 있지."

"역시 페르디난드 님!"

내가 기뻐하자, 그와 동시에 페르디난드가 인상을 찌푸렸다.

"로제마인, 독서는 라이문트와 마술구 얘기가 끝난 후에 하거라."

"또 참으라고요?"

"그대가 갖고 싶다던 물건이 아닌가."

라이문트는 긴장한 얼굴로 가방에서 그렇게 크지 않은 천을 두 장
꺼냈다. 마석을 사용한 절약형 전이 마법진의 시작품인 듯했다. 라이
문트가 꺼낸 전이 마법진을 페르디난드가 검사하기 시작했다.

"제가 준비할 수 있는 소재는 전부 품질이 낮아서……."

"그렇군. 내 소재를 사용하면 마력도 조금 더 절약할 수 있겠어. 하
지만 마법진 제작은 잘했다."

페르디난드의 칭찬에 라이문트가 기쁜지 활짝 웃으면서 고개를 갸
웃거렸다.

"페르디난드 님. 그런데 이 전이 마법진은 대체 어디에 쓰려고 하
십니까? 큰 물건은 보내기 어려워서 별 도움이 안 될 텐데."

"로제마인이 책을 옮길 때 쓰고 싶다고 해서 말이다."

라이문트가 불안한 눈빛으로 방 안의 책들을 바라보았다. 이곳에
있는 책들은 하나같이 두껍지만, 에렌페스트에서 만든 책은 끈으로
맨 얇은 책이어서 걱정할 것 없다.

"한 권 보내 봐요."

나는 전이 마법진 두 장을 펼치고, 한쪽에 종이 한 장을 올렸다. 마
법진을 만지며 마력을 흘려보내자 종이가 다른편 마법진으로 이동했

다. 마력은 거의 소모되지 않았다.

"페르디난드 님, 아예 느껴지지 않을 정도로 마력이 안 들었어요. 책을 보내 봐도 될까요?"

"……필린느와 다무엘을 시켜 보아라. 실험대가 그대여서는 마력이 얼마나 필요하고, 하급 귀족도 쓸 수 있는지 도통 알 수가 있어야지."

페르디난드가 시키는 대로 다무엘과 필린느에게 종이와 책을 보내도록 해서 보낼 수 있는 물건의 한계와 마력이 얼마나 필요한지를 실험했다. 페르디난드의 두꺼운 책의 경우, 한 권은 보내졌지만, 두 권은 물건에 따라 보내지지 않았다.

"보낼 물건의 크기와 무게에 따라 마력의 소비량도 다릅니다. 평균적인 하급 귀족은 열 번 정도 사용하면 마력이 바닥나지 않을까 합니다. 회복약이 없으면 장시간 업무에는 맞지 않은 것 아닐까요?"

다무엘과 필린느를 고생시킨 끝에 결과가 나왔다. 납본 제도로 책을 보내는 정도라면 아무 지장이 없었고, 마력의 소비도 많지 않다는 것을 알아냈다. 훗날 콘라트와 디르크의 업무로 삼기 적절해 보였다.

"라이문트, 이 마법진을 사고 싶은데 괜찮을까요?"

내 말에 라이문트는 놀라움과 기쁨에 찬 표정을 짓더니만 갑자기 곤란한 듯이 페르디난드를 보았다.

"……제, 제가 제작한 마술구를 사 주신다니 영광입니다만, 괜찮으시겠습니까? 저기, 이건 페르디난드 님의 지도를 받아 완성한 물건입니다. 원래라면 스승이신 페르디난드 님께서……."

"신경 쓸 것 없다. 실제로 만든 건 그대이고, 나는 현재 명예도 금전도 필요하지 않아. 그대의 마술구라고 해도 좋다."

제자가 만든 물건을 스승이 뺏는 일은 흔하게 있다. 설마 힐쉬르가 그런 짓을 하나, 순간 의심했지만, 힐쉬르는 새로운 물건을 탐구하고 만드는 것을 좋아할 뿐, 명예에 집착하지는 않는다고 한다.

"힐쉬르는 연구에 꼭 필요하다고 생각되면 제자에게도 보조금이나 소재를 조를 때가 있다. 거절하는 마음을 키우도록. ……다만 유복하지 않은 그대에게 조르기 전에 먼저 내게 연락을 할 테니 그리 걱정할 것 없다."

힐쉬르가 할 법한 행동이 쉬이 상상되어 나는 피식 웃었다.

"다음 과제는 녹음 마술구의 크기를 축소하는 것이다. 여기에 설계도가 있지."

"페르디난드 님이 아렌스바흐에 가시기 전에 완성하고 싶어요. 할 수 있겠어요?"

몇 마디 잔소리를 녹음해서 틀어 주고 싶다. 나는 내가 희망하는 마술구에 관해 설명했다. 라이문트뿐만 아니라, 하르트무트도 흥미진진하게 들여다보았다.

"긴 문장을 녹음하려면 거기에 맞춰 마석과 마술구를 준비해야 합니다. 하지만 딱 한 마디만 담으실 거면 그렇게 어려운 과제는 아니겠군요."

"허나 여러 번 재생해야 하는 제약이 있다. 일회용이어선 안 돼."

페르디난드의 말에 라이문트와 하르트무트가 동시에 복잡한 표정을 지었다.

"……똑같은 말을 여러 번 재생하려면 보존 마법진이 필요합니다. 그러면 크기가 커질 수밖에 없습니다."

"슈바르츠와 바이스의 보호구 진형을 응용해 보거라."

설계도를 바라보던 페르디난드가 툭 던지듯 말했다. 그 순간 두 사람이 페르디난드를 확 돌아보았다.

"그럼 보존 마법진을 분리해서 이런 식으로 말 한 마디에 마석 하나를 사용하도록 하면 마석의 크기와 마력도 꽤 줄일 수 있겠군요?"

두 사람이 완전히 이해한 얼굴을 하고 있는 건 알겠는데, 그런 힌트로 어떻게 이해했는지 모르겠다.

'나, 문관 코스에서 최우수를 딸 수 있을까?'

매우 불안해졌지만, 페르디난드가 "이젠 책을 읽어도 뭐라 않겠다."라고 눈앞에 책을 놓는 순간, 모든 불안이 싹 사라졌다. 독서대에 놓인 무거운 책 표지를 로데리히가 넘겨 주었고, 나는 책을 읽기 시작했다. 글자 열에 몰두할수록 점점 주변 소리가 멀어져 갔다.

"로제마인, 끝났다."

페르디난드의 낮은 목소리와 함께 책이 탁 닫힌 순간, 나는 현실로 돌아왔다. 책을 읽는 사이에 머리 장식 주문은 진작에 끝나서 길베르타 상회는 이미 자리에 없었고, 디트린데도 돌아간 듯했다.

"어서 돌아가지 않으면 저녁 시간에 늦었다고 리카르다에게 혼이 날 거다."

시종들은 헐레벌떡 돌아갈 채비를 하고, 서둘러 나를 마차에 태웠다. 내가 마차에 타는 걸 보면서 페르디난드가 모두를 둘러보았다.

"오늘은 빌프리트와 샤를로테, 로제마인의 시종들 모두 실로 훌륭히 대응해 주었다. 그대들의 성장을 눈앞에서 보니 조금은 안심이 되는군. 이대로 정진하라."

빌프리트와 샤를로테가 기쁜 듯이 웃으며 페르디난드에게 손을 흔들었다. 마차는 성을 향해 천천히 움직이기 시작했다.

　우리가 디트린데와 직접 만난 다과회는 이때뿐이었다. 더 오래 체류할 예정이었지만, 아렌스바흐에서 긴급 전갈을 보내는 바람에 게오르기네와 디트린데가 시급히 돌아가게 되어서다.

　"또 언젠가 시간의 여신 드레팡아가 자은 실이 겹치는 그날까지 신들의 가호와 함께 존체 만안하시길."

　"예. 시간의 여신 드레팡아의 실잣기가 원활하길 기원합니다."

　에렌페스트 측에서 '또 언젠가 만나 뵙기를 바란다'라는 겉치레와 같은 헤어짐의 인사에 게오르기네는 빨간 입술을 씩 끌어올리며 유쾌하게 웃었다. 그녀가 고른 건 '가까운 시일에 또 만납시다'라는 의미심장한 대답이었다.

에필로그

에렌페스트의 평민촌을 지나간 마차가 아렌스바흐 남쪽을 향해 밭과 숲을 달린다. 아무리 흔들림을 경감하는 마술구를 사용한 마차라도 바닥에 돌 깔린 마을을 벗어나니 덜컹덜컹 흔들렸다. 몇 대나 이어지는 마차에는 아렌스바흐의 문장이 새겨져 있다. 영주가 쓰러졌다는 긴급 전갈을 받고 영지로 되돌아가는 디트린데와 게오르기네 일행이었다.

디트린데는 아까부터 계속 같은 풍경이 이어지는 것을 확인한 후, 마차 안을 둘러보았다. 이 안에 있는 사람은 자신의 견습 시종인 마르티나와 모친인 게오르기네, 모친의 시종 제르티에 네 사람뿐이다.

"아쉽네요. 벌써 돌아가야 한다니……."

아렌스바흐에 돌아가면 수많은 일거리를 떠맡아야 하고, 공부, 공부, 하고 시끄러운 시종들도 있다. 감시당하는 기분이라 느긋하게 쉴 수도 없다. 귀족원에서는 디트린데보다 지위가 높은 학생이 없어 뭐든 마음대로 할 수 있는데 말이다.

"디트린데 공주님, 아우브 아렌스바흐께서 쓰러지셨습니다. 공주님의 아버님이신데 너무 무정하신 것 아니십니까?"

제르티에의 질책에 디트린데는 입을 다물었다. 쓰러졌다는 소식을 듣고 놀라긴 했지만, 그녀는 아버지와 얼굴을 마주 본 적이 별로 없었고, 딸로서 사랑받은 기억도 없었다. 항상 귀찮은 얼굴로 설교하고, 냉큼 물러가라, 냉큼 꺼지라며 밀어내기만 했다. 무정하긴 아버지도 마찬가지 아닌가.

'오랜만에 즐겁게 에렌페스트에서 지내고 있었는데, 왜 하필 이럴 때 쓰러지시냔 말이야.'

이런 원망스러운 기분이 드는 건 조금 더 에렌페스트에서 지내고 싶었기 때문이다. 그곳에서는 모두가 자신을 따르고, 존중해 줘서 기분이 좋았다.

'어머님도 에렌페스트에서 즐거워 보이셨으니, 나와 같은 심정일 거야.'

게오르기네는 제르티에의 설교를 말리지도 않고 그저 창밖만 보고 있었다.

"아버님이 쓰러지신 건 중앙 기사단 때문이겠죠? 봄부터 계속 찾아 왔었잖아요. 아렌스바흐에 누명을 씌우는 것도 좀 적당히 하시지."

표창식 습격 사건에 타니스베팔렌이 나타난 것을 이유로 삼아, 구베르케슈토크를 관리하는 아렌스바흐를 조사하겠다고 중앙 기사단 무리가 초봄부터 여름 내내 들락날락했다.

"디트린데 님, 그렇게 말씀하시면……. 중앙 기사단도 업무 때문에 오시는 겁니다."

"참나. 란체나베가 들어오는 교역 시기에 중앙 기사단을 상대하느라 고생한 거 알면서도 그런 말이 나와요? 아버님과 어머님은 바쁘시지, 미성년자인 나까지 기사단 대응에 끌려 나갔을 정도였다고요."

아버님이 갑자기 쓰러지신 원인은 틀림없이 중앙 기사단의 방문 때문이다. 그렇게 디트린데는 주장했다. 정변 때 둘째 부인과 후계자 후보까지 잃어 가면서까지 왕의 편에 서서 충성을 맹세했는데, 습격의 범인으로 의심받았다. 영주의 긍지가 손상되어 마음고생이 심했으리라.

"아렌스바흐를 의심하다니 폐하는 대체 무슨 생각이신 거죠? 정말 불쾌하고 화가 나요. 어머님도 그렇게 생각하시죠?"

게오르기네가 천천히 디트린데에게로 시선을 돌렸다. 짙은 녹색 눈동자가 살짝 가늘어지고, 빨간 입술이 호선을 그렸다.

"구 베르케슈토크의 마수가 엮여 있으니, 폐하께선 조사를 시키지 않을 수 없으시겠지요. 그땐 정말 바빴지만, 중앙과도 관계가 더욱 돈독해졌고, 중앙 기사단장도 혐의는 풀렸다고 인증해 주셨잖아요? 협력한 보람은 있었어요. 개인적으로는 포르스에른테의 바구니를 가득 채운 방문이었다고 생각합니다."

게오르기네는 중앙 기사단의 내방이 아렌스바흐에 있어서 수확의 여신이 가호를 내려 줬다고 생각할 정도로 이득이 있었다고 생각하는 듯했다. 하지만 디트린데에게는 슬프고도 서글픈 기분이 든 방문이었다.

'왜냐면 나는 차기 아우브 아렌스바흐니까.'

아렌스바흐의 영주 후보생은 디트린데와 레티치아 둘뿐이다. 하지만 레티치아는 아직 귀족원에도 입학하지 않은 어린아이. 영주는 성인만이 될 수 있는 이상, 영주인 아버지가 때때로 건강 이상을 보이는 현재로서 차기 영주의 유력 후보자는 디트린데였다.

'중앙의 상급 기사는 나의 반려가 될 수 없어.'

여성 영주의 배우자는 귀족원을 졸업한 영주 후보생이어야 한다. 여성 영주가 임신, 출산을 할 때 모든 업무를 대리로 맡길 수 있어야 해서다. 아무리 멋진 남성이 사랑을 고백해 와도 받아들일 수 없다. 디트린데는 중앙에서 온 젊은 기사가 자신에게 연정을 품었던 일을 떠올리고 남몰래 한숨을 쉬었다.

　그것은 귀족원이 끝나고 영주 회의가 진행되던 봄에 생긴 일이었다. 아렌스바흐를 방문한 중앙 기사단 중 한 사람과 디트린데는 연인 관계가 되었다. 매일같이 만나, 조금씩 거리를 좁혀 나갈 때만 해도 즐거웠다. 그러나 그 사랑은 눈 깜빡할 사이에 끝이 났다. 영주 회의에서 갑자기 디트린데의 약혼이 정해진 탓에 헤어져야 했던 것이다.

　'그런데 약혼자라니.'

　디트린데의 약혼자로 정해진 사람은 아렌스바흐보다 하위 영지의 영주 일족이었고, 나이도 훨씬 많은 남자였다. 그것도 환속한 후에도 여전히 신전을 드나들고, 영주 일족인데 모친도 없다.

　'혈통이나 환경에는 불만이 많지만.'

　페르디난드의 얼굴은 나쁘지 않았고, 태도도 부드럽고 미소도 상냥했다. 모두가 입을 모아 우수하다고 칭찬했다. 머리가 좋은 그라면 본인의 처지를 잘 이해할 터였다. 신전에서 자신을 해방해 준 디트린데에게 감사하고, 진정한 사랑을 바쳐 차기 영주가 될 자신을 추켜세워 주리라 믿어 의심치 않았다. 짜증난 얼굴로 명령만 내리던 아버지보다 자신의 입맛대로 움직여 줄 만한 남자라 다행이다 싶었다.

　그리고 에렌페스트의 귀족들은 페르디난드가 후견인임을 내세워 로제마인을 뒤에서 조종해, 수많은 유행을 퍼트렸을 것이라고 했다. 그가 데릴사위로 들어오면 에렌페스트의 유행은 틀림없이 아렌스바흐의 것이 된다. 여태껏 귀족원에서 에렌페스트에만 집중되던 주목과 칭찬의 시선이 이제 자신에게 올 것이라고 생각한 디트린데는 만족스러운 미소를 지었다.

　'머리 장식도 갖게 되었고……'

그토록 갖고 싶었던 에렌페스트의 머리 장식이 자신의 손에 들어온다는 생각에 기분이 좋아졌다. 할 수만 있다면 작년에 귀족원에서 디트린데에게 창피를 준 아돌피네 앞에 당당히 서서 자신이 고안한 최고의 머리 장식을 자랑하고 싶었다. 그렇게 생각하면 아돌피네의 졸업이 심히 유감스러웠다.

'하지만 어쩌면 에그란티느 님처럼 지기스발트 왕자의 약혼녀로서 영지 대항전에 오지 않을까?'

그러나 그것도 불쾌할 것 같았다. 아돌피네의 약혼자는 1왕자지만, 디트린데의 약혼자는 중위권에다가 중규모 영지의 영주 일족이다. 대영지도 상위 영지도 아니다. 여자의 싸움에서 진 것만 같았다.

"그건 그렇고, 어떤 머리 장식을 주문했죠? 그날은 따로 행동해서 못 들었는데."

게오르기네의 시선은 디트린데가 아닌 시종 마르티나에게 향해 있었다. 마르티나는 주인의 눈치를 보며 입을 열었다. 그녀의 입에서 나온 건 머리 장식이 아니라, 페르디난드의 저택 상황과 그곳에 있던 에렌페스트 영주 후보생들에 관한 보고였다.

"네. 페르디난드 님의 저택은 성에서 아주 가까운 곳에 있었고, 시종들도 최소한밖에 없다는 인상을 받았습니다. 꾸민 데가 전혀 없어서 여성이 드나드는 분위기는 아니었습니다. 로제마인 님과 샤를로테 님을 초대한 것도 디트린데 님을 대접하기 위해서였다고 합니다."

페르디난드 님은 초반에 잠깐 차를 마셨을 뿐, 머리 장식의 장인이 도착하자마자 라이문트를 포함한 문관들을 데리고 도서실에 들어가 버린 것, 로제마인도 함께 도서실에 갔다는 사실을 설명했다.

"잠깐, 마르티나. 어머님은 내 머리 장식을 물어본 거였잖아요."

동문서답이라고 지적한 디트린데는 자신이 주문한 머리 장식을 당당하게 설명하기 시작했다. 이왕이면 아돌피네가 달고 있던 머리 장식보다 훨씬 화려하고 아름답도록 주문했었다.

"······디트린데가 원하는 대로 주문했나요?"

"그럼요. 제게 어울리는 물건은 페르디난드 님보다 제가 더 잘 아니까요."

갑작스러운 명령으로 약혼자가 된 페르디난드의 취향과 감성을 어찌 믿으란 말인가. 디트린데가 자랑스러워하자, 마르티나가 게오르기네의 눈치를 살피며 설명을 덧붙였다.

"말씀대로 디트린데 님께서 희망하시는 대로 주문하셨지만, 샤를로테 님과 로제마인 님에게 딸린 시종들의 조언도 들으셨으니 걱정하지 않으셔도 됩니다."

"마르티나. 무엇이 걱정이라는 말이에요?"

디트린데는 마르티나를 쏘아봤다. 하지만 게오르기네는 "그렇다면 다행이네요."라며 흥미를 잃은 듯 시선을 돌렸다.

덜컹덜컹 흔들리던 마차는 숙소가 있는 마을 광장에서 움직임을 멈췄다. 급한 전갈을 받고 서둘러 출발한 지 반나절. 오늘 밤은 이곳에서 묵을 예정이다.

귀족도 묵는 숙소라고 들었지만, 에렌페스트의 성에서 먹었던 음식이 아니었다. 유행하는 요리는 성 근처에서만 먹을 수 있나 보다. 디트린데는 심히 실망했다. 그러다 순간, 역시 에렌페스트는 시골 영지에서 크게 변한 게 없다는 것을 깨닫고, "그럼 그렇지." 하고 코웃음을 쳤다. 아무리 귀족원에서 그럴싸하게 꾸민들 본질은 간단히 변하지 않는 법이다.

"우린 서둘러 돌아가야 하니 내일부터는 기수로 이동할게요. 짐마차는 천천히 오세요. 우리가 사용할 짐들은 전이 마법진으로 보내고요."

"영지에서 무슨 일이 생기면 경계문에서 연락을 보낼 텐데, 꼭 그래야 합니까?"

에렌페스트의 성에서부터 기수로 움직이지 않은 이유는 영주의 성이 있는 마을에는 결계가 있기 때문이다. 다른 영지 귀족인 디트린데 일행은 마차가 아니면 영지를 벗어나지 못한다. 또 출발 인사를 하려고 정복을 차려입었는데, 기수에 타려면 번거롭게 기수복으로 갈아입어야 했다. 여러 제약이 걸려 있어 기수 이동은 내일부터 하자는 얘기가 나온 것이다.

"그럼 호위 기사가 너무 적습니다."

"기베의 저택에서 묵기로 했는데 인원수가 너무 많으면 오히려 민폐예요. 또 갑자기 부탁한 일이잖아요."

식당에서 내일부터의 일정 얘기가 오가는 가운데, 디트린데는 대충 흘려들으며 차를 마셨다. 어차피 모든 걸 정하는 사람은 게오르기네다. 디트린데의 의견을 들어 주거나 통할 일은 일절 없다. 그걸 알면서 진지하게 이야기를 듣는 사람은 바보 중의 바보일 거라고 디트린데는 생각했다.

"디트린데 님, 여기……."

지금 찻잔에 차를 새로 따라 주는 사람도 제르티에다. 먼 여행길이라 평소보다 측근의 수가 적은 탓에 그녀의 시종인 마르티나가 디트린데의 목욕을 준비하고 있었다.

'빨리 안 끝나려나.'

디트린데는 어서 방에 돌아가 좁은 마차에서 한참 시달렸던 피로를 느긋하게 풀고 싶어졌다.

다음 날 아침, 디트린데는 일어날 때부터 몸 상태가 좋지 않았다. 피로가 완전히 풀리지 않은 모양이다. 하지만 그러는 것도 당연했다. 자신처럼 좋은 물건들에 둘러싸여 자란 영주 일족이 이런 시골 귀퉁이에 있는 숙소의 딱딱한 침대에서 잔다고 피로가 풀릴 턱이 없었다.

제르티에가 따라 준 식후 차를 마시면서 디트린데는 앞으로의 일정을 떠올렸다. 쉬지 않고 기수를 달리면 오늘 중에 경계선을 벗어날 것이고, 아렌스바흐에 들어가면 귀족의 저택에서 묵기로 했다. 에렌페스트를 벗어나면 몸이 좋지 않다고 말하자. 그렇게 판단한 디트린데는 자신의 시종에게도 자신의 상태를 말하지 않은 채 기수복을 입고 출발 준비를 마쳤다.

마차조와 기수조로 나뉘어 출발한다. 종이 한 번 울릴 시간만큼 기수를 몰다가 잠시 휴식을 취했다. 속도를 올린 탓에 기수에 익숙하지 않은 기사 외의 사람들은 회복약을 자주 먹어 두라는 조언을 들었다.

디트린데는 이 휴식 시간이 너무나도 고마웠다. 경계선을 넘을 때까지 참으려고 했지만, 시시각각 몸 상태가 나빠졌다. 기수를 타고 달려서인지 왠지 조금 호흡이 힘들고, 꼭 한여름처럼 더웠다.

"디트린데 님, 안색이 안 좋으세요! 어딘가에서 쉬시는 편이……."

시종인 마르티나가 회복약에 손을 대지 않으려고 하는 디트린데의 모습을 보러 왔다가 깜짝 놀라 소리쳤다. 그곳에 있던 모두의 시선이 일제히 디트린데에게 향했다. 지금 여기서 싸구려 숙소에 가면 고생한 의미가 없다. 디트린데는 마르티나를 쏘아보았다.

"나, 너무 민감해서 싸구려 숙소에서 쉬질 못했어요. 귀족의 저택에서 쉬면 조금은 낫겠죠. 어서 경계선을 빠져나가요."

"그런 안색으로 무슨 말씀이세요?!"

입씨름을 막은 건 게오르기네의 시종 제르티에였다.

"귀족의 저택이라면 쉬실 수 있는 거지요? 조금만 더 가면 제 친정인 기베의 저택이 나옵니다. 그곳에 갑시다."

제르티에가 에렌페스트 출신이었나. 어머니 게오르기네가 아끼는 걸 보면 결혼 전부터 모셨는지도 모른다. 디트린데는 그런 생각을 하며 귀족의 저택에 들르자는 의견을 승낙했다.

"어머님이 괜찮으시다면……."

"무슨 소립니까. 일정보다 당신의 몸이 더 중요하죠. 제르티에, 당장 그라오잠에게 올도난츠를 보내세요."

"알겠습니다, 게오르기네 님."

평소에는 자신에게 관심조차 없는 게오르기네가 즉시 일정을 바꿔주자, 디트린데는 감동했다. 몸이 더 중요하다는 말을 직접 들은 일은 손에 꼽을 정도다. 가끔은 이렇게 아파 보는 것도 좋겠다고 생각하는 사이에 올도난츠가 돌아왔다. 상당히 송구스러워하는 남성의 목소리가 하얀 새의 입에서 흘러나왔다.

"그라오잠입니다. 게오르기네 님의 요청이시니 당연히 들어 드려야 마땅하나, 오늘은 손님이 계셔서……. 디트린데 님과 게오르기네 님의 방은 마련해 드릴 수 있지만, 모든 동행인을 다 들이기는 어렵습니다. 대단히 죄송하지만, 시종과 호위 기사를 한 명씩만 데려와 주십시오. 두 분을 돌봐 드릴 시종이나 호위 기사는 이쪽에도 있고, 동행하시는 분들의 숙소도 제가 책임을 지고 알아봐 드리겠습니다."

그 대답을 들은 게오르기네는 딱히 고민하는 기색도 없이 그라오잠의 말대로 하겠다고 했다.

"다 사정이 있으니 그래야죠. 시종과 호위 기사는 한 명씩만 남고, 나머지는 아렌스바흐의 귀족 저택에서 예정대로 숙박하세요. 다른 영지의 기베에게 우르르 몰려갈 수도 없으니 말이에요. 그리고 아렌스바흐에서 우리를 맞을 준비를 하고 있을 기베에게도 실례입니다."

"하지만 시종과 호위 기사가 한 명뿐이면 너무 위험합니다."

영주 일족이 다른 영지에서 호위 기사를 떼어놓을 수는 없다는 반론의 목소리가 높아졌다. 하지만 그 목소리는 게오르기네의 날카로운 눈초리 하나에 쏙 들어갔다.

"제르티에의 친정이라면 나와도 교류가 있는 귀족입니다. 시종과 호위도 안심하고 맡겨도 되겠지요. 이의는 더 듣지 않겠습니다. 디트린데의 건강이 우선이니까요."

게오르기네가 일행을 둘러보며 당장 이동하라고 명령했다. 디트린데는 이미 몸이 돌덩이 같아 자신의 기수로 움직이는 것도 불안해 게오르기네가 지명한 여성 호위 기사의 기수를 타고 이동했다.

"환영합니다, 게오르기네 님. 기다리고 있었습니다. 바로 방으로 안내해 드리지요. 게오르기네 님은 이쪽으로. 모두가 목이 빠져라 기다리고 있습니다."

'응?'

디트린데는 의식이 흐릿한 와중에도 그라오잠을 바라보았다. 이 남자는 얼마 전에 만난 사람 아닌가? 에렌페스트에서 게오르기네를 추종하는 사람이다. 귀족가에 있어야 할 귀족이 왜 여기에 있지? 작위적

인 느낌이 드는 건 기분 탓일까, 몸이 아파 불안해진 걸까. 지금의 디트린데로서는 판단하기 어려웠다.

"디트린데가 회복할 때까지 신세 좀 지겠습니다. 이렇게 여러분과 회포를 풀 기회가 생겨 다행이네요."

"저쪽에서 눈에 불을 켜고 있으니 말입니다. 이렇게 방해꾼이 없는 곳에서 게오르기네 님을 맞이하게 되어 실로 영광입니다."

그라오잠이 공손한 태도로 게오르기네를 맞이했다. 마치 게오르기네를 주인으로 추앙하는 듯한 눈빛이라고 디트린데는 느꼈다.

십
년
전
의
한
을
풀
어
라

"하이스히체, 뭐가 이렇게 시끄러워?"

"거의 10년 만에 치러진 페르디난드 님의 디터 반성회를……."

페르디난드 님의 우수함을 열심히 설명하던 나를 기사단장이 노려보았다.

"교대 시간이다."

현재는 영주 회의 기간이다. 단켈페르거의 다과회실에서 단켈페르거와 아렌스바흐가 회의 중이지만, 내가 있는 이곳은 교대를 기다리는 호위 기사들로 바글거리는 대기실이었다.

"구 베르케슈토크에 관한 회의는 끝났습니까?"

나는 표정을 다잡고 기사단장에게 물었다.

이번 영주 회의의 가장 중요한 의제는 영지 대항전에서 일어난 구 베르케슈토크를 중심으로 한 습격이었다. 단켈페르거는 아렌스바흐와 공동으로 구 베르케슈토크를 관리하고 있다. 그래서 초봄에 중앙기사단에서 꾸린 조사단이 단켈페르거를 찾아와 타니스베팔렌의 서식지와 그 생태를 아는 대로 조사하고, 역적이 살던 곳을 뒤졌다.

전체 회의에서 조사 결과의 자세한 설명도 끝난 지금, 다른 영지의 반응과 의견을 종합해 대책을 바로잡는 회의가 열리고 있지만, 대기실에는 영주 회의의 개최 전보다도 편안한 공기가 감돌았다. 무의식중에 흥분하고 말았지만, 나는 의제를 잊은 것은 아니다.

"구 베르케슈토크 회의는 끝났지만 그것 말고도 토론할 의제는 많다. 힐데브란트 왕자님의 데뷔 무대와 동시에 레티치아 님과의 약혼이 발표되었으니까. 정신 똑바로 차려."

기사단장의 눈초리를 받으며 우리는 대기실을 나가 이동식 트레이 준비를 끝내고 교대를 기다리는 시종들과 합류했다.

힐데브란트 왕자는 이번 영주 회의에서 정식으로 데뷔했다. 그의 모친은 단켈페르거 출신의 셋째 부인 막달레나 님이시다. 그렇게 보면 단켈페르거와 가장 관계가 깊은 왕자이기도 하다. 앞으로 단켈페르거는 힐데브란트 왕자의 뒷배로서 일익을 담당하고, 중앙과 보조를 맞추면서 아렌스바흐와 협상할 거리가 늘어날 터이다.

"길어지나 보네."

질린 표정으로 중얼거린 기사에게 나도 조그맣게 동의했다. 유사시에 즉각 대처할 수 있게 항상 태세를 갖춘 상태에서 긴장감을 유지하며 경계하는 건 상당히 피곤한 일이다. 정변이 끝난 지 십여 년이 지난 지금, 배신과 기습을 전혀 경험하지 못한 젊은 세대가 늘고 있다. 그들 중에는 '기사는 서 있기만 하니까 편해서 좋다'고 떠벌리는 자도 있는 모양이지만, 그렇게 정신이 해이한 멍텅구리는 호위 기사라 말할 자격도 없다.

"송구합니다. 차를 새로 올리겠습니다."

시종들과 함께 다과회실로 들어가면서 나는 방을 둘러보았다. 아렌스바흐 사람이 어디에 몇 명 있는지, 마력의 양이 자신과 비슷한 자가 몇 명 있는지, 교대하는 틈에 위험한 마술구를 들이진 않았는지……. 익숙한 절차를 밟으며 아렌스바흐의 호위 기사들과 서로를 탐색했다.

주변 기척을 살핀 후, 나는 아렌스바흐의 영주 부부에게로 시선을 돌렸다. 아우브 아렌스바흐와 첫째 부인인 게오르기네 님은 나이 차가 상당했다. 처음 그녀가 첫째 부인으로 영주 회의에 출석했을 때는 상당히 놀랐지만, 지금은 이미 익숙해졌다.

"이번 영주 회의에서는 힐데브란트 왕자님과 레티치아 님의 약혼이 거론되었습니다만⋯⋯."

차를 새로 가는 사이 잠깐 쉰 후, 기사단장의 예상대로 약혼 얘기가
나왔다. 앞으로 양측 영지에 중요한 사안이라 나도 호위를 하면서 귀
를 기울였다.

레티치아 님은 예전 첫째 부인 혈통의 손녀딸로, 차기 영주로 세우
기 위해 드레반헬에서 데려왔다. 그녀의 남편으로 힐데브란트 왕자를
아렌스바흐로 보내는 건 정변 후에 적용한 연좌제 때문에 후계자를
상급 귀족으로 강등할 수밖에 없었던 영지에 대한 보상이라고 한다.

'막달레나 님께서 시집온 경위도 있어서 힐데브란트 왕자님이 신하
교육을 받으며 자라신 건 알고 있었는데, 설마 이렇게 빨리 약혼이 정
해질 줄이야.'

구 베르케슈토크를 공동 관리하고 있기도 하고, 단켈페르거의 피를
이은 힐데브란트 왕자를 아렌스바흐에 데릴사위로 보내는 것이 왕족
의 입장에서도 여러모로 편하다고 판단했으리라.

드레반헬과 아렌스바흐의 피를 이은 레티치아 님이 단켈페르거의
피를 이은 왕자와 결혼하게 된 것이다. 레티치아 님이 차기 영주가 될
것은 누가 봐도 명명백백했다.

"이것으로 다음 세대는 평안하겠소. 나 역시 어깨의 짐을 내려놓은
기분이오."

아우브 아렌스바흐가 안도한 기색으로 턱수염을 쓰다듬었다. 정변
으로 후계자를 잃은 지 십 년. 영주로서 얼마나 초조했겠는가. 영주 일
족의 숫자가 많고, 정변의 피해가 거의 없다시피 했던 단켈페르거 사
람으로선 도무지 상상할 수도 없는 노고가 있지 않았을까.

"하나 그만큼 제 딸인 디트린데의 남편감을 선정하기가 어렵군요.

유사시에 섭정을 맡을 수 있는 분이셔야 하는데……."

게오르기네 님이 곤란한 표정을 지었다. 레티치아 님의 기반이 잡히기 전까지 결혼하지 않고 기다리는 귀족원 고학년생 딸이 있는 모양이다. 아무래도 영주 일족이 적은 아렌스바흐는 그녀에게도 남편을 들여 영주 일족을 늘리고, 레티치아 님을 뒷받침하는 체제로 만들고 싶은 의향인 듯하다.

'게오르기네 님은 자기 딸의 장래가 걱정될 텐데도 영지의 장래를 생각해 후계 체제가 구축되기 전까지 참으신 게 아닐까…….'

대영지의 첫째 부인으로서의 자세에는 경의를 표하고 싶지만, 차기 영주 내정자가 아닌 여성 영주 후보생과 결혼해서 데릴사위가 되고 싶어 하는 남성은 없다. 자령의 상급 귀족이라면 있겠지만, 영주의 배우자가 되어 업무를 처리할 수 있는 다른 영지의 영주 일족을 찾기란 하늘의 별 따기다. 거의 귀족원 고학년 때 약혼자가 정해지니까.

여성이 남편의 영지로 이동하는 경우라면 둘째 부인이나 셋째 부인도 가능하지만, 데릴사위라면 기혼자는 완전히 후보에서 제외된다.

'차기 영주가 아닌 여성과 결혼해 데릴사위로 들어올 영주 일족의 남성이라니. 그녀에게 미친 듯이 홀렸거나 결혼할 수 없는 사정이 있는 자나 가능하겠지.'

참 힘들겠다며 남 일처럼 가볍게 생각하는 그때 아우브 아렌스바흐의 입에서 데릴사위 후보자의 이름이 나왔다.

"저로서는 에렌페스트의 페르디난드 님께서 와 주셨으면 하는데…… 아시는지요?"

'페르디난드 님을?!'

온몸에 피가 거꾸로 솟는 기대감을 느끼며 나는 아우브 아렌스바흐를 응시했다. 그것은 너무나도 훌륭한 생각이었다. 어떻게 페르디난드 님의 존재를 알아본 걸까.

페르디난드 님은 자신과 귀족원 동급생이었고, 모든 학년에서 최우수를 거머쥔 천재다. 문관으로서의 능력도 뛰어나고, 디터도 잘하며 강하다. 페슈필 솜씨도 훌륭하고 얼굴도 잘생겼다.

하지만 그는 불우한 처지였다. 모친이 없어 뒷배가 없고, 선대의 첫째 부인에게 박대당했다. 유일한 육친이라고 해도 과언이 아닌 부친의 사후에는 넘치는 그의 재능을 질투한 자들로 인해 신전에 보내졌다.

공적인 자리에서 그의 모습을 본 건 이번 영지 대항전이다. 거의 십년 만이었다. 영주 일족의 혼인은 영주 회의에서 치러진다. 지금까지 페르디난드 님의 모습을 보지 못했으니 아직 미혼일 터였다.

'결혼으로 아렌스바흐에 들어오는 방법이야말로 페르디난드 님을 구할 수 있는 게 아닌가!'

흥분하며 주먹을 불끈 쥔 나의 시야에서 아우브 아렌스바흐가 어깨를 떨어뜨렸다.

"데릴사위로 손색없는 재능을 가졌고, 신전에서 불우한 시간을 보내고 있을 그를 구해서 양지로 내보내 주고 싶지만, 협상에 난항을 겪고 있어서 말일세……."

아우브 아렌스바흐가 페르디난드 님을 신전에서 해방해서 재능을 발휘할 곳을 제공하라고 요구했지만, 아우브 에렌페스트는 이를 거절했다고 한다.

"속으론 희망하고 있어도 아우브의 앞이라 솔직히 말하기 어려웠겠죠. 페르디난드 님 본인의 의견을 들어 보고 싶으니 아우브 에렌페스트에게 자리를 비켜 달라고 부탁했지만 그것도 거절하는 겁니다. 한

두 마디만 하고 페르디난드 님을 회동 자리에서 내보내지 뭡니까.”

아직도 에렌페스트는 페르디난드 님을 불우한 처지에 잡아 두려는 심산인 듯하다. 저절로 분노가 치밀었다.

“우리 영지에서 시집보낸 조카딸 결혼식에서 페르디난드 님의 존재를 알게 된 이후로 몇 번이고 접촉을 시도했소. 영지 대항전에 온 것을 보고 개인적으로 대화를 하려고 했건만…….”

거기서 아우브 아렌스바흐는 아우브 단켈페르거에게 의미심장한 시선을 보냈다. 나는 그 시선의 의미를 눈치채고 말았다. 영지 대항전에서 직접 대화를 시도하려고 한 아우브 아렌스바흐의 앞에서 단켈페르거가 디터 제안을 하며 페르디난드 님을 데려가 버린 것이다.

‘맙소사. 내가 페르디난드 님의 좋은 연분을 방해했구나!’

악의는 없었지만, 저도 모르는 사이에 방해했던 모양이다. 호위 업무를 제쳐 두고 머리를 싸매고 싶어진 내 귀에 게오르기네 님의 목소리가 울렸다.

“단켈페르거 분들과는 아직 교류가 있죠? 개인적으로 친분이 있는 분을 소개해 주실 수 없을까요? 전 진심으로 페르디난드 님이 안타까워서…….”

“흠. 나는 습격 문제로 중앙의 조사단을 받아들이는 대가로 페르디난드 님을 데릴사위로 주십사 폐하께 부탁해 볼 생각이오. 가능하다면 단켈페르거 측에서도 한마디 거들었으면 하오.”

불우한 그를 구출해 내고자 하는 게오르기네 님께 나는 감동했다. 그리고 폐하에게 청을 올리시겠다는 아우브 아렌스바흐에게 감사했다. 페르디난드 님의 처지가 호전될 기회를 놓쳐서는 안 된다. 나는 기쁨을 주체할 수 없었다.

"지클린데 님, 부디 아렌스바흐에 협력해 주십시오! 이번에야말로 페르디난드 님을 구출해야 합니다. 아렌스바흐에 협력하면 막달레나 님 때의 빚을 갚을 수 있습니다."

아우브 단켈페르거의 첫째 부인인 지클린데 님께 협력을 부탁한 순간, 빨간 눈동자가 나를 매섭게 노려보았다.

"막달레나 님 때 못된 짓을 한 사람은 당신들이에요. 앞뒤 생각 않고 감정만 앞세워 페르디난드 님을 비롯해 주변에 민폐란 민폐를 끼친 과거가 있지 않습니까. 막달레나 님께서 격노하신 걸 벌써 잊었습니까?"

지클린데 님의 호된 질책에 나는 기가 꺾였다. 귀족원 시절, 나는 페르디난드 님을 에렌페스트에서 구해 내기 위해 자령의 영주 후보생이었던 막달레나 님과 혼인시킬 획책을 꾸몄던 기억을 떠올렸다.

페르디난드 님과 막달레나 님은 디터 작전을 생각하는 데 있어 호적수이긴 했지만, 연애 관계는 전혀 아니었다. 페르디난드 님도 에렌페스트를 빠져나오고 싶었을 뿐 막달레나 님을 사랑하는 건 아니었다. 그러나 페르디난드 님의 처지가 너무나도 심각했다. 디터에 강한 그를 어떻게든 단켈페르거에 포섭하고 싶었던 많은 기사들이 선대 영주에게 막달레나 님의 남편감으로 그를 추천했다. 우리는 밀고, 밀고, 계속 밀었다. 그 결과 디터에 강한 남자는 좋은 남자라는 단켈페르거의 가치관, 불우한 환경에서 구해 내고 싶다는 진언에 선대 영주는 나쁘지 않다며 받아들여 주셨다.

'거기까지는 좋았다.'

그러나 우리는 막달레나 님의 승낙을 얻지 않았었다. 우리의 추천으로 페르디난드 님과 결혼시키겠다는 선대 영주의 말에 막달레나 님은 격노했다. 그리고 그전까지 숨겨 뒀던 자신의 사랑을 이루고자 그 상황을 이용하여 당시에 5왕자이며 현재의 왕에게 구혼한 것이다.

"왜 나의 일생을 촌구석 영주 후보생을 구하는 데 써야 하죠? 내가 구하고 싶은 상대는 따로 있습니다. 페르디난드 님은 현재가 불만이라면 그 영리한 머리를 써서 자령의 첫째 부인을 퍼뜩 배제해 버리시면 되죠. 환경에 만족하고 있는 건 페르디난드 님 본인입니다. 하위 영지의 싸움에 날 끼워 넣지 말아 주시죠."

왕족과의 관계와 정변의 종결로 단켈페르거가 막달레나 님의 혼인을 통해 얻게 되는 이익은 에렌페스트의 영주 후보생 한 사람을 데릴사위로 들이는 것보다 훨씬 컸다. 타진은 있었으나 정식 약혼은 아니었기에 당시의 아우브 에렌페스트에게 한마디로 페르디난드와의 혼담을 거절했다. 영지로서는 당연한 선택이었지만, 나는 페르디난드 님을 구하지 못해 원통했다.

"그러니까 이번에야말로 페르디난드 님을 에렌페스트에서 구하고 싶습니다. 막달레나 님께서 트라오크발 님께 시집가시면서 페르디난드 님은 영지에서 나오지 못하고 십 년이나 신전에 잡혀 계신단 말입니다."

"그저 경이 후련해지고 싶어서 그러는 것 아닙니까?"

페르디난드 님을 에렌페스트에서 구해 내면 무슨 이득이 있느냐는 질문에 나는 필사적으로 이유를 찾았다.

"레드먼드 님의 딸인 클라리사가 에렌페스트의 상급 귀족에게 시집간다고 들었습니다만, 그는 에렌페스트가 조금 더 주변과 교류해 주면 좋겠다고 생각하고 있습니다. 페르디난드 님이 대영지에 데릴사위로 들어가도록 교류를 한다면…….”

“그러니까 그런 개인적인 이득이 단켈페르거에 무슨 득이 된단 말입니까? 개인적인 감정보다 영지의 이득이 중요한 것 아니겠습니까?”

나는 무슨 짓을 해서든 페르디난드 님을 구하고 싶었지만, 지클린데 님은 고개를 끄덕이지 않았다. 지금은 잠시 물러서서 지클린데 님을 납득시킬 만한 이익을 찾아야 한다. 나는 인사를 올리고 발길을 돌렸다.

“……그런 관계로 나는 영지의 이득보다 이번에야말로 페르디난드 님을 신전에서 빼내는 것이 더 중요해.”

나는 기숙사 식당에 기사들을 모아 지클린데 님을 납득시킬 설득 재료를 모으기로 했다. 나 혼자서는 어려워도 여러 명이 함께 머리를 짜내면 조금은 좋은 안이 나올 터였다. 나는 비제가 담긴 잔을 높게 치켜들었다.

“이번에야말로 페르디난드 님을 해방시키자! 아렌스바흐에 협력해서 그의 해방을 폐하께 부탁하자!”

“우오!”

내 목소리에 맞춰 주변 기사들도 잔을 들었다. 모두가 비제를 단숨에 들이켰다. 목구멍 안에서 알코올이 올라오는 감각과 동시에 기분도 확 고양되었다.

“음……. 힐데브란트 왕자님이 아렌스바흐에 데릴사위로 들어가게 된 걸 생각하면 디트린데 님의 남편감은 우리도 인품을 잘 아는 사람이 바람직하다는 방향으로 설득할 수 없을까?”

페르디난드 님과 다시 디터를 겨룬 영향이 커서일까. 기사 동료들이 지클린데 님을 설득할 방안을 함께 고민해 주었다.

"그렇군. 페르디난드 님은 권력욕이 없는 분이시지. 아렌스바흐에 데릴사위로 들어가도 레티치아 님이나 힐데브란트 왕자와 대립할 분이 아니야."

"로제마인 님을 교육하는 후견인이시니까 레티치아 님의 교육 담당도 될 수 있겠네. 그걸 들이대면 드레반헬도 같은 편으로 끌어들일수 있지 않을까?"

단켈페르거뿐만 아니라 다른 영지도 우리 편으로 삼는다면 든든하리라. 그 안을 채용하기로 했다. 드레반헬에도 손을 써 보자.

"경계선을 다시 긋지 못하는 이상 아렌스바흐와는 운명 공동체니까 관계 강화는 필수야. 그건 지클린데 님도 알고 계시지. 지금의 아렌스바흐는 마수 퇴치에 힘을 뺄 여유가 없지만, 페르디난드 님을 포섭한다면 마수 퇴치도 어려운 일이 아니잖아?"

"그러니까 그 말은 함께 퇴치하러 갈 수도 있단 건가. 그럼 디터도할 수 있겠군!"

"진정해, 하이스히체. 그건 네가 하고 싶은 거지, 영지의 이득은 아니잖아."

아렌스바흐 측의 마수 퇴치가 순조로울 것이고, 보조를 맞춰 퇴치할 수도 있다는 점을 강조하라는 말을 들었다. 연신 고개를 끄덕이면서도 나는 페르디난드 님과 함께 마수를 퇴치하는 모습을 상상하며 좋아했다. 마치 귀족원 시절로 돌아간 것 같은 기분이다.

"아렌스바흐에 빚을 지게 하면 앞으로 란체나베의 무역품을 조달하는 협상에서 유리할 거야."

"페르디난드 님이 데릴사위로 들어가시면 교역할 수 없는 에렌페스트를 경유하지 않고도 저쪽의 유행을 가질 수 있을지도 모르잖아. 로제마인 님의 뒤에서 여러 물건을 고안해 낸 사람은 페르디난드 님이시라며?"

"그래? 역시 페르디난드 님이야!"

이렇게 우수한 자를 신전에 가둬 놓다니 어리석기 짝이 없다. 그 재능이 빛을 발할 수 있게 해야 한다는 말들이 잇달아 나왔다. 나 혼자서는 생각하지 못한 의견이 모였다. 드레반헬의 협력을 얻어낸다면 지클린데 님도 승낙해 줄 것이다.

"잘해 보자. 이번에야말로 페르디난드 님을 신전에서 구해서 에렌페스트에서 탈출시키자!"

"우오!"

강하게 맹세한 그들의 노력은 보답을 받았다. 몇몇 영지와 손을 잡아 왕에게 청원을 올린 끝에 영주 회의가 끝날 때쯤 왕명으로 페르디난드 님의 혼인이 결정된 것이었다.

십 년간의 변화

"에크하르트, 유스톡스. 시급히 아렌스바흐와의 회동에 얼굴을 내밀어야 되겠다. 미안하지만 그대들도 당장 준비하라."

"알겠습니다."

영주 회의 중에는 영지에 남아 있을 예정이었던 페르디난드 님께 귀족원에서 호출이 들어왔다.

페르디난드 님의 호위 기사인 나와 시종복을 입은 유스톡스를 데리고 전이 마법진에 오른 페르디난드 님은 귀족원 기숙사에 도착했다. 전이의 방을 나가자, 칼스테드와 영주의 측근들 몇몇이 기다리고 있었다.

"아우브 에렌페스트의 명령을 받고 왔습니다. ······대체 무슨 일인가, 칼스테드?"

"아렌스바흐가 자네를 데릴사위로 들이고 싶다는 말을 꺼냈어. 아무리 거절해도 포기를 안 하지 뭔가. 꼭 자네의 입으로 진심을 들어야겠다는군."

램프레히트의 결혼식에서 페르디난드 님을 보고 데릴사윗감으로 점찍었다고 한다. 귀족원 시절에 연속으로 최우수를 딴 재능을 신전에서만 썩혀 두도록 하는 건 무도하기 짝이 없다는 의미를 내포하며 에렌페스트를 비난했다고 한다.

"어이가 없군. 자기들이 로제마인을 습격한 걸 잊었나? 영주 일족에게 공격이나 가하는 영지에 데릴사위로 오길 원하다니 웃음만 나오는군. 그래 놓고 무도를 논해?"

페르디난드 님이 귀찮은 듯 중얼거리며 얼른 다과회실로 향했다. 아렌스바흐 측과 느긋하게 담소를 나눌 생각은 애초부터 없었던 모양이다. 페르디난드 님은 인사한 후, 데릴사위 제안만 거절하고 재빨리 다과회실을 뒤로했다.

"이 좋은 혼담을 거절하다니 아까운 짓을……."

"아렌스바흐와 교류할 수 있는 점만 보면 좋은 제안 아닙니까. 이젠 베로니카 님도 안 계신데 받아들이시지."

아렌스바흐의 혼담 소문을 어중간하게 들은 에렌페스트의 구 베로니카 파 귀족들은 엉뚱한 의견을 입에 담았다.

'아렌스바흐에 데릴사위로 들어오라고? 이제 와서? 멍청하긴.'

십 년 전이었다면 기뻤으리라. 선대 영주의 첫째 부인인 베로니카에게서 벗어날 수 있었을 테니까. 신전에 들어가 굴욕을 당하지 않고, 아렌스바흐의 영주 일족을 모친으로 둔 것을 무엇보다 자랑스럽게 생각한 그 여자 앞에서 페르디난드 님이 아렌스바흐에 데릴사위로 들어 갔더라면 속이 후련했을 것이다.

그러나 페르디난드 님과 로제마인을 위험에 빠뜨리려고 꾸미던 그 여자는 하얀 탑에 갇혔고, 신전장직이 로제마인에게 넘어가면서 신전은 평화로워졌다.

페르디난드 님을 집요하게 배제하려고 했던 귀족들은 상층부에서 일제히 밀려났고, 나의 주인은 영주를 뒷받침하는 영주 일족으로 중용되었다. 주변 관계도 좋아졌고, 안심할 수 있는 분위기를 풍긴다.

'겨우 손에 넣은 이 안식의 시간을 버리라고?'

페르디난드 님이 문제덩어리 땅에 가야 할 이유가 어디에 있단 말인가. 데릴사위에 무슨 득이 있다고. 나의 주인은 현재에 만족하고 계신다. 무엇보다 여전히 아렌스바흐와 협력 체제를 구축하길 바라는 구 베로니카 파 귀족이나 좋아할 일을 해야 할 의리 따위 눈곱만큼도 없다. 하이데마리를 죽음으로 몰아넣은 네놈들은 멸망해 버려라.

속으로 욕설을 퍼부은 나는 페르디난드 님과 함께 에렌페스트로 돌아갔다.

페르디난드 님 본인이 아렌스바흐에 딱 잘라 거절했으니 다 끝난 이야기라고 생각했었다. 그러나 끝난 것이 아니었다.

또다시 왕족과의 회의에 호출되었다. 명목상 습격의 참고인을 조사한단다. 귀족원에서 타니스베팔렌을 토벌했을 때도 한 명 한 명 불렀고, 영주 후보생인 로제마인은 측근을 물린 상태에서 조사를 받았듯이 호위 기사도 동석할 수 없다는 말에 우리 측근들은 방 밖에서 대기하고 있었다.

안에서 어떤 이야기가 오갔는지 나는 모른다. 그러나 영주인 질베스타 님의 허가도 없이 왕명으로 페르디난드 님의 혼인이 결정되었다.

도무지 이해할 수 없었다. 아렌스바흐와 대체 무슨 거래를 했는지 몰라도, 몇몇 영지가 '페르디난드 님을 신전에서 풀어 줘라' '아렌스바흐에 데릴사위로 보내 달라'는 탄원을 올렸다고 한다.

'멍청한 것들이 쓸데없는 짓을!'

심히 불쾌해 보이는 페르디난드 님을 보고 있으니 나까지 그 귀족들에게 화가 치밀었다.

'아렌스바흐의 영주 부부에게 직접 거절했더니 이번엔 왕명이라고? 웃기지 마! 정변으로 후계자를 잃은 멍청한 영지의 뒷수습은 본인들끼리 하라고 해! 관계도 없는 우리를 끌어들이지 마!'

그러나 아무리 바보라도 왕은 왕. 왕명은 절대적이므로 페르디난드 님은 왕명에 따르시기로 했다. 에렌페스트에 불이익을 주고 싶지 않다고 한다.

"……페르디난드 님. 혹…… 왕을 처치하면 왕명도 취소되지 않겠습니까?"

"그런 위험한 생각은 입에 올리지도 마라, 에크하르트. 그대는 여전히 단순하군."

개인적으로는 매우 좋은 안이라고 생각했는데, 페르디난드 님은 반대하셨다. "영지에 도움도 안 되는 식충이는 선대 영주의 뒤를 따르게 해서 신전행이 취소되도록 조치하겠습니다."라고 베로니카의 암살을 제안했을 때와 마찬가지였다. 내게 중요한 건 페르디난드 님이니 방해꾼 따위 바로 없애 버리면 그만이라고 생각했지만, 그러면 주변 영향이 너무 크다고 한다. 주변이 무슨 영향을 받든 솔직히 내 알 바 아니지만.

"에크하르트, 유스톡스. 중요한 얘기가 있다. 내 저택으로 와라."

귀족원에서 성으로 돌아온 그날 밤, 우리는 페르디난드 님의 저택에 불려 갔다.

페르디난드 님의 저택에 갔을 때 우리를 맞이한 사람은 저택 관리를 맡고 있는 하급 귀족, 라자팜이었다. 살짝 곱슬기 있는 검정에 가까운 진녹색 머리카락을 뒤로 넘기고 녹색 눈동자를 가진 그가 정성 들여 차를 따라 주었다. 유스톡스가 이 저택에서 시종 업무를 보는 일은 거의 없다.

"귀족원에 불려가셨다고 들었습니다만, 역시 좋지 않은 소식이었나 봅니다."

"차를 마시면서 그대에게도 알려 줄 생각이다."

"알겠습니다. 에크하르트와 유스톡스도 앉으시지요."

우리의 표정을 라자팜이 곤란한 미소를 지었다. 그는 베로니카가 괴롭힘의 일환으로 페르디난드에게 붙인 측근이었다. 마력이 적은 하급 귀족은 마술구를 사용하는 업무를 보기 어렵다. 귀족원 저학년은 특히나.

가뜩이나 하급 귀족이라고 주변 측근이 역량을 의심하는데, 거기에다가 라자팜의 존재 자체가 페르디난드 님을 괴롭히는 요소가 되었다. '측근도 실격인데, 측근 교육도 제대로 못하는 당신도 영주 일족으로서 실격'이라고.

페르디난드 님은 가혹한 환경에 있는 라자팜에게 "나와 거리를 두고, 베로니카 님이 원하는 대로 나를 괴롭혀서 너 자신을 지켜라."라고 하셨다. 실제로 괴롭힐 목적으로 붙인 측근은 라자팜뿐만이 아니었다. 그들은 그 여자의 환심을 사려고 페르디난드 님을 일상적으로 괴롭혔다. 페르디난드 님 입장에서는 귀찮은 사람이 한 명 는다고 해서 크게 다르지 않았으리라. 그러나 라자팜은 그 제안을 거부했다. "그런 짓을 하면 저는 정말 영주 일족의 측근으로서 실격입니다."라고.

'그 말조차 페르디난드 님은 그 여자의 사주를 받은 거라 의심하셨지. 이름을 받지도 않을뿐더러 아니라 믿지도 않는다고 하셨지만……'

라자팜은 이름을 바쳤고, 신용을 얻었다. 페르디난드 님이 신전에 들어가시게 된 후에도 계속 저택의 관리를 맡았다. 문관 일도 소화하는 유스톡스와 달리, 성에는 라자팜이 할 수 있는 일이 없다. 페르디난드 님께서 성인이 되시고, 북쪽 별채를 나왔을 때부터 그의 직장은 이 저택이었다.

"에크하르트, 유스톡스, 라자팜."

차를 다 마신 페르디난드 님이 우리 이름을 부르시며 탁, 탁 하고 하얀 고치처럼 생긴 물건을 테이블 위에 올려놓았다. 이름을 바치는 돌이 이렇게 눈앞에 놓인 건 페르디난드 님께서 신전행을 결심한 날과 똑같았다. 우리를 차례로 보는 옅은 금색 눈동자에 나는 오싹해졌다. 차가운 무언가가 등줄기를 타고 내려왔다. 엄청난 불안과 절망감이 덮쳤다.

'이걸 또 돌려주려고 하시는 겁니까?!'

마음속 절규는 입 밖으로 나가지 않았다. 입술이 파르르 떨리고, 이가 딱딱 부딪쳐 목소리가 되지 않았다. 목숨이 내던져진 듯한 절망감을 느끼는 그때, 갑자기 나를 감싼 페르디난드 님의 마력이 강해졌다. 평소에는 전혀 의식하지 않았던, 나를 결박한 마력이 한층 더 강해졌다.

"에크하르트, 유스톡스. 너희들에게 명령한다. 나와 함께 가자."

이름을 바친 주인의 절대적인 명령이다. 수락하면 자신을 결박하는 마력은 평소처럼 흔적 없이 사라지지만 거절하면 죽음에 이르는 명령.

"내 입으로 거절했음에도 왕명으로 결정된 혼인이다. 여러 영지의 의도가 엮여 있지. 평범한 혼인은 아닐 거다. 목숨이 위험해질지도 몰라. 그래도 그대들은 나의 손발이 되어 주길 바란다."

그 명령이야말로 내가 원하던 것이었다. 나는 그 자리에서 무릎을 꿇고 명령을 받들었다.

"알겠습니다. ……끝까지 따라가겠습니다."

유스톡스도 마찬가지로 명령을 받아들였다. 하지만 이름이 불리지 않은 라자팜은 새파래진 얼굴로 자신의 돌을 바라보고 있었다.

"페르디난드 님, 저는……. 부디 저도 데려가 주십시오."

"자기 몸을 지킬 전투력이 없는 그대를 아렌스바흐에 데려갈 수는 없다."

숨을 삼킨 라자팜이 조그맣게 몸을 떨었다. 신전에 들어갈 때와 반대였다. 그때는 저택을 관리할 수 있고, 성에서 살기 힘든 라자팜만 측근으로 남겨 두고, 상급 귀족인 나와 유스톡스는 다른 길을 모색하라고 하셨다.

"라자팜, 명령이다. 이 저택을 관리해라. ……내가 아렌스바흐의 객실에서 지내야 하는 약혼 기간이 끝날 때까지, 이 저택과 남겨 둔 짐을 관리할 것을 명령한다."

"……저만 이름을 돌려주려고 하시는 줄 알았습니다……."

라자팜의 중얼거림에는 더할 나위 없는 안도감이 어려 있었다. 그 마음이 심히 이해되었다.

"그럼 아렌스바흐에 당장 가져갈 짐과 남겨 둘 짐을 나눠야겠군요."

"조합용 소재는 대부분 로제마인에게 줄 생각이다. 아직 녀석의 측근들로는 구하기 어려운 소재가 많을 테니까."

페르디난드 님이 "회복약 제조법도 가르쳐야 하고, 유레베로 마력의 덩어리를 완전히 녹이는 작업도 해야겠군." 하고 앞으로의 일정을 메모하시기 시작했다. 뭐라 할까. 페르디난드 님의 준비가 아니라 로제마인의 준비로밖에 들리지 않았다.

"코르넬리우스를 무르게 대하실 필요는 없습니다. 자신의 주인에게 필요한 소재도 구하지 못하면 어쩐답니까?"

"여태껏 편하게 소재를 제공해 줬는데, 느닷없이 떠넘기면 어려워하지 않겠는가. 그대가 코르넬리우스와 견습 기사들에게 소재 조달 방법을 가르쳐 다오."

"출발 전까지 반드시 그리하겠습니다."

주인의 걱정거리를 덜어 드리는 것이 나의 역할이다. 소재 조달에 문제가 없도록 코르넬리우스와 견습 기사들을 단련하기로 했다. 앞으로의 일정을 짜야겠다며 방으로 돌아가시는 페르디난드 님을 배웅하고, 나도 견습 기사들을 데리고 다닐 계획을 세우기 시작했다.

"에크하르트, 우리도 짐을 싸야겠어. 페르디난드 님께서 라자팜을 두고 가시는 건 그만큼 위험하리라고 예상하신 거야. 정말 중요한 물건은 두고 가는 편이 좋아."

유스톡스가 당분간 에렌페스트에 짐을 맡길 장소가 필요할 거라고 했다.

"나는 본가에 사니까 어머님께 짐을 부탁할까 하는데, 넌 집이 있잖아. 저택도 처분해야겠네."

나는 하이데마리와 결혼하면서 마련한 저택이 있다. 아렌스바흐에 가게 되면 그 저택도 처분해야 하는데, 영지에 반환하려면 수속을 밟아야 한다. 하이데마리와의 추억이 남은 집을 정리해야 한다는 생각에 마음이 무거워졌다.

"이삼 년 후에 코르넬리우스가 결혼하면 양도해서 방 하나를 보관 장소로 빌리는 건 어때?"

순간 호흡이 가벼워졌다. 레오노레가 미성년자라 결혼은 빨라도 2년 후에나 할 수 있다. 그 무렵이면 아렌스바흐에도 어느 정도 정착했을 테고, 내 짐도 옮길 수 있다. 몇 단계로 나누어서 조금씩 정리할 수만 있다면 훨씬 나을 터였다. 아직 모든 것을 정리할 정신 상태는 아직 아니었다.

"그곳 생활이 안정될 때까지 이삼 년 걸린다면…….. 길군요. 제가 페르디난드 님께 갈 수 있는 건 언제쯤이 될까요."

라자팜이 씁쓸한 미소를 지었다. 유스톡스가 한숨을 내쉬며 팔짱을 끼고 창밖을 노려보았다.

"어쩔 수 없어. 이 데릴사위 건에는 너무 많은 의도와 목적이 뒤섞여 있거든. 누가 무슨 목적을 가지고 있는지 몰라. 조심에 또 조심해야 해."

"무슨 말이야?"

"페르디난드 님을 아렌스바흐에 두고 싶은 건지, 에렌페스트에서 떨어뜨릴 수 있다면 어느 곳이든 좋았던 건지…….. 그것만으로도 너무 큰 차이가 있다고 생각하지 않아? 하지만 지금 우리에겐 그 차이조차 판단할 정보가 없어."

분한 듯이 그렇게 말한 유스톡스는 마치 베로니카가 있던 무렵의 표정을 짓고 있었다. 정신을 차려야 할 듯했다. 우리들 개인의 힘으로는 어쩌지 못하는 큰 파도가 우리를 삼키려 하고 있다.

"에크하르트, 너는 나와 달리 주변을 정리하는 데 시간이 걸리지? 서둘러."

"저택은 코르넬리우스에게 넘길 거니까 급한 건 없어."

"그 말이 아니야. 나는 이혼해서 몸만 가면 되지만, 넌 약혼한 몸이잖아. 안게리카를 데려갈 생각이라면 이번 여름에 결혼해야 하고, 약혼을 파기하려면 나중에 어떻게 해야 할지 의논해야지."

'그렇군. 그건 서둘러야겠어. 귀찮아.'

나는 안게리카를 데리고 가는 길을 잠시 생각해 보았다. 신전에서 보았던 언행과 훈련의 움직임을 보면 명령에 불복종하는 행동은 하지 않을 것이고, 명령에 의문을 가지지 않고 반사적으로 몸을 움직이는 사람이다. 데려가면 페르디난드 님께 도움은 되리라.

"안게리카는 어떻게 쓰냐에 따라 나름 도움은 돼."

"호오. 네가 그런 식으로 말하다니 웬일이래? 믿을 만한 사람은 한 사람이라도 많으면 좋지. 전투 능력이 있으면 더 좋고. 결혼해서 데려가는 방향으로 생각하는 게 어때?"

"……적지에 갈 각오가 있는지 없는지부터 물어봐야겠어."

유스톡스의 말에 고개를 끄덕였다. 능력이 있어도 본인에게 각오가 없으면 소용없다. 나는 안게리카에게 아렌스바흐에 함께 갈지 물어보기로 했다.

신관장실에 있는 비밀의 방에서 페르디난드 님과 로제마인이 대화하는 사이에 나는 문에 껌처럼 붙어 호위하고 있는 안게리카를 불렀다.

"나는 페르디난드 님의 호위 기사야. 그래서 아렌스바흐에 함께 가야 해. 넌 내 약혼녀지만, 어쩌고 싶어?"

"어쩌고 싶냐니, 무슨 의미입니까?"

"전력이 될 테니까 아렌스바흐에 데려갈 수도 있어. 나와 결혼해서 함께 갈 건지, 약혼을 파기해서 남을 건지 선택해. 나는 네 의견을 존중하겠어. 아무리 전투 능력이 있어도 각오가 없는 사람을 데려갈 순 없으니까."

마치 들은 말을 음미하듯이 안게리카는 아무 말 없이 여러 차례 눈을 깜빡거렸다. 안게리카는 표정 변화가 전혀 없는데, 이상하게 코르넬리우스와 레오노레가 안색을 바꾸며 소란을 떨기 시작했다.

"에크하르트 님, 안게리카의 적령기를 생각하신다면 당장 결혼하셔야죠……. 아무리 그래도 여기서 약혼을 파기하시면 체면이 뭐가 되겠어요."

"레오노레의 말이 맞습니다. 여기서 약혼을 파기하는 건 좀……."

"시끄러워, 코르넬리우스. 안게리카가 어느 쪽을 선택해도 경력에 흠이 가지 않게 할아버님이 움직여 주실 거다. 애초에 안게리카의 약혼은 할아버님이 꺼낸 얘기야. 우리가 고민할 건 아니다."

손을 휘휘 저으며 쫓아내려고 했지만, 코르넬리우스는 "하지만……." 하고 물고 늘어졌다. 귀찮기 짝이 없는 동생이다. 어차피 머릿속에는 안게리카의 체면보다 '가족들이 내 둘째 부인으로 넣겠다고 하면 어떡하지?!' 하고 고민하는 게 뻔하다.

"넌 레오노레와 약혼했으니까 그녀보다 연상인 안게리카를 둘째 부인으로 둘 수는 없다…… 그렇게 거절해. 너한테 화살이 돌아갈 일은 없어."

"큭……."

'역시 그랬군. 이제야 조용해졌다.'

코르넬리우스의 입을 다물게 하고, 나는 안게리카를 돌아보며 대답을 재촉했다.

"정했어?"

"네. 약혼을 파기하고 에렌페스트에 남겠습니다. 저는 로제마인 님의 호위 기사니까요."

단호한 거절에 오히려 조금 놀랐다. 하지만 안게리카의 표정에 망설임은 없었다. 깊은 파란 눈동자로 나를 빤히 바라보고 있었다.

"제 주인은 로제마인 님이십니다. 페르디난드 님이 아닙니다."

"그래. 이해했어. 네 말이 맞다. 넌 로제마인의 호위 기사지."

적령기와 남들의 눈보다 중요한 건 자신의 주인과 신념. 모시는 주인은 달라도, 자신이 중요하게 생각하는 건 상당히 비슷했다. 나는 안게리카의 그 떳떳함이 마음에 들었다.

"로제마인은 좋은 신하를 뒀구나."

"전 페르디난드 님을 위해서 전력을 다하시는 로제마인 님을 목숨바쳐 지킬 겁니다."

안게리카는 그렇게 말하고 비밀의 방문 쪽으로 시선을 돌렸다. 페르디난드 님이 걱정되어 필사적으로 물고 늘어지는 로제마인의 모습이 뇌리에 스쳤다. 신하로서 명령받은 대로만 움직이는 자신과 달리, 자신이 납득해야만 움직이는 여동생.

페르디난드 님의 건강을 걱정해서 업무를 줄여 주려고 영주에게 대드는 로제마인은, 아렌스바흐로 옮겨 가고 나서도 페르디난드 님을 위해 움직여 줄 거라는 확신이 있었다.

'아, 그렇구나.'

안게리카의 선언이 눈을 뜨게 했다.

페르디난드 님이 신전에 들어가신 그날과 다르다. 데릴사위로 들어가는 페르디난드 님을 걱정하고, 분한 사람은 우리뿐만이 아니다. 그때와 달리 지금은 어떻게든 그를 도우려는 사람이 많다. 그 감정을 드러내는 건 위험하지만, 금지된 것은 아니다.

'에렌페스트는 바뀌었다. 바꾸어 냈다.'

마음이 든든했다.

이 땅에 남지 못하는 것은 아쉬웠다.

동시에 새로운 땅에도 희망이 생겼다. 페르디난드 님이 평온하게 지내실 수 있게 조금씩 바꾸면 된다. 그러기 위해 방해물을 제거해서 주인을 지키는 것이 나의 일인 것이다.

후기

오랜만이에요, 카즈키 미야입니다.

이번 「책벌레의 하극상 ~사서가 되기 위해서라면 뭐든지 할 수 있어 ~ 제4부 귀족원의 자칭 도서위원Ⅷ」를 구매해 주셔서 감사합니다.

귀족원 2학년이 끝나고, 에렌페스트의 생활로 돌아왔습니다.

새로운 남동생인 멜키오르가 등장합니다. 베로니카가 실각하고 로제마인이 영주의 양녀가 된 건 멜키오르가 두 살일 무렵. 샤를로테처럼 베로니카에게 구박받은 기억이나 빌프리트와 비교당하며 격차를 벌릴 일도 없이, 형과 누나와도 사이가 좋고, 차기 영주를 노리라고 말하는 사람도 없는 환경에서 편안하게 성장했습니다. 로제마인이 만든 완구로 놀며 자랐고, 성전 그림책과 신화에 관심을 가진 막내. 애교가 넘칩니다.

하급생 측근 찾기, 생선 해체, 영주 회의 중에 할아버님께 듣는 옛날 이야기, 즐겁게 지내는 그들을 덮친 건 페르디난드를 데릴사위로 보내라는 거절할 수 없는 왕명.

지금까지 사이가 좋다고 할 수 없었던 아렌스바흐의 아우브가 대체 무슨 목적으로 데릴사위를 제안한 걸까. 그것을 지지하는 게오르기네와 다른 영지들은 무슨 꿍꿍이일까. 그리고 페르디난드의 결단은……

이번 프롤로그는 멜키오르입니다. 로제마인과 정식으로 만나기 전인 그는 빌프리트와 샤를로테에게 어떤 이야기를 들었을까요? 영지의 자식과 부모와의 대화를 재미있게 읽어 주셨으면 합니다.

에필로그는 디트린데. 갑작스러운 왕명으로 결혼 상대가 정해진 건 똑같지만, 그녀는 이 약혼과 페르디난드를 어떻게 생각할까요. 급한 전갈로 아렌스바흐에 돌아가게 됐지만, 그녀의 모친인 게오르기네는 돌아가는 길에 무슨 계략을 꾸미는 듯한데⋯⋯. 로제마인의 시야에는 비치지 않는 부분을 짧게 써 봤습니다.

단편은 하이스히체 시점과 에크하르트 시점입니다. 모두 페르디난드의 상황과 처지를 조금이라도 좋게 바꿔 주려고 합니다. 하지만 십 년간 만나지 못했던 다른 영지의 친구와, 십 년간 줄곧 함께 지낸 호위 기사 사이에는 아주 큰 차이가 있답니다.

하이스히체의 시점에서는 다른 영지 사람이 본 페르디난드의 처지를 조금이나마 알 수 있도록 썼습니다. 하이스히체도 나름 페르디난드에게 도움이 되려고 필사적입니다. 결과적으로 페르디난드의 입장에선 좀 그랬지만⋯⋯.

에크하르트 시점에서는 페르디난드와 가깝게 지낸 사람이 이번 약혼을 어떤 식으로 받아들이는지 써 봤습니다. 데릴사위로 넘어갈 때 주변을 정리해야 하는 사람은 페르디난드뿐만이 아닙니다. 그에게 이름을 바친 측근들의 처신, 안게리카와의 약혼을 어떻게 생각하는가⋯⋯.

이 권에서 시이나 님께 새로운 캐릭터 디자인을 부탁한 인물들은 멜키오르, 베르틸데, 테오도르, 그리고 기베 게를라흐 직위에 있는 그라오잠입니다. 귀여운 아이들이 많이 나옵니다. 모두 형과 누나의 모습이 은근히 느껴지는 디자인인 것 같지 않나요? 귀여운 얼굴 사이에 인상이 더러운 얼굴이 있지만, 정말 그라오잠처럼 생겼다는 느낌이 확 옵니다.

새로운 소식입니다.

놀랍게도 다음 권이 제4부 마지막 권입니다! 제4부의 대미를 장식하기 위해 제4부IX의 발매와 동시에 애니메이션 성우들의 드라마 CD 제4탄이 결정되었습니다. 이 마지막을 화려한 성우진들의 목소리로 들을 수 있다니, 정말 특별한 이벤트입니다. 감정이 몇 배나 더 폭발할 겁니다. 드라마 CD와 TO북스의 온라인 스토어에서만 구매하실 수 있습니다.

10월에는 애니메이션 방송 시작에 맞춰 「책벌레의 하극상」 관련 책이 한꺼번에 발매됩니다.

·단편집(제4부IX까지의 특전 SS와 단행본 미수록 단편을 수록)

·주니어 문고 제2권

·애니메이션 DVD(제1화부터 제3화 수록. 특전으로 오디오 해설서)

11월에는 팬북4가 TO북스의 온라인 스토어에서 발매됩니다.

연속 발매지만 애니메이션과 함께 즐겨 주세요.

이번 표지는 신전에 있는 비밀의 방에서 지내는 두 사람을 이미지화했습니다. 약혼 이야기로 고민에 빠진 페르디난드와 그를 걱정하며 바라보는 로제마인. 어쩌면 컬러로 신관장복을 입은 페르디난드와 신전장복을 입은 로제마인이 같이 나오는 건 마지막일지도 모른다고 생각하니, 정말 서글퍼지지 않습니까? 저는 그랬어요. 하지만 표지가 너무 예쁩니다.

컬러 일러스트는 '선택'에서 꼭 껴안는 신을 부탁했습니다. 이걸 일러스트로 어찌나 보고 싶었던지……. 로제마인의 표정이 너무 안타깝네요.

시이나 유우 님, 감사합니다.

마지막으로 이번 권을 구매해 주신 독자 여러분께 최상급의 감사를 바칩니다.

제4부IX는 12월에 발매될 예정입니다. 거기서 또 만나요.

2019년 7월 카즈키 미야

우선순위 최하위

나라다

신관장님, 나라의 정사와 약혼녀. 어느 쪽이 중요해요?

연구다

그럼 마석 소재 연구와 약혼녀…

식사다

그럼… 식사와 약혼…

디트린데 님이 조금 불쌍해지기 시작했어

위험한 칭찬

전 책을 정말 좋아해요

로제마인 누님이 만들어 주신 책은 정말 재미 있었어요

언니는 종이 제조부터 새로운 유행까지 아주 훌륭한 재능이 있으시답니다

그게 다가 아니랍니다

하읏

하아아아 내 동생들이 너무 귀여워

언니 괜찮으세요?!

왜 그러세요 누님!

심장사할거같아

책벌레의 하극상 [4부] 귀족원의 자칭 도서위원 VIII

초판 1쇄 발행   2020년 12월 15일

저자 카즈키 미야

발행인 원종우
발행처 (주)이미지프레임

주소 (13814) 경기도 과천시 뒷골1로 6, 3층
영업부 02-3667-2653   편집부 02-3667-2653   팩스 02-3667-2655
메일 edit01@imageframe.kr   웹 vnovel.kr

ISBN 979-11-90866-93-4 04830

Honzukino Gekokujo Shisho ni naru tameni ha Syudan wo Erande Iraremasen
Dai Yon-bu kizokuin no zishou tosho iin 8
By Miya Kazuki
Copyright © 2019 by Miya Kazuki
First published in Japan in 2019 by TO BOOKS, Inc.
Korean translation rights arranged with TO BOOKS, Inc.
through Shinwon Agency Co.

글 : 달필공자 / 그림 : 키위콩
가격 : 10,000원

+054

글 : 퉁구스카 / 그림 : MARCH
가격 : 10,000원